CLAA
蓝色海岸线

美国华文文艺界协会作家作品选

朱文斌　吕红◎主编

山西出版传媒集团　北岳文艺出版社
BEIYUE LITERATURE & ART PUBLISHING HOUSE
·太原·

《蓝色海岸线·美国华文文艺界协会作家作品选》

编委会

序

公　仲

《蓝色海岸线·美国华文文艺界协会作家作品选》由朱文斌、吕红联合主编，成功正式出版问世了！这在华文文坛上，是一件大好事，特此祝贺！

内地与海外，绍兴与旧金山，合作出书，也算是一个创举，这为世界华文文学发展，辟出了一条新出路，值得肯定发扬。以鲁迅为代表的浙江绍兴地区，是中国现代文学的一个重要的根据地；而旧金山地区，也是世界华文文学的一个突出的发祥地。这部沉甸甸的华文文学作品选，就充分显示了美华文协作家作品的实力和水准，可以说，它代表了当今华文文学在世界文学上所达到的高度和规模，在世界文学之林中，这支中国文学的海外兵团异军突起，与世界其他各类语种文学相比较，绝不逊色，甚至还出现了一片大放异彩的文学新天地，值得大加赞扬！

限于篇幅，本书主要编选了一些短篇精品，中长篇也有少许摘录节选，但仍能看出美华文协作家作品的全貌和水平。四十二位作者，从90后到九十岁的作者，有功成名就、四海知名的老作家、中坚实力派作家，也有初出茅庐、风头正健的新秀大咖。四十多篇作品，有散文有小说有诗歌，有纪实有虚构，有历史的有现实的，有写国内有写海外的，还有内外交错、今昔映照的。真可谓琳琅满目，美不胜收。

年整九十的老作家郑其贤，以其百年的深刻观察，对原住民印第安人及天使岛的历史做了精辟的文学阐释。历史上的天使岛拘留所，在美国当年排华政策的操纵下，曾拘留过多达十七万华人，三层木屋，长铁丝网，“牢笼跃入出无能，无任伤悲血泪横。”现在这些对待华人的史迹都保存下来了，供人参观，“作反面教材，鞭策后代”。

五年前曾给我做过八十寿辰的李硕儒，今也正值八十大寿。他饱学诗书，著述丰厚，伯乐经年，跨越经纬。他也是以饱经世事的历史眼光，来看多味的古城彼得堡和苦乐自知的边缘人。儿在香港，女在旧金山，耄耋之年，何去何从？“语言障碍是座山，文化差异是片海”，“令人伤心的尴尬和躲闪”，叫老革命遇到了新问题。他这些美文发人深思。

刘荒田可说是旧金山文坛的台柱，“荒田田不荒，年年出华章”。他是文坛的劳动模范，勤思勤写不老松。读他的《故园看雨》，总有一种感觉，如《红楼梦》所言：“世事洞明皆学问，人情练达即文章。”荒田已经到达了一种看透人生，看穿世事，超凡脱俗，纯净空灵的境界。写的是凡人琐事，然文笔流畅，叙述干净，博古通今，意蕴丰厚，不时会闪烁出智慧、幽默、机灵的光彩来，颇得散文大师王鼎钧的风骨。令人折服感叹！

严歌苓是女中豪杰，公认的华文文学的女状元。她在海内外文坛所获的奖项，首屈一指，无人能出其右者。但至今不少人还不知道她是定居在旧金山，在这里当电影编剧，在这里安的家。她在本书中的短篇《礼物》是写人与小动物的。哪怕是小短篇，严歌苓都是用极其认真严肃的态度来写作的，她对小动物真是情有独钟，至今她家中的宠物仍是形影不离。作品记述描绘，缜密精细，一丝不苟，宣示了博爱善良、爱屋及乌的可贵精神。外婆与祖母，一个农村劳动妇女，一个城市知识女性，在互赠礼物之中，准确生动地刻画了两个性格各异而又都充满爱心的两种典型人物形象。小动物猫咪、麻花鸡、受伤的小燕子，皆通人性，受人庇护，可最终还是不幸身亡。“猫咪不知自己干了什么，让人那么绝情。”岂是人绝情？世运不济，人自身难保也！这大概就是作品的题旨吧。

沙石和吕红，前后两任美华文协会会长，他们都是在文学上成就卓著、颇有追求的作家。他们在创作风格上也有相似之处，都重人性的开掘、心理的分析。沙石擅长纵向拓展，在曲折情节中闪现人性的真谛，而吕红则习惯于横向剖析，用碎片式手法袒露人性的奥秘，讲究细节而不大重视故事来龙去脉。沙石的《我给新娘做傧相》中的“军伢子”，军干子弟，放弃回城调令，为救梅子而牺牲。事迹动人，描述精到灵动，显示了沙石深厚文字功力。吕红的《海之梦》，生动地写出了当代知性上班族的生存状态，以及他们的众生相。饶有情趣。

秋尘与伍可娉这次推出的《黄玫瑰》和《爱情》“伶仃洋上不伶仃”，也是她们一片赤子之情的坦诚吐露。黄玫瑰送给谁？伶仃不伶仃，已经不必深究，只要有了爱心就能妙笔生花。请看一位旧金山总领事的诗赞：“根植五邑抒华韵，立步三藩说美洲。一支健笔写中外，如海文思势未休。”其实，她们都是有高学历的老作家，创作甚丰。她们的重头戏是秋尘的《青青子衿》等四部长篇，伍可娉的《金山伯三部曲》，已享誉文坛，两部小短篇，已见其人其文，期待她们的是下一部大部头。

孟悟和加蓉，是书写家庭恩爱、伦理道德的高手，这些年来，日见她们的成熟和老练。《蒙娜丽莎》中爸爸对养女的真情爱恋，化解了一场几乎破碎的婚姻。宽大包容，才是医治家庭创伤的苦口良药，“爱和宽容会让生命更加温暖”。《预言成真》中的母子情，感人肺腑。

夏婳更把家庭伦理外化到文化层面、传统习俗甚至国际婚姻上去了。母亲是教授，父亲是司机；女儿是洋硕士、高管，女婿是洋水电工、打工仔。门不当户不对，而且都是女高男低。传统习俗观念使母亲自视甚高，目空一切，得罪了几乎所有的人，最终孤寂抑郁，痴呆而终。女儿从母亲和洋水电工的正反两面教训里，吸取经验，正确对待，终得与洋水电工喜结良缘。故事结构精巧，语言娴熟，告诫广大善男信女：只有彼此尊重，平等相待，心存善念，才能修成正果。

以上我简略点评了十一位作家作品，其实，远不及此书之一隅。如长篇节选的马慕远的《燕子岩下》、鲁晓鹏的《乌克兰之恋》、谢为人的《谭大仙外传》、刘怀宇的《公园里的陌生人》等就很值得一读。而旅游文学也很有特色，著名旅美学者、散文家朱琦的《读万里路》，画家邓治的《旧金山听雨》，于文涛的《美国西部绿色行》，杨超的《戈壁·石·风》，林中明的《太

仓行　赋比兴》，陈绮屏的《半月湾四重奏》，周典乐的《我见青山多妩媚》等，还有美食文学也很有风味，如玄黄的《舌尖上的台湾记忆》、冰清的《蟹缘》。更有写感悟人生，冶炼情操的，如提琴制作国际大师曹树堃的《我的琴半生》、江蓝的《繁衍中的一环》、尔雅的《香水百合》、梁应麟的《新娘子失踪了》、王明玉的《我亲爱的熊熊》、许培根的《我在美国教中文》、卞若懿的《花见》、苑慧的《奶奶》以及罗蓓蓓的诗歌《致从不存在的重逢》等。这里有一个很有意思的现象，就是不少作品的作者，并非是专业的作家或文字工作者，而其作品并不逊色于他们。这就说明了：文学是谁也垄断不了的，作家并不需要谁来钦定册封，是没有专利的。然而，一旦谁给自己戴上了作家的桂冠，他就有了作家的天职、作家的良心、作家的社会责任心和使命感，他就应当要为人类的公平正义博爱的美好事业，奉献终生。这本书可以作为证明。

2019 年 8 月 15 日

南昌大学青山湖区十八斋

目　录

刘荒田

作者简介：刘荒田，广东省台山人，属老三届，在国内曾当民办教师、公务员。1980 年从家乡移居美国。已出版散文随笔集三十四种。2009 年以《刘荒田美国笔记》一书获首届“中山杯”全球华侨文学奖散文类“最佳作品奖”。2013 年，获北美《世界华人周刊》、华人网络电视台所颁“2012 年度世界华文成就奖”，2015 年获新移民文学笔会“创作成就奖”。曾任旧金山美华文协会会长（2004—2008），现任该会荣誉会长。2011 年，散文《一起老去是如此美妙》获新疆“爱情亲情散文大赛”第一名。曾获《山东文学》2015 年度“优秀作品奖（散文第一名）。据 2018 年《中国出版传媒商报》发布的统计报告，名列 2017 年三大文摘杂志（《读者》《青年文摘》《特别关注》）“最受欢迎的报纸作者”。

故园看雨

中午十二时，在一家海鲜餐馆落座，正下着颇具规模的雨。酷暑七月，这种既不造成洪涝，落在滚烫地面又不会马上干掉的雨最受欢迎。我的座位近大门，胜于空调的潮润凉风拂着脸颊。我对着玻璃大门外凝神，笔直的雨线，仿佛是亿万个竖排的破折号，它们的一端是带雨意的乌云，另一端是地面。

破折号的暗示意蕴是不可置疑的。

出于惯性，记起和雨有关的诗词。最著名的该数蒋捷的《虞美人·听雨》：

少年听雨歌楼上，红烛昏罗帐。壮年听雨客舟中，江阔云低，断雁叫西风。

而今听雨僧庐下，鬓已星星也。悲欢离合总无情，一任阶前点滴到天明。

我环视同来的朋友，两对夫妇，都已年过六旬，和我们一样，人生颇合蒋氏的“三段”。第一段，少年听雨，都没有奢侈的歌楼、红烛、罗帐，有的是乡村的贫困、饥饿和绝望。我和Y（他此刻正与另一友人商讨，特价小鲍鱼以豆豉和紫苏叶清蒸的得失），四十六年前，上山打柴遇暴雨，肩上的柴草被雨水泡过，重量增加，肩膀红肿。斗笠下，汗水和雨水比赛，看哪一道最先流进裤腰带以下。壮年听雨，我勉强算在“客舟中”，并没有断雁的凄绝。座中其他人没有去国的经历，也不曾流浪过，然而家累沉重，挫折不少，某些年份，境况未必比西风雁唳好。过去略过，且看如今。并非置身“僧庐”之下，但头发业已从“皤然”往前一步——“发无可白方为老”。我把视线从雨线收回。伙伴们并不在乎雨势，更不会注意到我发呆，进而表示狗拿耗子式的关切。这冷漠教我喜欢。

Y的妻子在说一岁多的孙女儿：“昨天晚上，过了两点还在玩，我说关灯啦，她不理睬，照样抱着洋娃娃，吮大拇指。”另一位祖母主张以关灯制造气氛。Y太太说舍不得，“她不睡，大人只好陪着”。奶奶的语气是甜蜜的，孙女儿的任性，她不算制造者，但是最宽容的长辈。从乐团退休的L涉及较大的话题：过两个月，政府组织文艺界人士下乡演出，他久已荒疏的电子琴又派上用场。他说着，既不受宠若惊，也不是不当一回事。

如果时间再往上溯，这次餐聚的召集者Y，是以观摩他的书法作为理由召集的。我们进餐馆之前，到他家看了墨迹刚干的《岳阳楼记》，横幅以二王为根底，杂以郑板桥的疏放，客人无不郑重其事地赞好。主人郑重其事地卷起来，要我带回旧金山，代他送给高中时代的同窗。鉴于路上有雨，他用上三层报纸包裹，加上一个塑料袋。Y还写了一幅具《石门颂》气韵的隶体“厚德载福”。这是为乡亲的新居准备的礼物。“我开头打算写‘上善若水’，一想那有教训的意味。”他因势利导，背诵一段《道德经》，和我探讨“上善若水。水善利万物而不争，处众人之所恶，故几于道”的本质。

Y退休前当过多年的办公室主任，而这一职务的使命之一是点菜。须点得合多数人的胃口，分量不多又不少。今天面对一桌海鲜，大家又交口称赞Y，说是仅次于书法的一绝。小鲍鱼、珍珠螺、蚌肉、鲈鱼、腐乳通菜、烧鸡、跳鱼节瓜汤，味道之鲜美，征服了全体的味蕾。我忙于动筷子，忘记了地沟油、孔雀绿、味精，也忘记了雨。

雨不以人的好恶为意，自在地洒。依然笔直、连贯，可见无风。檐霤开始发言，哗啦哗啦，把棚子边沿的自行车浇个痛快。停车场里的轿车，木然接受老天爷的教训。我终于吃饱，放下筷子，把鱼骨头和螺壳堆成小山的碟子推到远处，暗里叽咕：这店子的管理有问题，过午了，只有我们一桌客人，但服务员们宁愿围坐在厨房外的大圆桌说笑，也不来换碟子。穿过檐霤，盯着并无停歇迹象的雨线，旁边的Y对领班说，烧鸡比上一次的味道差远了。我则在想，同是看雨，怎样才能拥有古人的苍茫心境？

眼前的布景肯定不合格——占领大部分视野的，是两个大招牌——天成沐足保健、蟹煌餐馆，都附上订房或订座热线电话以及颇具视觉冲击力的照片。雨线如帘，教停车场边缘的紫荆树和羊蹄甲绰约起来，但都坚持不摇动。万物耐心地接受雨的缝纫，看它怎样把天和地拼成浑成的整体。这工程可不轻松，举目所及，过度的物质化、制式化、水泥化，过多成规则的长方形或正方形，偏缺乏天然的线条，不宜于造出“雨”的情调。

负手徘徊，长啸“念天地之悠悠”，须面对绵绵的山，河谷一线蜿蜒，暝色逼人而松风动襟；凭栏长吟“洵此美而非无土兮”，须在异国楼头，头上弯月如钩；诵老杜的“戎马关山北，凭轩涕泗流”，须以岳阳楼为背景，而面对波撼云梦的湖。如果我能自行布景，须有斑竹一丛，山腰小亭一座，古琴在膝前，鹧鸪在谷间，眼底是无限江山。不然就去不远处的千灯湖，躲在莲蓬下，看“细雨如珠乱入船”。雨的帘幕尽可照搬，不必带上风。再一想，还是不行，这些骚人的身世之感、家国之慨，浓得化不开，岂是我们这群只关注身边琐事的老人可以仿效?

我们这一辈，是不争气，抛弃了故国士人一以贯之的“国家兴亡，匹夫有责”；还是幸运，晚年既少穷愁也无逼在眉睫的恐惧?而这块土地，从来是以自作孽地制造离乱和忧虑著称的。我们，少年有歌，那是语录歌，还有凶神恶煞的口号，不是“打倒”就是“横扫”。我们这一代，以青春为疯狂而愚昧的“文革”陪葬。我一脑子是不合时宜的今昔对比，旁边的朋友，兴致集中在:从家到一个最近因减价而热门的超市，搭哪一路公交车最快捷，虽然都已享受乘公交车免票或半票的优待。

雨下得够久，积水满街，餐馆大门外，透明的一层在白瓷砖铺就的地面闪光。我多想把伞扔掉，在水里奔跑。水花在脚下飞溅，张口唱歌之前，咽下雨水。脸颊上的雨点，并不注入皱纹，而是肆意流淌。记起挚友周正光的诗句:“涉江人去未搴裳”，何必卷高裤腿，何必躲雨?

午饭吃罢，一致称赞海鲜河鲜的味道，以及价钱(只花了四百一十四块)。上次也是在这里聚会，主人花了一千零四十块，还没今天丰富。雨知趣地变小了，依然笔直，但“破折号”成了“省略号”。我想，蒋捷听雨三部曲的最后一步，以“一任阶前点滴到天明”道尽无奈和无能。是的，对于只有老天爷管得了的雨，你不“任”它下，变大，变小，任它停,(这“任”并无“任性”的成分)，又能怎么样?除了把阶前雨滴当成念珠，数进睡乡、梦乡，还可以一跃而起，到户外去当落汤鸡，长啸，狂笑，以重感冒收场。那是你自己的事，如果你住在市区，被骚扰的邻居怕要向小区业管投诉，如此而已。

这“任”，和辛稼轩的“欲说还休，欲说还休，却道天凉好个秋”，和李后主的“问君能有几多愁，恰似一江春水向东流”同一套路，迷茫，伤感有的是，澄清天下的豪情容或不缺，但并非坐言起行的实干家。以结局论，千古独步的诗人和我们三对夫妻比，他们以苦换来不朽，我们以四百多块人民币换来口腹的满足。前者是罕见的例外，后者是平常人的生活(因太无看头，连日记也不屑于载入)。但如果可以选择,我们得的赞成票应比他们多。而雨，无论古今,无论下餐馆之前,还是下在僧庐下,下在幽州台,岳阳楼,只要无风，便是一样的直。

两个小时过去，午饭完美收官。我们坐车离开，做东的 Y 打起伞，说走路回家。我晓得，穿一双凉鞋，涉过一摊摊晶莹的积水（我青年时期写诗，喻之为“天空的眼睛”），伞上的雨跳着，多像儿时跑向涨水的小溪的脚步，我有点儿妒忌这位永远天真的老友。

评论：

故园看雨，作者观的同时也是存在，是人生如寄。刘荒田笔下的雨有一种历史的时空感，落在海鲜餐馆的门前，溅起的是涉岁月之川而过的水花。

文章记叙了一个寻常的午后：顾主寥落的餐馆、相聚闲谈的二三老友，以及一场夏日的雨。出走半生归来之后的老友话题沾染上了生活的烟火气，云淡风轻里流露出岁月对人的调伏，“我”与众好友共坐一席，却显然未能再做到专心一致，屋外的那场大雨早已带着“我”退出对话，神游过往。

文学是敏知心灵的相通与印证，正如“我”眼前这场雨和数百年前一场僧庐下的雨的重合。少年、壮年、暮年，人生恒久不换的三部曲可以演绎出各不相同的生命形式，而串联起这些生命经验的，是人类存在的困境。刘荒田是一位长于审视的作家，阅历的洗练与游子的身份使其较一般人更能敏锐捕捉到自身的处境跟流淌的思想，由一场普通的雨亦可窥见山河人生。

于“我”而言，城市的钢筋水泥是有负雨的情调的。理想的雨应降于清幽山林、古典城楼，或宁和江湖，唯有在这些意境中，才更适宜实现情感与自然的交融。“我”天然地向往着这样的雨景，却又深知达成此境界的不易，毕竟风流已逝，今日的“我们”只是一群“只关注身边琐事的老人”。

“我”和老友们也曾经历过兵荒马乱的少年时代和各自颠沛的中年，而当一切岁月的烟云都归于平静之后，双鬓堆雪的“我们”聚在餐桌旁，谈家长里短、谈生活日常，柴米油盐仿佛安抚了过去的苦难和漂泊，对现状的满足带来平凡日子里的快活。

人终归会成为现实的服膺者，餐桌上的热烈讨论或可定义为过尽千帆的豁达，唯独满脑子“今非昔比”的“我”却迟迟无法割舍生命里的某些痕迹，如同加缪“身处严冬，我心中依然有个永不颓败的夏天”的坚持，“我”在尝尽“一任阶前点滴到天明”的苦涩滋味后，仍不放弃寻找静水深流的可能。

尽管，“我”对这种可能似乎是持悲观看法的——倘若这种可能通往的是“不朽”的话。垂名青史是历史赋予苦行诗人的馈赠，距离生存于当下的我们稍嫌遥远，远不及饱食一餐来得实际，这也是涵括“我”与老友们在内的大部分现代人所面临的真实生活，是挣不脱的俗世樊笼。好在这并不意味着对可能另一种诠释的不存在，即如“我”对“无风”的执着。相较于“雨”，“风”是并不受“我”青睐的，无论是雁唳西风，抑或是“我们”年少时遭遇的疾风骤雨，都并非“我”所愿。理想的人生原应如一场理想的雨，须无风，须直，须不折腰。

正所谓夫天地者，万物之逆旅也；光阴者，百代之过客也。落在“我”眼前的这场雨，也曾落于人类历史上的无数个瞬间。刘荒田用他惯常行思的抒情笔墨，照见人于天地间的存在与挣扎，同时不忘告诉读者：纵使世事白云苍狗，亦不妨留下一个“涉江人去未搴裳”的洒脱背影。

（黎丹丽　评）

严歌苓

作者简介： 严歌苓，出生于上海，美籍华人作家、好莱坞专业编剧。以中、英双语创作小说，作品译成法、荷、西、日等多国文字。其作品无论是对于东、西方文化魅力的独特阐释，还是对社会底层人物、边缘人物的关怀以及对历史的审视，都折射出复杂的人性、哲思和批判意识。《少女小渔》《天浴》《小姨多鹤》《陆犯焉识》《芳华》《妈阁是座城》等多部作品改编影视剧。曾获多项文学大奖。

礼　物

我外婆跟我祖母从来没见过面，她们之间却礼物不断。住在安徽合肥的外婆常常给住在上海的祖母送礼，腊肉、腊鸭、咸蛋，都是花工夫搭时间精心制作的。祖母也送过几块衣料给外婆，其中有一块丝绒，两块锦缎。那块丈把长的丝绒真是好看，触感绝了，如同最温柔的歌喉唱出的旋律，触摸着你裸露的知觉。后来我在洛杉矶的亨廷顿图书馆看到英国画家的托马斯·庚斯博罗的名画《蓝衣少年》，那少年穿的蓝衣，就是那种神秘柔情的蓝色。但你若把那块蓝丝绒拿起来，对着光一看，就坏事了：蓝丝绒成了夜空，光线穿过无数细小的虫眼，看上去繁星满天。丝绒是我姑姑离开上海去台湾之前留给祖母的。姑姑留下的东西够开一个精品店。她和姑父去台湾是1949年春天，告诉祖母他们来年的阴历年会回到上海过，所以她把大半个家都留给祖母托管。谁也没料到那就是姑姑和祖母的生离死别。一年年的等待，人是耐心的，虫子却很繁忙，在丝绒上化蝶、产蚜，一代代繁衍生息。细想起来，虫吃丝绒也没什么不对，纺成丝绒的丝最初是由那种叫作桑蚕的虫子吐出的，最终由另一些虫吃下去，也是一次次蜕变，终将也要破茧成蛾，完成一个个轮回往复，物质永远不灭。直到长辈们突然发现，做件新衣是很奢华的事，祖母才启开姑姑留下的箱子。因为姑父是美国培养的第一代国军飞行员，去台湾之前已经是飞行中校，所以箱子里盛满舶来品：香港衣料、美国奶粉、美国毛线、法国香水，还有口红、蔻丹，最让我难忘的是那些蕾丝花边，它们好看得要命，极致地精细，我六七岁的手一上去就显得粗坯。它们质地似虚似实，感觉一触即化，慢说当年，就是放到现在，也都是华伦天奴水平。童年的我，只要祖母一背身，就马上就拉开五斗橱抽屉，翻出一件件精品，为了向自己证明，那种充满精品的生活确实在这所房子里存在过，而且，隔着海峡，它也正与我们买大米搭红薯干的生活平行地存在着。家里的老阿姨顾妈抱怨：小姐一回来就坑呀坑（上海话把翻东西的翻叫“坑”）。我记得那个深红色的皮匣子，里面有十多个小格，每个小格放着一瓶指甲蔻丹，是各种色调的红色，从深红到浅粉……当我的猎奇探险更深入一步时，我将小瓶子拧开后，发现瓶中的液体已经固化。祖母把所有的香水都送给了我母亲。香水都盛放在水晶瓶子里，在母亲的衣柜里一年年地挥发，香水的颜色由浅而深，最后色如琥珀。母亲从来不舍得用它们，也许觉得那种芬芳是与大众为敌，所以她把它们一直深藏，像藏闺中秘宝。1980 年代末，我留学美国之前，她把一个颇大水晶瓶隆重地送给了我，盛装在里面的液体色泽更陈了，四分之三已经挥发出去。也是啊，离姑姑香喷喷地远行，已经久久四十年了。我打开瓶盖，曾经的曼妙的香气早就哈了。

外婆并不嫌弃繁星满天的蓝丝绒，很快将它做了件棉袄罩衫，过年过节才舍得穿。剩下的丝绒还够给当时八九岁的我裁两条裤子，于是我在满街叱咤着红卫兵的年代，穿着哆哆嗦嗦的蓝丝绒裤子，很不合时宜、很文不对题地出没在红海洋里。我哥哥觉得我的样子古怪，但又表达不出合适的形容，就警告我不要穿，因为像个“小阿飞”，红卫兵专门剪阿飞流氓的裤脚管！

祖母是“文革”初始搬到马鞍山的。那时她退了休，工资减半，那点钱在工人聚集的马鞍山似乎还算经花，但在上海，日子过起来就有些吃力。亦似乎她经历了多场命运变迁，预感到有一场大风暴即将来临，把家人聚拢到一起要安全些。就在她搬家之前，清理家底，决定送几块衣料给外婆。

外婆跟祖母比，是地道的劳动人民。劳动人民的可爱之处，是受不得人家好处，你跟外婆说，君子报恩十年也不晚，而劳动人民的外婆宁肯不做君子，也要马上还祖母一份厚礼。各种吃食打点出好几堆：自家磨的水墨年糕粉、小磨芝麻油、腊鸭咸鱼、柿饼大枣，还有一饭盒用花椒桂皮熬炼的猪油，年关将近了嘛。就这样，外婆还是觉得礼轻，就从家里的四只猫仔中挑了最乖觉、最茁实的一只放在竹篮里。猫仔的三只脚上攀了一根布绳子，只有一只脚是完全自由的，火车上它即便跳出竹篮，也跑不快。这种方法后来我竟然在军马场又见到。那时我十七岁，领导有心培养我编舞，派我去军马场体验生活，我在女子牧马班就发现牧马姑娘们使用同样的方法，夜牧时给爱离群的马“打三脚绊”（或者三角绊），可见文盲外婆掌握的生活学问有多广博，多丰富。外婆让我和爸爸把这件会动会叫的礼物带给祖母。外婆给这只四个月猫龄的猫仔取名叫花花。其他几个也是差不多的花色，都是白底灰花，灰色里嵌着些深色条纹，没什么独特，寻常人家的小畜而已，只有外婆看得如掌上明珠。

花花的名字一离开外婆家就被忽略了。到了祖母家，它就叫猫咪，可见那不被重视的程度；给任何动物命名，其实是一种仪式，登记下它作为一个生命出现的偶然性，作为个体存在的唯一性，尽管外婆并没有意识到这点；外婆这么做凭的是她对万物平等看待的平常心。

我祖母是个知识分子，从小私塾公学都念过，任教几十年。她生性十分清淡，退休后除了读书读报，就是织毛活。姑姑留下的毛线被虫子啃断，通过祖母的手衔接起来，逐渐出现在哥哥和我身上。所以我和哥哥所有的毛衣都是各种颜色的海魂衫，因为毛线是一段段接起来的。我们穿着这种五彩海魂衫到处游走，爸爸就说，喔唷，两条神仙鱼啊。祖母唯一的消遣就是一副牌九，抽烟玩牌九的祖母那么怡然自得，与世无争。祖母年轻时是个美人，据亲戚说一二·九运动时，她耳边各梳一个发髻，穿宽袖紧腰上衣，大摆的黑裙子，举小旗跟学生们一块游行，街上的人都看她。五六十岁的祖母还清气袭人，气质里有种远淡，周围人动作言谈都变得轻轻的。父亲那时工资减了一半还多，所以抽的烟很次，烟盒不带锡箔纸，记得那牌子叫“东海”。祖母抽烟少，但烟的级别绝不降低，全是“牡丹牌”，于是父亲常常恶作剧，把祖母的“牡丹”和他的“东海”调包，祖母似乎一直不觉察，直到有一天哥哥开玩笑告密，祖母嘿嘿嘿地笑了，慢吞吞跟爸爸说，侬当我吃不出味道啊？祖母能看破多少人间诡计，我们不知道，恶意的也好，善意的也好，她看破了从来是不说破的。祖母一张鹅蛋形的脸，皮肤极其细腻洁白，鼻子挺直，嘴唇一看就属于沉默者。到我记事的时候，她那两道弯弯的峨眉已褪色，所以她出门前总要描一描，鹅蛋脸上薄薄扑一层粉。祖母是好看的，但她的字比她人还漂亮，姑姑至今藏着她给她写的几十封家书，那一笔小楷，足以给我当帖子临摹。她生于吴淞的绅士人家，因此一口吴淞话，慢声细语，从不和邻居搭讪，即便搭讪谁也听不懂。她到了六十多岁的时候，生活给她做减法做的不剩多少节目了，一日三餐，每餐后抽一根烟，织几圈毛线，斗几副牌，任何费工夫的事，她都说，烦来，让它去吧。靠南阳台的窗内，摆一张从上海搬来的小圆桌，桌子工料都好，上面盖一块白色抽纱台布。祖母坐在圆桌前的藤椅上，读书读报，织绒线或玩牌九，任何事她做起来，都有了几分禅意。若是顾妈告诉她，藤椅破了，该找人来补一补，她便淡淡地说，烦来，让它去吧。桌面和桌腿之间，有一道横隔板，猫咪就爱坐在那里。

祖母头一眼见到猫咪是吓了一跳；她是那种见了动物绕道走的人，出于惧怕也出于嫌弃。然后她看着父亲，意思是“亏你想得出来”！父亲说猫咪是外婆的礼物，祖母不语了，她的斯文让她永远不说亲家母的坏话。她是真发了愁，说这以后多麻烦呀，又要吃又要撒，多出多少事体来呀？不久祖母承认，猫咪不仅仅是麻烦，它还是能派些用场的，一夜消灭好几只蟑螂，家里的蟑螂明显地少下去。猫咪捕蟑螂的时候非常好看。它先把身体趴得低低的，尾巴亢奋地直颤，下巴几乎搁在地面上，眼睛如通了电，成了两盏小型探照灯，藏在胸脯下的前爪还微微地快速搓动，像在摩拳擦掌，蟑螂越近它身体便压得越低，眼睛也瞪得越大……然后，一个闪电，出击，在冲刺尽头突然跃起，前爪由上方落下，准准拍在蟑螂身上，再抬起爪子，歪着头看地上那肥大的蟑螂扁平了，满腹膏脂都被它拍出来了。然后它也嫌恶心，掉头走开。我看明白了，它的突然跃起是为了增加最后那一拍的力度，等于把它整个分量都砸下去。那蟑螂的尸体还能看吗？

猫咪和祖母最开始是桥归桥，路归路，谁也不惹谁。猫咪实在无聊，发现祖母织毛线的线团在笸箩里一动一动，似乎可做玩物。它试探着上去，前爪挠挠，线团动静大了一点，于是它就像捕猎蟑螂那样，退后若干步，猫下腰，摩拳擦掌一番，突然窜出，对着线团又蹦又跳，不亦乐乎时还把线团抱在四爪之间盘弄，像杂技团蹬坛子节目。祖母就这点好，温和得跟猫也不发脾气，只是轻声对猫咪说：侬当我在跟侬白相啊？或说，白相可以的，咬就不可以了，哦？猫咪好像听懂了，从来不下嘴咬毛线团。从此猫咪单方面把祖母认作玩伴。祖母推牌九，推一张牌，桌布动一动，它蹲在桌布下，爪子再把桌布打回去，祖母再推一张牌，桌布再动，它再打回，这样它认为祖母一来一回地在跟它过招，这就成了它单调无聊生活中的游戏。祖母有时会自语：啥人跟你白相？没人跟侬白相，台布抓坏了，我要请侬吃生活的（吃生活，上海话惩罚的意思）……祖母一生没有给任何人吃过生活。

真正在意猫咪的是顾妈。猫咪来了不到一年，家里一个老鼠，一个蟑螂都没了，这一点顾妈顶看重。有猫咪和没有猫咪，在顾妈眼里一个史前，一个史后，文明程度有区别的。米缸里再也没有老鼠粪便，猫咪这是什么贡献？顾妈心里一杆秤。所以顾妈很舍得给它吃。菜市场有个卖毛毛鱼的小贩，顾妈三分钱买三四十条鱼苗，放在一张荷叶上拿回来，放在一个罐头盒子里炖，炖出一罐白白的汤，顾妈连鱼带汤给猫咪拌上半钵子米饭，猫咪吃起来，美得耳朵尖直哆嗦。猫咪在顾妈炖鱼的时候，娇滴滴地喵喵着，身体酥软半边似的，在顾妈裤腿上蹭来蹭去，顾妈便骂骂咧咧地说：骨头轻吧？轻得来——没骨头了是吧？等钵子往地上一放，猫咪饿虎一般上去，顾妈又是骂骂咧咧：噎死你！烫死你！慢一点！啥人跟你抢啊？！猫咪原谅顾妈，光要她的宠爱不行，必须连同她的骂骂咧咧一块要。我们一叫饿死了！快开饭！顾妈也是一样的骂：饿死了，饿死了，死了还叫？死了还这样一头臭汗？！

又过了一年，外婆的礼物又来了，是一只小母鸡，叫麻花儿。猫咪从麻花儿到达的那一刻脑子就没闲着过：这只叽叽喳喳、到处拉撒的东西身量不大，只要一下扑倒，咬住脖子，就可以让她闭嘴了……可以分两顿吃她，腿肉先吃……不过猫咪并不着急接近小母鸡，而是趴在一边观察。祖母知道它在打小母鸡的主意，劝它道：不可以的啊，这只鸡将来会生蛋的啊，生了蛋侬也可以吃的呀。不知道是祖母把猫咪教育好了，还是麻花儿太厉害，猫咪稍微接近她，她就恶人先告状，咯咯咯地扇翅膀，还做斗鸡状，双脚蹬地，身上羽毛乍立起来，胎毛还没退尽的秃翅膀支棱着，一只鸡顿时有两只的体积。猫咪看着她；别自作多情了，谁要碰你啊？它往凳子上一跳，本来就不是同一条地平线，你这卵孵类，我们哺乳类不跟你一般见识。猫咪半闭上眼，此刻是一只吃饱了的老虎，送只凤凰来都懒得动。小母鸡麻花儿咯咯咯地拉撒圈地，猫咪不屑地打呼噜，让小母鸡明白，你这个连厕所都不会上的东西，也就配我拿眼缝瞄瞄你。

此后，猫咪和麻花儿基本是井水不犯河水，除了麻花儿跳到猫咪的食钵上抢食饭粒，猫咪露出老虎脸，呵斥她一下。再说麻花儿整日在外面野，猫咪跟祖母一样，一年四季宅在家里，最多在阳台上坐坐，扑一两只蝴蝶。一次来了几只傻鸟，在阳台的水泥栏杆上叽喳蹦跳，猫咪觉得这太讽刺了，不扑上去白为一世猫咪，于是它一个漂亮的鱼跃，从窗内直接越上栏杆，傻鸟不一会儿就剩下一小堆毛和几滴血，刽子手猫咪嘴上爪子上半点血迹也没有，眯着眼睛舔舌头：味道还行。

到我当兵的时候，猫咪的神态和动态都跟祖母很相像了。它像祖母一样恬淡自如，没什么事能惊动它，没谁能让它受宠若惊，你叫它：猫咪，过来！它白你一眼，叫谁呢，才不过来。只有祖母能支得动它：猫咪，去，隔壁张家请你帮忙捉老鼠。猫咪是一个楼人家的猫咪，常常被借到邻居家去除害。大米越来越金贵，十斤大米要配搭两斤山芋干或者玉米面，运气最好的是配搭高粱米，高粱米和大米相掺，煮出的饭很香。邻居们的孩子常常捧一大碗搀高粱的米饭，拌上酱油和猪油，黑乎乎地往嘴里狂扒。米的金贵越发体现出耗子的可恶，也越发体现猫咪的重要。

黑市也越发昌盛。常常睡得迷蒙时，听见黑市开到我家里来了：十斤高粱米换两斤大米，十斤粮票换一斤香油……什么五花八门的原始交易都有，据说黑市大米卖到了五六毛钱一斤，而正在长身体的哥哥一天可以吃两斤大米。父亲的政治面貌进一步恶化，工厂下放已经不足以改造他，于是就给他来个下放的下放，从工厂下放到淮北农村，工作是修水坝。这就意味着他的收入进一步缩水，顾妈连三分钱的毛毛鱼都不舍得买了，跟鱼贩子求来他剖鱼扔出的鱼肚杂。猫咪开始吃不惯，但饿了两餐就认命了。原来人和畜认命的速度都差不多，日子降级升级都是很快过得惯的。馋急了的猫咪犯过一次浑，跳到餐桌上叼走一条红烧鲫鱼，让顾妈抄起筷子抽了它一下，并骂道：活回去了？！小时候都不偷嘴！打死你！它自尊心受不了，躲到父母的大床下面赌气，谁都叫不出来，用手电筒照照，发现它卧在长毛的灰尘里，耷拉着脑袋，眯着眼睛，嘴里呼噜呼噜的，念经或者诅咒。最后大家惊动了祖母，祖母困难地下蹲，扶着床沿轻声叫了一句：猫咪，出来吧。猫咪出来了，样子像是头都抬不起来，那阵害臊远远没过去，但它不想让祖母着急。

在我远行成都之前，家里的经济形势和食品供应似乎到了最严酷的时期，布票都拿出来换吃的。我们的看家菜肴梅干菜烧肉里面没有肉，梅干菜是放了猪油蒸熟的，只要有两大碗白米饭，照样吃出肉味来。鱼肚杂顾妈都不舍得全部给猫咪吃了，她想给家里节省买菜钱，买来的菜让我们吃，她自己吃姜葱炒鱼肚杂。有一次顾妈把带鱼煎给我们吃，她自己吃煎带鱼头。祖母本意是希望她也能平等分享带鱼肉，可话一出口就让顾妈多心了。祖母说，煎鱼头也费油的呀，何必呢？意思是何必去吃鱼头呢，鱼肉大家分分是够的嘛。顾妈大声分辩说，那才用几滴油？！她的意思是，这几滴油我都不配用吗？！祖母又说：一人才二两油。顾妈眼泪都出来了，意思是，我伺候你一辈子，吃你几滴油你都心疼吗？两个老太太相依为命大半辈子，这次真红了脸。第二天，顾妈吃的鱼肚杂是清蒸的，一滴油也不放。

我第一次探亲假是离家的四年之后。四年家里变得我都不认识了，奶奶在遗像上，顾妈留下的痕迹是一双破雨靴，没了麻花儿也没了猫咪，也没了奶奶那张从上海搬来的西式床，家里似乎大了许多。第二天，一个我不认识的爸爸回来了，又黑又瘦又老的他从老也修不好的水坝上请了几天假，肩上扛着蒲草篓子，里面是给我买的大闸蟹。哥哥顺利地成为独子留在城里，可他的愿望却是跟同学们一块去插队。虽然一家人都混得不怎么样，但还是开心的，因为活到那时，一家人对生活的要求都已很低。我问起猫咪，妈妈说给了那个鱼贩子。顾妈回老家后，妈妈在厂里上班，日夜三班倒，没人管猫咪，妈妈就把它送给了那个天天给它供应伙食的人。妈妈想，猫咪这辈子，口福是有了，什么都没得吃，鱼可以管够。送走猫咪的第二个月，妈妈到菜场买菜，鱼贩子告诉她，猫咪死了，到了他家之后，给它再好的鱼它也不吃，绝食一周，死了。

猫咪是伤心死的。祖母去了医院，没有再回来，猫咪感到它被祖母遗弃了。妈妈又把它从家里带走，带给一个陌生人，连祖母那一丝丝气味都根绝了，猫咪不知自己干了什么，让人那么绝情。

也许，猫咪比我们想象的都重情，它是决意要给祖母陪葬的。

评论：

作者的外婆和祖母从未见过面，但是她们之间的礼物却从来没有间断过，外婆和祖母是截然不同的两种人，外婆住在安徽合肥，是地地道道的劳动人民。而祖母住在上海，是个知识分子，从小私塾公学都念过。文中主要描写了祖母和外婆的两次礼物往来。第一次礼物是祖母送给外婆的蓝丝绒，丝绒是作者姑姑离开上海去台湾之前留给祖母的。姑姑的大半个家都留给祖母托管，姑姑的皮匣子里应有尽有；香港衣料，美国奶粉，美国毛线，口红、蔻丹还有琳琅满目的装满香水的水晶瓶。作者小时候非常喜欢趁着祖母不注意偷偷翻姑姑留下的深红色的皮匣子。后来发现水晶瓶瓶中的液体已经固化。祖母把所有的香水都送给了作者的母亲，但是母亲从来都不舍得用，在作者留学的时候母亲把水晶瓶送给了作者。而祖母送给外婆的蓝丝绒外婆很快将它做了件棉袄罩衫，过年过节才舍得穿。剩下的丝绒还够给当时八九岁的作者裁两条裤子，但是在满街叱咤着红卫兵的年代却很不合时宜。第二次送礼物是在“文革”时期，作者的祖母搬到马鞍山，搬家之前，清理家底，决定送几块衣料给外婆。外婆也送给祖母丰厚的礼物，其中还有一只叫花花的小猫，然而花花到祖母家，它就叫猫咪。祖母起初是很惧怕猫咪的，但是迫于是外婆送的礼物又不能送回去，但是后来祖母发现猫咪能捕捉蟑螂着实还是有点用处的。猫咪和祖母最开始是桥归桥，路归路，谁也不惹谁。后来外婆又送给祖母一只小鸡，名叫麻花儿，起先猫咪一直在打这只小母鸡的主意，但是经过祖母的劝说它好似听懂了一般，自此便不与麻花儿一般见识。后来家里经济条件日渐没落，猫咪的伙食越来越差，但是它依然整日蜷缩在祖母的身旁，祖母和猫咪已经习惯了对方的陪伴，后来祖母进了医院再也没回来，妈妈由于工作忙又把它送给了能天天给它供应伙食的人，不久后猫咪便绝食而死。

文章对于人和物的描写非常传神，文章多处描写祖母，有：外貌描写、动作描写和语言描写。如：“祖母一张鹅蛋形的脸，皮肤极其细腻洁白，鼻子挺直，嘴唇一看就属于沉默者。”对祖母的外貌描写从侧面印证了祖母典型的吴淞女子的性格特征，突出人物的性格特点，使人物更加立体、饱满。又如：“祖母有时会自语：啥人跟你白相？没人跟侬白相，台布抓坏了，我要请侬吃生活的（吃生活，上海话惩罚的意思）……祖母一生没有给任何人吃过生活。”语言描写是塑造人物形象的重要手段，文中对祖母的语言描写抓住了祖母的性格特点，符合祖母吴淞女子的身份。文章对猫咪的描写颇多，尤其是对猫咪的动作描写细致入微。如：“猫咪捕蟑螂的时候非常好看。它先把身体趴得低低的，尾巴亢奋地直颤，下巴几乎搁在地面上，眼睛如通了电，成了两盏小型探照灯，藏在胸脯下的前爪还微微地快速搓动，像在摩拳擦掌，蟑螂越近它身体便压得越低，眼睛也瞪得越大……然后，一个闪电，出击，在冲刺尽头突然跃起，前爪由上方落下，准准拍在蟑螂身上，再抬起爪子，歪着头看地上那肥大的蟑螂扁平了，满腹膏脂都被它拍出来了。”对猫咪捕蟑螂的描写非常传神，运用了比喻的修辞手法，形象生动地为我们展示了猫咪捕蟑螂的英勇。祖母和猫咪一动一静，截然相反的性格最后却相互陪伴。也许，猫咪比我们想象的都重情，它是决意要给祖母陪葬的。作者在文末发出了自己的感慨，也许就是猫咪对祖母这种让人意想不到的情感才更让人感动。

作者的作品一直关注社会现实，且呈现出演变的轨迹，人性的思考一直贯穿始终。作者以自己的视角来写这篇文章，描述身边发生的故事，真实而又让人感动。透过作者生动的描述既让读者收获了感动，又给人以深思。

（李翠翠　评）

沙　石

作者简介：沙石，现任美国华文文学艺术协会（以下简称美华文协）荣誉会长，短篇小说《玻璃房子》被选入中国小说学会2007年中国小说排行榜，出版过中短篇小说集《玻璃房子》及长篇小说《情徒》。目前在旧金山市政府担任公关专员。

我给新娘做傧相

“女人三十,一朵花。”这句话说得够损的，够尖刻的，它不仅否定了三十岁以上的女人，还否定了三十岁以下的女人，这显然是不正确的，就拿梅子来说吧，她都快四十了，可水灵得还跟泡在水里的花瓣一样呢。

我和梅子很少见面，尽管我们只有一桥之隔，我住在金门大桥南边的旧金山，她住在北边的玛莲县，上次和她见面是许多年前的事，记得那是在她和比尔的婚礼上。

婚礼的前两天,梅子打来电话告诉我说她要结婚了。我说是吗？第几次了？都快赶上伊丽莎白·泰勒了吧？梅子显然受到了刺激，她的声音一下子年轻了至少二十岁，她说了声“少废话”。

过了会儿，她的情绪缓和下来了，声音也显得深沉了。她说她的婚礼上得有个娘家人给她做傧相，可是在美国除了我她就没有更亲近的人了。一句话说得我酸酸的。虽然我真的不愿意去参加梅子的婚礼，特别是不愿意去做送新娘的傧相，可是她下面的话把我彻底打动了，前面就是刀山，我也得上了。

梅子说：“我需要有人给我壮胆儿，你得来给我撑腰，这种事你最擅长了。”

以我对梅子的了解，我知道了，她要嫁的人准是个白的。本来应该安慰梅子几句，可我这张嘴是说不出甜言蜜语的，想了半天才憋出这么一句：“你这哪里是出嫁呀？这明明是虎口拔牙吗。”

梅子的声音又变了，也听不出她是在哭还是在笑。她说：“你怎么这么缺德呢？就会说风凉话，这件事你是管还是不管吧？”

我说：“当然了，就凭咱们这么多年的战斗友谊，我能不管吗？”

梅子哼了一声，说：“这还差不多。”

我和梅子的交情确实不是说着玩的。二十多年前，我们在清河洼并肩战天斗地，吃过苦，受过累，更重要的是我们经历过。要不是那场洪水，要不是军伢子，我们这群知青，还指不定怎么样了。说不定我们还在清河洼的后山上耪大地呢。说不定梅子早就是一群山娃子的娘了，穿着黑棉裤，勉着裆，坐在门槛儿上，一天到晚地纳鞋底子。记得我当时为了逃避下地干活，一心要当大队会计兼仓库保管，还好没当上，要是当了，恐怕我早就成了贪污犯了。不过有一点是清楚的，那就是不管我当上什么，我是不可能当上梅子那群山娃子的爹的，原因是我不具备军伢子的赤诚和勇敢，这是我的本性所决定的。

早就听说玛莲县是个富人区。那天，我按照梅子事先告诉我的地址开着车一进玛莲县，就开始爬山，穿森林，过木桥，越走越荒凉。我的那部丰田车患老年性哮喘已多年了，走平地都气喘吁吁，更甭提走山路了。车子一路走一路咳嗽，害得我直担心，生怕它会半路抛锚。

还好，我担心的事情没有发生。等车子开到路的尽头时，一座石头盖的豪宅出现在我眼前。只见宅子的正前方是道铁门，周围绕着一道铁篱笆，房子的外墙上爬满了常春藤。我环顾了一下四周的荒山野岭，心说，梅子她够能混的，光凭这前不着村后不着店的地点，就知道她找对人家了。

宅子里边热闹得很。花园似的院子布置得跟王母娘娘的御花园一样，一看就知道是婚礼的现场。院子的中央是一个用鲜花搭起的拱门，四周摆着好几排椅子。乐队、露天餐厅、酒吧都齐了。院子里人潮涌动，就像翻着白浪，放眼看过去，都是黄头发的，我立刻有一种被淹没的感觉。梅子托着一身婚纱，迈着小碎步奔到我面前，见了我就像见到亲人一样。

“你怎么现在才来，都急死我啦。”她气喘吁吁地说，“我还以为你不来了呢。”

我说：“还说呢，谁让你们住在这深山老林里的？这里隐蔽得就跟革命根据地一样。”

这时梅子的新婿比尔闪着一头金发出现在我的面前，他很懂礼貌地和我互致问候。比尔长得挺帅的，只是一张清冷的脸显得又瘦又长。在比尔身边还有一群欢蹦乱跳的男女。梅子拉起我的手，向众人介绍说，这是我的表哥。周围立刻响起一片问候声。

也不知道我从什么时候起成了梅子的表哥了？不过这个时候，我也不好说什么，为了让她完婚，她就是叫我老嘛猴，我都没意见。面对一张张友善的脸，我只会傻笑，同时不住地点头，连声说：“Thank you. Thank you very much.”

其实我知道我并不需要感谢任何人，可是没有办法，因为“谢谢”这句话是我说得最漂亮的一句英语。

到了清河洼才发现广阔天地真的很广阔。站在玉米地的这头看那头，光目光都得走半天，更何况用两条腿呢？更何况两条不情愿的腿呢？从第一天起，我就开始跟毛利和军伢子一起商量回城计划。他俩是我在知青院里的同屋。毛利是教授的儿子。军伢子是军长的儿子。我是食堂大师傅的儿子。毛利说他可以考大学，他从小就是高才生，可我心里明白，就凭他当教授的老爸，上大学还愁找不到后门吗？军伢子说他从来都不发愁回城方面的问题，回城的事儿让他爸的警卫员就办了。听了他们的话，我心里挺沉重的，作为食堂大师傅的我爸，他除了一个大师傅的肚子，走路呼哧呼哧的，他什么也没有给我。看来我唯一的出路是娶个屁股大得像磨盘的村姑，在清河洼生山娃子了。

清河洼是名副其实的穷乡僻壤。这里人穷，地穷，连刮的风都穷。这的人都说老天爷对清河洼不公，给了这个地方一个骚天气。这里年年遭灾，今年闹水，明年干旱，就像寡妇偷汉子一样，不是涝死，就是旱死。

这天，村支书二庆爷推门进了我们的知青小院。我一看，坏了，准是大队部的仓库又丢山芋干了，二庆爷又来搜查了。别看他手脚不利落，可专会搞突然袭击，而且每次都把我捉个人赃俱全。不过这次有所不同。二庆爷进了院子，一点都没凶，反而呵呵地笑，原来他身后跟着两个女生，看上去面目清秀，身材苗条，一看就不是清河洼的村姑。我们三个男知青的目光同时落在梅子身上。她穿着蓝上衣，绿军裤，眉毛是眉毛，眼是眼的。站在她身边的彩凤长得也还行，只是体形有点像磨盘。

二庆爷说："这二位是新来的知青。从今儿个起，女的住东房，男的住西房，女的烧个水做个饭啥的，男的管挑水担柴，干些重活，生活安排好了，也别忘了抽空学学毛选啥的，听见了没有？"

"听见了，都听见了。"我们三个异口同声地说。我还补充了一句："您就放心吧您老。"二庆爷转过头来，瞪了我一眼，说："我最不放心的就是你，哼。"

说完一转身，走了。

那天晚上，黑了灯以后，我们三个横躺在土炕上，谁都没睡着。躺在炕头的军伢子在抽烟。炕尾上的毛利在低声背着英语单词，不知道的人还以为他在做祈祷呢。我躺在两人的中间，静静地听着东房里的动静，好像每一声咳嗽，每一个叹息，都跟我息息相关。听着听着，从东房那边传来一阵水声，稀里哗啦的，像小河流水。这声音让我们兴奋，三双眼睛立刻闪出贼光。别忘了，在清河洼这个鬼地方，除了黄土，是什么都看不到的。从那天晚上起我和军伢子开始了一个肮脏的游戏。每天入夜以后，我们就躺在黑暗里，静静地听着流水声，一边听还一边猜，哪个是彩凤的，哪个是梅子的。信不信由你，每个女人撒尿的声音都是不一样的。

婚礼就要开始了。梅子风风火火地跑到我跟前，说："快点快点，快去换上礼服。"

我说："又不是我娶媳妇，穿什么礼服？"

梅子说当然要穿了，你是送新娘的傧相，不但要穿礼服，还要陪我走过红地毯，然后还要亲手把结婚戒指递到我手里。

我说："怎么这么麻烦？要知道这样，早就不来了。下次再结婚，你可别找我了。”

梅子说：“别耍贫嘴了，快去换衣服去吧。”

我被带到更衣室里，像剥皮一样脱去外衣，后又像包粽子一样穿上礼服。完事了，往镜子前一站，看见镜子里的那个人打着蝴蝶结，穿着燕尾服，俨然是个绅士。走出更衣室，梅子站在我面前，她漂亮得让我都不忍心看。她把一只亮晶晶的戒指递到我手里，说：“等神父宣布交换戒指的时候，你就把戒指交给我，别忘了。”

我说：“忘不了。”

梅子还是不放心，说：“别丢了。”

我说：“丢不了。”

“丢了，婚就结不成了。”她补充了一句。

我说：“是吗，真有这么严重吗？”我心不在焉地和她搭讪着。也许是兴奋的缘故，梅子显得特别亲热，她一口一个Dear，Dear地叫我，叫得我心里麻麻的。我对她说，其实我这个人真没有什么可爱的，所以你也不用叫我“亲爱的”，不然你这样张口一个Dear闭口一个Dear的，我还以为你在管我叫“爹”呢。梅子白了我一眼，说：“你这人真没劲。”

这时，音乐骤然响起，把我吓了一跳。怎么会有做贼心虚的感觉呢？我问我自己。《婚礼进行曲》很优美。我和梅子并肩沿着红地毯往前走，她把手搭在我臂肘上，暖暖的，麻酥酥的，是舒服，还是痛苦，我也说不清楚。不知不觉之中身上起了一层鸡皮疙瘩。

我从心眼里觉得是有对不住军伢子的地方，梅子的到来扰乱了我们知青小院原有的秩序。本来被我们保持很久的肮脏懒惰的习惯很快被勤劳勇敢讲卫生的习惯所代替了。也不知怎么回事，在梅子面前，我总想自我表现，尽管我时常遇到阻力。这个阻力就来自军伢子。他的所作所为太让人失望了。每次我一早起来，要去给梅子挑水，但一看水缸，满了。我又要去砍柴，再一看院子里的柴火，多得都堆成垛了。一天我们在地里掰棒子，我那垄的棒子转眼就掰完了，我赶紧跑去帮梅子，可到了她那条垄上一看，军伢子早在那里忙活上了，还干劲冲天挥汗如雨呢。我那个气，那个恨，就别提了。他军伢子凭什么这么自私？合算把吃苦耐劳的机会都给自己了，那别人哪？毫不利己专门为人他是怎么学的？我越想越气，直到有一天，我全明白了。

那天，我一看天上下起了雨，就立刻想到了梅子。我抄起雨伞就往地头跑，等到了那一看，果然不出所料，一把雨伞已经支在梅子头上了。从背后望去，军伢子和梅子站在雨里，手拉着手，肩并着肩，看到这情景，我脚下一滑，差点儿栽到河沟里去。从那天起我就暗自和军伢子结下了仇，总想找碴儿报复他一下不可。可没想到军伢子也不是省油的灯，要不是和他动手打架，我还真不知道他的厉害呢。

一天，我和毛利坐在地头上天南海北地臭白唬，军伢子坐在离我们不远的地方听着。不一会儿我们的话题就转到梅子身上了。我对毛利说，梅子将来会出头的，就凭她的长相，她也不会嫁给工农兵，你就等着瞧吧。毛利说，你怎么见得呢？看到毛利一副疑惑不解的样子，我只好把我的“女人长个漂亮的脸蛋就算成功了一半”的理论讲给他听。毛利听了，还是不懂，说，光一半也不够呀，要获得全面成功，女人还需要另外一半呢。反正我也看透了，要让毛利这个书呆子开窍，唯一的方法就是填鸭式教学，一些对别人是多余的话，对他是不能省略的。于是我只好说，女人成功除了有个好脸蛋，还要有个好头脑，这占成功率的四分之一，另外还要有个好屁股，这是另外的四分之一。听了我的话，毛利嘿嘿直笑，我也跟着笑，然后还补充了一句，说：“这些条件梅子是都具备的。”

这话还没说完，我就觉得一股凉风向我扑来，同时一个身子重重地压在我身上，接着，铁锤般的拳头没头没脑地向我飞了过来。这下军伢子可真急了。开始我还挺得意的，心想这下我可有机会出气了。可军伢子他不愧是将军的儿子，打起架来，他勇猛异常。他和我扭在一起，在地上滚来滚去。不到三个回合，我的眼睛就给打青了，鼻子也流血了，再打下去，我就要变成一摊肉泥了，显然，军伢子是把梅子视为自己的神圣领土来保卫的。这时候，梅子出现在我们面前。她高声喊道：军伢子，你住手。你凭什么这么打人，你的阶级感情到哪去了？别以为你是军长的儿子，就可以称王称霸。我一看梅子数落军伢子就像数落孙子似的，心里不禁暗自欢喜，我想，如果能让她看清军伢子的真实面目，我流些鼻血又算什么？可我转念一想，又觉得不对，因为很明显，梅子对军伢子的严厉实际上是另一种形式的亲密。看来我的鼻血是白流了。

这时,《婚礼进行曲》戛然停止，又把我吓了一跳。梅子停住了脚步，我也随即停了下来。原来红地毯已经走到头了。在场的人都静静地站着，听着神父讲话，梅子转过头来，小声地问我："听得懂吗，要不要给我翻译？"我摇摇头说："不用了，不就是说女人是上帝用男人的肋骨做的吗？这个我是可以听懂的。"我想告诉梅子，她应该是军伢子的肋骨做的，可是我转念一想，这个时候提军伢子，不是哪壶不开提哪壶吗？所以就什么都没说。

婚礼的气氛庄重了起来，神父宣布：新娘新郎交换戒指。

梅子捅了我腰眼一下，说："快把戒指给我。"

我知道我发挥作用的时候到了。我"哎"了一声，就伸手去拿刚才梅子给我的戒指。手伸到上衣口袋里，没有。手又伸进裤子口袋里，还是没有。我说："哎哟，戒指哪？刚才还有呢，现在怎么找不到了，你给我了吗？"梅子也有点急了，说："怎么没给你，明明是递到你手里的。"

我的手还在身上四处乱摸，可是还是找不到。为了证明我的态度是认真诚恳的，我索性蹲下身子，趴在红地毯上，前后左右地找。一边找还一边说："可千万别丢了，丢了戒指，梅子的婚就结不成了。"我在地毯上爬来爬去，活像一头拉磨的毛驴。

这时人群开始有点骚乱，人们在交头接耳。有人在问出什么事了，怎么这位傧相还给新娘子下跪了？梅子急得直跺脚，连连说："你是怎么搞的？叫你办这点事儿都办不成。"新郎比尔也沉不住气了，他的长脸拉得更长了。他对梅子说："瞧你找来的人，是干什么吃的？他是来帮忙的，还是破坏的？"

正当大家几乎绝望的时候，只见梅子从她的小提包里拿出一个戒指，大声地说："好了好了，先别找了，我这有个备用的，先用这个吧。"

人们立刻恢复了原状，婚礼继续进行。我从地上爬起来，觉得灰溜溜的。我想，梅子她行，她棒，她算是把我看透了，也把我吃透了。显然她现在比我技高了一筹，这可应了那句话了－狐狸再狡猾也斗不过好猎手。

梅子背对着我站着，我只能看到她的后脑勺，但我知道她心里想的是什么，她也知道我想的是什么。

这时又一阵喧闹声在婚礼现场响起。梅子和比尔正在交换戒指，然后各自向对方说了声："I do ."大家在鼓掌，我也跟着鼓掌。大家在欢呼，我也跟着欢呼。大家在笑，我却笑不出来。

那天收了工，我们从地里往回走，老远看见一辆军用吉普停在我们的小院儿门前。等我们进了门一看，一位威武的军人正笔直地站在院子中央。他在和军伢子说话。我们溜着边，走到房檐底下，眼巴巴地看着他们。

军人把一张盖着红印章的纸递到军伢子手里，说，这是调你回城的调令，县里公社大队都打好招呼了，你现在就收拾东西，和我一块儿回去。我们也看不出军伢子的脸上是高兴还是不高兴。他回过头来，看着一字排开的我们。我们的头都耷拉下来了。他转回身，对那个军人说：陈参谋，你先回去吧，我过两天就到。陈参谋挠了挠后脑勺说，可是首长的指示怎么办？军伢子把脖子一梗说，你是听首长的还是听我的？没想到他一耍混，还真管用，姓陈的参谋挺了一下身子说，我当然听你的了。说完，转身走出小院。

已经是十一月天了，刮过来的风带着冰雪的寒意。我们五个知青站在我们的小院里，静静地听着风吹房檐的响声，每个人的心里都是酸酸的。军伢子从口袋里掏出两块钱，说今天是货郎来送货的日子，他去买瓶酒和蓝花豆，你们凑点吃的，今晚咱们喝一顿。

其实我们凑的几个菜不外乎是大葱、面酱、花生米、腌萝卜条，还有用棒子面擀的疙瘩汤，外加我从大队部偷来的山芋干。我们五个人围着缺一条腿的八仙桌一坐下，还没吃呢，彩凤哇的一声哭了。

我说：瞧你这份出息，人家军伢子要转运了，他要回城干革命了，你不为他高兴，反而哭，要哭也轮不到你哭呀。说完这话，我瞄了一眼梅子。虽然她没哭出声来，可泪珠已经流到她的下巴上去了，其中一滴还亮晶晶地挂在她的鼻子尖上呢。

我没管那套，先给自己倒了杯酒，一扬脖子，喝了下去。我说：军伢子，我只有一句话，就是遇到什么好事儿了，别忘了我们这些跟你苦过的哥们儿姐们儿呀。我说了这句话不要紧，顿时哭声四起，小小的土房都快成灵堂了。

你们先别哭，我有一件事要宣布，军伢子终于说话了。

我说，有什么事你就说吧，别动不动就宣布，怪吓人的，我们这又不是中央军事委员会。

军伢子拿出那张调令，在我们面前晃了晃，说，我今天要请大家喝酒，就是要告诉你们，这个调令我不要了，城我不回了，咱们要走一块儿走，要留一块儿留，我要在这清河洼扎下去了。

军伢子的一番话确实有些爆炸效应，屋里所有的人都愣住了，谁都顾不得哭了，一双双闪亮的眼睛看着军伢子。我一着急，把军伢子拉到一边，悄悄地说，如果你说的是真的，那么你就留下，那张调令就给我吧，要不废了，怪可惜的。话没说完，我差点儿让被众人的唾沫淹死。

军伢子撑着一张严肃的脸，把调令一片一片撕成碎纸，然后扔到炉灶里，烧了。怎么说呢，军伢子的举动确实令人佩服，这我不得不承认。就当时而言，他能做到这一步说明他有一定的觉悟。不过，我又想，军伢子放弃了回城，留在了清河洼，他是为什么？为彩凤吗？不是。为毛利吗？也不是。为我吗？更不是。他为的是梅子，这是明摆着的。所以说出大天去，军伢子还是有私心的，虽然别人把他吹得跟什么似的，可他在我心目中并不是一个彻底的革命派。

婚礼的仪式说话就结束了，梅子已经是比尔的人了。院子里又重新响起了音乐。大人们四散在草地上，慢悠悠地走动，只有一群孩子在院子里像子弹一样飞来飞去。梅子在人群中穿行，不停地和人们打招呼，又是拉手，又是拥抱，一会儿又被人拉去照相。她的脸上一直保持着微笑，等她好不容易走到我跟前，笑容已经用尽了。

她说：“你搞的是什么鬼，别以为我不知道，快把戒指拿出来，还给我。”

梅子就是梅子，她的聪明就像她的美丽一样不容置疑，她的直爽简直比刀子还要快。

我说：“戒指在我的鞋窠里呢，现在差不多都熏臭了。”

梅子板着脸，说：“别又要贫嘴，都什么年纪了，还玩偷鸡摸狗的把戏，有什么意思？开玩笑也不分个场合。”

梅子这么一说，我反而不好意思了，脸上火辣辣的。我说："差点搅了你的婚姻大事，真的对不起。"我把戒指递到她手里。然后说："你的话说得也对也不对。说我偷鸡摸狗是没错，但我并没有开玩笑，实际上我是很认真的。"

这时又有人找梅子照相，她赶快朝那边的人群走去，一边走还一边对我说："天晚了，你回旧金山还要开一大段山路哪，大门在哪你是知道的。"

梅子的话说得有点不受听，让我还挺别扭，合算她胆子大了，腰杆硬了，现在用不着我了。我在院子里找了一把白色的木头椅子，在上边坐下。我看着眼前的花草树木和五颜六色的人群，心里不禁感慨起来。我想我应该感谢美国，感谢美国的政府和人民，是他们让我有机会坐在这把洁白的小木椅上，身上还穿着燕尾服，脖子上还系着蝴蝶结，优哉游哉的，几乎和眼前的画面浑然成为一体。

这时，一只全白的哈巴狗屁颠颠地跑到我跟前，在我脚边停下，和我面对面地坐着。小狗的两眼直勾勾地看着我，看得我直发毛。我对小狗说："别这么看我，我不是你想象的那种人。"哈巴狗眨了眨眼睛，依旧看着我。我这才发现，它的嘴里叼着一个皮球。它显然在找玩伴。我弯下腰，摸摸小狗的头，对它说："没人跟你玩了吧？也没人跟我玩。那就让咱们两个一起玩吧。"我从小狗嘴里取下皮球，在地上拍了两下，哈巴狗立刻兴奋起来，又是蹦，又是跳，还一个劲儿地在地上打滚儿。

那年夏天，刚给地里的麦子收了茬，天就下起雨来了。支书二庆爷站在地头看着天边的黑云，不住地摇头。他说，不是好兆头，东边天上的云像龙头，西边天上的云像龙尾，俗话说：天上龙头接龙尾，地上灾年闹大水。他登上一个土坡，对着众人说，各家各户都回去搬家，到后山去支席棚，搭卧铺，埋锅造饭，等大水过了再回村子。

村民们纷纷散去。我们夹在人群中往回走，边走边嘟囔着。毛利说，还要大包小件地搬家，搬完了，还要搬回来，何必呢？彩凤说，住在荒郊野外，我们晚上要洗洗可怎么办呢？我说，你们说的是什么乱七八糟的，知道问题的本质是什么吗？说了半天，本质问题就是，二庆爷的判断是以封建迷信为依据的，什么龙头龙尾的，完全是唯心主义那一套，所以咱们不用搬家。

军伢子和梅子都没说话。

没想到，那天夜里，龙王爷还动了真格的了。闪电夹着大雨铺天盖地地往下泼。开始我们还挺着，到了后半夜，形势明显不妙了。先是房顶漏水，不久洪水就冲进了屋里，我们从炕上爬起来，往下一跳，不好，冰冷的水都没到大腿了。赶快逃吧，也不知道是谁喊了一嗓子，我们男的从西屋冲出来，女的从东屋冲出来，黑暗里几只手拉在了一起。

外边的水已经齐腰深了，快朝后山走，军伢子喊道。

我们借着闪电的光，一步步地朝着后山走去。风越来越大，雨越下越急，洪水冲得我们东倒西歪的。就这样，走了大约半个小时，我们隐隐约约看见了后山的黑影和山坡上的点点灯火。这时洪水已经到我们脖梗了。军伢子大声说，再加一把劲儿，我们快到岸了。风雨中，我听见彩凤说，我想哭。毛利说，哭就哭吧，不哭，也许就没机会了。我觉得奇怪，怎么梅子没出声呢。我向左边看，没有梅子，再向右边看，还是没有梅子。我的心往下一沉，脱口而出，说，坏了，梅子哪？梅子没跟上来呀？这时天空划过一道闪电，照亮了四张苍白的脸。彩凤真的大哭起来。军伢子急了，他一把甩开彩凤的手，开始半走半游地往回走。我一步冲了过去，抓住他的领口，大声地说，军伢子，你不要命了，没看见洪水在往上涨吗？前边就是岸了。军伢子想挣开我，说，别管我，都别管我，没有梅子，我要岸干什么？也不知道我哪来的一股邪劲儿，我攥着军伢子的领子死不放手。我说，军伢子，梅子怎么样，就让她靠自己的造化吧。还没等我把话说完，一个拳头从黑暗里飞过来，打在我太阳穴上，我眼前一亮，差点背过气去。雷雨中我听见军伢子喊了一声：我去你妈的。

这就是军伢子留给我的最后一句话。

军伢子骂完我，转身就游走了。他的头漂浮在水面上，在闪电中一明一暗的。他向我们的小院儿游去。

我和毛利，还有彩凤，是手脚并用，连滚带爬上岸的。虽然我们看到了后山上的灯光，听见了从那边传过来的人声，但我们心里一点也不轻松。山风飕飕的冷，脚下都是湿泥，我们干巴巴地等着。也不知道过了多久，雨渐渐地小了，西边也开始蒙蒙亮了，可我的心还是七上八下的。就在这时，水面上漂过来两个黑点，由远而近，越来越大。我们支撑着快要散架的身子，站起来，仔细看，真的是军伢子拖着梅子向岸边游来。我们大呼小叫起来：我们在这呢。快游过来呀。喊着喊着，我们发现水流突然汹涌起来，远处响起隆隆的大水声，远处山坡上，一道浪头拢起的白线向下游滚滚冲来。我们急了，扯着嗓子就喊：大水来了，快点游，快点游呀。军伢子显然听到了我们的喊声。他吃力地摆动着双臂，眼睛睁得老大的，嘴巴一张一合地喘着粗气。他在奋力挣扎。当他们离岸边还有一丈来远的时候，洪峰冲了过来。巨浪先是把他俩双双冲上岸，重重地摔在地上。我们不顾一切地冲了上去，不约而同地抓住梅子的胳膊大腿头发，但是没有人去抓军伢子。洪水退回去的力量并不比冲上来时弱多少。军伢子又被洪水卷了回去。汹涌的波涛立刻吞没了他。在大水淹没他之前，军伢子那张白纸一般的脸浮出了水面，他的眼睛睁得大大的，眉毛往下耷拉着，嘴角微微向外咧开。他已经放弃挣扎了，浑身软绵绵的，像一块破布一样被水冲走了。我不敢肯定，军伢子走的时候，他那微开的嘴角像是苦笑，又像嘲笑，又像冷笑，他要表达什么？

岸上的几个人，除了昏迷不醒的梅子躺在稀泥里，我们都哭了。我们的眼泪和雨水混在了一起，落在地上。我这人从来不掉眼泪，特别是真诚的眼泪，但是那次我掉的是真诚的眼泪。对此，我是可以向天发誓的。

一阵热闹的喧闹声从院子的角落响起，大人、小孩、男人、女人，像上了发条一样，连蹦带跳地向我这边涌来。切蛋糕了。快来吃蛋糕呀。快点呀。都来吧。他们吵吵着。梅子端着一摞盘子，比尔拿着一把刀。

我这才注意到，在离我十几步远的圆桌上放着一个宝塔形的蛋糕，一层一层的，足有半人多高。蛋糕的顶部还摆着两个小蜡人，一个披着婚纱，另一个穿着燕尾服，不用问，披纱的是梅子，穿礼服的是比尔。两个小人亲亲密密的，牵着手，昂着头，还龇牙笑呢。也说不清是获得了灵感，还是受到什么力量的驱使，我捡起草地上的皮球，对着小哈巴狗说：“我知道你是一只好狗，一只又懂事又听话的狗。”我拿起皮球，举过头顶，用力抛了出去。看着皮球向蛋糕飞去，我小声地嘟囔着：“军伢子，你小子看好了，这一切我可都是为你做的，别看你打了我，骂了我，但是我还是把你看成哥们儿的。”

这时，皮球就像长了眼睛一样准确地落在蛋糕的底座上。再看那只可爱的哈巴狗，它飞快地摆动着四条短腿，向那张圆桌跑去，身体轻盈得像一朵会叫的白云。在离圆桌还有一步之遥时，小狗腾空而起，借着冲力，一下子钻进了蛋糕里。哈巴狗并没有就此罢休。它在蛋糕里抖了抖身子，打了个滚儿，还做了个三百六十五度的空转。与此同时，那个原本很威风的蛋糕，以雪崩的气势瘫倒下来，瞬间四分五裂，落在草地上，溅在那些兴高采烈的人的身上。所有的人都被这突如其来的壮观景象惊呆了。他们站在那里，竖着眉毛，瞪着眼睛，下巴都快垂到胸前了。他们眼巴巴地看着蛋糕崩溃，倒塌，瞬间变成了一堆垃圾。人们的目光从兴奋变成失望,失望中掺杂着愤怒和悲哀，破碎的目光慢慢地落到我身上。

我慢慢地从木椅上站起来，先捶捶后背，后又伸了个懒腰，然后清了清嗓子，对着面前的人群说：“Thank you. Thank you very much.”

评论：

《我给新娘做傧相》一文采用顺叙和插叙并行的叙述方式，在记叙“我”去参加故友梅子婚礼、以“娘家人”的身份担任送梅子出嫁傧相过程的同时，穿插回忆了数十年前我与梅子、军伢子等知识青年在清河洼并肩作战的知青岁月，小说通过略显戏谑的语言消解了过往知青历史的沉重感，并呈现出如今漂泊海外的“我们”的存在困境跟彼此之间的复杂情感。

小说中，我与梅子虽是年少时一起经历过上山下乡、如今又共同定居于美国的多年故交，我们当下的关系实际上却并不热络，我回忆起两人上一次见面还是在多年以前梅子邀请我做她的傧相出席的婚礼上。在我和梅子之间隔着难以言说、无法轻易碰触的知青往事，这段往事使得我们的情感可谓如履薄冰，而当“我”以女方唯一亲友的身份到场却接二连三地刻意给梅子的婚礼造成破坏之后，注定了同为漂泊者的“我们”只能渐行渐远。

在接到梅子的婚礼邀请电话时，我的心里虽五味杂陈，但对梅子到底还是关心的：即使我的内心并不愿意去做梅子的傧相，然而梅子无人可倚靠的处境却令我难以拒绝她的请求，我想安慰需要人“壮胆儿”的梅子，只是碍于性情终难说出口。而梅子作为一位孤身漂泊海外的女性，遭遇似乎也并不顺遂，并非初次结婚的她游离于一个又一个男人之间，却寻觅不到可以安定下来的栖息之处，少年故交我亦非可解其忧之人，因此，我答应做傧相送她出嫁这件事便给期待顺利完成婚礼的梅子带去了一丝希望。

在我记忆中与梅子一同走过的知青岁月里，也曾经历过少男少女之间朦胧而纯洁的情愫，当年身为食堂大师傅儿子的我是梅子的爱慕者，而梅子倾心的则是军长的儿子军伢子。在作者笔下，我们的下乡生活虽艰苦但并不沉闷，少年心性与韧劲为劳动的日子平添了几分生机。我与军伢子曾为梅子大打出手，而本有机会回城的军伢子却为了梅子与我们这些同伴选择留在清河洼，最终更因在一场本可幸免、却由于“我”的误判而未能逃过的洪灾中为抢救梅子而牺牲了自己。

军伢子的死推动了我和梅子等人的回城，从此也成了我的一个心结。于是，多年以后在梅子的婚礼上，小说的高潮发生了——一直惦记着为梅子付出生命的军伢子的“我”终究没能成为一名合格的傧相。“我”与挽着“我”的梅子并肩走向她的新郎比尔，脑子里想的却满是“对不起军伢子的地方”，这份歉疚使我选择藏匿起梅子的婚戒，以一个滑稽的姿势在红地毯上故作找寻，而出乎我意料的是梅子似乎早已看穿我的心思，因而取出备用戒指，结束了这场因我而生的短暂闹剧。

作为小说中的女主角，梅子的形象是通过我的叙述而建立的，其“失语者”的身份令人难窥她在多年的海外漂泊年岁里、在致电请求我做傧相时、在我当着男方亲友众人的面像“一头拉磨的毛驴”爬来爬去时的内心想法，只有备用戒指的出场暗示着梅子对我可能做出行为的了解，以及对我的不信任。尽管“我们”均小心翼翼地不提起过去，却无法改变它早已在彼此的内心深深扎了根。

我无法忘怀往事，梅子亦不可能停下前行的步履，我与梅子如同处于人世一张大网中，各自为生存所围困。小说末尾，我最终如愿毁掉了梅子婚礼的气氛，众人的狂欢荡然无存，然而谁又能确定我是否真正实现了心之所愿？唯一能确定的，是婚礼上的蛋糕塔最终四分五裂成“一堆垃圾”，像极了我和梅子挣不脱的过去。

（黎丹丽　评）

吕 红

作者简介：吕红，博士，现为美国华文文艺界协会会长、《红杉林》美洲华人文艺总编、中国侨联文学艺术家协会海外顾问。美国俄亥俄大学研究员、陕西师范大学高研院特聘作家。著有《美国情人》《世纪家族》《女人的白宫》《午夜兰桂坊》《红颜沧桑》《智者的博弈》等。作品选入《美文》《美国新生活丛书》《解密美国教育》《全球华文作品精选》等。主编《女人的天涯》《新世纪海外女作家获奖作品精选》《跨越太平洋》等文集。曾获多项文学奖及北美传媒大奖。首届国际新移民文学笔会突出贡献奖。

海之梦

一

飞机正在从高空逐渐下降，缓慢滑向跑道。透过舷窗、机翼，但见海湾那熟悉的山山水水、桥梁、市区繁华的商业中心、高层建筑，还有……川流不息的车辆，游人如织。

若雯刚下飞机，时差还没倒过来。就赶场参加一个聚会。宴后还有相当丰富的娱乐节目。觥筹交错，笑语喧哗。场面热乎乎的，感觉有点晕。

同桌相熟的，有教授和夫人、胡哥、同学小郑，其他人几乎都是不熟悉的面孔。当然她也发现，那位沉稳而不动声色的，在政坛崭露头角的男人钧峰，是个亮点。

举起酒杯，大家笑着八卦谁是好汉，“把酒论英雄”。为了增加气氛，教授对大家讲了点花絮，有关钧峰。说他有个啼笑皆非的另一半，老婆脾气很坏，吵架那是家常便饭。几乎是三天一小吵五天一大吵，吵着吵着竟动了手，教授自称他完全客观描述，不带夸张的真实一幕。

教授应邀与这俩夫妇一起去郊外，游山逛水。途中，他们在前座开着车呢，不知何故吵了起来，而且还要让外人听得懂，不用当地土话，用国语或普通话或不怎么标准的京腔吵。吵还嫌不够刺激，干脆半途停车冲下来，拳脚交并，打得风生水起、眼花缭乱、不可开交，跟港台功夫片似的。教授怕出人命案，忙不迭去劝架，混乱中，眼镜跌落，手臂也被抓破。

教授最不厌其烦绘声绘色的细节是，男人好像练武一般，愤怒地将老婆举起，轻轻——放倒在种花生的沙地上……最后，回到了市区，两口子又彬彬有礼，请客吃饭，招待各方。关系比兄弟还好。末了，教授一句，此文件“仅传达到地县”，做了精彩结语。

哈哈哈……闻者大笑。

借着酒劲，钧峰也幽自己一默，来补充这段花絮。说，他当时没用武功，觉得有外人在场，自己还是要克制。就压着火气，只是轻轻地将她放倒在沙地。可女人呢，岂能示弱？她刷地脱下高跟鞋，一只凌空甩向沙地，另外一只，对准那价值十几万的轿车的玻璃狠狠地砸下去……

众人的笑声更大了。她也笑，笑出了眼泪。

滨海真是变化太快了。昔日那傲然挺立的国际金融大厦，早已躲在或者说拥挤在一片新的趾高气扬的建筑群后面。七拐八弯地绕进去，才发现前厅是多么狭小，门前那七八个小男孩雕塑“撒尿”的喷泉也干枯了。

江河日夜奔流，是精英或大咖或是赶潮者，只能由时间回答。

二

深夜，导演玩命般全神贯注在剪片子。片刻休息，他燃起了一支烟，思绪随着烟雾袅袅……已经熬了几个通宵了，今晚要全部弄妥，为争取送审而争分夺秒抢时间。若雯还帮忙客串了一把，补充镜头。

女主角林薇是专程从洛杉矶飞来的。她剧中扮演的角色身世相当坎坷，一个女人和三个男人的命运纠葛。从小被人收养，为学戏闯荡江湖，被师父调教，出落得翩若惊鸿，后被大老板包养，巧遇大学生萌发真情……可谓历尽沧桑。在那场高潮戏中，跑码头的茶馆变成上流富贵人物云集的豪华酒店，导演黄袍大褂亲自上阵，摇身一变成“土豪劣绅“的范儿，愣叫一拨群众演员跳华尔兹跳了几个钟头，铺垫高潮戏。终于，女主角光彩照人出现了——

一袭黑丝绒晚礼服，托出她婀娜多姿的身段，肩披粉红色轻纱，飘曳出天然风韵，无视周遭羡慕欣赏嫉妒鄙弃的眼光和表情，从容穿过红男绿女，寻找她的心上人……焦急地与恋人相见，与诡诈的男人以及老板相撞……

她面部闪过惊喜、伤心、恐惧、无奈等层次的变换，将女主角丰富复杂的内心情感呈现——是她！舞场内外一阵小小骚动，叽叽喳喳品头论足，戏里戏外融为一体，效果出来了，导演大叫一声：“好，过！”

若雯目睹女主角神思深重地进入，又一身轻松地出来，仿佛窥见这个江南娇小女子，柔柔的外表下并不柔弱的内心。

林薇边换装边和若雯聊天。说喜欢拍电影是可以有时间琢磨，如何设计最佳自我表演状态，而拍电视剧则全靠平时积累即兴发挥了。快餐嘛，好处就是拍出来很快让观众看到。譬如这个角色，从不谙世事的乡下小女孩到十里洋场的上海，识点文化了，接触面宽了，人也慢慢变化了……有时候一天中从一集跳到十八集，千变万化，这张脸一会儿是小村姑，一会儿是大明星，还有四五场中间过渡戏，折腾得脸都不是自己的了，最后连脑壳也不知是谁的了。现在才知道拍电视剧也挺不容易，一天几乎跑遍上海所有的码头，碰到这种戏真还是头一次。

那是不是充分调动了你的表演潜力？若雯问。

她说有时还来不及调动，拍完后才想起要是那样做就好了。当然，要说过戏瘾，这最好！但实在太累太累，累得连睡觉的工夫都没，嗨，假如人能干别的，千万别当演员，太苦。累得筋疲力尽颠三倒四，累得她一个劲地嚷嚷，真想把导演掐死。导演说让我太太也去掐死你老公，这世上就留俩寡妇，又有什么意思呢？够损吧。

三

朦朦胧胧，如电影片断。在新开张的老上海饭店，品尝国宴大厨的手艺。往往这种场合，享受海龟待遇的汤尼是最八卦、也最受捧的段子王。而且他的八卦主角总是名流，不管真的假的，他都能说得有鼻子有眼。他说某某追求的一个女同学，人称什么之花，后来那女的到了美国银行工作，穿得袒胸露背，已经升为副总裁了。汤尼说，才脱一半就升副总裁？要是脱得光光的岂不是就要升总裁了？众人哄堂大笑。

一盏烛光，幽幽闪烁。美艳小姐来邀请他，他摆手婉拒。他和她，纷繁喧闹尘世的边缘人，冷眼旁观；聊天却不时地被劲歌热舞所打断。

他说，教授这人口才好，因为职业习惯在讲台上即兴发挥，却比较老生常谈，对某些问题分析判断有时就不那么准确。你不一样，深沉，话不多但精辟在点子上，给人启迪。

她笑笑。长短各有。还是靠多读书，譬如你，博览群书还觉得不够，还有压力，有不断学习的紧迫感；总是浏览报刊，好文章你都用心记下；不像别人看过也就算了。而有的人满足于应付，掌握的信息量不足以应对这个变化无穷的社会，分析判断也许就有偏差。

她听说，俊峰的记性惊人，连小郑父亲某年某月曾经在某酒楼宴会，由谁做东请客都记得清楚。这到底是领导人素质？还是秘书素质？不过，许多头儿不也曾是从秘书位置上一步步上来的……

忽然，喧闹的舞曲停顿了，飞旋的彩灯也熄灭了，静了片刻，一丝若有若无的萨克斯慢慢悠悠在飘忽……唯有他和她相对，端坐在小包厢，清淡。偶尔，才跳了一段慢三，普通的舞步，简略的交谈，直到舞会散场。

就这样，在黑幽幽的窗前，她发了很长时间的臆怔。她看到黑暗中自己转身冷冰冰的神态就觉得不正常，她明明知道自己不正常却又找不出任何原因。是他接待不周？热情不够？是自己不满意不喜欢？都不是。

他忽远又忽近。她忽热又忽冷，也让他摸不着头脑。人永远是无法完全写尽的一个存在。大概他在各种压力下工作，回到亲友间，人就需要放松。喝酒是一种宣泄，唱歌也是。带着微微醉意，他晚上开车，送她。她沉默。你好像特别疲倦，一句话不想讲？他问。

我一进那种场合头就晕了。她淡淡地说。车窗外，霓虹灯闪烁，酒吧，歌舞厅，渐渐远了，被抛在车后。这样的体验自己也经历了不少，说实在的，几天的热闹奢华也够了，只想有个清静幽雅的地方，哪怕简陋一点，喝茶，聊天，就蛮好的。

他说自己原先也想这样安排，但都被公司老板给搅了。作为他来说，总是希望别人高兴，为别人考虑得多一点，“把快乐留给别人，把痛苦留给自己”嘛。

她本想说那又何必，俩人分担岂不更好？话到口边，又咽下。

异乡深夜温柔的黑暗使人很容易忘掉尘世纷扰、穿越不可言说的障碍，直达心灵密室。

透过磁性的声音，叩响心扉。这次聚会，最大收获就是遇见了你。

遇见我算什么？我又不是名人。轻飘飘，雾霭似的笑。

名很重要吗？那都不重要的。电话那端，柔和中显出自信、执着。

又是一笑。她是故意要激他的。他和她，只是同许多人一起聚会，然后挥手道别回到各自住处。交往最密切也只是隔着幽深的夜空，煲电话而已。

四

若雯、林薇在跟他们去郊外拍片路途中，忽高忽低晕头转向，翻江倒海，路况糟糕得简直无法形容。几乎快要把人肠子都颠簸出来了。为了自我保护，她闭起眼假寐……千万可别像从前那样，去椰林路途吐得一塌糊涂，有损形象。

朦朦胧胧，她听着他们叽里呱啦说当地土话，像鸟语，又像催眠曲……

亏得几兄弟经得起折腾，身体棒，经常这样往返于都市和乡村之间。都市是拼杀的战场，是声色犬马的天堂；而乡村还有曾经养育一群儿女的垂垂父老。

就在她似睡非睡半梦半醒时，忽然听见谁说：到了。她一睁眼，果真一处养老胜地。满眼的绿荫、幽静的石板小道、拙朴的篱笆墙、扑鼻的花香、婉转的鸟鸣……一座造型别致的小别墅，眼前耸立——好一个世外桃源呵！

光洁的大理石地板，雕花楼梯扶手，古色古香，楼上楼下，厅里厅外，转悠参观欣赏。到了后花园，她瞪大眼睛问，南霸天去哪里了？似乎隐约看见一群穿红戴绿的小丫鬟，踮着芭蕾舞的尖尖脚步，端着盘子舞过来……她特别在凉台上待了一会儿，俯瞰了四周环境，见还有几座高低不等的村民的房屋，散落在绿荫中。唯独这豪宅鹤立鸡群。

按照乡俗，弟兄几个在晚餐之前点燃了喜庆的鞭炮……

在电影首映式前夕，气质不俗的靓女林薇，从大洋彼岸飞来。多年前的她，对朱导冲她“大喊大叫”耿耿于怀，但对其个性才华却念念不忘……临嫁赴美前，泪眼蒙眬，望着恋人喃喃，只要你一句话，我就不漂洋过海，永在你身边。

她神情缠绵，朱导柔肠百结，忍着疼痛，挥挥手说，得，你还是去吧，我养不起你。嫁一老外，怎么也比跟着我这个穷导演，东跑西颠受苦受罪要强！

林薇千里迢迢，掏心掏肺诉一番衷肠。说导演尽拍“马屁”影剧，纯属浪费才华和生命。朱导不恼不怒，还弥勒佛似的笑嘻嘻的，完全不是从前那个脾气火爆的胡子哥了。

在碧竹葱郁、紫藤绕窗覆墙、氛围古典幽静的竹苑共进晚餐。

一袭黑色薄纱晚礼服，酥胸半露，项链闪烁。她轻轻晃着一杯葡萄酒。秋波流转看着面前的朱导，口吻是一抹讥诮：哼，尽搞些“遵命文学”有什么价值？又有多少生命力呢？……

大胡子打断说，他可以玩艺术，但不可能有第二个。我们得为生活。你想坚持真正的艺术除非你甘愿穷愁潦倒。只要我每部戏有打动人、耐人寻味的东西……

林薇把若雯当作知音，狠狠地宣泄一通。权和钱，可怕的魔术运作！某恐怖片已经达到青面獠牙的程度，某武打片已经达到狗血喷头的程度，某爱情片如醉如死，某历史片是非颠倒，古装片甚至裸胸露背……泛滥成灾的商业劣片教人骂娘也是活该！

痛饮了几瓶酒后，大胡子豪情万丈，说，哪天去拉他一笔巨资拍个大片怎样？我就不信我玩艺术玩不出名堂！不拿个国际大奖，看我不把个朱字倒着写！

和他们碰杯之后，林薇起身说了句失陪。明天就要飞洛杉矶，所以先回房间了。飘然离去，唯留一缕幽香在竹苑飘荡。

没看什么首映式的隆重场面她就走了，挥一挥衣袖，不带走一丝云彩……当飞机由东往西，飞往洛杉矶，回到她安居的碧云山庄时，她的心情格外平静。好像是另外一个女人，一个没有曾经沧海，没有痛苦过往和刻骨铭心记忆的女人。

导演在叙述他俩的故事中打了多少埋伏就不得而知。艺术家嘛越是有感觉越装得无所谓，表面漫不经心，却以戏谑的口吻吐出心中的真意。或许，语言不是为了表现内心，相反往往是被作为掩藏或掩盖内心真正的想法意图的屏障……顾左右而言他？

同房的制片深夜接到电话，一听就知道是找谁，睡眼惺忪的导演接过电话，咕哝两句，翻个身，又呼呼噜噜酣睡。制片摇头：呵，这家伙，真是个提得起放得下的男人呵！

五

落差，不仅有视觉上的，也有心理上的。一向是喜欢壮志豪情类的，可是现实却逼她关注鸡毛蒜皮絮絮叨叨，庸人琐事，心理疲倦。难怪一碰上精英就有一种兴奋感。

若雯回到属于她的北方。隆冬季节，冷缩。而海那边，衬衣短裙，温度直线上升。她接到来自南方的热线电话。他们随意聊天，关于气候，关于生活。冷也好热也好，活着就好。只要心是热的就行。就怕一个人心烧焦了，另一个人还冷冰冰的，那也够惨的。

你不会太热的。他以十分肯定的口吻说。

你怎么会这样看？她反问。

已经可以证明，好像我们都属于想得多说得多做得少的一类。

两多一少？我好像说得也不多。你的确是做得少。我特别关心有一个晚上你都想了些什么。

哈哈……一阵爽朗的大笑。以笑为守。

在低语绵绵的夜晚，隔着万籁俱寂的夜空，他和她握着电话筒交流。

对那舞厅黑暗中的“黄金时间”你一点不动心吗？她探究似的问。

不感兴趣。他说。过去常常被大哥他们拉来，每次几乎都是坐一下就走。倒不是说自己多么正经，形象有多高大，而是觉得，像那样没有精神交流，就那么亲热地在一起，很尴尬。对彼此都是一种累。不是吗？

她的纤手无意识地绕着电话线，绕成乱麻一团，静静听着，想着。有时感觉很近，有时又感觉很远。思绪飘忽，跟着他的谈话，有时飘着，就不知飘哪儿去了。

轻轻的，电话那端在诉说——尽管彼此交往时光短暂，但你给我留下的印象，是一辈子忘不掉了！

噢，你咋不早说呢？

太遗憾了，相见恨晚。但人不能多想自己，还要多想别人是吧？

如果这样，你不会有失落感吗？

有。我想可能睡一觉就好了。再怎么说，也不能在你面前暴露无遗太赤裸裸了吧？

“赤裸裸”？对某些人来说，包裹得越严实越好；有的人从内到外都是平平淡淡一览无余；也有人或许有社会角色的人格面具，但本质上就内涵丰富而深刻；有谁，能真的看破红尘，赤条条来去无牵挂？

纤纤手指绕着电话线……俗话说：女人心，海底针。

也许只要一个眼神，就能知道彼此是喜欢不喜欢。他说。

那你早知道我是不设防的城市，而你时时蒙上面纱是吗？

不，没有。但这种忽远忽近的感觉是有的。毕竟交往时间短，只了解一点皮毛，慢慢来。我希望在你面前是男子汉，你希望吗？当然。你真的希望我是男子汉？我怎么没有感觉到？如果你觉得我是你想象的那样，或者更好你会怎样呢？我会顺其自然的。如果不是想象的，或者很差？不会。我相信。

嚓，他的话语在她心灵擦亮一根火柴。总要擦出更多火花，才会燃起熊熊火焰。

夜雾伴随着海涛。在那个近距离接触的瞬间，君子之交淡如水。

就那个什么都没有发生的夜晚，却是透过一条无形电缆传达的声音，穿透夜之温柔，轻轻地在幽暗中倾诉。我以为你还应该多睡一下。我想，是你说过你的生物钟一向准确，总会告诉你在何时醒来，哪怕睡得再晚。在幽暗中他对她说，我甚至知道你是几点钟睡的。

在彼此短暂接近的那个夜晚……她想，他在黑暗中一定睁大双眼，聆听；或是双眸紧闭，用心在倾听，另一颗心房微妙的波动。她微微有些不安，有些莫名其妙的躁动，但无论如何她是不会打破平衡迈过那道门槛的。尽管，内心曾经无数次游离边缘的那种冲动，早已冲破了世俗藩篱，灵魂拥抱着灵魂舞蹈。举止依旧端庄淑女。

此时此刻，倾听心语，在电话线那端。她轻轻一笑，想不到你还是个细心人？

他说，外人都以为搞我们这行的与军人无异，形同粗汉，其实不然。

那么，你是粗中有细？她问。

不，我是细中有粗。他说。

其实他早就醒了，但他不能起来，在自己家应该是客人先起，不然就不礼貌，云云。如果只说了前面的话，可以视为感情的流露，可是又补充了后半句，就显得得体，不过是在尽地主之谊的一种客套礼性罢了。

他常常这样，把许多亲近的话语放在适度的范围内，譬如开车送她时，一再说“欢迎你再到滨海来”这句普通得不能再普通的话。接着，他又问：会来吗？

她的反应是：那要看欢迎的程度了。这句有点让他意外：程度？也许他想欢迎就是欢迎，还有什么程度之说？他已经做了最大程度的表露了，对方却还拿着架子……程度？

下意识的举动流露了他内心的波动，却又强烈抑制着；回避和她眼睛正面的接触，俩人单独相处就不大自在，有不知该沉默，还是夸夸其谈的窘迫；下车开门，也欲近又远的笨拙，还有沙场里历练出来的超乎寻常的控制力、坚毅、冷静……噢，好个复杂多变的男人呵！

陌生而又熟悉的感觉，孤独中的相互慰藉。夜深人静，声音不敢放大，可是忽然电话里又有杂音……

打电话没有危险。

总想你，很多事情干不下去，不知如何是好？他说。忽又自嘲，也许咱彼此展现的，都是最好的一面？

你具有一种让人迅速发现你的个性魅力。同时让人感觉到你具有的潜在素质和政治能量。政客讲腹隐机谋胸藏韬略，逢场作戏；而你看重情义，为情所累；政客反复无常翻云覆雨，而你信守承诺，言必信行必果；政客讲究理性与节制，这点你亦同，绝不会放任自我感觉，你的理性主宰了感性；政客冷酷无情，拿得起放得下，视胜败为兵家常事；你却悲天悯人，文化人格是诗人型非政治型，超脱型而非功利型。即便是失败也有令人钦佩的特质，对所拥有的知识和现状永不满足——浮士德最终也是这样！

他是个敏感的人。曾有官员说“你们滨海人，我们大陆人”如何如何，不经意就刺伤了他。他站起来反驳，谁是真正的滨海人？只有那些土生土长的土著，而大部分滨海人是早期移民过来的。这说明什么呢？说明这地方具有兼容性，而经过巨大的冲击与变迁之后，表现出很强的亲和力，开放而多元……我不明白为什么至今还有人心理上仍有排斥感，甚至表现出不合潮流的主观意识或是心态?

诸多因素掺杂，短暂交往，既有擦肩而过的超脱，又有失之交臂的惋惜。当她感叹时，他却笑笑说，睡一觉就好了。

谢谢你让我找到对这片大海的感觉。黑暗中，她手指绕着长长的、细细的电话线。仿佛远在天涯又仿佛近在咫尺。

六

爱似乎来无影去无踪，与人的生命相关，与任何条件不搭界，尤其是对她或他这样一个重感觉重激情重内心甚于一切的人来说，短暂的幸福，就来自爱，与被爱。

“不会褪色的！”他笑声朗朗。拿得起放得下。

好像没有什么是可以难倒你的？她问，有点不解。

那也不见得，但总不能愁死吧。办不了，还是只有哈哈一笑。他笑道。

就像猛然打开了一扇门，让你看到精彩的世界与无奈的人生。有时你情绪不好、事情不顺，反而会去找最开心的人讲最开心的话，来自我调剂。

她心里很清楚那地方的优势和劣势，并不像初来乍到的小年轻，被表面现象迷惑，以致忘乎所以。她也看到了广告牌的虚张声势；看到新楼群的空洞，不至于像媒体形容的萧条；灯红酒绿背后的糜烂；奢华后面的衰败，仍有人唱得有滋有味！尽管诸多不如意，但她还是看到了蕴含在嬗变深处的生机；今生今世，值此一回，谁也不会千万年地活下去，“人生不满百，常怀千岁忧”。尽可逮个机会，轰轰烈烈干个十年八年。即便将来人老珠黄也没留什么遗憾——“管他去爱谁，我有美酒加咖啡，一杯再一杯！”

他说：掐两头留中间，一年头几个月和后几个月一去，没有多少干事的时间。小时去掉十几年，老了又去掉十几年，中间就没有多少黄金时间。

她笑，就是呵，好像还没怎么发挥呢，忽然就该退休了，褪色了。就该玩完了。哈哈，想起来觉得悲哀，怎么一下子就没活头了？

他说：人挪活，树挪死。其实挪动一下，也许开始有点不适应水土，殃一阵，但会好的。凡事往最坏处想，可能就不会感到失望，失落。

她惊讶：要是一个劲地往坏处想，不就等于闭着眼往火炕里跳吗？

那也不是。路是走出来的。全靠自己。

你是不是开始先说好的，给我一个强烈印象，然后再一步步往后缩，怕负责任？

那不成了演戏？那就没意思了。不会不会。

就是演戏吧？惯用手法？一贯策略？用嘻嘻哈哈。

上天做了男人又做女人，为的是教他们相互取悦，而不是相互伤害。两性之战，只会加重荷尔蒙内分泌失调。男子变得暴躁，女子则长胡须，长出男子一般的野心。

美国电影《大班》中人物对话很精彩，荷兰对德说：你干预了命运，所以你就有一份责任了。对，关键是把自己的事办好。你该做什么就尽管去做。可人的精力是有限的，抓了这头就不一定抓住那头。她说。

栽什么树苗结什么果，撒什么种子开什么花。他笑。

思绪缥缈，过去，现在，还有不可知的未来……有人说你外表看来不过二十岁，实际三十出头，而内心的丰富却是四十以上的女人的。似乎在羡慕她。她想，有这样的年龄又怎么样？还不是一混就十年，再十年还是混吗？

噢，多可怕呀，人一生能有多少黄金时间呢？最富于活力的青春，都挥洒在哪？还能像从前那样走一遭吗？一丝惶惑袭上心头。认命？还是抓住人生最后的机会再搏一次？

去一个陌生的地方从零起步，生活习惯还是次要的，关键是能否很快适应环境，找准自己新的位置。一旦下了决心，她是什么都可以不要的。但如果没有事业，也就等于没有了一切。所谓事业，也就是意味着不仅有机遇，而且更有适于你施展的环境。

渴盼远行。她想。对一个渴盼并且敢于远行的人，甭管他或她出于什么样的动机：探险、朝圣、科学考察，甚至仅仅出于逃避或耽于幻想，都表现了一种伟大的激情和坚强的人格力量。……面临抉择，如果说当年的你，敢于赴汤蹈火义无反顾，如今的你还能找到这份勇气，单纯和潇洒吗？

每个人生来都是负有使命的，有的人可能意识不到。你的使命就是如何运用聪明才智，让心灵去敲击心灵，照亮那些在黑暗中苦闷彷徨的人，带来希望……思想没有物质载体，思想不能传播；而没有思想的文字是轻飘飘的，缺乏传播的灵魂和动力。

心理学家和哲学家威廉·詹姆斯说："播下一个行动，你将收获一种习惯；播下一种习惯，你将收获一种性格；播下一种性格，你将收获一种命运。"

宵夜之后，大家去唱卡拉OK。他唱了两首，《一剪梅》《迟来的爱》。沉稳的表情，热情而含蓄的言辞，透出他的坦诚、信心、坚韧……

歌词似已模糊，唯韵味依旧，悠然回荡……问世间，情为何物？

灵魂深处最向往的，莫过于两颗心在同一层次上共振。和这样的人在一起，可以什么都想，也可以什么都不想；可以什么都说，也可以什么都不说。这，不是最好的感觉、状态吗？

君子之交淡如水……没有任何肌肤相亲，却又蕴含了至深的情分，似乎有点神秘，更有点虚妄；似有还无，竟胜过人间无数！

迷惘间她似乎感悟出了点什么，是希望？抑或失望？一枚铜币的两面？就像是没有等来的戈多，没有航标的河流，没有休止符的乐谱……

评论：

《海之梦》这篇小说共分为六大部分内容，各部分内容互相穿插交错，从中梳理出了两条主要感情线，一条是若雯和钧峰那忽远忽近、若即若离的微妙关系，另一条导演胡子哥和演员林薇之间的相爱却不能相守的爱情故事。若雯和钧峰相识于一场宴会中，互相之间颇有好感，但是遗憾的是感情来得太迟，钧峰已是已婚人士，这段感情从萌生的那一刻起就注定了是无果的结局。而导演胡子哥是一位艺术家，为追求自己的艺术梦挥洒着激情，演员林薇是一位外表柔弱内心坚强的江南娇小女子，她经历过太多的痛苦过往，深知演员工作的艰辛和不易；她倾慕胡子哥的才华，但是却因为二人的追求不同，最终感情也只能以远嫁美国收场。

这篇文章以“海之梦”为题，表明了这两段在滨海产生的爱情，如梦一般虚幻，永远不会有结果。文章的结尾处引用了心理学家和哲学家威廉·詹姆斯的一段话，“播下一个行动，你将收获一种习惯；播下一种习惯，你将收获一种性格；播下一种性格，你将收获一种命运”，从而也揭示了文章的主旨，人们遇到任何问题都要积极行动，在努力的过程中享受快乐，不要太在意结果如何。生命就在于拿得起放得下，青春就是敢于远行，敢于挥洒。播下行动，收获习惯，播下习惯，收获性格。这种性格是积极向上、坚韧不拔的，这种收获比任何物质上的占有更有深意，代表心理成长和自我的充实。既然没有什么比心理的成长、成熟更重要的，后面加什么话都显得多余。

在这篇充满哲理意味的文章中，我们读出了作者对于爱与生命的思考——爱与生命相关，与任何条件不搭界；每个人生来都是负有使命的，生命的意义在于传播思想，给人带来希望。

（刘世琴　评）

李硕儒

作者简介：李硕儒，1939年3月生于河北，长于北京，作家。曾从事过记者、编辑、编剧等，曾任中国青年出版社编审、文学编辑室主任、大型文学期刊《小说》主编等。中国作家协会会员。1998年移居美国，现为美国华文文艺家协会副会长。出版过长篇历史小说《大风歌》(合作，曾获重庆市“五个一工程奖”)、《千古商圣——范蠡的后半生》(合作)、中篇小说集《爱的奔逃》，散文随笔集《红磨坊之夜》、《外面的世界》(曾获全国图书二等奖)、《浮生三影》、《彼岸回眸》、《寂寞绿卡》(曾获全国图书奖)、《母亲的诗》，长篇传记体纪实文学《浮尘岁月》等。《巨人的握手》《大风歌》等被改编为长篇历史电视剧。

苦乐边缘人

我爬上飞机，逃离了北京的闷热和汗水。汗水渐渐退去，先是加穿毛背心，后又盖上机上薄毯，快到降落时，只见舷窗外再没有浮躁蒸腾的热浪，天宇中偶尔飘动的是略显清寂的云絮和深邃玄幻的蓝天……飞机在降落，那被高空缩小了的海湾、绿地和片片屋宇成了我脚下的现实。微笑、问候、拥抱，女儿、女婿接我上车朝家的方向驶去。

旧金山薄凉如秋，女儿见我连连喷嚏，为我披上一件车上常备的绒毛衣。

进得家门，妻已煮好大米粥，两个外孙女奔过来拥抱，看着已经快与我齐平的她们不禁两眼发热……阔别两年，我又回到了旧金山的家。

空洞的心常感觉心有牵挂，冥冥中更常感到是谁在牵挂着我，直到今天，我的第一反应还往往懵懵地以为是父母，是他们还在等着我回家吃晚饭，或因为外面有事而等着我的电话……清醒后又不禁怅然而笑，他们已经分别离开我们二十五年和十八年，纵然心有余戚相互牵挂，也已阴阳两隔呼之无应了……或许真是心有灵犀，差不多每到此刻，女儿就来了跨洋视频，说得最多的是我已年过七旬，虽有叔叔姑姑们在京，也已日渐老迈，你一个人居住，万一有病有灾谁来照顾？还是回旧金山养老，有我们和妈妈照顾，一家厮守，也好彼此放心……儿子则每从香港回京都动员我去香港住，说你在美国语言不通，文化差异太大，还是住在香港最好，要是怕我们照顾不好，还可请菲佣……他们见一时说不动我，女儿换了新的理由，说你总说因语言障碍，两个外孙女跟你不亲，如今她们放暑假了，Amber 自己提出暑假要学中文，还想学些中国古诗词，七月中还要去洛杉矶参加全美国中学生舞蹈比赛，你总不能放过这个机会吧？啊？爸……是啊，我不能也不肯放过这个机会，何况这孩子生来就喜欢艺术，她四岁学跳舞，至今已经十年，芭蕾、踢踏、自由舞、朝鲜舞等群舞、独舞都曾登台表演，如今又学吉他，此外还喜欢读书写作，以致竟同时写六个故事（我后来问都写完没有，她只旋了两个舞步后，笑而未答），不管她写没写下去，我这个外公岂能不配合？我回来了，见到她们方才明白，我牵挂的是他们，最牵挂我的人也只剩了他们。

回到我的房间，这房间新添了架钢琴，墙上挂了两幅稚嫩又充满童趣的油彩画：一幅是冰川上的企鹅，虽然从天空到冰川到大大小小的企鹅家族一派瑟缩，可它们各个的眼睛都像笑出了快乐；另一幅是风中的女孩，放大的头相迎着玄幻的天空睁大着好奇又向往的眼睛……女儿说前些日子小外孙女 Ariel 曾要求在这个房间住过，所以添了她正在学的钢琴和新近画的画，后来她有些怕，因这里太静，又搬上楼了。我说我喜欢的就是它的静，和拉开门就是这小小的园子和园子里正结桃子的桃树。我端详着 Ariel 的画：的确又有长进，善于用手表现她喜欢的东西，无论是画画还是装置，这是她的天性，最让人高兴的是她想象力的丰富。女儿笑笑：爸又犯了“孩子是自己的好”的毛病，你总夸自己的孙女不怕别人笑话……好就是好，不好就是不好，比如她的胖就该……爸，我知道，可说得太多了，又怕刺激她。那就旁敲侧击，唉，可惜我们语言不通，不然我还可以说说她。

时差转换已不是大事，两天就换了时空，接着就是作家朋友们的接风、聚会，亲友们的电话、微信和相互拜访。之后，日子归于正常运转：女儿上班，女婿夜以继日经营他那不大的合伙游戏软件公司，Amber 准备舞蹈比赛、学吉他，Ariel 画画和美术装置。一天晚上，Amber 的一个女同学兴冲冲来敲门，进来后从手里亮出一只出生不久油黑黑的小猫仔，说是她哥哥刚从马路上拣到的不知是猫妈妈丢失的还是什么人遗弃的猫仔，看它多可怜又多可爱！随着她的话，一家人都激动地拥到她身边，Amber 接过那猫仔，顿时两眼涌出泪光，她抚它很久，之后两人叽叽咕咕一阵决定：她们三个要好的女同学要陪它长大。当晚，Amber 就吻别了我们，去那同学家陪护猫仔了。第二天回家说，她们三人已经商定都在那同学家和猫仔住一起，因为它不能自己吃喝也不能自己便溺，三个女孩必须轮流值班帮助它。

离全美中学生舞蹈比赛的日子越来越近，Amber 除了每天练舞，就是急匆匆道别，去同学家侍候猫仔，学中文的事从来不提，我每见到她试图用简短的中文与她对话，听懂时简单回我一两个字，听不懂时就迅疾地盯我两眼，然后急急避开，这热望已久的祖孙俩的教与学陷入了令人伤心的尴尬中。之后就是我和女儿长途开车去洛杉矶参加比赛。那个下午，洛杉矶希尔顿酒店青春迸发、美妍飘逸，一个个轻盈走过或说笑着的女孩就像春天新绿的柳枝般荡漾着飘逸着，因为阵阵音乐声中几乎整个酒店奔跑弹跳着的都是来自全美各地的男女中学生的舞者和他们的父母们，在这样的场合这样的氛围中，Amber 就像清亮大海中一条快乐的鱼，在舞台上，音乐声中的她忽而旋转起跳，忽而瞬息万变地与小舞伴们摆出如仙如梦的造型；下得台来，一会儿是一个个的拥抱，一会儿是如疆场归来者的兴奋说笑，我也忘记了语言障碍，跟着在这音乐与舞蹈的大海中搜出我所有会说的英文词汇和短语嚷嚷着快乐着。

女儿提议，在返回旧金山的路上绕道看看 Amber 的奶奶，在那里住一晚，第二天再回家。我赞同说这是个非常好的计划，因为 Amber 的爷爷去世未久，只有奶奶一人孤独孀居，我们理应看望并且安慰她，何况她钟爱的孙女刚刚比赛归来。翌日午后，我们刚刚开上 405 号公路，女儿就电话告诉她婆婆 Jasmine，说你不必准备晚饭，因为我们带来了三姨（妻妹，这两天我们就住在她洛杉矶的家）做的中国菜和蛋糕点心。Jasmine 是一位开朗幽默并十分浪漫的女士，年轻时喜欢旅行，正好她的前夫（女婿的生父）是一位落拓不羁周游四海的历史系大学生，他们就是在一次旅行欧洲时相识相恋结婚生子的，我刚走下车她就紧紧拥抱我说，你好久不回来，我以为你再不来美国了，我说怎么会呢，这里有这么多的家人和亲戚……此时，她已顾不得和我多说，事实上我们也没有更多能够彼此相通的语汇，就奔向了女儿和她的孙女，她们有说不完的话，且说说笑笑，一会儿你拍我一下，一会儿我捅你一指，看着 Amber 在她奶奶面前恣肆放松的样子，我心想这才是这个年龄的美国女孩的真性情，我问女儿她们笑得那么开心，在说什么。女儿说其实并没什么特别可笑的话题，就是奶奶问她些收发微信常出故障的原因，Amber 说她笨，她不服气，于是祖孙俩就你言我语地斗嘴。看看已到夜十点多，胃有些空，按习惯，很想吃些稀饭或汤面，可美国人不吃更不会做这些饭食，幼时来美又一直与美国人生活的女儿也早已忘记了这种饮食的吃和做，何况我这位美国亲家 Jasmine 就是那么一副美国人的实在和习惯，你说不要准备晚饭她就什么都不准备，只是一面和孙女说笑一面吃些糕点、冷菜，之后就喝冰水，她没忘记问我需不需要些酒。当见我摇头说不以后，她就又与孙女边吃边说笑去了。这就苦坏了我，只好按住肠胃的渴望，同她们一起吃些糕点冷菜，Jasmine 想起我要喝热茶或咖啡，于是急急烧水，我总算喝了杯热茶。在回到她为我准备的房间时，胃有不爽心也不畅，心想中国人是不会如此待客的，可想想她的热情、神态，又绝无冷落慢待我的意思，相反，她对我从来都是尊重友善有佳。从 Amber 的学中文到 Jasmine 的待客，我深深体会到语言障碍是座山，文化差异是片海，如果不是这山、海相隔，我完全可以教 Amber 些唐诗宋词，我们之间可以再没有那些令人伤心的尴尬和躲闪，与 Jasmine 也可以把酒相谈，多了解些美国的历史和文化，也可以让我的肠胃少受些委屈。

评论：

《苦乐边缘人》一文通过自己到定居在旧金山的女儿家里的生活经历，将自己在异乡生活中遇到的语言不通、文化差异等诸多问题与尴尬现状，与自己同亲人生活在一起的温暖与欢乐，“苦”与“乐”两种情绪同时在“我”这个人的身上出现、碰撞，在这个家庭中也成了位置尴尬的“边缘人”，而“我”同时又感受到来自亲人的爱，来自Jasmine的尊重友善，“边缘”仅仅因为语言不通、文化差异等问题，这样的“苦”在与亲友相聚的“乐”中既突出又让人无奈，凸显出现实中在海外生活的华人尤其是新移民，在生活中现实面临的问题。

本文通过记叙自己在国外生活中的日常小事，以小见大，反映出生活在国外的华人所面临的诸多问题，如语言问题、文化差异问题等，进而体现出语言文化作为各国家与人民之间的桥梁作用。差异从文章的开头就有所体现，北京的闷热和旧金山的“薄凉如秋”，在温度上就体现出了差异。而在薄凉的旧金山，女儿女婿和外孙女们给予了“我”期盼与向往的温暖亲情。这种亲情体现在“我”时常感觉到的“牵挂”,而作为儿女,“我”总以为这种“牵挂”来自父母，但在接连接到来自自己儿女的关切时，“我”也逐渐地感到，自己感受到的那份“牵挂”来自自己的儿女。而同时，作者也将伏笔埋下，“我”到美国旧金山，一个原因是想要同因语言不通而感到不亲的外孙女联络感情，教她们中国的语言和文化。但现实，“我”到了美国后，原本教外孙女学习中国语言、中国文化的计划被打乱。语言不通，在“我”在美国的生活中成了最大的阻碍。而“我”期盼的祖孙“教与学”也遭遇滑铁卢,外孙女对于舞蹈、美术、养育小猫的热情与同“我”学习中国语言与中国文化的敷衍形成了鲜明的对比，使“我”的一腔热情变为尴尬，“我”在这个过程中逐渐成为“边缘人”。而最后“我”在女儿的婆婆Jasmine家的经历，将“我”边缘人的地位和身份明白地描写出来，“我”的饮食习惯与Jasmine这样一个纯正的美国人的饮食习惯形成了矛盾，同时中西两种文化也在此刻产生了冲突，“我”作为一个中国人秉承着去他人家里做客“客随主便”的思想，而Jasmine则是“你认为不需要就是不需要”这样直接的思想，不懂中国文化中婉转委婉的做客之道与全面细致的待客之道，而“我”却并没有不被尊重，“我”自己最终也理解了来自语言与文化差异的沟壑对人与人交流沟通的影响。

《苦乐边缘人》是华人尤其是新移民在国外生活中的真实反映，语言与文化的差异是他们会切实遇到的矛盾与困扰，也是现如今国家与国家，与各国人民之间的交流与沟通中切实存在的问题与阻碍。语言与文化的差异就像山与海，阻隔了两种文化乃至多种文化的交流，以至于阻碍生活于两种文化环境中的人民之间的交流，甚至于祖孙亲人，都可能因为这样一个阻碍变得难以亲近。但语言与文化沟通与交流不是一蹴而就的，而是有一个漫长的相互融合、理解、尊重的过程，也不是单方面的输出或输入，而是双方互动的交流，在不断地交流之中，“边缘人”的“苦”会逐渐转化为理解、交流的“乐”，真正地融入。

（于悦　评）

王性初

作者简介：王性初，中国作家协会会员。原福建省作家协会副秘书长。诗歌曾获得福建省优秀文学作品奖与福建省优秀儿童文学作品奖，1989 年出版诗集《独木舟》。随之，移民定居美国旧金山。在美国、澳洲、中国等报刊发表诗歌、散文、小说及随笔，曾获得美国著名专栏作家 Herb Caen 的评介。诗歌作品被膺选镌刻旧金山华埠图书馆。1998 年出版诗集《月亮的青春期》，2002 年出版散文集《蝶殇》、诗集《王性初短诗选》（中英对照），2003 年获第二届世界华文文学优秀散文盘房奖，2005 年出版诗集《孤之旅》，2006 年出版诗集《心的版图》，2010 年出版随笔散文集《美国 250》，2011 年出版诗集《行星的自白》，2012 年出版诗集《知秋一叶》，2013 年出版《诗影相随》，2014 年出版随笔散文集《唐人街涂鸦》，2015 年出版诗集《一滴》，2016 年出版微诗集《瞬间》、诗集《初心》，并荣获世界华人“中山文学奖”。曾任美国《中外论坛》总编辑，现任该杂志总主笔、中国冰心研究会副会长、美国华文文艺界协会副会长。

王性初

蝶殇

真的，这绝非迷信！说起蝴蝶的故事，总是和我的母亲连在一起。

当然，有人会说，这近乎迷信。但是，绝不！这绝非无中生有，这是我耳闻目睹的事实！

母亲虽然在我和弟弟年幼之时，就撇下我们长眠于地下，她走的时候，刚过而立之年。然而，她的音容，她的人品，至今，却总是萦绕在我的心灵深处，岁岁年年，朝朝暮暮。

去年夏天，我又回到了日思夜寐的故乡，为的不仅仅是探望亲朋好友，与他们欢聚一堂；更重要的是去祭扫双亲的坟墓，重温我铭心的缅怀，寄托我无限的哀思。

那天一早，我特地去花坊买了一大束鲜花，让友人用摩托车将我载到远离市区的“高盖山”去。母亲就安息在那片林木葱茏的山巅。自从出国之后，每次回乡，我总要去双亲的坟茔，锄锄杂草，刷刷墓碑，凭吊一番。这次，又隔数载没去了。好在胞弟一家，每逢清明时节，一定会去扫墓。让我这颗游子的心，少却许多迢迢的牵挂。为了不至到了山上，一时东西莫辨，找不着方向，往往在上山之前，我们就看准方位，寻到显著的标志，然后才顺着蜿蜒的山路，攀缘而上，这就事半功倍了。记得，在靠近母亲墓地的右方，有一块巨大的山岩，只要找到了那块岩石，再顺着左边方向移步不远，就到了。还记得，坟前耸立着几棵松柏。二十多年前才丈把高，我便在其中的一棵树干上，用小刀刻了一只蝴蝶的花纹。所有这些，我都记忆犹新。

那天，一到山脚，我们就逮着了那块大岩石，接着就沿着山径攀到了半山，眼看就要抵达，这真是前所未有的顺利。说来奇怪，当我们将那块岩石踩在脚下，再往左方寻去，谁知就在那周围，东西南北，上下左右，搜寻了不知多少遍，怎么回事？那非常熟稔的坟顶，那印象深刻的墓碑，任你来来回回转兜了个把钟头，就是找不着！我们热得汗流浃背，渴得口干舌燥，累得气喘吁吁，恰在焦急万分欲罢不能之时，突然看到右前方不远，有一只色彩绚丽的小蝴蝶，正在翩跹飞舞，仿若引路一般。我双眼一亮，不由自主地顺着彩蝶的位置，辟开荆棘乱草，迅速猛操过去。果然！一下子便找到了。更不可思议的是，就在离墓碑几步远处，友人的摩托车钥匙不知何时遗落，躺在那儿，而他竟全然不察。他拾起那串金光闪闪的钥匙，我把鲜花轻轻地摆放在双亲的坟前。回首那早已枝叶遮天的松柏，抚摸着树干上亲手镌刻的蝴蝶花纹，我的热泪盈眶，不禁久久沉浸在儿时外婆对我说起的，关于母亲和蝴蝶的往事……

那年的早春二月，母亲历经了整整四个年头病痛的折磨，终于挣扎到了她生命的尽头。躺在家中的病床上，已陷入弥留之际。凌晨时分，父亲久久地伫立在母亲的床旁，守候着母亲这盏即将油枯的生命之灯。人们忙碌地准备着后事。那时，房间里灯火通明，空气十分浑浊，不知是谁将所有的窗户悄悄打开。母亲吃力地残喘着。窗外一片漆黑。院中的白玉兰，在凛冽的寒风中飕飕战栗。四周仿佛沉重得像凝固的世界。远处不时传来隐隐约约猫头鹰不祥的哀鸣。就在这时，突然从窗外飞进一只五色斑斓的大彩蝶！彩蝶在室内忽高忽低，自由地盘旋翩飞。起先，有人在惊愕之余想将它驱赶出去。可是，任凭人们怎么轰赶，那只大彩蝶忽上忽下，固执地在房间里飞来绕去，就是不肯离开。后来，大家见它静静地栖息在吊灯的电线上，也就不去惊扰它了。

又过了一个时辰。母亲的病情更加恶化，她仍在断断续续痛苦地抽搐着，一步步逼近生命的终点。一个因为闲着无事请来帮忙的远房表舅，不知什么时候，从厨房里找到一把大火钳。他手执火钳，急匆匆地闯进病室，用火钳将大彩蝶从电线上挟了下来。父亲看见后，苦苦哀求表舅立即拿到室外将它放了。可是那个表舅执意不听，他不由分说，将火钳挟住的彩蝶一下子捅进了厨房的灶膛内！就在彩蝶化为灰烬的同时，刹那间，白发人送黑发人！病室传来了外婆悲恸的号啕。父亲也忍不住滴下了男子汉的泪水。哀戚的哭声，顿时淹没了二月的冥夜……

更加怪诞的是，没过几年，那个亲手杀死大彩蝶的表舅，无缘无故就疯了。后来，疯得不可收拾。整天光着身子，在街头巷尾跳来逛去。外婆说，他死时正值不惑之年，很惨。

时光，在动荡中蹉跎而过；漫长的岁月都随着外婆、家父的先后谢世而逝去。前几年，我最后一次去到母亲的坟前与她告别。移居美国旧金山后，就听说距这里七十英里的圣他克鲁（Santa Cruz）,有个闻名遐迩的“蝴蝶谷”。就冲着我对蝴蝶的特殊情怀，特地到过那儿两次。去年十月，我刚从故乡返回旧金山。带着在母亲坟前奇特的际遇，我再一次去造访名为 Bridges State Beach 的蝴蝶谷。在靠海岸的临崖处，长着一片高耸挺拔的油加利树。只见不计其数的丛斑蝶，铺天盖地、成群结队地由加拿大西岸，美国落基山飞到加州的西海岸避寒。那一串串一卦卦的丛斑蝶，为免被风雨吹散，它们一只紧贴着一只，攀附在垂悬的油加利树叶上，数以十多万计的蝶们，轰轰烈烈，洋洋洒洒，聚成一个蝴蝶的王国，蔚为壮观。

丛斑蝶不能经受华氏五十五度以下的气温，所以，每年秋后总要向南方做长途的迁徙。尽管丛斑蝶是蝶类中的寿星，但也只有八个星期的寿命。等到每年三月，当地春意盎然之时，丛斑蝶又向北飞回原居留地。看着树上条条垂挂着的蝶群，在阳光下静观、沉思、飞翔、觅食、恋爱、结婚，它们并不因生命的短促而灰心丧气。在长途跋涉的旅程中，它们不断地繁衍延续着自己的家族。老的一代相继死去，新的一代茁壮成长，周而复始，继往开来。我踏着用满地落叶铺就的柔软而温厚的小径，见到树下、枝旁、岩上、路边，斑斑驳驳，星星点点，睡着许多默默死去的斑蝶的尸骸。我仰天长叹，我低首徘徊，我灵魂撕裂，我戚然无语。我俯下身躯，小心翼翼地捡起一只长眠的斑蝶，慢慢地，慢慢地将它夹进一本诗集。

回到家中，我把那只依旧保持着亮丽色彩的斑蝶，镶进我母亲遗照的相框之中，犹如完成了一桩神圣的使命，又像写就了一首庄严的史诗。

母亲笑了。她的笑声伴着飞舞的蝶群，久久地在蓝天回响，回响成一篇凄美的童话……

评论：

怎么知道某个事物是否真实？答案很简单，只要问问自己“它是否会感觉痛苦”就行了。在“我”心中，“我”是真实的，每一只蝴蝶是真实的，“我”对母亲的思念也是真实的。

从“庄周梦蝶”开始，人能否确切地区分真实与虚幻以及生死物化就成了一个哲学命题。文章伊始就强调“真的，这绝非迷信！”“当然，有人会说，这近乎迷信。但是，绝不！”，大多数人都不可能把自己最相信的事称为迷信。因为自己相信的，一定是“真理”；只有别人相信的，才会是“迷信”。相信神灵的人绝不会认为这些是“超自然”，而会认为这些都是自然的一部分。“我”很幸运，因为“我”跟蝴蝶之间建立了某种切切实实的联系，由此才能用五处奇异、四只蝴蝶、三个画面、两声迷信和一种思念，展示“我”对蝴蝶的特殊情怀从何而来以及究竟为何物。

“五处奇异”是作者展现蝴蝶灵性的过程，“说来奇怪”“更不可思议的是”“不知是谁”“更加怪诞的是”“带着在母亲坟前奇特的际遇”等表述，将与蝴蝶有关的事情相互联系了起来，佐证了文章开头“迷信”一词所留下的悬念，表面上看作者是在陈述一个个事实，实际上已经包含了作者对蝴蝶灵性的默许。

“四只蝴蝶”与“三个画面”一样，不仅能体现作者在故事谋篇上的独具匠心，而且正是文末“使命”和“史诗”的由来。一切都要归于在那年二月冥夜出现的大彩蝶，有了它，“我”才会在坟前松柏上留下痕迹、才会为引路的彩蝶感到不可思议、才有了后来第三次特地前往蝴蝶谷的经历。因此，作者从扫墓始，继而再写那段往事，最后有感于斑蝶的生命轨迹，并不只是为了让整个故事的叙述更有别人理解为“迷信”那般的神秘感，而是间接呈现了“我”对蝴蝶所拥有的特殊情怀的渊源感。在文中，“萦绕”“铭心”“无限”“久久”“依旧”等词既是“我”对母亲哀思无限、缅怀铭心的表现，也是心中那份“迷信”能够产生的根本原因，因为，没有必要的敏感性就无法体验到某些事物，而如果没有长期的体验，也就不会产生对应的敏感性。“两声迷信”其实是“我”对那份岁岁年年、朝朝暮暮都存在的思念的其中一份交代。

“一种思念”是文章的立意所在。“蝶殇”的直接来源是“我”看到蝴蝶谷里“睡着许多默默死去的斑蝶的尸骸”，它们生命短促，却依然“周而复始，继往开来”，“我仰天长叹，我低首徘徊，我灵魂撕裂，我戚然无语”的真正原因,即是由眼前的生命场景想到了“我”的来处、母亲的去处以及将来“我”终将前往之处。之所以说将那只斑蝶的遗骸镶进“我”母亲遗照的相框之中就“犹如完成了一桩神圣的使命，又像写就了一首庄严的史诗”，也正是因为蝴蝶带给“我”的不仅是奇特的际遇，而是生命传承的意义。

与其说是“迷信”,倒不说是一种“我”所独有的“信仰”。就像当初,“终于挣扎到了她生命的尽头”中的“终于”，是一种无奈而心疼的不舍，“固执地在房间里飞来绕去，就是不肯离开”中的“固执”，是一种隐秘而强烈的期许，时间如此之长，时间又如此之短。母亲的笑声和蝴蝶的身影，将会永远回响和出现在“我”的生命里，以及生命之后的生命。

蝶殇，也是生命之殇。

（林岳斌　评）

王明玉

作者简介：王明玉，美国华文文艺界协会副会长。现任职于美国加州普莱斯顿市，企业高管。曾任《美华文学》社副社长，网络版总编。《明报》专栏作家。

我亲爱的熊熊

在流浪猫中，被遗弃的家猫是最可怜和卑微的。它们小的时候没有猫妈妈的训导、没有户外觅食的技能和身体素质，也不被流浪猫社区认可。它们习惯性地去跟人亲近而被踢开、被追打、被水浇……它们虚弱的肠胃因无法承受垃圾箱里的腐败食物而经常呕吐、腹泻……熊熊便是这样一只流浪猫。

八年前的一天，我在院子里浇水，一只烟灰色的大猫径直走向我，用头顶我的腿，蹭我的手。它就是熊熊。那时我和儿子还没有如此规模地收养流浪猫，只有王咪、大硝烟、虎妞、老豹豹、小可爱、小柿饼等这些出生于街头的真正流浪猫，它们大多不敢跟人亲近（老豹豹除外）。对于熊熊的亲昵和信任，毫无疑问是一个惊喜，让我们受宠若惊。

从那一天起，熊熊每天都会在小花园里等我，陪我走回家。然后再去小花园等儿子，陪儿子走回家。风雨无阻。完成这些之后它才会安心地慢慢享用它的食物。后来我开车上班，不再经过小花园，但每天回家，会见到它等在街头，我的车一拐进来，它就起身迎上来，跟到车库里，绅士一样站在车门边等我下车。用小鹿一样嗲的声音跟我说话。我想它说的是："今天上班好吗？有什么高兴的事情？我等你很久了，我很想念你……"反正我就按这个顺序跟它谈话。我会让它跟我进屋，从冰箱拿出它爱吃的肉肉，用手捂暖，放到门外它的食碗中。它并不急，而是静静地看我关上门。

熊熊刚来时，经常呕吐，为此我们更换过不同的猫食，直到过了很长一段时间它才慢慢好起来。这个小可怜儿，无论怎样难受或者饥寒交迫，都有不会失去它的优雅和尊严。它总是静静地看着我们把食物放到每一个猫碗里，最后才吃它自己的那份。

前段时间，天气多雨，又冷又湿，小黑猫的腿受伤了。我们发现一连几天熊熊都不在自己的房子里，它是把自己心爱的猫房子让给小黑养伤。见它站在雨中，默默看着小黑。天一放晴，我赶快挨个给猫房子换小褥子，熊熊背着小褥子从一个猫房子走到另一个，乐此不疲。

每年的国庆节是熊熊最害怕的日子。有一次，天色刚晚，熊熊就坚持进屋，头冲里躲在楼下的卫生间，怎么叫都不出来，因为外面有人放烟花爆竹。那一晚，熊熊就那样待了整整一夜，既没有吃喝也没有大小便。我们猜想，我们的小绅士一定是被烟花爆竹伤害过。

那天我给它画了一幅小画，我想我的熊熊看到它，仍然会哑然失笑，对吧，我亲爱的熊熊？

每年有很多动物因为烟花爆竹的惊吓而走失甚至遇到危险。人们现在有太多的消遣方式，我多么希望不要再玩这些毫无意义的东西。为了环境，为了这些可怜的小动物。

给丈夫和儿子理发，是熊熊最好奇的事情。当把白色的围裙围到他们身上，熊熊就忙开了。它一会儿钻到围裙下面，一会儿小心蹭蹭他们的裤腿，一会儿趴到不远处很严肃地注视。在车库理发时，它会跳上车顶，盯着我的手。如果它被关在车库外面，它会不时拍拍车门、喵喵地叫几声，我们通常都会回答它。我想它这样做就是要确认他们还活得好好的吧……

当大黑因为肾衰竭被我们收养到屋子里时，熊熊很羡慕。它多次视察屋子里的猫窝、猫碗、猫厕所、猫玩具，看看大黑，然后默默走开。它的样子让我们难过。儿子为此选购了最好的猫窝（里面有电热毯和通风装置），但是它的愿望其实不是豪华舒适的猫房子。

直到今天，我失去了熊熊，我才猛然意识到它心里最大的愿望是什么。而我，也为此无比的内疚和懊悔。如果知道它心脏不好、知道它会这样突然离开，我一定会劝说我丈夫，让他同意把熊熊接进家里。儿子曾不止一次地说，如果我自己住，我一定把熊熊接到屋里住。这不是说我的丈夫不善待动物，他是被那些“流浪猫身上有可怕的病菌、有寄生虫、有传播疾病的跳蚤、有狂犬病……”吓坏了，他担心的更多的是他的妻儿。

熊熊除了那次因为烟花爆竹很坚持外，始终是安然地接受一切安排的。它也曾尝试着坐在客厅的地毯上，小心地看着我，希望留在屋里，都被我哄骗出去了。有时我觉得它心里很清楚。对不起，熊熊，相对于你，我是多么自私和虚伪。熊熊从不生气，不抱怨，不自暴自弃。在它身上，我学到了acceptance（接纳）这个词的真正含义。

因为收养流浪猫，我们也深为两家中国邻居的不友好颇为心烦和担忧。对不起，我没有冒犯的意思，因为总是这两家人用尖锐的嗓音呵斥猫、用水浇猫、丢掷杂物打猫。我多么希望人类能够有猫的宽容和接纳。

在我们救助的流浪猫中，熊熊是唯一没有送去做体检和节育手术的男士。原因很简单，那就是熊熊太温柔胆怯了，我们不忍心让它再次受到惊吓。况且它是被遗弃的家猫，我们怀着小小的愿望就是它曾经被很好地照顾过，做过节育手术。事实可能不遂我们所愿。听邻居讲，在它八岁的时候，它的前主人搬走了，没有带上它。我的小可怜儿，它一定经历过无比黑暗的日子。前年在我家后院，看到了两只小灰猫，我们叫它小灰灰和灰灰公主。这会儿，灰灰公主正在院子里吃食。它长得很像熊熊，但缺少熊熊的温柔。

一连几天，我都无法好好入睡。ZY先生说的对，宠物走了，主人多是自责。我很自责，为流浪猫们担忧，也为自己能否承受这一次次的离去而害怕。流浪猫大多数有健康问题，虽然尽心照顾，保持食物营养均衡，水源干净，但是未知情况依然是很多。熊熊走的那天毫无征兆，只是没有迎接我。我以为是它生气了，还过去跟它道歉，开玩笑叫它小心眼儿的熊。儿子回来，看到它起身，跟儿子亲热了好一会儿。儿子进屋跟我说：“不知怎么了，熊熊突然站起来径直走了，好像想起什么事。”十几分钟后，儿子抱着熊熊冲进屋，说它已经瘫倒在地。待赶到医院的急救室，它已经离世了。医生说它体重二十五斤，心脏缺氧。我一直在想，熊熊一定是坚持着，直到跟我们告别。它没有给自己留下太多时间，以至于在它最后想找个地方独自离世时，因体力不支在半路而轰然倒下。

经常听到人说“狗是功臣，猫是奸臣”。我相信说这种话的人多数是复述别人的话而已。但是如果你观察它们，与它们交流，就会有不同的、属于你自己的看法。猫是很敏感的动物。它们独立、矜持、善良、友好、感恩。它们以它们的特有方式对你表达亲昵和友好。它们会在百米以外辨认出你的车，会用头顶你、用身子蹭你、会用尾巴装作不经意的样子扫你、会抓住你的裤脚不让你离开，甚至会抓一只小鸟或者一条小花蛇放在你的门前。请善待这些可怜的流浪猫，它们的命也是命，它们也有自己的权利和尊严、有爱和感情。

评论：

本文通过作者对流浪猫熊熊的描写，展现了人与动物不可分割的情感，同时作者也在一定程度上用自己的语言呼吁大家要善待流浪猫。万物皆有灵，在动物与我们人类相处的过程中，我们不自然地就会产生一种情感，这种情感是一种寄托，是一种安慰。而作者也是在用自己和流浪猫之间的情感，再向大家展现一幅人与动物和谐相处的美丽的篇章。并且告诉我们大家，请善待这些可怜的流浪猫，它们的命也是命，它们有自己的权利和尊严、有爱和感情。

在开篇的时候，作者用比较日常的文笔写出了流浪猫中家猫的可怜之处。通过对流浪猫的描写，进而引出了自己的一段与流浪猫熊熊之间的感情纠葛。“烟灰色的大猫”出现在作者的面前，它以一种自己独特的友好方式吸引到了作者的目光。从而可以突出作者是一个爱猫人士，对这种流浪猫作者的内心有一种说不出来的感情。“用小鹿一样嗲的声音跟我说话”作者将小猫的声音比作小鹿一样的声音，从而可以突出作者对小猫熊熊的喜爱之情。作者也对小猫熊熊进行了各种动作描写，“它一会儿钻到围裙下面，一会儿小心蹭蹭他们的裤腿，一会儿趴到不远处很严肃地注视”而这种描写将小猫熊熊对进入主人家客厅或者和主人亲昵的那种激动的心情描写了出来，并且通过小猫熊的神态，也可以看出这只猫的机灵。作者对这些猫也非常的好，给它们准备了所有的吃住等物资，可谓是一应俱全，从这一点也可以看出作者对小猫们的重视以及对流浪猫的同情与心疼。“小心地看着我”可以看出流浪猫从内心里所产生的对人的恐惧，它害怕像之前一样被自己的主人抛弃，所以不管在做什么都显得小心翼翼。“宠物走了,主人多是自责”,这句话是作者的转述，同时也是作者内心最真实的写照。同时也反映了作者对小猫熊熊的死感到无比的痛苦与愧疚，到文章的最后作者将自己的悲伤化作给予人们的思考，我们到底应该如何对待这些流浪猫？对于这些流浪猫，我们是该给予同情还是给予伤害？小猫熊熊去世了，同时，它也向大家展示着一个沉痛的道理。就如《孔乙己》里面的孔乙己一样，只有他的死才可能带来社会的变更，才能昭示着新社会终将取代旧社会。小猫熊熊的死虽然显得很微不足道，但是作者却在用另一种方式向大家呼吁爱护动物。

作者以第一人称为写作起点，让大家有了一种感同身受。同时将小猫熊更深的动作都充分地描写出来，将它对人类的那种怯弱，以及到最后对人类的依赖细细地描述了出来。这是动物对人的一种信任，当然人也应该对动物予以最起码的尊重和信任。作者以这种手法将大家生动地带入到这种情景之中，同时又在呼吁大家要保护动物。

（王思佳　评）

招思虹

作者简介： 招思虹，“金山之路读者团队”和“旧金山涵芬楼外楼”创办人，出版《金山之路》等。

辛亥百年路　侨心壮国魂

辛亥革命百年庆典之际，整理笔者多年来挖掘出来的一大批华侨文物、文献，深深感觉到：辛亥百年路，侨心壮国魂！这批文物文献佐证了旧金山的华侨百年来在民族复兴、振兴中华的历史长河中扮演了重要的角色！一百年前孙中山写给旧金山华侨的感谢信、跨越百年的老照片、捐款收据、演出海报，这些纵横一个世纪的侨史珍品，仿如一位阅历丰富的历史老人，向人们低诉着这条连接太平洋两岸相同血脉、延绵百年历史的一个又一个侨心壮国魂的故事。

一、尘封百年的孙中山亲笔信

孙中山在1911年七月初五写给葛仑同盟会会长郑占南的亲笔信云：“占南仁兄大鉴，七月初三来函已得读，付款壹仟五百元亦已收妥，感甚，兹另邮寄上相片一张，幸为惠存。弟定期礼拜四即初九日动程往钵伦并东方一带，不日或由纽约往英京，此间大事务望公等竭力维持，幸甚，此致即候。义安不一。弟孙文谨启。初五日。”

孙中山亲笔信，读来让人犹如走进时光隧道，仿佛看到当年的同盟会会员和华工节衣缩食，凝聚一分一毫支持孙中山为推翻千年帝制实施民族复兴的画面。这封信是孙中山辛亥革命前三个月收到葛仑同盟会的捐款后写的感谢信。

二、侨胞抗日活动波澜壮阔

在笔者的电脑里，储存了大量旧金山华侨捐赠给中国各博物馆的抗日文献和照片，这批抗日文献重现了旧金山侨胞进行抗日活动的波澜壮阔的画面，一张一张的抗日捐款收据，一张一张的唐人街抗日演出海报和万元、千元、百元、十元、五元的抗日救国公债券，一张又一张的记录旧金山工农商学兵参加抗日一碗饭运动的照片，见证了1931年至1945年，中国进行为时十四年之久的抗日救亡运动和抗日战争，在这期间，旧金山华侨与祖国人民风雨同舟、患难与共，千方百计地为祖国筹募抗日经费的历史。瞩目这批文献，仿佛嗅到当年漫延到旧金山的抗日烽烟。文献显示，旧金山的华侨早在1931年就以实际行动拉开了支持祖国同胞抗日的序幕，写下为马占山的东北抗日义勇军募款、共同抵抗侵略者的历史。1932年又写下支持英勇抗战的十九路军军长蔡廷锴的淞沪“一·二八”抗战募款的历史。

三、博览万国博览会“中国村”扬威世界

1939年，美国在旧金山金银岛举办金门万国博览会，广邀各国参展，当时中国正处于抗战的烽火之中，国民政府根本无暇顾及，周锐等一班爱国华侨在获悉国民政府放弃参展后，深感若中国在此国际盛会中缺席，实有贬华夏声威，于是“民代官责”，在海外组成华商展览场总公司董事局，自发动员各界侨胞集资二十五万美元，在金门万国博览会中建成“中国村”。中国村打出了中国人的自信，成为博览会中规模最大的一个展览馆，内设两间戏院、两间餐馆、一座庙宇和三百尺高的佛塔；同时，还建了一个陈列厅和二十多间商店，分别展出和表演制作各种中国民间工艺品，并在中国村内设立抗日募捐箱。

四、旧金山华侨庆国庆的历史瞬间

1949年10月1日，北京举行了开国大典，毛泽东主席在天安门城楼上高呼："中国人民站起来了！"旧金山的侨胞，站在太平洋之滨，遥望太平洋彼岸的祖国，祖国在侨胞心中，祖国，是海外赤子的母亲！10月9日晚上，华工合作会等团体四百名各界人士，在旧金山华埠同源会举行庆祝中华人民共和国成立大会，会场中央挂起了"全体侨胞赶来建设新中国"的横额。

经旧金山华侨的鼎力争取，1982年10月1日，鲜艳的五星红旗在旧金山市政府冉冉升起，庄严的中华人民共和国国歌在旧金山回荡；中华人民共和国五十周年大庆时，成千上万的华侨和留学生在旧金山华埠欢呼，唐人街上一片五星红旗的旗海；中华人民共和国六十周年大庆，旧金山市政府、奥克兰市政府、阿拉米达市政府、硅谷地区分别奏起中华人民共和国国歌，升起一面又一面五星红旗！

五、太平洋隔不断相连的血脉

神州的同胞，无论是遭遇地震或水灾、风灾、雪灾，都会牵动旧金山无数侨胞的心，君不见，1991年拯救华东水灾大行动，1994年救援华南水灾大行动，1998年祖国遭遇百年不遇的水灾，2008年的"5·12"四川大地震，血浓于水的旧金山侨胞全面总动员，男女老少个个慷慨解囊，赈灾支票源源不断地通过中国驻旧金山总领事馆或红十字会送到了灾区人民手上。

六、祖国办奥运，金山侨胞加油喝彩

除了抗日战争时期，谁还见过分布在世界各地的华人，会为了一个共同的目标，发出一个共同的心声？有！这就是支持祖国申办奥运，2000年，旧金山的侨胞，穿梭于大街小巷，征集了数万个签名来支持祖国申办奥运。

2008年8月8日，全球华人期盼已久的北京奥运会终于开幕了，遥在旧金山的侨胞在大洋彼岸也与祖国人民一起分享祖国举办奥运会所带给华夏儿女的荣耀和光辉。作为奥运场馆"水立方"的捐资人，当不少旧金山华侨看到自己的姓名镌刻在“水立方”的留名墙上时，心情激动，能为水立方的建设添砖加瓦，赤子情怀与日俱增！

辛亥革命结束了中国数千年的封建帝制，开启了民族复兴的艰难路程，回眸百年，祖国和世界都发生了翻天覆地的变化。祖国跻身强国地位，华夏赖正气，侨心壮国魂，泱泱中华是我们海外华侨的母亲，是我们的根源所在。

评论：

“我和我的祖国，一刻也不能分割，无论我走到哪里，都流出一首赞歌。我歌唱每一座高山，我歌唱每一条河，袅袅炊烟，小小村落，路上一道辙。我最亲爱的祖国，我永远紧依着你的心窝，你用你那母亲的脉搏，和我诉说，我的祖国和我，像海和浪花一朵，浪是那海的赤子，海是那浪的依托。每当大海在微笑，我就是笑的旋涡，我分担着海的忧愁，分享海的欢乐。”（节选自歌曲《我和我的祖国》）。

这些侨心，何以都是爱国心？

《辛亥百年路 侨心壮国魂》写于辛亥革命百年庆典之际，而眼下这些评论文字则写于2019年，也是辛亥革命一百零八年、中国共产党建立九十八年、新中国成立七十年之时。在过去的这近十年里，中华民族在伟大复兴的道路上不断飞跃前进，取得了许多举世瞩目的新成就，但同时也面对着前所未有的新挑战。在为实现中国梦而拼搏的过程中，广大华侨也始终如一地以自己的方式贡献着智慧与力量。

从这一大批华侨文物、文献中，作者看到了祖国百年发展间华侨活动的几个重要瞬间，支持推翻帝制、支援抗日、扬威博览会、庆祝国庆、参与救灾、喝彩奥运。说是“几个”，其实是无数个。相比于时间，祖国在华侨们心中的分量，更容易透过这一个个历史瞬间表现出来。我们也许记不清每一位华侨的名字，但我们永远会记得大洋彼岸一直有一群和祖国同心同行的赤子。

无论走得多远，都不忘自己从哪里而来，这便是赤子情怀。中华民族近百年的发展史，留下了许多曲折和苦难的印记。走向繁荣与富强，是一代又一代华夏儿女共同的心愿。而这样的心愿，融合在每一个人最平凡的生活之中。对于旧金山华侨而言，最自豪的事莫过于和祖国苦难同当、光辉俱享。为何同盟会会员和华工能够节衣缩食、“凝聚”一分一毫支持辛亥革命？为何早在1931年他们就能以实际行动拉开支持祖国同胞抗日的序幕？为何当时得知国民政府无法参加博览会后他们能“自发”集资建造中国村以扬国威？为何他们能为了在彼岸升起五星红旗而鼎力“争取”三十多年？为何神州同胞遭遇灾害时“都会”牵动无数侨胞的心？为什么“数万个”支持祖国申办奥运的签名能在彼岸被顺利征集？因为每一个侨胞凭借民族身份而团结在一起，因为每一个侨胞都时刻关注着祖国的命运，因为每一个侨胞都不忘自己的根源何在。

每一代人，都有每一代人的使命。我们正处于中国特色社会主义发展的新时代，包括侨胞在内的每一个炎黄子孙都拥有新的历史责任和追求。尽管这个世界日新月异，但心系祖国、将个人的发展同祖国的发展相融合的赤子情怀，永远不会消逝。在中华民族伟大复兴的前行道路上，我们也终将战胜各式各样的艰难险阻。

祖国，不仅是海外赤子的母亲，同样也是我们心中永远的、共同的歌。

（林岳斌　评）

许培根

作家简介：许培根，1984年移民美国。在香港报纸杂志发表过新诗、英译中小说及乐评等作品。曾任香港《成报》《新报》美洲版总编辑。《金山时报》编译，现为美国华文文艺界协会理事。曾在《世界日报》《侨报》《国际日报》《正报》发表作品。作品入选《美国华文作家作品百人集》《美国华人名家散文精选》《美国新生活丛书》等。出版《秋灯伴我读闲书》等。

我在美国教中文

大约十五年前，我开始在本市金巴仑中学周末班教高中中文（分别教过高一、高二和高三），课本跟现在使用的一样，都是台湾“中华民国”侨务委员会出版，皆以繁体字印刷，共六册。当时的梁校长叫我们对学生做到“教繁识简”，故其时的板书均以繁体字为主（师生尊重课本体制为主因），但教生词（在课本后面）时，若该生词有简体形式，当即板书标举。由于我当年在香港购书阅读时，繁简体都有，故两种字体都早已熟识。因此，当时我欢迎学生做练习作文，随便选用繁简体，深得学生们支持。

讲解每一课前，我皆先参考教师手册，依其指示办事，再循学生的要求及水准，加以发挥。在课本后面的每课生词表上，生词均逐一以英文解释，若发现翻译或拼写有误（尽信书不如无书嘛），立即有根有据地向学生指出。另外，课本每一词均标有台湾式与大陆式的注音（线上面为台，线下面为中），教师当以中式为准。还有，周末班学生每星期只上三小时课，他们绝不能像每天上课的学生那样，全面地掌握中文知识。教师断不可来一个填鸭式教育，向他们惯输太深奥的东西，因为周末班学生没有足够时间（也没有兴趣）吸收。教师应把主要精力用于课文内容的理解、词汇的正确发音及意义、句子的正确语调和节奏；语法修辞只能透过章句结构或作文造句，灵活讲解，等等。

一课，教师须以国语及英语讲解。由于我在移民来美前，曾在香港英文书院高中班任教英文多年，故 AP（（大学）选修课程）此一课程，能轻松应付。在本校上课时，若干升了班的学生，常询问我有关中英文翻译的问题。我在美国中文报社当了逾三十年的新闻翻译，积累了丰富的经验，也乐得指导他们。近年我每周第三节教 AP 时，都特别结合课文，即时教导学生的中英文翻译，此一教法似乎大部分学生均感兴趣。

我 1985 年自香港移民来美，同年在洛杉矶市考到中学双语教师的资格，但美国教育当局不承认英国的心理学学分，要我两个月后（当时正值暑假），一边教书，一边在大学补修心理学。我则趁空闲日子，到洛杉矶市一些中学参观，了解到美国人崇尚自由，中学生的逆反心理特强，尤其是高中生，故特别难教，而且教师的薪水又偏低。以我本人的性格而言，在美国的执教生涯，未必理想。其后旧金山某报社招聘总编辑，我考到了，自此改变了我的“命运”。

我起初于金巴仑中学周末班任教，仅仅是一门副业。果然发现有些学生喜闹事、好捣乱，但他们读大学时，反而成为我的好朋友。因为，他们的人生经验及思想提高了。我也理解到，作为美国一名教师，起码要有此胸襟与期待。这类故事也教训了我：首先我要理解并尊重十七八岁美国中学生逆反、追求个人自由与尊严的心理，于理解我对他们忠诚关爱的基础上，我必须给他们予“充分的自由”，因为他们绝大部分是美国出生的美国人，即百分百的美国人，自由平等观念，已属与生俱来，并坚信他们迟早会把错误改正过来，成为有益于社会的精英级人物。这也许是美国教育当局当年要我补修心理学的主要原因。

评论：

作者这篇文章主要讲十五年前在美国教中文的经历，那时用的都是繁体字印刷的台湾课本，当时学校的要求是“教繁识简”，当时由于尊重课本体制所以板书均以繁体字为主，教生词的时候如果有简体字也会标注出来。作者在每次讲课前都先参考教师手册，以教师手册为基础然后根据学生的要求及水准加以发挥。作者采用语法翻译法讲解生词，在出现中式和台式发音不同时，以中式发音为准。作者还从趣味性出发引导学生发现中式中文和台式中文的差别。作者不主张填鸭式的教育，因为作者认为这样会扼杀学生的创造力。由于作者只在周末上课所以作者把主要精力用于课文内容的理解、词汇的正确发音及意义、句子的正确语调和节奏；语法修辞只能透过章句结构或作文造句，灵活讲解。作者是从香港移民到美国的，由于美国教育局不承认英国的心理学学分，所以作者又重新补修心理学，作者在一次参观洛杉矶一所中学的时候了解到美国人崇尚自由，中学生的逆反心理特强，尤其是高中生，故特别难教，而且教师的薪水又偏低。作者认为在美国的执教生涯，未必理想。其后作者考到了旧金山某报社总编辑。当作者的学生们升入大学以后反而和作者成了很好的朋友。

对外汉语专业的我看到作者在美国教中文的经历颇有感触，虽然最为一门副业，但是作者依然想方设法让学生了解中文、学会中文。在教中文的时候作者也采用了最直接有效的且被学生接受的语法翻译法。语言的学习是一个枯燥而又漫长的过程，如何激起学生学习中文的兴趣也是我们一直在探索的。作者对于自己在美国教中文叙述得非常详细，从作者的叙述中可以想象到作者上课的情况。由于作者的语言背景使得作者对 AP 一课得心应手，也由于作者在美国中文报社当了逾三十年的新闻翻译，作者对学生的中英文翻译也乐得指导。虽然作者最后没有一直从事这一行业但是作者对教中文的观念和方法还是值得赞赏的。文章的最后作者也感慨在中学期间喜闹事、好捣乱的学生在他们读大学时反而和作者成了朋友，最后作者得出了以下结论：“首先我要理解并尊重十七八岁美国中学生逆反、追求个人自由与尊严的心理，于理解我对他们忠诚关爱的基础上，我必须给他们予‘充分的自由’，因为他们绝大部分是美国出生的美国人，即百分百的美国人，自由平等观念，已属与生俱来，并坚信他们迟早会把错误改正过来，成为有益于社会的精英级人物。”这恰恰也是作者想要向我们传达的道理。

本文是一篇叙事散文，主要叙述了作者十五年前在美国教中文的经历，作者从中也受到了很大的启发：教师要充分尊重学生，要给学生充分的自由。作者用朴实的文字给读者深刻的启示，令人深思。

（李翠翠　评）

郑其贤

作者简介：郑其贤，1929年出生于中国广东省恩平市。现任美国华文文艺界协会荣誉顾问。曾任报纸记者、编辑及侨刊、多种文艺刊物主编。1985年秋，移居旧金山。为《星岛日报》《金山时报》《侨报》《美华文化人报》等副刊撰写专栏；并在加拿大、委内瑞拉、中国等多家华文报刊发作品。在《中华论坛报》及《越华周报》担任主笔。散文、小说、古诗、新诗、评论、报告文学等散见报刊。其报告文学《闪光的金牌》被选入《百年中国文学经典》一书，散文选入《美国华人名家散文精选》等书。古体组诗被选刻在旧金山图书馆的铜柱上，曾获对联公开赛冠军。已出版小说集《旧金山的故事》(合)。被收入《世界华人文学艺术界名人录》。

情系天使岛

美国东西两岸，各有一个“移民岛”。东岸是伊利斯岛，以拘留欧洲来美的新移民为主。西岸是天使岛，拘留的新移民基本上是中国人。

任职白宫保护历史古迹委员会的华人委员王燕怡，热心捐出美金十万元，成立了保护天使岛委员会。邀请她的好友徐嘉佳担任总策划及执行长，以“缅怀往昔，展望未来”为主题，曾在金山湾区海沃世纪大礼堂举行千人大集会，由当年曾被关押在天使岛移民拘留所的老人讲述亲身经历，并表扬一批杰出的华裔移民，以激励华人在美国努力奋斗。

美丽的天使岛，像一块翠绿的巨大宝石，镶嵌在美国西海岸边，异彩斑斓。天使这名称，不论是神话中所称天神的使者还是世间皇帝派遣的使臣，都应该是高贵而尊严的。可是，天使只徒托空名，而洁朴的岛屿也曾被种族歧视的浊流所染污。18 世纪，这里是拘押印第安人反抗者的监狱；到了太平洋战争期间，又是日本侨民的集中营；而在 1910 年至 1940 年美国实施排华法案进入高潮的时候，天使岛竟成为监禁来美华人的拘留所，使华人“忍辱含冤作楚囚”。据史料记载，仅三十年内就有十七万五千多名中国移民被拘留在这个形同监狱的小岛内，等候检疫和审查入境资格。快者一两个月，慢者长达两三年。对新移民审问“口供”，并不是个个顺利批准上岸，如果口供稍有错误，便立即遣返原居地。仅 1902 年至 1903 年，遭遣返的华裔已多达五百一十六人。“批消半载无消息，谁知今日拨回唐。”华人受到的打击，可想而知。审查期间，他们常遇到不公平的法律对待，有苦无处诉。在木屋题诗中唯一留下姓名的广东台山移民李镜波写道：“牢笼跃入出无能，无任伤悲血泪横。”正是当时华人在拘留所生活的写照。

拘留所是两三层高的木屋，房外围以铁丝网，有荷枪实弹的警卫看守。宿舍面积虽然不大，却常挤满了四五百人。睡眠是双层的铁架床，室内空气污浊不堪，一天只放监半小时，以致不少人“病端百出，苦楚难言”。宿舍旁边设有厨房和阴暗的洗澡间，另有一间不设座位、只能站着进食的简陋饭堂。膳食质量低劣，每人每餐仅为八仙。“面亦黄兮身亦瘦”，是拘留所中常见的华人形象。

在今天八九十岁的老华侨中，亲身经历其苦者仍大有人在，他们对那段不堪回首的辛酸岁月，谈起来犹悲愤填膺。这些曾在天使岛拘留所受审查的华人移民，是最有说服力的历史见证者。而从《埃仑诗集》所选载的一百三十多首木屋题诗中，也可窥见华人备受种族歧视的一斑。“漂泊虽云男儿事，奈何无罪入囚途？如天忏恨天天数，问句苍天有知无？”“风尘做客时时难，涉尽重洋一月间。自问征途非易事，谁知就困鬼门关。”“壁上题诗过百篇，尽皆怨语及愁言。愁人曷向愁人诉？蹇客偏思蹇客怜！”华人在拘留所不但受百般虐待，有的还无理被遣返，有的患病无医无药而死，有的甚至迫得自杀。“噩耗传闻实可哀，吊君何日裹尸回？未酬壮志埋坯土，知尔雄心死不灰！”这些囚禁孤岛、受尽折磨而感怀身世的诗句，今天读起来仍是万般滋味在心头。

木屋拘留所的墙题诗通俗易懂，全是移民亲身感受而发出的心声，这种生活实录对研究当时的社会政治有着极重要的历史价值。如今，数以百计的题壁诗，虽已为油漆所遮盖，但烙印在人们脑海中的史诗，却永远敲打着华侨后代的心灵。直到 1974 年，美国政府经过检讨移民政策的缺失，对华人的看法才有了改观。当时，加州州议会通过了成立“天使岛移民站历史公民委员会”，负责研究保存木屋拘留所史迹。1976 年，并拨款二十五万元作为修理保存这一史迹之用，有计划将之建成一处可供游人参观的名胜。1979 年 4 月 28 日，天使岛移民站的木屋拘留所纪念碑终于建成，且隆重举行揭幕典礼。在这块高达八尺、重六千磅的黑花岗石碑上面之间的交通十分方便。旧金山是世界著名旅游胜地，每年游客超过千万人，其中前往天使岛观光者不少。天使岛风光秀丽，现已辟为州立公园，今后加以整修和扩充，势必吸引更多的游客。

自由民主已成不可阻挡的时代潮流，但种族歧视的幽灵仍在美国时隐时现，我们要努力保护天使岛拘留所这一用中文镂刻着一副意义深长的对联。联曰：“别井离乡漂流羁木屋；开天辟地创业在金门。”概括地记叙了华人移民的苦难，展现了他们对开创光明未来的极大信心。

当岁月的车轮将辗上 21 世纪的轨迹时，克林顿总统任命华人女性王燕怡为白宫千禧年保护历史古迹委员。这一任命对我们华人来说,的确是一道喜讯。王燕怡委员希望现代的美国华人不要忘记先人创业建家的艰辛，珍惜天使岛这段沧桑史，于是发起创立“保护天使岛协会”。作为华人，我们对这些高瞻远瞩的举措，表示热烈拥护和欢迎。

天使岛的历史，深刻地反映过去排华政策的错误，对今天美国仍然存在的种族歧视问题，犹如一串长鸣的警钟。它提醒美国政府和人民，要尊重少数族裔，互相平等，才能发挥每个人的智慧。所有华人，都应以先辈的勤奋精神为镜，一步一个脚印地追求理想，自觉、自尊、自信、奋发图强地去实现自己的“美国梦”。

美国是一个标榜人权至上的国家，现在把天使岛拘留所对待华人的史迹保存下来，作为反面教材，当有鞭策后代的积极意义。21世纪是科技高速发展的新时代，数千里的距离可以朝发夕至，各地历史遗迹，让世人从错误教训中觉醒，主动拆除种族之间的藩篱，共同打造一个和谐美好的新世界。

评论：

天使岛是美国西岸的一座“移民岛”，不同于东岸拘留欧洲来美的新移民的伊利斯岛，天使岛拘留的新移民基本上是中国人。美丽的天使岛一直被种族歧视所污染，18世纪这里是拘押印第安人反抗者的监狱；到了太平洋战争期间，又是日本侨民的集中营；而在1910年至1940年美国实施排华法案进入高潮的时候，天使岛竟成为监禁来美华人的拘留所，使华人“忍辱含冤作楚囚”。在那里华人受着非人的待遇，他们常遇到不公平的法律对待，有苦无处诉。在如此艰难的境遇下，被拘留的华人只能写诗控诉自己的遭遇，“牢笼跃入出无能，无任伤悲血泪横。”正是当时华人在拘留所生活的写照。到现在八九十岁的老华侨中，亲身经历其苦者仍大有人在，他们对那段不堪回首的辛酸岁月，谈起来犹悲愤填膺。然而这些曾在天使岛拘留所受审查的华人移民，是最有说服力的历史见证者。直到1974年，美国政府经过检讨移民政策的缺失，对华人的看法才有了改观。当时，加州州议会通过了成立“天使岛移民站历史公民委员会”，克林顿总统任命华人女性王燕怡为白宫千禧年保护历史古迹委员。天使岛的历史，深刻地反映过去排华政策的错误，对今天美国仍然存在的种族歧视问题,犹如一串长鸣的警钟。最后作者发出呼吁:“自由民主已成不可阻挡的时代潮流，但种族歧视的幽灵仍在美国时隐时现，我们要努力保护天使岛拘留所这一历史遗迹，让世人从错误教训中觉醒，主动拆除种族之间的藩篱，共同打造一个和谐美好的新世界。”

文章大量引用事实数据，如：“据史料记载，仅三十年内就有十七万五千多名中国移民被拘留在这个形同监狱的小岛内，等候检疫和审查入境资格。快者一二个月，慢者长达两三年。对新移民审问‘口供’，并不是个个顺利批准上岸，如果口供稍有错误，便立即遣返原居地。仅1902年至1903年，遭遣返的华裔已多达五百一十六人。”使文章更具说服力。文中还引用了大量的拘留所中的木屋题诗，如：“漂泊虽云男儿事，奈何无罪入囚途？如天忏恨天天数，问句苍天有知无？”“风尘做客时时难，涉尽重洋一月间。自问征途非易事，谁知就困鬼门关。”由于是被囚禁的华人所作，所以更能体现被囚禁华人的不公平遭遇。虽然1974年美国当局已经对华人有所改观，但是美国至今仍存在种族歧视问题，天使岛的存在提醒美国政府和人民，要尊重少数族裔，互相平等，才能发挥每个人的智慧。作者这篇文章就是想要呼吁大家当今世界已经成为一个整体，和平发展是当今时代发展的潮流，但种族歧视依然存在且极易导致社会不稳定，因此我们要消除种族歧视，共同打造一个和谐美好的新世界。

作者选材关注社会现实，种族歧视一直是当今世界的热点问题，就像作者所说希望天使岛的存在可以让世人从错误教训中觉醒，让天使岛成为种族歧视的警钟。作者用数字例证、引用被囚禁华人的墙诗，真实而又深刻地向我们展示种族歧视的危害，对此作者发出呼吁正视种族歧视，打造一个和谐稳定的世界！

（李翠翠　评）

唯　唯

个人简介：唯唯，笔名舞曼西楼、柔软的金刚钻。原籍山东省青岛市。后在内蒙古生活多年。医学院本科毕业。1987年赴美留学，毕业后定居加州，在美国生物医学和肿瘤药物研究公司做研究。现为美国华文文艺界协理事，美国《红杉林》杂志社副总编。出版诗集《柔软的金刚钻》和《精神枷锁》及散文集《今我来思》。作品被收入《中国诗歌选》《全球华文女作家散文选》《共享文学时空——世界华文文学研讨会文集》《全球华文女作家小传及作品录》《世界华文女作家选集》《美国华文作家选集——采玉华章》《天涯诗路—中国当代海外诗人作品荟萃》《美洲华文微型小说选》等文集。作品散见于《香港文学》《今天》《时代文学》《世界诗人》《红杉林》《世界诗人》《汉新月刊》《女友》《美文》《世界日报》等。

毒气室

玛莎第一次接到哈瑞的死讯是二十年前。他在寄给她的信里第一句话中写道："玛莎，当你接到这封信的时候，我已经死了。"

像所有倒叙式悲剧故事的开头，先用结尾使读者瘫痪以至于全身麻木，然后再一点点恢复他们的痛觉。哈瑞在信里说："我无法再讨好自己衰败的身体，它已经变成我的敌人，每分钟都在向我进攻，这狗娘养的在我的每一个重要器官里都安放了定时炸弹，准时地将它们一个个干掉。”

玛莎让自己微微颤抖的身体落在身后一把椅子上，低下头把双手支在膝盖上，长呼吸着。

“自从上次让你见到我那个鬼样子以后，我就一直在策划着离开。白天黑夜地苦思冥想。我不喜欢出乎意料的太尖锐的痛苦，好像我毫无准备，而你知道我是有准备的人。我也不喜欢因为流血太多而看上去太恐怖，据说人离开时的样子就是他今后永远的样子。最后只有两个方法可以选择，用威士忌吞服大量的安眠药，或者爬到汽车里将发动机启动。这两种都是熟睡的样子，如果安娜还在她会告诉你，我睡觉的样子还是很不错的。”

她苦笑了一下，拿信的手微微颤抖着。眼里的光变得柔和起来。

“现在看来安眠药很难搞够数量。我一定要快些做决定，我要在那些医生护士脱去我的上衣和裤子之前，在他们冷着面孔在我身上插满针头和管子之前，在他们抽干我的血，把我变成医学书上的那个骷髅之前，爬到车库里，发动引擎。我打听过那些一氧化碳没有臭味，我会昏头昏脑起来，然后安静地失去理智，要知道失去理智的时候是很难做到安静的。随后就失去知觉，永远地睡去。”

那是一个阴沉的初春的傍晚，玛莎强撑着从椅子上站起来，走到窗前，后院的草坪经了一冬的雨水，显得格外绿。那两棵杨树也开始抽芽。满目的翠绿使她头晕。可她眼睛却并没有留在这里，而是转到脑后，透过脑后的头盖骨，盯着身后通往车库的门。一股寒气从尾骨沿着脊椎向头上爬，她仿佛听到引擎的震颤，听到一个人无声地呻吟，和那呻吟里依稀可辨的喜悦。

“我要你参加我的追悼会时，带上一大捧金黄色的向日葵，和你那些随口而来的笑话。我要你笑得像每次打桥牌赢我钱的时候那样美。”

她垂下眼皮，不由得抬手整理一下头发。嘴角浮上一丝温暖的微笑。

玛莎刚会走路就认识了哈瑞。他们两家后院相连。中间原有一个歪歪扭扭的木栅栏，后来塌了，木板被拿去点壁炉了。再没人想到修起来。他们在同一个教堂做礼拜，进同一所小学、同一所中学。她的一生好像总有哈瑞在眼前晃来晃去，有时候她真是讨厌他到了极点。直到哈瑞和她的好友安娜结了婚，搬到另一个城市。后来听说搬到了国外，二十年前安娜死了。哈瑞和安娜有一个孝顺儿子约翰，他为了照顾母亲的病随父母搬来搬去。安娜去世后，儿子和他妻子将母亲的骨灰带回加州，埋在教堂后面一片小公墓里。并在旁边给他父亲留了一个空位。哈瑞没事就溜到安娜的墓旁,去看他的空位子。约翰留在加州一个小镇做律师。

接到哈瑞的遗书后，玛莎一直没有收到追悼会的通知。这种事无法打电话去问。她想如果哈瑞本人接的电话，她该说什么呢？“你怎么还活着？”如果他儿子接的电话，她又该怎么说呢？“追悼会什么时候开？”

一个月过去了，她终于忍不住打电话过去，没有人接。她想，他大概真的走了。她不知自己到底希望他死了还是活着。她常常觉得她的命脉就在他的命脉里流动。他想要做的也正是她希望的。

玛莎想起最后一次见到哈瑞的情景，那是接到这封遗书的三个月前，哈瑞七十岁生日。他儿子为他办了一个辉煌的生日晚会。从全世界请来哈瑞所有的老朋友，爵士乐队、鸡尾酒、三层蛋糕，还把哈瑞的生平拍成幻灯片一遍遍地放。每个桌子中间的花瓶都插着一个小旗子，上面印着哈瑞开心大笑的头像。她走进去时看到哈瑞被一群人围着，拥抱，接吻，大笑。哈瑞银白色的头来回转动，满脸堆笑。她在一个角落的椅子坐下来，默默地望着他。她觉得她不喜欢哈瑞大笑的样子，好像是另外一个人。

当哈瑞看到玛莎时，脸上的笑容一下子不见了，好像被他收起来放进裤子口袋。她走过去坐在他旁边。他没有抬头，垂着眼皮，嘴唇紧紧地抿成一条缝。嘴角因为用力而出现两条深深的皱纹。她轻轻地舒了一口气，这才是他的真面目。

她想起哈瑞最近一直在抱怨他的糖尿病，说他恨透了每天挨一针胰岛素。还破口大骂他儿子，说将他最喜欢吃的东西都从一日三餐中除去，甚至逼他戒烟。他咬牙切齿地说，人性中最丑恶的不过是喜欢看别人受罪，现在他们得逞了。

生日晚会的前一个星期，她收到他的电话。“你知道我越来越进步了。”

他冷笑着说，“人家又发现我得了口腔癌。”她打了一个冷战。他接着说：“我已经戒了烟，还要怎么样？剩下的就是戒命了。”

“也许是误诊呢。”她安慰他，“再说现在很多癌症都是可以治疗好的。”

“医生说需要手术，怎么手术？”他在电话里喊起来，“把我的半个脸切去？我留那半个脸有什么用呢？做鬼脸吓唬人还可以。”

在他的坚持下，手术推到七十岁生日后。“我可不愿意人家大老远跑来，连我的面都见不到。”他在挂电话前最后说了一句。

他们就这样默默地坐着，听着对方的呼吸。直到儿子叫去吃蛋糕，她才慢慢地起身离开。他没有抬头看她的背影，她也没有回头看他。

收到那封信后日子就这样一天天过去了。玛莎到底也不知道哈瑞是活是死。她也不想知道。因为生死都不是她想听到的结局。一年后的一天，应该是哈瑞七十一岁生日，她突然收到一封信，信封上是哈瑞的笔迹。

“你一定以为是鬼在给你写信，不过也差不多了。我进了这个倒霉的监狱已经快一年了。命运和我开玩笑，本来应该去的地方没去成，半路拐弯，到了这个鬼地方。你知道我一向是计划很周密的，上次生日后第三天，儿子一家出门旅游。我钻到汽车里把引擎打着，打开车窗，闭上眼睛。引擎的声音很大，这是我预料之外的，不能安安静静地死真是遗憾。可就在这时，我无意中发现表盘上指示没有汽油了。我想要是引擎因为没有汽油而停下来，而我正半死不活可就惨了。已经开始头昏脑涨，我还是决定去加油。我已经几年没开车了，开出去没有几个街口，就撞了人。后来听说那人在医院里死了。咳，该死的是我呀！我这个老不死的，生命的价值已经变成负值。”

玛莎将信封翻来翻去看了几遍，没有找到回信的地址。他能在哪个监狱呢？她知道他住的城市里有个第一监狱。玛莎想哈瑞的命可真不好，连死都这么多事。

玛莎继续看下去，“监狱的日子慢啊。每天还要挨那一针。我以为在监狱里可以躲开现实生活中的事，但是监狱有监狱的现实。不过在这里那一针就是小意思了。我那口腔癌也不知道哪儿去了，没人关心我口腔里多了什么少了什么。看来连癌都是势利眼儿，在我最困难的时候弃我而去。人在富裕悠闲的时候，身上会多出很多东西来，什么扁桃体、前列腺，艰难的时候，这些东西都不见了。”玛莎不由地微笑着。

“不过我又在计划了，要是能判死刑就省去我很多麻烦。不过这次我要更周密地计划一切，不会再出现因为没有汽油而失败的事。我对你唯一的要求，是不要来看我！我知道你是唯一听我话的人。”

玛莎没有去看他。但她没有一刻不想到他，和他的周密的计划。她开始看一些有关监狱的小说，一遍遍看那些越狱的细节。有几次她无意中看到关于死刑的描写，她粗粗地扫了几眼很快地翻过去，她觉得读那些东西很不吉利，好像她在做思想准备，而她根本不希望那件事会发生。

两年后一个四月的星期天下午，太阳好得出奇。她在后院阳光最好的地方种了几棵郁金香，暗红色的花瓣像包着很多秘密一样不肯张开。她想明年种几棵向日葵吧，她一直没有种是因为那东西太占地方。她坐在长椅上被阳光晒得有点头晕，顺手拿过椅子上的报纸，想要盖在脸上。突然一条消息引起她的注意：“××市第一监狱一个叫哈瑞的犯人，在监狱护士给他注射胰岛素的时候，突然将数个注射器针头刺入护士的胸部，造成该护士心脏病发作，经抢救无效而死亡。这位犯人平时并无暴力倾向，监狱长认为，该犯人身体健康状况不良，可能造成他精神失控。”

太阳在玛莎的头上燃烧，每一根头发都烧焦了。她看到太阳的黑点在扩大……

玛莎醒来时已是傍晚，她躺在后院的草坪上。头痛得厉害，口也很干。

从这天起玛莎开始每天看报纸，她把所有关于哈瑞的消息都剪下来，放在一个影集里。她知道哈瑞被判了死刑，而他的律师儿子正在上诉，理由是那个护士原来就有心脏病，那些针头并不是造成死亡的直接原因。哈瑞的案子成了玛莎生活的主线，她关注每一个新动向。她非常想见见哈瑞，看看他拉得很长的脸，取笑一下他周密的计划。可是她已经无法再感受他的心思，他离她越来越远。她想他为什么在死这件事上这么倒霉呢。

日子过得飞快，六年后一个冬天，雨季到来之前，她突然收到哈瑞的信：“我儿子还在打官司想要救我一命。就是因为他的好心，我还在这里受罪。他们希望我活着，这样他们心里好受些。其实我已经不再那么急赤白脸地想要去死了。如果早像现在这样不需要插管子，脸也可以保留，再能抽上几口烟的话，活着其实也不错，我第一次希望儿子的官司打赢。可我已经欠了两条命。决定我生死的都是陌生人，他们不认识我，我无法告诉他们我现在的心情，没人关心我的心情，没人问我到底要怎样，我要死的时候，他们不让我死，我要活的时候，他们也不会让我活的。这些陌生人决定我该死还是该活。明年我八十岁生日的时候，能否找人给我送一束向日葵来？我希望死刑能在生日那天，我可以带着你的向日葵离开。人老了会变得婆婆妈妈。我开始把一些日子藏起来，等到将来到了另一个世界的时候拿出来用。我不能没有计划。为什么死刑的日子还定不下来？我可能等不到我的死刑了。”

一天，玛莎在报上看到了哈瑞死刑的日子。是在他八十岁生日的前两个星期。她把那条新闻剪下来贴在影集里，盯着看了好久，好像她一生都在等着这个消息，可是她已经无法将它与现实联系起来，她和哈瑞都变成局外人，像沸水里的油珠，被生活折腾着，却无法融入。不久以后，哈瑞会像被掐灭的烟头儿一样踩在地上，由正义的鞋底在上面揉搓几下，变成一撮肮脏的粉末。

玛莎接到哈瑞的最后一封信时，正在死刑那天。“后天轮到我的日子了。这回是真的。真的要尝试毒气室了。这是国家建造的，质量一流，这里用的是氰气，绝不会出错。比我的车库要好上多少倍。而且最重要的是那里一定非常安静。我可以坐着等一扇门打开，我就朝门里走进去，然后那扇门在我身后永远关上。谢天谢地。”

他在结尾讲了他最后一餐将吃些什么。玛莎已不再读。一切都变得遥远而无关紧要。她慢慢走到后院，整个后院开满了郁金香，金黄色的最耀眼夺目，她想该种些向日葵才是。她走过去弯腰将那束金黄的郁金香连根拔起，抖了抖根上的土，缓缓回到厨房，把根部剪去插到一个花瓶里，拿到卧室放到床头。

她换上暗红色的睡袍，对着镜子看了一眼，然后平静地躺在床上。她听到一颗疲倦的心渐渐平息下来，越来越慢地敲打着，那敲打的声音仿佛水滴被蒸发的声音，她看到那扇门在她面前悄悄地打开，一个少女手捧着金黄色的向日葵，朝那扇门奔去……

评论：

每一个人都会反省生与死的意义，尤其是面对老去之后的痛苦时。

整个故事跨越了二十年的长度。老去的哈瑞因为疾病带来的痛苦，计划着走向死亡，但计划总被不可预测的事情所打破，借助信件和报纸而得知全部过程的童年挚友玛莎，也因此获得了一段独特的意义之旅。

当上帝活在人们心中时，活着的意义由来世的命运而定，即使是“死亡”本身，也是这个世界重要而积极的一个组成部分；当人不再相信上帝，而去遵循自己的内心，活着的意义就取决于活着时的体验，“死亡”成了人们创造新意义的一种方式。当人主动选择死亡，往往是为了摆脱现实中痛苦的体验，而痛苦从来就不是对外在世界痛苦的反应，它只是对自己体内感觉的反应。因此，哈瑞走向死亡又或者是想暂缓死亡，都是由他所感受到的疾病所决定的。

哈瑞是一个想要主宰生命的人，但最终却被生命主宰。“你知道我是有准备的人”“不过我又在计划了”“我不能没有计划”等都是他“一心寻死”下倔强的表现。而他寻死的根本原因，在他与玛莎的交流中已经得到了解释，“我无法再讨好自己衰败的身体”“抱怨”“恨透”“大骂”“受罪”等都是他对待疾病最真实的态度。而当意外接踵而至，“生命的价值已经变成负值”，“负值”的由来就是建立在疾病缠身的基础上。即使他后来在监狱里“不再那么急赤白脸地想要去死”，也是因为在那儿“不需要插管子，脸也可以保留，再能抽上几口烟”。

玛莎是一个真挚而浪漫的人，而且这份真挚和浪漫在她与哈瑞之间是彼此传递的。他们之所以“就这样默默地坐着，听着对方的呼吸”，“他没有抬头看她的背影，她也没有回头看他”，是因为彼此心知肚明，昔日的挚友包括自己都已经垂垂老矣，而且这个现实显然是令人悲伤的，所以哈瑞才会在信里说“自从上次让你见到我那个鬼样子以后，我就一直在策划着离开”。也正是因为了解至深，所以当玛莎第一次知道哈瑞的“寻死计划”后，不仅能听到“呻吟”，也能听到依稀可辨的“喜悦”。我们由此可以理解为什么“她不知自己到底希望他死了还是活着”，为什么“她常常觉得她的命脉就在他的命脉里流动”，为什么“他想要做的也正是她希望的”，因为自从玛莎知晓哈瑞的计划之后，她就“突然”（文中玛莎三次得到哈瑞的消息都是“突然”的）进入了一段特殊的“意义之旅”。生，意味着痛苦加剧；死，意味着永远别离。生或死对于他们两个人来说似乎都不是理想的结局。

小说用交错的时间顺序，放大了倒叙手法的表达效果。故事中原本和“死讯”有关的时间线是：二十年前（哈瑞六十岁时，那也正是安娜去世之后，开始有了死的打算）、哈瑞七十岁生日晚会前一个星期（新确诊为口腔癌）、七十岁生日晚会当天（已被糖尿病折磨）、七十岁生日晚会后三个月（哈瑞有了在一氧化碳中寻死的计划，玛莎收到遗书）、收到遗书后一个月（失去消息）、收到遗书后一年多（玛莎收信得知哈瑞已入狱一年）、哈瑞入狱后三年（玛莎由报纸得知哈瑞致护士死亡，两年未联系）、护士死后六年（哈瑞有了活的打算）、哈瑞八十岁生日前两个星期（死刑日子确定）、死刑前两天（哈瑞写下最后一封信）、死刑当天（玛莎收到最后一封信，曾经的死亡计划以另一种方式实现了）。

哈瑞的生死成了玛莎生活意义的一部分，很难说这是幸运或者是不幸。小说留了一个开放式的结局，玛莎可能是永远走向了哈瑞，也可能只是暂时的。两个人物的生存环境，就是伴随疾病、孤独而逐渐老去的现实生活，最大的“毒气室”莫过于此。大多数人往往在紧张和无趣这两端之间来来回回，到了一端就开始对另外一端感到不满，哈瑞就是如此。而玛莎的心因为真挚，从平静走向疲倦，最后又归于平息，那个手捧金色向日葵的少女，才是玛莎最想让哈瑞看到的样子，也是她自己最愿意活成的样子。

（林岳斌　评）

谢为人

作者简介：谢为人，美国华文文艺界协会秘书长，从事文学艺术活动始于知青年代，曾为当地文艺宣传队写剧本并编印杂志，所创作歌曲曾作为优秀作品在省电台播放。移民美国后开始诗词和散文创作，部分曾发表于各报纸杂志上。自编诗集三册，分别为《他山采石集》《绿野探花集》和《陋室藏风集》，收入格律诗词近千首；自编散文集两册，分别为《东山拾梦》和《小浪淘沙》，收入散文近百篇。

谭大仙外传

谭大仙大志闯金山

谭大仙是我的死党，其人生性乐天，心直口快，胸无城府，因引为知己也。由于他每日清晨必早起打坐练气功，所以朋友们给他起了一个“大仙”的雅号。

我来美国后，他仍在中国某电子公司当工程师，与我通信甚频密。他知我一向不善交际，乃时常在信中鼓励我，要努力尽快融入美国主流社会，多交异国朋友云云。我告之以，吾等新移民在这番邦地界，每日早出晚归，连邻居是什么人也不知道，实在无暇去结交外国人，况凭这一口浓重的广东乡音，结结巴巴说几句只能用来问候和多谢，还有再见之类的蹩脚英语，沟通尚大有问题，怎可能交到什么异族朋友呢？

大仙不以为然，回信答我曰："你这人胸无大志，若是我……"

过了两年，大仙也举家移民来到旧金山了。一下飞机当晚，即在半夜一点多打电话来，把我从睡梦中叫醒，听到我呵欠连连，还语带惊奇地问我为何这么早就睡了。他满心以为在资本主义国家生活的人，都应该过着灯红酒绿的夜生活，殊不知我要每天早出晚归去打工，难得有个好梦。

第二天，我专门请了假，开车陪他去游览金门桥、金门公园和渔人码头等旧金山最著名的地方。大仙兴致勃勃，对前途充满信心："听说在美国当一个普通的电子工程师，年薪至少五六万美元。我的要求不高，每年有四万也不错了，折合人民币有三十多万，在中国要十年才赚得到呢……"

口气还真不小。我知道，他在中国当工程师，才有这么高的薪水，换成我等普通人，五十年也未必能赚到这个数。但是在美国，能赚年薪五六万的新移民却不多啊。

我忙问大仙是从哪听来的资讯，他反诘我，在中国这是人人皆知的常识了，难道你不知道吗？你这人也太孤陋寡闻了！他接着追问我月薪几何，我不无羞愧地告以才两千而已，大仙大叫道，太少了！你混得太霉了！你的老板对你太刻薄了！还不快点转工，美国到处是机会，你要多去外面闯一闯啊……

好像和我对调了角色，大仙俨然一副老金山的模样，我只好苦笑。因为那时候，我已经是公司内最高薪的员工，一般底层一点的工人，每月的薪水一千块还不够呢。真不知怎样跟他辩驳。看他那意气风发的样子，我真不忍心给他泼冷水，于是灵机一动，戏填了一首"清平乐"词谑他：

前程无限，美纸轻松赚。登陆金山充好汉，唾手年薪六万！
大洋彼岸冲锋，诚如昔日华工。我自潜游浅水，愿君一跃成龙！

这本是当年伟大领袖毛主席填的一首著名的词，被我顺手拈来，改头换面，一挥而就。大仙读罢哈哈大笑，然则不以为然。

欲知谭大仙如何找工作，请看“谭大仙金山碰壁记”……

谭大仙金山碰壁记

大仙一连数天忙着去找工作，目标自然是老本行电子行业。无奈这旧金山地区的电子行业几乎都集中在远离旧金山的硅谷，大仙没有驾驶执照，又没有汽车，很难前去应式，于是，他知难而进，立刻开始学开车。

第一轮的书面笔试，凭着超强的记忆力，他很快就轻松过关了。第二轮的路试尽管困难重重，但他凭着不屈不挠、屡败屡战的精神和勇气，终于在来美才一个月的短时间里，拿到了驾驶执照。这其实算得上是奇迹了，一个原来不会开车的新移民，人生地不熟的，能够在一个月内闯过开车这一关，也不多见了。我虽然也是在来美的首个月内通过了笔试，但拿到驾驶执照却是在一年后，自愧不如。大仙不愧是大仙，能力超乎凡人！

谭大仙虽然拿到了驾驶执照，但由于对交通规则和路况都不熟悉，所以屡出状况。比如一次去见工的路上，他一边开车，一边用耳机塞住耳朵听他的英语会话录音带，冷不防后面有一辆消防车响着警号呼啸而来，来往车辆纷纷靠边闪避，唯有大仙浑然不觉，依然我行我素。待消防车咬住屁股，大喇叭声呱呱响起来，大仙才如梦方醒，一时间慌了手脚，竟不懂得开往路边停下，而是大脚一按油门，驱车就向前狂奔。他的用意其实是有道理的，开得比消防车的速度更快，就不会耽误消防车去救火了。良好的愿望，得到的回报却是一张数百美元的罚单，还有一场并非虚惊的惊险。那追赶他的警察花了好大劲才追上他，更如临大敌拔枪相向，差点没把他当场击毙。

虽然大仙有了驾照，也许是运气不好，他并未能如愿以偿地找到期望中的工作，雄心大受打击。时间一天天过去，他的信心开始动摇，目标也开始有点游移了。那日来见我，倾诉一回心事后，慨然长叹：“想不到我谭大仙来美国竟陷入绝境。”我安慰并劝导他，不要心头太高，随便找个工作，先解决糊口问题。思想并不保守的他，自觉拿得起，放得下，马死落地行。决心一下，大仙即四处委托朋友给他先找一份糊口的差事。

只是万万想不到，一位亲戚劈头就给大仙介绍了一份清洁厕所的工作。

大仙感到极度的难堪，因为在他想象中，餐馆、建筑和洗衣业应该算是他可以接受的最低等的职业了，洗厕所？他无论如何也没有想到还会有洗厕所这一行！“平生奇耻大辱也！说出去，我谭大仙堂堂大工程师的面子往哪里搁？”谭大仙大声疾呼，声称宁肯“反攻中国”，也绝不去洗厕所！

欲知大仙何去何从，请看下回“谭大仙首都寻工记”……

谭大仙首都寻工记

大仙有一位旧朋友，早年移民美国华盛顿，现在在一家修车行工作，知道大仙在美西正彷徨于找工作，就叫他过去试一试。

修车的职业蛮不错，听说工钱还不少。更令大仙神往的是，华盛顿是美国的首都，想必是广阔天地，大有作为。

大仙立刻买了飞机票，告别妻儿，径自飞到首都去了。

啊！泱泱大美国的首都，“好一派北国风光！”千里冰封，万里雪飘。在飞机将要降落时，大仙望着窗外的壮观景色，脑海中回荡着样板戏《智取威虎山》中参谋长的唱腔，还有毛主席的《沁园春》。祖国南方长大的他，难得见到雪，一时心中雀跃万分。

不料甫下飞机，大仙就感觉像忽然掉进了一个大冰窟，冻得全身簌簌发抖，舌头也不灵活了，两排牙齿不由自主地敲打着清朝皇帝女的称号——“格格”“格格”。

此时,他已无心欣赏雪景,只想静下心来运功御寒。无奈是功力太有限了,在雪地上打坐,寒气直攻上心扉,运功终于失败,大仙只有暗恨自己学艺不精,愧对了大仙英名!

想起初入美国境时,正值金秋时节,大仙就曾抱怨,旧金山虽然景色如画,但寒意迫人，晚上要盖厚厚的棉被，天气远非如世人所称道的好，不过而今与这天寒地冻的首都华盛顿做一比较，方才深有感悟，还是旧金山的气候较宜人啊！

彻夜风雪到天明，早起花了成个钟头的时间，跟朋友一起铲去数尺厚的门前雪，才能出门到修车场去上班。

那修车厂，只不过是设在高速公路旁的一个简陋的工棚。在无孔不入的彻骨寒风中，大仙跟他的朋友一起，半躺半跪在汽车底下冰冷的地上，尽管隔着一张沾满了油污的毯子，他的脊梁骨依然感受到钻心的寒气，手上的扳手几乎不受控制，把汽车底下的螺丝碰得叮当乱响。他很佩服朋友的耐寒，居然可以忍受这种要命的严寒。

大仙潜心修炼过多年的气功，纵是功力不足，也该比凡人胜一筹。但此刻他眼见朋友及数位修车师傅们埋头苦干，觉得真是不可思议，心想难道他们都是超人，要不就是他们早就把感觉神经给冻坏了。

“哆嗦嗦，哆嗦嗦，寒风冷死我，明天就垒窝。”大仙小学一年级时读过的一课书，这时不知为什么在脑海中冒出来了。不过大仙已经把最后一句改成了“明天回老窝”。

大仙终于无法在雪地上躺下去，因为他觉得全身已经失去了知觉，如果再不当机立断赶快爬起来，很快就会变成僵尸了。

欲知大仙有何行动，请看下回“谭大仙历险记”……

谭大仙夜班历险记

上回说到谭大仙到首都找工作，在大风雪中学修车，冻得……

天上纷纷扬扬地飘下来的雪，原本是如此的洁白无瑕，但飘零到人间，被大地上这片浑浊的汽油给玷污后，就灰溜溜地被当成垃圾扫到路边去了。大仙原本纯洁的心，此刻也像那不再纯洁的雪，变得灰溜溜的。

大仙勉强在修车厂挨到收工时，已经打定了主意。三十六计，走为上计！他自我安慰，纵使自己能撑下去，他远在旧金山的妻儿也不会愿意跟他来这里挨冻。

大仙不无歉意地跟朋友道别，急急脚打道回府，飞回了阳光灿烂的旧金山。

我到机场去接他。没见面才几天，见了面恍如隔世，一言难尽，百感交集。

“华盛顿是一个鬼地方！”大仙一番感慨后，给美国首都下了这样的评语。

我立即告诉他一个“好”消息说：“我们公司这两天正好需要聘请夜班工人，你愿不愿去试一试呢？”“去去去！”大仙不假思索，一迭连声。失望透顶的大仙，似已到了饥不择食的境地，他根本就忘了不久前他是如何谴责我的老板的。

“夜班是开到半夜十二点，你不怕太晚吗？”我问他。“不怕，我还可以利用白天的时间去上课，何乐而不为？”大仙爽快地答应了。

由于我们公司没有足够的停车位，所以大仙上班只能坐地铁来回。我与大仙分别在不同的时间上班，所以没机会看他如何工作，但管工对我说，大仙学得很快，做得很不错。我心里说，那还不当然，人家是什么底子，大材小用，有什么技术可以难得倒他？！

那一次，大仙半夜下班，步行二十多分钟来到市场街的地铁站候车，站内空无一人，大仙拿出日间买的报纸，边看边等车。

电梯上下来一名白人，大仙并不在意，继续看他的报纸。那白人向大仙走过来，说了几句话，大仙没听明白，以为在跟他打招呼，就抬头客气地回了一声“哈罗”。

不料，白人听了他的回答，上前就向大仙脸上一拳打来，大仙猝不及防，躲闪不及，眼镜一下子就给打飞了。这时候，大仙的反应忽然变得异常的快，什么也没说，立即伸手就从口袋里掏出早已准备好的二十元纸币递上。

那白人伸手接过，咕噜了几句，抬手又向惊恐万状的大仙脸上虚晃了一拳，这才转过身，吹着口哨，一步三摇、肆无忌惮地走到地铁站的另一头去了。

学过三招两式的大仙回过神来，看着那白人得意忘形的背影，真想冲上去回他一拳，但他一转念，算了，破财消灾，跟他打起来还不知会是什么结果，少惹麻烦，安全才是最重要的啊。

大仙怎么会在口袋里准备好了二十元来奉献给白人劫匪呢？原来，大仙的一位亲戚曾一再告诫过他，口袋里必须经常备一些零钱，遇上劫匪，只要乖乖奉上，就可保性命安全，据说这还是警察部门对市民的忠告。

警方用心可算良苦矣。只不过，劫匪们对此忠告肯定会大呼英明，因为这样一来，他们既知道被劫对象身上肯定有钱，不用花心思去分析选择对象之余，行劫时更不会有人反抗，行劫得手，苦主去报案，警方也决不会花时间去查这些鸡毛蒜皮小案，破案？休想！

究竟大仙被劫后如何自处，请看“谭大仙转工记”。

谭大仙遇袭转工记

大仙眼睁睁看着劫匪的背影转入了地铁站的另一端，方才低头向地下找寻他的眼镜。戴了十几年的近视镜，一块镜片已经被摔裂……

“晚上坐地铁太危险了！”大仙寻思要转乘公共汽车。但是，公司距离公共汽车站相当遥远，半夜三更一个人步行去车站，莫说不危险。大仙见过鬼怕黑，一切以安全为优先考虑。

天从人愿，几天后，就有一位朋友给他介绍了与原来那份一模一样的工作，虽然也是夜班，但该公司的大门口，正对着公共汽车上落站，下班时可省却一段步行的路程，如此安全系数也高了很多。

大仙与我才当了十多天同事，就“跳槽”了，还得以以熟练工的工钱受雇于新公司，时薪比原来还高些了，大仙不无得意，心想若非遇贼，他就只能一直享受那最低工资的待遇，起码要等半年才有机会等到老板加个二十五美分的时薪呢。

正是“塞翁失马，焉知非福”。大仙虽然屡遭挫折，乐天性格却没变，“天将降大任于斯人也，必先劳其筋骨，饿其体肤，苦其心志……”这么快就得以脱离最低工资一族行列，代价不过是挨那劫贼一记老拳，值得！

开工第一天，一切顺利，半夜下班后，他在公司门口很快就等到了公共汽车，车上除了司机，别无他人，大仙非常高兴，心想坐这趟公共汽车跟包车无异，真是安全又快捷，也许只需半小时就到家了。

汽车开了两个站，上来几个年轻的黑人，叽叽喳喳地说话，车厢显得热闹起来，大仙听不懂他们在说什么，但观察他们风趣活泼的表情动作，大仙肯定他们不是坏人。

终于到了，大仙和那几名黑人青年一起下了车。大仙觉得不那么害怕了，一个人走夜路，多少有点提心吊胆，有一群人同路，心里也舒坦些。于是大仙在前面急急赶路，他们在后面不慌不忙地漫步，拉开了好一段距离。当大仙拐入另一个街口时，已听不到他们的声音了。

已经看到家门了，四处静悄悄的，大仙一边走一边伸手到背囊中找钥匙，忽然，他的第六感有反应，觉得身后有股黑影压过来，猛回头，还未看清什么，就听得“轰”一声，眼冒金星，然后就什么也不知道了。

也不知过了多久，大仙醒来，发现自己躺在漆黑的人行道上，一时反应不过来，还以为自己在做梦。恍惚间忽然记起自己刚才的第六感，赶快爬起来，连背囊也没捡，就扑到门口拼命按门铃。他的太太睡眼惺忪地出来开门：“你不是有钥匙吗？”及至看到大仙的狼狈相，才慌了手脚，一家人全叫起来了，又报警，又找药擦伤口，乱作一团。

警察来了，大仙不能肯定劫贼就是汽车上那几名黑人青年，他不想陷害无辜啊。他只能说了一遍经过让警察记录下来，他心里明白，这种案件是永远破不了的，警察只是例行公事。

几天内两经劫难，大仙总算无大碍，有惊无险，但伴随了他十多年的眼镜，就没那么幸运了，劫贼抢去了他的背囊，把他的眼镜踩得稀巴烂。

大仙坐公共汽车又被劫，未知如何是好，请看“谭大仙股市发财记”。

谭大仙股市发财记

大仙一周内两度被劫，可以说是祸不单行。他曾看过一个什么组织做的调查报告，说美国人的一生平均会有两次被抢劫的经历。大仙自我调侃，自己仅在几天内已经达到了指标，今后的安全系数就会高得多了……（看来还被他说准了，直到十几年后的今天为止，劫匪没再光顾过他。）

早几年，美国高科技行业蓬勃发展，大仙的机会终于到了，他毅然辞去了那份糊口的机器工，打进硅谷当了一名助理工程师。由于他的专业水准并非泛泛，刚开始时的月薪居然也有三四千之多，比我这“老华侨”（大仙这样称呼我）还多千余，年薪五万的理想，看来并不是痴人说梦啊。

大仙在短短几年里就超越了我，让我心理不平衡了好一阵子，但转念想，他的本事本来就是在我之上，我不过比他早几年来美国而已。在美国谋生，机遇固然重要，但如果没有真才实学，纵使机遇来到面前，也只有徒叹有心无力。大仙的好运到来，靠的是真本事！

大仙又来见我，那一段日子他正在啃一本有关股票投资方面的书，潜心研读后，据说还很有心得，这次来是游说我购买高科技股票的。

“写诗作文章能变钱吗？”他这样对我说。大仙与我本是文友，当年在国内共事时，我俩是单位里出墙报的最佳拍档，但逢什么节庆纪念日，上头就会派我们当“枪手”帮那些主任组长们写几篇文章之类的，冠上他们的大名来发表。

时至今日，我还时时手痒痒，爱写点什么出来过过笔瘾，而大仙自考上大学后，便封了笔。不过他依然对文学作品饶有兴趣，经常来索读我的拙作，然后发表高见。

高科技股票劲升，大仙将多年积蓄数万元孤注一掷，不久已经翻了一番，“想不到美国的钱是这么好赚的，日入比我上班的薪水还多！”他的一番高见，令我心猿意马，蠢蠢欲动，只恨自己此时手头太紧，没有闲钱买股票，只有妒羡他的份。

“你现在已经身家十万，足够首期买新屋了，急流勇退吧。”我劝他，听得出，有点妒意，他赚得太容易了！

“不，每天能进账百多美元，不赚白不赚！到时我赚够了，就买一间大屋子，一次付清……”

我说不出有多妒羡！

大仙身家渐丰后，是否一帆风顺呢？稍后请看“谭大仙梦醒记”……

评论：

《谭大仙外传》通过“外传”这一以人物逸闻轶事为主要书写对象的传体

形式，记叙了“我”的“死党”谭大仙移民美国初期打工谋生、历经命运无常的种种事迹。“外传”体裁的选择与章回小说笔法的化用使文章淡化了一般人物传的严肃性，在对谭大仙闯荡旧金山的坎坷经历进行轻描淡写式重现的同时又映射出了海外华人漂泊美国的艰难历程与心路变化。

在举家移民旧金山之前，谭大仙跟许多人一样，心中怀有一个光鲜璀璨的“美国梦”，对旧金山的美好幻想使谭大仙充耳不闻深谙移民生活艰辛的多年好友“我”的善意提醒，而这份可谓是盲目乐观的意气风发很快令其在新生活征途上接二连三遭遇了措手不及的打击。

作为一位曾经在中国拥有高薪收入的电子工程师，初来乍到的谭大仙本欲凭借一技之长在旧金山谋取一个专业岗位，从此开始高薪水、广交际的新移民生活，遗憾的是在美华人生存环境的恶劣并未给予谭大仙如愿一展抱负的机会，他一个“堂堂大工程师”甚至面临着从事厕所清洁工的危险，迅速认清现实艰险的谭大仙不得不开始“为五斗米折腰”，可接受职位亦由体面的工程师向贩卖体力的底层工人转换。随后由旧金山至华盛顿，从电子工程师到汽车修理工的心理落差使得谭大仙在华盛顿的冰天雪地中终于醒悟，“美国梦”亦静悄悄地破碎了。

结束新移民“第一课”以后，谭大仙成了“我”的同事——尽管在这之前谭大仙对“我”的工作曾嗤之以鼻。就业问题仅是谭大仙闯荡旧金山迈过的第一道坎，彼时的美国社会除去种族之间就业机会的不均等之外，尚存在治安混乱等威胁着移民群体生存的潜在危机，因此即使谭大仙在新的工作岗位上脚踏实地兢兢业业，却依旧没有逃过遭白人抢劫、遇黑人袭击的不幸命运。只是现实的残酷使得面对欺侮与排挤的谭大仙只能选择忍气吞声，在落地生根的移民路上继续前行。

谭大仙移民生活的转折发生在美国高科技行业兴起之后，赶上风口的他顺利进入硅谷、回归老本行谋生。在此之前，谭大仙并非一味满足于仅容糊口的工作，而是在初到美国之际便在短期内考取了常人需花费较长时间考取的驾照、即使从事的只是普通的机器工亦投入十足的学习热情，自身专业技能的过硬与就业态度的认真严谨使谭大仙顺理成章般完成了移民之后职业生涯的转身，其后在股市初试身手的成功更是证实了命运总是青睐于具备长远眼光与在机遇面前有所准备的人。

至此，本文所讲述的似乎是一个美国新移民由最初的一无所有，到成功实现“翻身”的励志故事。然而最后一节“谭大仙梦醒记”却显然暗示了谭大仙中兴后的一帆风顺未能持续下去的伏笔，作者于此处采用留白的笔法，在为读者提供关于谭大仙命运的想象空间与启示余地之余，亦象征着海外华人五味杂陈、永远“未完待续”的存在状态。

（黎丹丽　评）

邓 治

作者简介：邓治，原名邓治权，曾撰写《星岛日报》专栏，美华文协的网络论坛中版主。担任美国华文文艺界协会副秘书长，金山诗艺会副会长，金门艺术家协会副会长，旅美华人作家协会《金山文艺》编委。喜爱传统诗词，写作了不少格律诗词。作品曾收入《红杉林》《美华文学》《金山文艺》《海外诗库》等各种报刊。也是国画家，《邓治权花鸟画展》在旧金山总图书馆展出；参加过中美知名书画艺术家书画联展。

旧金山听雨

早上起来，吃过早餐出门去，在门口停下想了想，又回头带了一柄雨伞。旧金山的春雨，缠缠绵绵的并不怎么恼人，其实带不带雨伞，都只在一念之间罢了。春雨如酥，如果你撑开一把色彩斑驳的雨伞，愿意为残留了少许冬季忧郁的街道添上一笔重彩，那当然是极合时宜的；但如果你性格豪爽，愿意只凭一袭短小的风衣、一条皮革超短裙和一双皮靴上路，视雨丝为无物，不要紧，你也非常潇洒。你走在人行道边那不知名的桃红色花树底下，你有时竟会忘记身在北美，脑子里不期然地想起南宋诗僧志南的名句：沾衣欲湿杏花雨，吹面不寒杨柳风。

旧金山的雨水总是那么温文尔雅，即使你在这里生活十年，也没有多少机会听到雷声，更不用说碰上狂风暴雨了。雨水总是淅沥淅沥地，不知从什么时候开始，然后悄悄地结束，雨量也总是适可而止，因此在我看来，这里房子的排水设备只是聊备一格罢了，根本不是为抵挡飓风雷暴而设的。旧金山的雨水总是那么善解人意：夏天里阳光充沛，因为早晚常有浓雾，空气不见干燥，那时候雨水少，草木也能畅茂；在本来应该干燥的冬末春初，雨水却相当的多，随风潜入夜，润物细无声。所以一年到头，人们都能享受浓浓的绿意。

旧金山的春雨当然适合用眼睛去欣赏。在不用上班的星期天起来，你闲立窗前，远景是市内最高的双峰山，冈峦的轮廓在烟雨蒙蒙中画出一条绝美的曲线，像是虚无缥缈的海市蜃楼；中景是金门公园边上一列一列的维多利亚式老房子，那高耸的三角形屋顶，那精雕细琢的窗棂和柱饰都披上了春雨的面纱，在苍绿色的大树影里显得分外妖娆，近景是绿荫后面露出的一段马路，成行的汽车无声地穿梭在雨帘的后面，雨水把它们洗刷得靓丽养眼。

你懒懒地走出房门，来到你居住的屋村的公共庭院里，庭院中高大的花缸边沿上，栽了一丛一丛的迷迭香，那绿色浓得像要从细碎的叶子末端滴下来，淌到了地上。枝条柔若无骨地一缕一缕垂挂下来；修剪过的薰衣草把缥缈得若有若无的香气悄悄地散布在空气中。含蓄的日本枫树还来不及长出新芽，像是一个头发蓬松的睡美人；可是活泼的鹤望兰已经等不及了，早就伸张开宽阔的叶片来迎接春雨的问候，在花丛中间，从这边到那边，攒三聚五地高高挑起了花头，把暗赭色的花萼弯成鹤嘴，把鲜橙色的花瓣竖起组成鹤翎，活像一群偶尔散落在人间的天堂之鸟。

旧金山的春雨更适合用耳朵去听。城市好像还没有睡醒，你在寂静中听到了若隐若现只可意会不可言传的微妙信息，那是迷迭香的鼻息，那是薰衣草的喃呢，那是日本枫树的梦呓，那是天堂鸟的亮翅，那是春之女神甜蜜的呼吸……然而所有这些，此刻都笼罩在一幅无边无际的轻纱中，变得曼妙无比。这时候，如果你竟然有闲，有机会在雨中花栏前停留片刻，听到雨点在枝叶间飞溅，在枝头聚成晶莹的水滴，再听到它轻轻坠落到花泥上，那简直就是天籁之声。

但是听雨更适宜的场合，还是在晚上窗下的灯前。当你忙碌了一天，终于挣得了属于自己的一寸光阴，你为自己冲了一杯清茶，在杂乱得十分亲切的书桌旁边坐了下来，打开电脑，写一点自己爱写的什么东西。这时候在你旁边白色的百叶窗后传来了雨水轻叩玻璃淅淅沥沥的微声，还间以雨滴轻敲屋檐滴滴答答的细声，若有若无，缥缥缈缈，伴以一丝宜人的凉意，你的感觉将会如何呢?

我会想起读小学的时候屋旁园子里沾着春雨的苦炼树花；我会想起读中学的时候披着蓑衣挑着秧苗脚下滑溜的田塍；我会想起在乡下和爱人第一次约会时走过的湿漉漉村道，我的心会回到年轻的时候。

评论：

《旧金山听雨》一文通过细腻的笔触，在远景、中景、近景的视角切换中缓缓展开一幅缠绵动人的旧金山春雨图，并运用比喻、拟人、通感等多种艺术手法演绎出作者由屋内的观雨者至走出室外置身天地间时感受到的春雨乐章，以及旧金山春雨给作者带来的于他乡与故乡之间的情思流转。

在作者笔下，旧金山的雨水是“温文尔雅”且“善解人意”的，无论是春夏抑或秋冬，从不肯显现暴风骤雨的一面，相反地，它体贴而缠绵，不仅润物细无声，还时常赋予观雨者以诗意情怀。譬如若于闲适的周末立在家中窗前赏雨，你可以看到如酥春雨落在旧金山这座城市的各个角落，成就了视觉上不同风情的景致：远处双峰山的曼妙轮廓、金门公园边上一排排维多利亚式老房子的朦胧面纱，以及马路上穿梭着的靓丽夺目的汽车等等日常情景，此时一齐构成了上天温柔泼染旧金山春雨图的彩色元素。

如若这时人不甘寂寞由屋内步出室外、参与到这场滋润的春雨中来，那么对春天、对万物拥有一颗敏知心灵的作者将带领你去邂逅一场感官上的盛宴：你可以从视野、空气中发现庭院里各科属植物正争先舒展着生命的姿态，迷迭香的绿条、薰衣草的香气、日本枫树的新芽、鹤望兰的叶片……这些往日里籍籍无名的存在在作者诗意笔法的炼化之下仿佛因春雨的降临而通通活泛了起来。此外，你还可以听见春雨灵动的乐章，有如迷迭香之“鼻息”、薰衣草之“喃呢”、日本枫树之“梦呓”、“天堂鸟”鹤望兰之“亮翅”，和“春之女神甜蜜的呼吸”，它们共同演奏着朦胧烟雨中的春之乐曲，而你还需要使自己拥有如作者般极澄澈且极艺术的心境，才能捕捉到雨滴溅于枝叶间、最后落于花泥上的声音。

除却感官的触动，旧金山多情的春雨易令人产生且认他乡作故乡的错觉。早春时分，万物复苏之际，天空飘着丝丝细雨，街边的花树及绿植寂然生长，在这红花绿树之间，不免会使人错看了眼前时空，仿佛置身于记忆里的故乡。当夜晚来临，终日劳碌的一颗心总算可以得到片刻清净，此刻若似作者般静坐桌前灯下，在感受芬芳清茶和微凉夜风的同时且听屋外雨水淅淅沥沥敲打窗台、滴滴答答由屋檐坠落，再放任思绪飘然远去，不经意间便能在这样的雨夜忆起了那些曾于故乡岁月里经历过的雨天：年少时故园春雨中的苦楝树花、中学时“披着蓑衣挑着秧苗”走过的“滑溜田塍”，以及后来和爱人初次约会时走过的“湿漉漉村道”，它们一一穿过时光，牵动着作者的心回到过去。于是，这一场轻轻柔柔、长长短短下了一整天的旧金山的春雨，便恍若乡思之引，最终落在了“年轻的时候”。

（黎丹丽　评）

伍可娉

作者简介：伍可娉，北美中文作家协会会员、美国华文文艺界协会会员、美国文心社社员。在《世界日报》《侨报》《星岛日报》《美华文学》等发表多篇短篇小说、散文和诗。多篇微型小说被选入《美洲华文微型小说选》。出版长篇小说金山伯三部曲：《金山伯的女人》《要嫁就嫁金山伯》《金山伯与弃女》，新书发表会曾轰动旧金山。

爱　情

爱情
像世上最巨大的钻石
璀璨绚丽
引人千方百计
去拥有
爱情
没法等价交换
底价
你掏出心肝
他心跳狂喜
爱情的空间

狭窄
只容下两个人
他和你
爱情含千般味
尝者
靠味觉
更靠运气
爱情俱百种意境
喜怒
哀乐
悲欢愁离
爱情
让相爱的两个人
青发时是美妙玩伴
白发后是彼此依靠
爱情是股魔风
吹来
陌路人变为情侣
吹走
夫妻变得不相识
爱情有神力
得者神采飞扬
勇往直前
披荆砍棘
爱情有迷药
服者神魂颠倒
优柔迷茫

精神萎靡
爱情似磐石
地老天荒
海枯石烂
坚贞不移
爱情像云朵
变幻　消失
新生
向阳或追月
爱情如气象
阳光灿烂
鸟语花香
电闪雷鸣
昏暗飘雨
爱情附身不摘日子
哪顾得理会
花好月圆
还是战火纷飞
爱情作弄万众
无论乞丐或皇帝
天知道他是否干扰 X，Y，染色体
笑看人类生息
爱情食人间烟火
还需供养
托着亿万梦想飞行
是人间一道永远绝妙的风景
更像天上一颗闪亮的恒星

评论：

这篇“爱情”，将人世中的那种爱情描写得淋漓尽致。作者说爱情是一阵魔风，可以把陌生人变成恋人，也可以把恋人变成陌生人。但是这就是爱情悲剧中的一种，作者在诗篇中描写的爱情依旧是那样的甜美。这种爱情是吸引彼此走到一起的甜蜜，是很多人孜孜以求的理想。这种爱情托着作者心里的甜蜜，化作人间一道绝妙的风景。

这首诗作者一改前人之风，将“爱情”比喻成那“巨大的钻石”，这个比喻让人感觉特别的贴切，“巨大的钻石”其实早已在我们走进婚礼殿堂的那一刻，就与我们彼此有了深深的联系。没有人能够逃过爱情的魔力，它就像吸铁石一般，将深爱的两个人深深地吸引在一起。但是随后作者又笔锋一转，“喜怒、哀乐、悲欢愁离”，这几个词又在一定程度上说明爱情不仅可以带给你甜蜜，同时也可以给你带来无限的伤感。当我们拥有爱情本身的时候，我们就像掉进了蜜罐一样，但是就像作者所说的那样，“爱情就是股魔风，它吹来时可以让陌生人变成恋人，当它吹走时也可以将情侣变成陌路人”，这个描写是多么的真实。在很多情况下，没有保鲜期的爱情就难以逃过分离的魔咒。“等价交换”是不可能的，如果你喜欢一个人，那么你就会奋不顾身地去喜欢，不管他是厌恶你还是怎么对你，你对他的心永远都不会变，而你们彼此又将成为付出的或多或少的那一方。作者似乎真正地体会到过这样的爱情，真正地去了解过这样的爱情，所以才可以理解这样的场景。之后作者又将爱情比作“神力”“盘石”“迷药”，写出爱情的吸引力同时也写出它的地久天荒。当然最让人着迷的还是“云朵”“气象”般的爱情，它可以绵软得让人依偎，也可以瞬间变脸让人惧怕不已。但是，到结尾作者也告诉我们，爱情就是这样，不管在什么时候，哪怕“战火纷飞”，不论“乞丐皇帝”，它皆一视同仁。正是因为如此才让爱情植根于世界各地，正是因为这样，才让自己的人生有一段最甜蜜最美好的回忆。爱情道路虽然“狭窄”，但是依旧会有人陪你走完这一生。而这样的爱情比那“巨大的钻石”更要可贵，它已然成为“一道绝妙的风景”“一颗永恒的星星”。同时我们也可以看出，在作者的心里，其实她对爱情一直是有着一种很深的情的，所以爱情才可以在作者笔下变化莫测。

我们可以看出在这首诗篇的全文，作者的诗风都比较绮丽，作者用自己最独特的眼光将爱情的甜蜜苦辣全都一一描述出来，并且也让大家对爱情有一个更深程度的理解，更甚者读此诗篇感同身受。在作者的眼中爱情就是这样，可以奋不顾身，可以绵延柔长。爱情的真谛也绝对不是“一颗巨大的钻石”可以讲述的，何为爱情的真谛，或许需要每个人用尽一生去品尝。

（王思佳　评）

曹树堃

作者简介：曹树堃，出生于广州，1985 年移民美国，是当今国际上最具知名度的华裔提琴制作师。曾获包括金杯银牌等多项国际制琴比赛大奖，也培养了多位中国年轻一代制琴家，并获多项世界大奖。其制作的小提琴受到如帕尔曼、克莱默等世界顶级小提琴演奏家赞扬及收藏。曹树堃自幼酷爱文学、历史、哲学，特别是中国古典诗词。青年时写过古体诗。近年来在美国西海岸积极支持和参与华文相关的活动，曾担任美华文学协会会刊《红杉林》杂志的董事长，现任副董事长及美国加州金山诗艺会会长。近期创作的新旧体诗在美国《星岛日报》和《红杉林》发表，颇受读者欢迎和好评。有多首创作的新诗入选《中国新诗百家选》。著作有《奇妙的提琴世界》《二曹诗集》《诗化老子道德经》，由花城出版社出版。

我的琴半生——琴人、琴事、琴世界（节选）

有人称提琴为“乐器之皇”，也有人称之为“乐器之后”，无论是皇是后，提琴都是世界上最流行和最重要的乐器之一。而制作提琴也是人类最崇高和深奥的手工艺术之一。

四百多年前，一座名叫格利蒙那的意大利小镇里，出现了三个著名的制琴家族，他们分别是阿玛蒂家族、斯特拉地瓦利斯家族和瓜内利家族。他们制作的提琴，匠心独运，金声玉振，经过几个世纪一流演奏家使用后，声音越拉越纯，越拉越洪亮，更由世界各地收藏家的追捧、收藏和投资，使它们都成为稀世珍品。长期以来，对于世界上的制琴家们来说，它们更是学习的楷模，是研究和探索的对象。现代的制琴家无一不想制出能与之媲美的提琴，攀登制作高峰。

这些作为人类宝贵遗产的精品提琴在第二次世界大战后，半数以上已“移民”美国。仅在旧金山湾区一地，当年便有五十把斯特拉地瓦利斯的名琴被本地音乐家、鉴赏家收藏。

在旧金山的迪扬艺术博物馆，更存放着由伟大的小提琴演奏家海菲兹生前演奏过的小提琴，这把琴不但价值连城，而且是绝无仅有的一把耶苏·瓜内利晚期精品。

我将要加入的“魏逊”提琴行的老板是一位犹太裔的美国制琴家，毕业于著名的美国盐湖城提琴制作学校，他不但在提琴制作、维修上有丰富的经验，而且还在提琴鉴定和评估方面有相当高的造诣。他还是一位收藏家。位于著名的柏克莱大学城的这间琴行的生意包括租让、销售和修理。由于老板经营有道，生意非常火红。

我上班第一周便遇到了一个技术挑战，客人带来了一只价值不菲的古意大利大提琴来修理，这只属于17世纪阿玛蒂家族的大提琴面板被摔成了十几块碎片。

虽说我在国内已经学会从头到尾做出一个不错的提琴，而在罗兰的琴行也学会了合格的装配和一些基本的修理技术，但面对目前这一项难度极高的修复工作，当时真的犹豫了一阵，不过我还是鼓足勇气接受了这一挑战。

我花了两个星期的时间，全力以赴，小心翼翼，使尽浑身解数，出色地完成了任务。客人收货后十分满意，老板也因此对我刮目相看，三周内两次加了我的时薪。但是，我觉得最大的收获却是通过这一次窥探古意大利琴的内部结构，明白了其实在那个年代里，意大利制琴家的制作风格是灵活多变的，并不像以前在国内学习的那套，一板一眼那么死板。

由于得到老板的重用，我很快便成为"魏逊"琴行修理部的主修师傅，并且有很多机会修理和修复各种不同风格的欧洲名琴，其中包括斯特拉地瓦利斯、彼得·瓜内利、阿玛蒂、维尔昂等十万、百万以上价值的意大利、法国精品琴。其中也修改过（指拆开面板，重新调整厚薄）很多意大利的新琴。与此同时，老板也传授了很多他在盐湖城美国制琴学校学回来的制琴、修琴技术，而其中最引起我兴趣的便是用敲击音去调整琴板厚度和音量高低的方法。

有了安稳工作和稳定的收入后，我便开始制作自己的小提琴。特别是经过从修理、修复古琴所学到了的新知识后，很想将其运用在自己的新琴制作中，故此，我下班后回家便专心致志地制作自己的提琴。

定居柏克莱的新居依然不大，我把房东的洗衣房变成我的临时工作室，这间工作室仅仅容得下一张桌子和椅子。

旧金山湾区之夜是静谧幽雅的，太平洋海岸边吹来的清风令人心旷神怡，这本是青春男女花前月下尽诉衷情的美景良辰，可是这一切都勾不起我的诗情画意。

我挽起袖子，披上围裙，手持仿佛似一个神秘问号的螺旋形状的琴头苦苦地思索着。

经过在美国社会一年的打滚磨炼后，我觉得自己还是挺幸运的，其实来美工作生活的华人大多数是没有什么选择的，而我在这么短时间便可以打进了自己的制琴专业已非容易，再者，在美国我体会到这个专业还是很受人尊重的。在这里我看到了，这个行业虽小，却有大学问。提琴行业除了制作之外，还涵盖鉴定、收藏、买卖、租让、修理和修复等，而每一项都可以成为一个专业，每一样都有其学问和窍门。

在制作方面，我开始看到了东西方的不同思维方式、不同的操作方法，它们各有优劣，只要取长补短才可以做出与众不同的成绩。

有了明确的方向、清晰的认识、新的体验、中西文化的结合，我在制作新的提琴时更加精密地去构思和设计，然后更小心地确定琴的选材、式样、弧度、厚薄、油漆打磨，最后再运用在罗兰琴行学到的装配新技术完美无瑕地装配调整新做的小提琴。

沐着一身灯光，蒙着一身灰尘，起早摸黑无数个日子的不懈耕耘，我最终完成了一把精美的高级小提琴，其音色更是前所未有。

春华秋实，1986 年 11 月，由美国提琴协会主办的第七届国际提琴制作比赛，在俄勒冈州波特兰市揭幕。

参赛者来自 13 个国家和地区，作品共有 268 件，其中小提琴便有 128 把，不言而喻，参赛的都是制作家的精心之作，其中，参赛的作者包括以前国内的著名师傅、比我有名的同辈同行、来自欧洲各国著名的制琴高手。

比赛裁判皆为国际上著名的制琴大师、鉴赏家和一流的演奏家。所有参赛琴的作者名字都被覆盖，以示公允。

预展期间，一位美国参赛者睨了一眼我的琴，不屑地说："中国琴，没有好的吧。"他以为身边这个黄皮肤、黑眼睛的年轻人听不懂英语。当时血气方刚的我怒不可遏，当场回敬他："中国琴有些不好，有些十分之好！"

比赛开始了，裁判们把赛场大门关上，依次对参赛琴逐只进行工艺和音色的评判。

场外，各国制琴师们谈笑风生，却仍盖不住内心的焦灼与期待。

在揭晓比赛结果的盛大宴会上，高朋满座，觥筹交错，当大会主席登台时，全场鸦雀无声，个个屏息敛气，个别参赛者的掌心渗出了紧张的汗水。

主席高声宣布比赛结果："小提琴音色第一名——曹树堃！"话音刚落，我便激动得蹦跳起来，本来是志在参与，想不到旗开得胜，一炮打响。兴奋和激动无言语可以形容。

次日，主办单位举行了一场获奖琴音乐会，压轴节目开始前，大会主席特地再次登台向全场观众介绍来自中国的我，并请我起立亮相，霎时间，全场响起了热烈的掌声。我当时两颊绯红，手足无措，只好一再鞠躬表示谢意。

接下来，三位著名的小提琴家音色裁判轮番用我的获奖琴进行演奏。只见——琴弓在弦上飞舞，琴弦在弓上歌唱，我的小提琴在演奏家手里，无论单音、双音、琶音、和弦，都亮丽无比。琴声在不同的力度、不同的节奏下，发出不同的色彩变化的音质，四弦声响平均，穿透力让场内每个角落都能听到袅袅琴音的细微变化。

这把获奖琴拥有独奏小提琴的应有声音质量和特色，达到了辉煌的程度。

曲终弦惊四座，纽约亚历山大弦乐四重奏的首席在终场后表示“十分喜欢”该琴，并询问了我会不会考虑出售，他对琴的评价是“声音圆润，表现力丰富，是难得的精品”。

来美不到年半，打入制琴界才半年光景，便在如此重要的国际比赛上一鸣惊人，获得了音色的最高奖项。

评论：

有多少人，半生只幸运地做自己喜欢做的事？

若是寻常人，特地说代表自己的物件“达到了辉煌的程度”，恐怕要落得个“大言不惭”的埋怨，毕竟在一般情况下，类似于“我是一个画家”和“我是一个画画的人”的表达看起来像是两种境界。但作者却似乎有资格吐露这些心声，为何？

在采集狩猎时代，想要更加高效地采摘到果实、捕捉到猎物，人类祖先们就得想办法制作更加精良的工具，因为获得食物的能力直接决定了他们在部落里的地位；农业革命后，为了更好地精耕细作，农夫们就得琢磨各式各样的农具，因为今年的收成会决定明年的生活水准；工业革命时期，商业和技术开始紧密合作，钻研技术成为了时髦的活计，因为技术带来的经济效益可观而诱人；而到了科技革命阶段，每一项科学研究的进步都取得了前所未有的瞩目，因为人类在进化的道路上不会止步，与此同时，欲望也从未止步。因此，任何技术的精进，首先是为了生存。

随着社会生产力的发展，教育和文化事业对人产生的影响也在不断加深，越来越多的人开始不满足于只是填饱肚子，由此，从“技术”到“艺术”就成了一种默认的发展趋势。只要有所发展，总会有人买单。但是，艺术品或创造艺术品的过程与单纯的技术研究不同，因为它往往会融入创作者的思想和志趣。根据融入程度的高低，我们会发现其中一种类型实属难得，那就是

“匠人”。

“匠人”应该有怎样的特质？作者可能给出了一份他的答案。清醒、怡然、有温度，皆是。“清醒”的是知道自己喜欢什么专业并坚持从事，从国内到国外，“我”对制琴专业的热爱有增无减，并从心底里觉得它受人尊重，因为“我”真真实实地发现制作、鉴定、收藏、买卖、租让、修理等和提琴相关的工作，每一样都大有其学问和窍门，而能保持学习状态；“怡然”的是除了“全力以赴，小心翼翼，使尽浑身解数”地应对工作，“我”还能“专心致志地制作自己的提琴”，也正是因为自己的追求，才能看到东西方不同的思维方式、不同的操作方法，才会有明确的方向、清晰的认识、新的体验，才能将中西文化相结合，才能有起早摸黑的耕耘之乐；“有温度”的是丝毫不掩藏自己对于个人作品的认可，“前所未有”“一炮打响”“一鸣惊人”，坦然地讲述成绩，却又不仅仅是因为成绩。

“匠人”讲述成绩，不是自傲，也不是简单的自信，而是饱经风霜后的自豪。“我”的自豪感从何而来？一是华侨身份下取得这般成绩实属不易，其间的苦楚只有自己知道；二是前头有外国同行的不屑，现在的成绩是一种有力的回应，包含了对民族尊严的维护；三是作为半生都与提琴相伴的“匠人”，到美之后获得的成果也算是对自己一路的苦心孤诣有了一份交代。

“我”的“琴半生”，所遇并非只有“琴人、琴事、琴世界”，但因“我”是一个“琴人”，能入“我”心的只有“琴事”，“我”所陶醉的也只有这个和“琴”相关的世界。而且“我”绝对坚信，这个世界永远不会离“我”而去。“我”始终庆幸，度过的是此半生。

（林岳斌　评）

鲁晓鹏

作者简介：鲁晓鹏，比较文学博士。现任美国加州大学戴维斯校区比较文学系教授、比较文学研究中心主任，并兼任电影及东亚研究中心教授。出版小说集《爱情三部曲》，及多部中英文专著，其中包括《从史诗性到虚构性：中国叙事诗学》《文化 镜像 诗学》《中国、跨国视觉性和全球后现代性》《中国现代性与全球生命政治》等，主编《跨国华语电影：身份认同、国家、性别》等。

乌克兰之恋（节选）

启　程

秦汉思（Hans Qin）出生于西安，也就是古都长安。

秦汉思年轻时离开中国到美国留学，取得学位后，留在美国工作。他在美国生活已经二十多年了。他用“Hans”作为自己的英文名字，因为这与中文“汉思”谐音。不懂中文的朋友和同事便如此称呼他。他目前在美国北加州大学的比较文学系任教，住在离旧金山不远的一个小镇。他对东欧一直充满兴趣，但是对乌克兰并不太了解。秦汉思有个好朋友，萨沙。他来自俄国圣彼得堡市，已经移民美国，现住在旧金山。他是个电脑专家、数学奇才。他三十五六岁的年龄，已经开始谢顶。跟秦汉思一样，他也是单身。在秦汉思赴乌克兰之前的一个晚上，他们俩在旧金山的一个酒吧聊天畅饮。一杯伏特加酒下肚后，萨沙的话多起来，不断地跟秦汉思开玩笑。

萨沙说："汉思，你知道俄罗斯和乌克兰的不同之处吗？"

"不太清楚。"秦汉思回答。

"我告诉你，俄罗斯有三大出口。"

"哪三大出口？"

"能源、军火、美女。"

"乌克兰呢？"

"乌克兰只有一大出口：美女。所以，俄罗斯对国际秩序的贡献大得多。哈哈哈。"

秦汉思也笑了。他说："别胡扯了。古代乌克兰，'基辅罗斯'，不是斯拉夫文明的发源地吗？"

萨沙耸耸肩膀，没有回答秦汉思的问题。他说："汉思，你知道我喜欢亚洲姑娘，但是我告你，斯拉夫女人非常优秀。结婚前，她们身材特棒；结婚以后，她们把家照顾得很好。如果你不信，可以打开电脑，看看网站上众多的国际社交机构。你会看到数不清的东欧美女的照片和介绍。事实上，一些机构定期组织美国单身汉进行旅游，来会面俄罗斯城市和乌克兰城市中可能成为新娘的姑娘，比如在我的家乡圣彼得堡。如果你有兴趣，我可以帮你注册其中一个旅游团。这将是一趟有价值的旅行。我们公司的几个书呆子同事就是这样找到了很好的伴侣。而在美国，他们没本事碰到这样好的女人。"

秦汉思说："你信不信，我很快要去乌克兰了！但不是什么国际交友之旅，是为了一个国际文化交流项目。"

萨沙用其一贯嘲讽的语气说："祝你好运。带个新娘回家。我希望，当你回到旧金山的时候，你将是一个已婚的男人了。到时我一定去机场接你。干杯！"

那年夏天，秦汉思他们这批去乌克兰的交流项目的学者，先在美国首都华盛顿召开了一个预备会。在会上，秦汉思遇到博洛迪亚。他是费城的一个大学的电机工程系教授，看上去五六十岁的年龄。他是乌克兰裔美国人，小时候从乌克兰移民到美国。秋季学期，他将在基辅做访问学者；春季学期，他将在乌克兰西部城市利沃夫。他看到秦汉思在乌克兰没有熟人，便帮他租了一间基辅的公寓。在美国和加拿大有许多乌克兰侨民，他们形成一个庞大的关系网。

秦汉思从乌克兰驻旧金山领事馆获得了多次往返乌克兰的工作签证。他买了机票，收拾好了行李箱，然后来到了乌克兰。

秦汉思的公寓是一套两居室，靠近弗罗迪莫尔斯卡街和萨克萨汉斯寇科街的交汇处。位于博赫丹·赫梅利尼茨基街和弗罗迪莫尔斯卡街拐角处的国家歌剧院，距离秦汉思的公寓只有二十分钟的步行路程。

他休息了两天之后，便去美国文化交流中心报道。中心主任是娜塔莉娅·巴雷什。她中等身材，满头银发，戴着一副白色眼睛。她出生于乌克兰，后来在美国留学，取得人类学博士学位，并留下工作。她说："汉思，欢迎！你终于到达了目的地——乌克兰。"

夏末秋初，基辅天高气爽。白云悠悠，和风拂面。独立广场和克列夏季克大街上游人如织，构成一道道的靓丽风景线。年轻妇女的穿着时髦得体，从头到脚流露出时尚的气息和自然的天赋。她们的衣服、裤子、裙子和鞋子似乎都是经过精心挑选，搭配得恰到好处，衬托出自己的美丽容颜和曼妙曲线。无论是性感丰满的体态，或者是纤细婀娜的身姿，当她们走在大街上的时候，都会吸引游客的眼球。秦汉思情不自禁地说："乌克兰妇女着实迷人。"

博洛迪亚笑了，说："当然了！全世界都知道。你听过披头士乐队的一首歌《Back in the USSR》(《在苏联的时候》）吗？"他哼了一句歌词："The Ukraine girls really knock me out. They leave the West behind."（"乌克兰姑娘把我迷到，她们让西方落伍。"）

"是吗，在冷战时代乌克兰姑娘就闻名全球。"秦汉思感叹道。

博洛迪亚说："汉思，我给你介绍乌克兰食品吧。正宗的罗宋汤，borsch，是乌克兰罗宋汤。罗宋汤最先出现于乌克兰。这里的人也常吃'荞麦'，英文是 buckwheat，俄文和乌克兰语是 grechka。你也尝尝。"

秦汉思说："好的。我点这些菜。北京有家著名的'莫斯科餐厅'。我小的时候，家人带我去那里吃饭。我一直爱喝罗宋汤，但是不知道它来源于乌克兰。”

9月的一天，娜塔莉娅与秦汉思一同来到基辅国际文化大学。她把他介绍给了大学的人文学院院长以及电影系的系主任。该电影系专注实际操作，在电影制作、导演、音效、摄像方面颇具优势，他们培养乌克兰未来的影视工作者。秦汉思讲授的课程属于理论课程，名为“世界电影中的种族和性别”。他着重讲授三位导演的电影：美国的D.W.格里菲斯，德国的雷内·法斯宾德，以及台湾的李安。他让学生进行跨文化的批评分析。

在秦汉思抵达基辅没多久之后,面临着另一种困境,一个关于语言的窘境。是学习俄语或还是乌克兰语？对于一位以前不懂乌克兰语和俄语但必须住在乌克兰待一段时间的人来说，这是一个困难的选择。

“你为什么不学习乌克兰语？乌克兰语比俄语更有意思。”博洛迪亚笑着说。

“如果你学习乌克兰语，与乌克兰朋友交流更方便！”拉瑞莎呼应着说。

秦汉思继续每周学习俄语。但是他觉得乌克兰裔的美国朋友给了他无形的压力，当他遇到他们或看到他们的眼神时觉得不好意思。于是他决定停止学习俄语一段时间，转换学习乌克兰语。

秦汉思很快感受到乌克兰正进行着去俄罗斯化的进程。在塔拉斯舍甫琴科大学，教学语言是严格的乌克兰语。这是乌克兰最负盛名的国立大学，类似于北京大学在中国的地位。在基辅—莫希拉学院,也称为“乌克兰的哈佛”，教学语言是乌克兰语和英语。在首都，公共标志都是乌克兰语。秦汉思在教科书里学到的俄语不同于遍布街头的乌克兰语单词和句子。

乌克兰的地理、人口和灵魂是在俄罗斯影响力和本土文化之间徘徊。在乌克兰西部，特别是在利沃夫地区，人们具有强烈的民族主义倾向，大多说乌克兰语。但在东部和南部（第聂伯罗彼得罗夫斯克、顿涅茨克、卢甘斯克、哈尔科夫、敖德萨、克里米亚、尼古拉耶夫、赫尔松，等等），大批俄罗斯裔在那里生活，使用俄语。当前的乌克兰总统选举的政治博弈也反映了乌克兰内部的不同意见：两个最强的候选人一个是亲西方的，另一个是亲俄罗斯的。

秦汉思抵达基辅差不多三个星期了。生活在异国他乡，秦汉思试图解开一个四大文化之谜：乌克兰、俄罗斯、美国和中国。他发了一个很长的电子邮件给在美国和中国的一些朋友和同事。他报个平安，告知大家他已经在这个国家安顿下来，并讲述一些他的感受和见闻。他记得冷战时期的《007》电影系列中一个片子叫作《来自俄罗斯的爱》。于是他就恶作剧式地在电子邮件的题目栏中写上“来自乌克兰的爱”。

2004年9月20日

亲爱的朋友们和同事们：

我想告诉大家，我已经在基辅安顿下来。我在这个城市的已经快三个星期。总体上，我感觉很好，心情愉快，虽然有时语言不通。我还不能讲流利的俄语或乌克兰语。

每周，我都要到美国在基辅的国际交流中心的办公室几次，和同僚们相聚，交流信息和情况。中心的大楼与市中心的独立广场近在咫尺，位置很好。

这学期，我在基辅国际文化大学讲授的课程是《世界电影中的种族和性别》，此课每周一次。与此同时，在乌克兰社会科学院里我做些当代乌克兰电影的研究工作。在我教学的那所大学里，电影研究与其说是一门学科，还不如说是一种实践。他们主要教学生如何制作电影、纪录片和电视节目。所以，我的美国文化研究式的理论课程好像有些特别。但到目前为止，教师和学生们似乎还能接受我所提供的课程内容。

我仅仅开始触摸到乌克兰社会与生活的表面。我的感觉是，虽然人们充分认识到他们国家正面临着的许多问题，比如腐败、缺乏民主，等等，但是对于一个新近独立的国家而言，人们有一种自豪感。虽然基辅罗斯是斯拉夫文化的起源，长期以来乌克兰遭受到了蒙古人、俄国人、波兰人、德国人的外族统治。近代历史上，乌克兰人第一次成了新的“历史主体”，重新获得自己命运的掌控权。现在，乌克兰语是该国的官方语言。当下，在每一个人的心中的一件大事就是即将于10月进行的总统选举。乌克兰人担心这可能会变成一个肮脏和令人恶心的过程。

作为乌克兰的首都城市，基辅拥有约三百万人口，这是一些当地人这样估计。在城市的每个地方，我可以看到许多新的建筑物。随着城市的扩大，其他州的人口逐渐转移到基辅。但就整体而言，基辅是一个舒适和惬意的中等城市。基辅没有特大城市那样的疯狂，如像莫斯科或北京。在这里，人们都比较友善。

我每周四天学习俄语，每天一小时。到目前为止，我的俄语学习的进展缓慢。我希望自己在这里安定下来以后，语言技能将有所长进。

住在这所城市，我的日常开销并不低。出租车司机、一些餐馆，甚至新认识的朋友都有意无意地赚我这个老外的便宜。他们让我为他们提供的服务多付钱。这样的事情几乎每天会发生，真是考验我的耐心。尽管如此，我还是非常喜欢这个城市。比较任何其他发展中国家，在对待外国人方面，基辅不是很好，但也不是太坏。我在这里的花费，不比在加州少。我需要交房租、雇佣房屋清洁女工、请俄语家教、在大学里请人翻译自己的讲座，还有食物、社交、交通上的开销。费用加起来真是不菲。

虽然我来以前已有所听闻，但是我还是对乌克兰蓬勃发展的国际婚姻服务感到惊讶。当游人抵达基辅机场入境的时候，每人必须填写一份正式的“移民和出境卡”。在此卡的底部居然有国际婚姻律师事务所的广告、电话号码和地址！我发现，像这类专门从事国际交友和婚姻的机构遍布了整个城市。

基辅市最亮丽的大街是市中心的克列夏季克大街。乌克兰语大街是“vulitsa”，俄语为“ulitsa”。街头附近的网吧里一眼望去，便能看到单身男性浏览国际交友网站和查看姑娘们的笑容可掬的照片。有趣的是，乌克兰已成为世界各地孤独者寻求家庭和精神伴侣的最佳场所！在网吧，我看到这一切时，笑了。这可能是该国头号的旅游业吧。

基辅是一个非常有魅力的城市。漂亮的老式建筑矗立在克列夏季克大街的两侧，而在周末本地人沿着这条大街漫步、休闲、娱乐。在我的记忆中，夏日的圣彼得堡的涅瓦大街是最迷人的街道。但是能在基辅的大街上走一走，同样令人心旷神怡。

我就此停笔吧，以后再写。

此致问候

汉　思

基辅夜生活

在乌克兰，基辅是最富有的和最国际化的城市，有极端奢侈的人们，也有贫穷的人们。当在城市中心的时尚商店旁边闲逛，或走到地下商城，你会觉得仿佛是在一个在西方发达的大都市里。这里商品虚高的价格会使人们感觉，美国的普通超市里的商品会更便宜些。闪亮的豪华轿车，如奔驰、宝马，行驶在街道上。在乌克兰，什么样的人能买得起这样昂贵的商品呢？但是，只需要从城市中心稍微走远一点，就可以见证底层社会的贫困。在地铁站或街上，人们贩卖货物。在寒冷冬天一个路口的地下通道里，行人可以看到老妇人出售蔬菜、水果、鸡蛋或别的什么东西。此情此景，令人心酸。

众多的赌场、酒吧和脱衣舞俱乐部点缀着这个城市。肉体可以出卖，空气中弥漫着由金钱导致的腐化和堕落。不少英语的出版物和小册子，自然是针对国际社区、外籍人士和肉体消费的游客。面孔诱人和胸脯丰满的照片突出占据了城市生活指南的页面，呼唤着外国读者花费现金来进行“按摩”和“陪同”。只要拨一个电话这些女郎就可以叫走！金钱、性和赌场建构了一个炫耀财富和鼓励消费的奢侈阶层。

独自一人，秦汉思时而在市中的酒吧里度过夜晚。在那里，他可以遇见和自己一样的外国人，能够用英语聊天。在这个城市中，讲英语的人通常聚集在几家混杂的酒吧里，如“金门酒吧”“似曾相识酒吧”“55俱乐部”、和“奥·康纳爱尔兰酒吧”。秦汉思有时光顾市中心独立广场附近的奥·康纳酒吧。然而，越来越多的外国人的小型社区开始涌现。美国商会和欧盟商会定期在这些地方聚集。美国民主党协会在金门酒吧举办讨论会。他们还在那里一起观看了美国总统竞选辩论。

秦汉思走进酒吧，看到一群人在吧柜台旁用英语交谈着。他走上前去，向他们介绍了自己。他们很高兴地看到又一个美国侨民来到基辅。戴维·亨德森，满头银色的头发，他是基辅“美国商会”的副主席，并且是《基辅生活》英文周刊的主编。他对秦汉思说：“我已经在基辅生活了五年。我与一个乌克兰女人结婚。有时间，我在这所酒吧坐坐。如果你要找我，来这里就可以。这是我的名片。如果你有遇到了警方的麻烦,给我打个电话。我会帮你的。你在基辅做什么？”

秦汉思告诉大家，他是在一个学术交流计划的成员，将在此地居住一年。

戴维问：“你是一个人来的吗？”

“是的。我没有家人或其他牵挂。”秦汉思说。

“好极了！像你这样优秀的年轻人，在乌克兰能在两周内结婚。”戴维开玩笑地对秦致远说。

“是吗？好的，那我将在两周内在基辅结婚。”秦汉思笑着回应他。

“别这么快，伙计。傻瓜才这样做。看看你周围的乌克兰女人吧。乌克兰是单身男性寻找乐趣的天堂！”有人突然插话。这是约翰。他是一个身材矮小消瘦的男人，光滑的黑色头发，三十岁左右，是一位来自纽约市的推销员。他像个小混混。他吹嘘着给秦汉思讲述他在这个城市的性生活的经历：

“我把我的东西存放在纽约城里，两个月前我来到基辅。我卖了药品给医院,在美国赚了一些钱。在基辅,我租了一套公寓。我每天付四十块钱的房租,平均每月租金一千二百美元。我喜欢这里。嘿，伙计，这就像美国一百年前的狂野的西部。在这个城市的酒吧、夜总会、街道上,我可以很容易找到女人。那天晚上，在麦当劳餐厅，我甚至遇到两个姑娘。她们试图勾引我。我简直不敢相信。看到那个女孩吗？阿廖娜。她多么漂亮。”

秦汉思朝着约翰手指的方向看去。一个身材婀娜的金发少女，二十岁上下，正站在吧台的另一边。她一双水汪汪的蓝眼睛左右盼顾。约翰说：“你可以给她七十元美金。上周末，我与她度过了快乐的时光。”

另一个男子走过来和秦致远搭话。他名叫哈利，是个中年美国人，来自在密苏里州的一个小城。他是一个身材魁梧的男人。就像他的名字 Harry 一样，他是一个毛茸茸的家伙，在他的脸上、手上、胳膊上和胸前长有很多毛发。他说，他在年轻时，曾是一名驻扎在冲绳的美国海军士兵。他在日本和韩国住了许多年。现在，乌克兰是他最喜欢的地方。这些混杂的外籍人士喜欢秦汉思，袒护他，欢迎他这个新的亚裔侨民光棍来到这个东欧城市，加入他们的行列。

老道的哈利想给秦汉思一点忠告。他说："汉思，你新来乍到，别让这里的女孩赚你的便宜。你跟一个女孩交往后，她会向你要一百格里夫纳，即乌元，来'打车'回家。那是多少钱？大约二十美元！她在骗你。她一定坐公共汽车回家，省下钱用于购买其他东西。乘坐公共汽车是七十五分，相当十五美分。聪明点，别上当。"

"喔，有这么回事？是应当小心。谢谢。"秦汉思说。

"女孩还会要求你给她买好吃的：香槟、香烟、香肠、酸奶、饼干、巧克力、奶酪，等等。我才不给她们埋单呢！跟她们打交道，我有我的底线。"哈利接着说。

一个打扮艳俗的女孩走了过来，凑到他们几个男人身边。秦汉思转过头看她。哇！好一个性感女人。她的头发染成白金色，披散在乳白色裸露的肩膀上。她上身穿了一件紧身的蓝色背心，衬托出巨大的胸部。你几乎可以看到衬衫下的乳头。她下身穿着一件红色的短裙和黑色的高筒靴子。她的身体散发出浓烈的香水气味。她跟秦汉思说话，用的是流利的英语。

"你好！我是卡佳（Katya），叫我凯特（Kate）吧。"

此时秦汉思已经喝多了。他也打招呼："你好，亲爱的。我喜欢你的斯拉夫名字'卡佳'。不要使用英语的名字。"对他来说，"卡佳"听起来比乏味的"凯特"更可爱。对于秦汉思的耳朵，"啊"音结尾的名字更显得女性化。他们开始了彼此交流。

"为什么你的英语这么好？"秦汉思问她。

"我有很多外国朋友。我经常来这个地方。你可以在这里找到我。但不要误会我的意思。我只是想在这里交朋友。"她笑了，并且眨了眨她大而圆的眼睛。

约翰马上插话："我能请你喝杯酒吗？"

女孩答道："好的。谢谢。我喜欢喝玛格丽特鸡尾酒。"卡佳说，她在德国生活过三个月，那时她的男友是德国人。后来他们分手了。"当我到达基辅机场回到乌克兰的那一刻，我不想再喝乌克兰啤酒。德国啤酒是那么的好。在乌克兰，我们没有那样好的啤酒。"

卡佳身上的浓郁的香水味和刺鼻的香烟味，使得秦汉思几乎无法呼吸。秦汉思走开，让卡佳和约翰单独聊天。

一个体态匀称、略带挑逗的黑发年轻女子向秦汉思走过来。她问秦汉思能不能请她喝一杯。秦汉思说可以。秦汉思给她买了一瓶科罗娜啤酒。他们相互介绍。她说，她是在基辅读大学的经济学学生，原籍是俄罗斯圣彼得堡。

听到这，秦汉思高兴起来，因为他在那年夏天刚刚访问了圣彼得堡，非常享受那里的白夜。"我去过你的城市。那不愧是世界上最美丽的城市之一。我非常喜欢它。冬宫、涅瓦河、涅瓦大街，太美了。"秦汉思赞不绝口。

"我不喜欢基辅。圣彼得堡比基辅好得多。我更喜欢俄罗斯。我只是在这里学习。"她说。

秦汉思还想进一步追忆圣彼得堡城市的风光，但是她打断了秦汉思，说："我在这里工作。你想做爱吗？"

秦汉思一愣。他有点震惊。然而他马上明白了。他摇头说不。

"对不起，我虽然喜欢你，但我不能和你聊很长的时间。我必须工作。"说罢，她转过身来，走向在酒吧里的另一个男顾客旁。秦汉思起身离开酒吧，独自一人回家。

在9月下旬，国际交流中心举办了一个大型的学术会议。交换中心的所有学者都参加会议。会议的主题是"后苏联时期乌克兰的知识分子和艺术家"。会议由交流中心主任娜塔莉娅·巴雷什主持。与会代表们包括美国来的学者和本地学者。那些在乌克兰其他城市的外地研究员和学者，乘坐火车，抵达首都赴会。美国来的学者们上次彼此相见是6月在华盛顿的预备会上。他们很高兴终于能在乌克兰聚集到一起。乌克兰是他们共同的研究和教学的目的地国家。会议开始之前和在休息间隙，他们在会议厅外的大厅里，一边喝咖啡，一边热烈交谈。

“很高兴认识你。我的名字是奥尔哈。”这个女孩说。

“我也很高兴认识你，奥尔佳。我的名字是汉思”。秦汉思说。

“‘奥尔哈’(Olha)，而不是‘奥尔佳’(Olga)。‘奥尔佳’是俄语。虽然这是同一个名字，我还是喜欢我的乌克兰名字。”奥尔哈纠正他说。

“好的，‘奥尔哈’。对不起。”秦汉思连忙回答。

“没关系。正如你会发现的那样，有时在俄语中的‘g’变为了乌克兰语中的‘h’，就像我的名字。你必须训练你的耳朵。”奥尔哈露出了一个甜美的微笑，明亮的双眸妩媚动人。

奥尔哈二十一岁，就读于基辅戏剧学院。她的英语足够流利，带有轻微的外国口音。她在秦汉思旁边坐了整整一个白天，耐心地把乌克兰语的发言和讨论翻译成为英语。

喝了一点红葡萄酒后，奥尔哈变得更加轻松和活泼。她说：“在乌克兰西部，人们有一个谚语：‘在利沃夫出生是最好的事情。如果你可以重生，你还愿意选择在利沃夫。’利沃夫不像基辅。基辅有很多富人，也有很多穷人。利沃夫人口主要是中产阶级。”

秦汉思说：“我已经听到了很多关于利沃夫的事情了。有人告诉我，这个城市确实有其自己的特点，是乌克兰文化的重要中心。城市的建筑很有气魄。是吗？我以后想去看看这个城市。”

“是的，你应该去看看。”奥尔哈说，“我的父亲和母亲仍然生活在那里。我的父亲曾经就读于美国威斯康星大学。他本来可以在美国居住和工作，但是他决计回到利沃夫。乌克兰才是他的精神和灵魂所在。他觉得自己在祖国可以发挥更大的作用。”

“这真是非常令人钦佩的。我认为，有些知识分子可以在乌克兰这个过渡性的社会成为有影响力的公众知识分子。而在美国，谁是公众知识分子？没有人听你的。社会太商业化了。流行歌手和好莱坞明星才有观众。”秦汉思说。

奥尔哈除了具有的女性魅力，还表现出一个知识分子的智慧和修养。她一双大而明亮的蓝眼睛好似是其充满智慧的头脑的窗口。从她的身上，也可以嗅到一股酸酸的气味。作为一名经验丰富的东欧的旅行者，秦汉思已经熟悉了这种气味。这是这一地区女性身体的特有气味。这可能跟她们的饮食有关。这种酸味对人类和动物有一种特别的吸引力。秦汉思不禁被奥尔哈迷住。奥尔哈一整天坐在秦汉思旁边，在他耳边用英文窃窃私语，给他翻译会议内容。

几年前，秦汉思是一个狂热的萨尔萨舞者。早在旧金山，每逢周六他光顾拉丁舞俱乐部。当他访问北京的时候，他也发现了那里的拉丁舞场。他成了“卡巴纳餐厅”“拉丁酒吧”和“哈瓦那咖啡厅”的常客。在“哈瓦那咖啡厅”里，他甚至遇到了凯瑟琳，一个体态丰盈的金发英国姑娘。她刚从牛津大学毕业，比秦汉思年轻十五岁。他们成为舞伴，后来还发展成为短期恋人。这次在基辅，秦汉思急于炫耀自己的拉丁舞技能。他教奥尔哈跳萨尔萨舞和玛琳舞。她很快就学会了，并且十分享受。任何人都会被拉丁音乐特有的节拍和旋律所感染。

约翰、卡佳、奥尔哈，秦汉思彼此介绍。四个人一起坐在一张桌子旁。他们听着音乐，观看其他舞伴跳舞。他们自己也起身跳了几轮萨尔萨舞。

在舞蹈中场休息间歇时，俱乐部组织了一场色情表演。一对男女进行脱衣舞表演。他们的动作足够挑逗性。俩人几乎完全赤身露体，只有一小片布遮住了他们的阴部。疲惫的观众狂叫起来。表演刺激了来客的感官，使得他们恢复精神。秦汉思有点不好意思，对奥尔哈说：“对不起。我没想到这里有脱衣舞表演。”奥尔哈说：“没什么。我不是小孩。他们愿意跳什么舞，是自己的事。别人才不在乎呢。”大约十一点钟，他们几人离开俱乐部，分别回家。

奥尔哈是位人见人爱的女孩。但是秦汉思害怕采取下一个步骤，不知道该怎么办。他比她年纪大这么多。如果他们成为恋人，合适吗？奥尔哈总是说她喜欢秦汉思的陪伴。她说，她还从来没有离开过乌克兰，从未见过像秦汉思这样的不同、神秘而有趣的人。当然，当他俩出去玩的时候，秦汉思绅士般地支付所有的费用，不管是在餐馆、酒吧、咖啡厅或剧院。如果奥尔哈是秦汉思在酒吧随便遇到的一个女子，他也许会趁势占有她。但是奥尔哈不同。秦汉思尊重她，也不想破坏他们之间的纯洁关系。

从秦汉思抵达基辅以来的几个月里，他一直享受着基辅美丽的都市风景。

夏末，列夏季克大街的喜庆气氛；秋季，舍甫琴科公园里色彩斑驳的树叶，和基辅植物园里的千姿百态的花卉；初冬，空中飞舞的雪花。这些都令秦汉思心旷神怡。他一点也没料到，自己会经历到一场巨大的政治风暴：乌克兰总统选举和所谓的“橙色革命”。

从秦汉思的公寓到位于赫鲁谢甫司科寇街的文化交流中心，他必须沿着克列夏季克大街行走。在途中，他需要穿过在街头成群结队的示威者。示威者来自全国不同地区。在寒冷的冬天，他们搭建帐篷，睡在大街上。他们克服寒冷、饥饿和干渴。为了信仰，他们愿意牺牲自己的一切。有些年轻人甚至在克列夏季克大街结婚。他们穿着白色婚纱和深色西装，把自己奉献给一个伟大的事业，“嫁给革命”。美国文化交流中心也腾出些空间给这些示威者，以便这些来自遥远地区的人们休息和睡觉。秦汉思的一个学生，斯威特拉娜，告诉秦汉思：她自己家提供了紧急避难所给那些远道而来的示威者。她的母亲还给那些客人做饭吃。秦汉思看到一座帐篷上面挂有着“科学院文学研究所”的招牌，他为之感动。

示威活动有序地进行。没有人为的破坏，也没有暴力。位于克列夏季克大街的著名中央百货店，一直向顾客和公众开放，而在大街上数不清的狂热的示威者恰好在中央百货店的外面游行。这些日子，城市居民对待彼此都非常亲切和友善。他们把食物和饮料给陌生人，甚至掏出硬币给街头的乞丐。

示威者高呼口号和标语：“支持尤先科！”“我们绝不屈服！”“要自由，不要奴役！”在克列夏季克大街和独立广场，代表不同组织和城市的无数帐篷架设在那里，把基辅市中心转化成五彩缤纷的帐篷城。秦汉思忙着用自己照相机和摄像机拍摄录制场景。看着眼前的一切，他也想起了中国现代史上的学生运动和抗议活动。

这几天，奥尔哈一直处于兴奋和高度紧张的状态中。橙色革命吞噬了她的整个身体和灵魂。她忙前忙后，往来穿梭于克列夏季克大街、独立广场，和她的学校。几乎每一天，她要跑去探望来自她家乡利沃夫市的人们。他们在这里也搭设了许多的帐篷。从利沃夫市来的一些学生是奥尔哈昔日的同学和朋友。在基辅戏剧学院里，奥尔哈的同学们也组织了集会来支持尤先科。

有时，奥尔哈会停留和睡在利沃夫市的朋友们的帐篷里一整夜，以显示她的决心。

由于奥尔哈的热情，秦汉思被吸引到这场政治进程中。他也定期前往位于克列夏季克大街和独立广场的帐篷城。示威者必须在帐篷里吃饭，休息，睡眠，取暖。秦汉思担心奥尔哈的健康和安全。在一个大雪纷飞的下午，他带了几瓶矿泉水和一大包香肠、奶酪和面包给奥尔哈和她的战友们。奥尔哈很高兴地看到秦汉思能支持她的事业。在独立广场和克列夏季克大街的革命气氛也感染了那些碰巧路过的人们。尽管天气寒冷，这么多人的激情和他们的体温产生了极大热度，使得每一个人的身心感到温暖。

11 月份的一个下午，人们再次在独立广场集结，进行新一轮的集会和抗议。奥尔哈，她的朋友们和秦汉思走出了帐篷，向广场行进。在广场边的邮局大楼附近，秦汉思看到了安德烈和塔季扬娜带领一群来自舍甫琴科国立大学的学生。这些学生是中文专业的学生，也是他们二位自己的学生。秦汉思用中文向他们致意。奥列格和基辅—莫希拉学院文学专业的学生也来了。秦汉思也看到国际文化大学的学生们也在人群中。各路学生汇集到广场。

在广场中临时搭建的平台上，演说家们向人群致辞，流行歌手唱起歌来振奋人们的情绪。阿列克谢代表基辅电影家协会讲话。人们要求一个公平的选举，并且宣誓效忠橙色革命。阿列克谢说完之后，流行歌手鲁斯兰娜唱了一首歌。由于激越的音乐，人群的情绪又昂奋起来。

维克托·尤先科和尤利娅·季莫申科突然出现了！美丽的季莫申科还是梳着她一贯的发型，在她的头部顶端是厚厚的乌克兰传统发辫。尤先科站到了台上，向人群讲话。他鼓励自己的支持者战斗到最后时刻。“我们会赢！乌克兰不需要腐败。我们要一个干净诚实的政府！”

尤先科的脸看上去有些可怕。毒素已经永久地毁了他的面容。他的支持者认为：尤先科是为了国家才遭受这一切。他已经担起了国家的重担，为人民携带一个巨大而沉重的十字架。他的血液中的毒素水平可以随时杀死他。但是，他毫无畏惧。他是命运的主宰者。在这个历史时刻，人民需要他，而他也回应这些民众的呼声。在广场里，他脖子上的橙色围巾把他和人们的心连接在一起，也连接了全国各地数以千万计的乌克兰人的心灵。

秦汉思也加入了人群，并用乌克兰语和人群一齐呼喊：“尤先科！尤先科总统！”在那一刻，秦汉思似乎忘了自己的国籍。他自认是一个革命者，无论是自己的国籍是中国、乌克兰、或美国。自己是一个国际主义者！随着人群情绪的上升，秦汉思的堂吉诃德式的自我意识也在膨胀。此时，在 20 世纪 30 年代的一位中国作家未完成、未发表的小说手稿在秦汉思脑子里出现。几年前在北京，在中国现代文学博物馆里，秦汉思研究“革命加上爱情”的主题。

奥尔哈拉住秦汉思的胳膊，让他紧跟游行示威的人群。秦汉思的遐想被打断了。他们向乌克兰议会行进。一行警察森严地守着议会大厦。奥尔哈和其他女孩们走到了警方的防线附近，把鲜花放在警察的盾牌上。警察们也微笑着面对她们。警察和示威者之间的对立情绪开始缓解。双方没有采取任何武力攻击。对峙是象征性的。其实他们都有共同的梦想。

亚努科维奇赢得了第二次选举的胜利。但是，最高法院废弃了选举结果，宣称选举过程存在舞弊行为。2004 年 12 月 26 日，举行第三轮的总统选举开始。尤先科成为胜利者。在 2005 年 1 月 23 日，尤先科就任乌克兰总统。最终，橙色革命以胜利告终。奥尔哈观看电视上的就职典礼。秦汉思随便写一个顺口溜以自娱。秦汉思读给奥尔哈听。奥尔哈听到秦汉思的歪诗后，开心地笑了。

橙色革命已经结束了。秦汉思希望向另一位乌克兰英雄——尼古拉·奥斯特洛夫斯基，表示自己的敬意。他的小说《钢铁是怎样炼成的》影响了一代又一代的中国人。在基辅念书的中国留学生刘嘉彦告诉秦汉思：在乌克兰，有好几个这位作家的纪念馆。一个是在他的家乡沃林州的菲利亚。另一个是在克里米亚的索契，在那里的一家疗养院中他度过了他自己的最后岁月。而还有一个是在博亚尔卡，一个距离基辅二十三公里的小镇。在 20 世纪 20 年代，虽然奥斯特洛夫斯基曾经在当时的“基辅电气机械研究所”学习过，基辅却没有以他命名的纪念馆。

由于博亚尔卡与基辅这么近，秦汉思希望参观这里的纪念馆。他问奥尔哈是否可以跟他一起去。当秦汉思提出这个提议的时候，奥尔哈说，她乐意同秦汉思一起去游览，但是对这位作者和他的小说没兴趣。

“你读过奥斯特洛夫斯基的小说吗？”秦汉思问。

“没有。我不想去读它。但是我知道关于小说的一切。我的爸爸妈妈看过这部小说。那时候，每个苏联人都必须读它。苏联解体的时候，我还是一个孩子。我对这位作家和他的小说没有兴趣。”奥尔哈说。

“为什么？”秦汉思不解地问。

“这部小说都是关于社会主义的内容。现在，谁还对这个有兴趣哪？苏联毁了乌克兰。你知道，奥斯特洛夫斯基是一个乌克兰人，但是他却背叛了乌克兰。他把第一次世界大战期间的乌克兰起义写得太可怕了。他把乌克兰的独立战士描写为土匪。”奥尔哈回答。

“你太苛刻了。在那个环境下，他只能这样写。”秦汉思说。

“我不知道。但我不喜欢那样的革命。我喜欢的革命只有橙色革命！”奥尔哈俏皮地说。

不久前中国人拍了《钢铁是怎样炼成的》的电视剧。剧组中的演员来自乌克兰和俄罗斯，但是对话是中文配音。历史具有讽刺意义。秦汉思听说乌克兰的一些组织抗议中国重拍这部苏联红色经典，因为它对当年乌克兰独立运动的负面描写。但是中国的观众不管这些。他们是通过记忆来怀念过去的革命传统。

“汉思，你如愿以偿，高兴了吗？你终于有机会朝圣我们伟大的乌克兰英雄，对吗？”奥尔哈取笑秦汉思。

“我没想到这地方竟然如此寒酸。我相信，很多外国游客会感到非常失望。”

秦汉思和奥尔哈在一起度过的日子，令他陶醉快乐。奥尔哈充满活力，跟她在一起，秦汉思也觉得年轻了许多。但是，他们之间存在代沟。就像在暴风骤雨般的革命之后，人们感到疲惫一样，他们之间的高烧的情谊也渐渐退热。

有一天，奥尔哈告诉秦汉思，在未来几周内她需要参加一个新戏的排练。这出戏叫《我们的乌克兰》，是关于橙色革命期间中几个同学的生活。她扮演其中一个角色。她最近会非常忙。秦汉思已经整整两个星期没有看到她了。

她没有打电话给秦汉思。秦汉思也没有打电话给她，因为他不想为难和打断她的排练和演出。最后，秦汉思实在忍不住了，拨通了她的手机。她没有接。秦汉思发了短消息给她的手机。整整一天，她没有回复秦汉思的短信。秦汉思有了一种不好的预感。他决定去戏剧学院找她。当他刚刚进入排练厅门口的时候，他看见了奥尔哈。她和一个英俊的乌克兰小伙子亲热地聊天。她吻那个小伙子。他们并没有注意到秦汉思。

秦汉思知道那家伙，他名叫米哈伊尔，是该戏剧学院的一名学生，他在本剧中扮演男主角。秦汉思感到心痛，便悄悄地走开了。刚刚看到的情景让他头脑清醒。他应当留给她空间，让她自由地成长。他俩之间若还有什么恋情，那应当是柏拉图式的精神恋爱，中国式的忘年交。往后的日子里，他们两人渐行渐远。

绝望无助的时候，秦汉思的笔记本电脑成了他最好的朋友。每天，他要阅读网上的新闻，检查自己的电子邮件。他的老朋友们处在千里之外的其他地方。秦汉思看不见他们，而只能通过电子邮件与他们联系。也许，秦汉思应该抽出些时间来写点东西，他这样想。在国外长达一年的时间里，写作给了秦汉思新的生活目标，哪怕是随便写下一些日常感受。

精力旺盛的阿列克谢，又打电话来邀请秦汉思参加他组织的一个新的电影节。在2005年2月13日，基辅将举办爱情电影节。那天晚上，一共九部短片展现给热心的观众。观众主要是年轻人。这些电影的主题是爱。2月13日是情人节前夕，第二天便是在乌克兰和世界各地的情人节了。本次活动给了年轻人一个很好的礼物，特别是对于处于恋爱之中或正在寻找恋人的年轻人。阿列克谢让秦汉思写一篇有关这次电影节的影评。

一些影片是由秦汉思在基辅国际文化大学的学生制作。秦汉思很高兴看到自己学生的作品。九个短片呈现了独立后的乌克兰生活和爱情的各种面孔。

两天之后，秦汉思写好评论，用电子邮件发送给阿列克谢。但是，在接下来的三周内，秦汉思没有听到他的反馈。秦汉思多次给他打手机，但没有接通。有一天，他的夫人维罗妮卡给秦汉思打电话。她说，阿列克谢突然中风，半身处于瘫痪状态。秦汉思愣住了。维罗妮卡给了秦汉思医院的地址。

秦汉思跳进一辆出租车，立刻赶往那里。

阿列克谢躺在病床上。他很惊喜地看到秦汉思。他的头脑还清醒，与秦汉思交谈起来。他试图向秦汉思解释导致他的病情的原因。在电影之家举行的乌克兰艺术家协会的全国代表大会上，他发言。会议上大家争吵不休。关于乌克兰总统选举，乌克兰艺术家和批评家的未来任务，以及协会组织的调整，人们意见不一。他在台上讲演。但是，在台下的人们告知他，无法清晰地听到他的声音。他这才意识到自己的麦克风被关闭了。他大怒地责问："为什么不事先提醒我，就关闭麦克风？"主持人是乌克兰艺术家协会的副会长，是一位实权人物。他反驳说："阿列克谢，你讲话时间太长，应该结束自己的演讲。"阿列克谢气愤不已。他慢慢地走回自己的椅子上，坐了下来。但是不知何故，阿列克谢的左腿已经麻木了，他不能移动左腿。他感到头晕目眩，昏倒在地上。阿列克谢被送往医院。后来，医生告诉阿列克谢，他中风了，脑出血。他的右脑有一个二十六立方毫米的血块。如果阿列克谢被送到医院晚一小时的话，他可能已经死了。

卧床的阿列克谢对自己的全面康复持乐观态度。他的左腿逐渐可以挪动一点。每天，他拄着拐杖走动一小会儿。一个按摩师和一个理疗师一直在帮助阿列克谢恢复体力。秦汉思尽量安慰他，说："请安心养病，你会康复的。乌克兰的艺术会蓬勃发展，乌克兰文艺复兴的美好时代会到来！"

阿列克谢说："在这个事发生之后，我学到了一个生活的教训。那就是：我要成为一个更明智的人。"

秦汉思说："我们都应该控制自己的脾气，尽量不要太情绪化。在一定年龄之后，男性的血压趋于升高。我们需要冷静下来，控制好我们的情绪。"

阿列克谢说："是的。我们都应当冷静下来。我们发热的头脑需要降温，国家的政治也应该降温。"

曾几何时，在加利福尼亚州的家里，在一个孤独的夜晚，在写作了几个小时之后，秦汉思漫无目的地上网，在互联网上放松疲惫的身体和心灵。偶然，秦汉思会打开有关俄罗斯和乌克兰的链接和网页。有大量的介绍东欧女士的网站在秦汉思的眼前闪过。这是秦汉思的网恋世界的开始。在这些网站里,有成千上万诱人的东欧女士照片。秦汉思无法抗拒接触这些女士们的诱惑。虚拟世界也是现实的，不是吗？他注册了一个国际交友的网站：Svetlana.com。并在该网站上张贴了几张自己的照片以及自我介绍。秦汉思从来没有用这种方式约会过女孩。

不过，秦汉思琢磨着，自己目前在乌克兰，为什么不能再次上网，联系其中的一些淑女呢？晚上在家里他又开始在Svetlana.com网站上搜索。他想：什么是我理想的女人呢？我应该如何填写各种类型哪？身高、年龄、体重、头发颜色、眼睛颜色、语言能力，兴趣爱好等等？通过量化人群的方式寻找自己的灵魂伴侣好似是穿越一个肉类市场。不管那么多了，试一试吧。

最低高度：他写下一米七五。秦汉思喜欢高个子的女士。在他基辅的公寓里，他可以收看的为数不多的英语频道之一是“时尚电视”。他所看到的形象,是一个又一个高挑的女孩用“猫步”行走在舞台上。他想：也许在乌克兰，他会遇到这样的一个女孩。

头发颜色：他填写“金发。”眼睛颜色：他填写：“灰色”“蓝色”或“绿色。”秦汉思喜欢异国调情的氛围。

年龄：二十四岁到三十岁。秦汉想结识一位妙龄女子，但是也不能太年轻。不能是二十一岁左右的,不能像奥尔哈那样心神不定。如果女孩太年轻了，在她在抵达美国之后，可能把伙伴抛弃，而去找年龄相配的另一名男子。他害怕。

是否吸烟：不。

英语水平：在一至四的等级范围内，她必须至少为“二级”，并且具有谈话和阅读的基本的能力。

应该寻找乌克兰什么区域的女孩呢？在网站里，秦汉思点击着“基辅”“敖德萨”“赫尔松”“尼古拉耶夫”和“第聂伯罗彼得罗夫斯克”的地名。毕竟，乌克兰不太大。它就像是美国一个较大的州，或者中国一个较大的省。秦汉思不在乎前往一个城市与那里的淑女约会。这比起从加州到乌克兰的十四小时的国际航程，沿途还要转机，并不算辛苦。

在各种类别下，秦汉思输入自己的选择标准，并且点击“搜索”。计算机提供了几十位满足他的要求的女士。他看了看她们的个人资料和照片，最终选定的十五人。他给她们每个人发了相同的信件，除了改变她们名字以外。其邮件内容是：

亲爱的塔尼娅：

我以极大的兴趣，看了你的个人资料和照片。你似乎是一位非常好的女士。我真心希望有机会能见到你。让我自我介绍一下：我在北加利福尼亚大学工作，讲授文学和电影的课程。我住在旧金山郊区。本学年里，我作为美国的乌克兰文化交流计划的访问学者，在基辅居住和工作。我也上着乌克兰语和俄语的课程。我希望见到你。我可以到你的城市与你会面，或者你也可以来到基辅，做我的客人。我将会支付你所有的旅行费用。请随时给我打电话：380-44-2293898（我的家庭电话号码），或380979104645（移动手机）。我期待你的答复。谢谢。

当秦汉思完成自己的网上幻想时，已经是凌晨两点。他强迫自己离开了网络空间。在随后的日子里，女士们的信件一个个地到达他在Svetlana.com的邮箱。塔尼娅来自敖德萨，二十七岁，一米八〇的身高，美丽的绿色眼睛，丰满的胸脯，是一位业务经理。她发送短信给秦汉思。

亲爱的汉思：

非常感谢您的来信。我相信你是一个善良而正派的人。但是我对你没兴趣。你缺乏身体的魅力，而身体的魅力对我来说很重要。祝你在我们的国家好运，希望你会实现你的梦想。

塔尼娅

柳芭来自第聂伯罗彼得罗夫斯克，她也给秦汉思写了信。她才二十五岁，经济学专业学生，兼职模特，具有长腿和匀称的身材，以及完美的颧骨和鼻子，仿佛她进行过整容手术似的。

亲爱的汉思：

感谢你的来信。你似乎是一位有为、英俊而善良的人。但是，对不起，你不是我正在寻找的类型的男人。我希望你在乌克兰好运。

柳芭

类似的拒绝信，秦汉思收到了几封。有些女士根本不回答他。秦汉思感到无奈。他想，我只好回到第聂伯河俱乐部，与美国同胞们一起喝酒解闷。一天，一位女士打电话给秦汉思，她轻声地说着磕磕绊绊的英语。秦汉思听到："您好，我是来自赫尔松的尤莉娅·尼基京娜。你写了一封信给我。Svetlana.com 在赫尔松的代理给我转发了你的信。"她还说，她很喜欢秦汉思的个人资料和照片，并且想和秦汉思见面。秦汉思不能马上想起这位女士是谁。谁是尤莉娅？他不记得了。他们进行了简短的交谈。秦汉思邀请她到基辅来，彼此见面。秦汉心想：如果事情会迎刃而解，这将是一个成功。如果没有成功，继续前进，尝试其他的女孩吧！

他们决定：在下周二，她坐火车来基辅，他在火车站外的麦当劳餐厅里等她。在他们的手机谈话之后，秦汉思查询了女孩们的个人资料。啊，找到了，这是"尤莉娅·尼基京娜，赫尔松市。"她是秦汉思发送邮件的最后一位女士。当秦汉思给她写信时，他有点犹豫。她的职业是什么？会计师吗？不清楚。照片中的她过于娴静，不是那种令人兴奋的类型。她身高一米七八，也好像是一米八零。她的头发看起来是金发，但是似乎又像染过头发。在秦汉思的优先名单中，她的排位不高。在最后一分钟，几经犹豫之后，秦汉思点击了自己电脑的键盘，给她发了一封信。

在那一天，秦汉思等待着，等待着她。而在从赫尔松来的火车抵达一小时之后，秦汉思仍然没有看到这位女士。怎么搞的？他沮丧地回到了自己家里。一位女士打来电话，说："你收到我的短信了吗？我说：'我将直接去你的公寓里见你'。"在基辅，秦汉思没有在手机上查询短信的习惯。这时，他查了一下。瞧，真的，有来自她的信息。两人终于联系上了，并且她找到了来秦汉思家的路。

虚拟世界里的女子现在变成一个活生生的真人。她就站在秦汉思家门口。秦汉思上下打量她。金黄的头发。是不是染的呢？有待日后考证。明亮的棕色眼睛，精心修理的弯弯柳眉，雕刻般的鼻梁，高高的颧骨，红红的嘴唇，椭圆的脸庞。她身着一件黄色上衣。衣服并不能掩盖她凹凸有致的身段。她的蓝色牛仔裤衬托出她的匀称笔直的双腿。这个女子的特征是一个长字：长发，长腿，长长的手臂，修长的手指。

他俩在秦汉思家客厅的沙发上坐了下来，聊起各种不同的事情。但他们无法理解对方的语言，只能借助于秦汉思的一部《俄英·英俄词典》。他们谈到了彼此的工作和家庭，个人爱好和对未来的憧憬。秦汉思没想到，这样一位高个美女竟然相当害羞，娴静、文雅、含蓄，没有基辅的一些女孩的做作。她交谈的时候，带着甜蜜的微笑。她的一双闪烁的大眼睛透射出善良。

秦汉思多年来孤身一人，四海飘荡。他感觉疲惫了，渴望一个安详的生活和稳定的家庭。自己的终身伴侣，就是坐在眼前的异国女子吗？

中午，秦汉思请尤莉娅吃午饭。从秦汉思的公寓穿过街道就是卡萨布兰卡餐厅了，在那里，他们一边交谈，一边进餐。尤莉娅坦诚地说，她今年二十七岁了，渴望结婚成家，生孩子。在社交网站上，她看到秦汉思的自我介绍和照片，觉得他人挺好，值得接触。秦汉思说，他今年四十岁。中国人有个说法：四十而不惑。男人到这个年龄，应当明白自己要什么。这是男人成家立业的年龄。

事先，阿列克谢邀请秦汉思去参加电影节“爱或恐怖：这就是生活”的开幕典礼，就在今天下午三点。秦汉思问尤莉娅是否有兴趣和自己一起去。她愉快地答应了。于是他们一起来到“电影之家”。阿列克谢，乌克兰文化副部长，表演艺术研究所的主任，以及秦汉思坐在讲台上，面对着观众。尤利娅就座于会议厅内。阿列克谢把秦汉思介绍给观众，说他从美国来到基辅研究乌克兰电影。阿列克谢的介绍使得秦汉思引人注目。秦汉思也向观众说了几句话，介绍了自己的情况和看法。

在招待会上，一位基辅电视台工作的记者奥克萨娜，采访了秦汉思。她是一位聪明年轻的女子，有一双棕色的大眼睛和漂亮的脸庞。经过正式的采访结束之后，奥克萨娜试图引诱秦汉思。但是，秦汉思站在尤利娅的旁边，尽量回避了奥克萨娜的眉来眼去。

尤莉娅提醒秦汉思说，她必须赶上傍晚六点十八分的火车，以便明天回到赫尔松。秦汉思试图说服她留在基辅，和自己待在一起。但是她坚持说，她已经买好了往返车票，一定要回去。“这是我们第一次的见面。对不起，这次我不能在基辅陪你。如果我们有缘分，以后还会见面的。”在“电影之家”外面的街道上，秦汉思叫了一辆出租车，与尤莉娅一起前往火车站。他们到达车站之后，秦汉思拥抱尤莉娅，在她的脸颊上轻轻地一吻。然后，他们道别。

尤莉娅停留在秦汉思的脑海里，令他无法忘怀。通过手机，俩人聊了几次。大概十天后，秦汉思第二次邀请尤莉娅访问基辅。尤莉娅答应了。她再一次花了十四个小时，乘坐夜班火车从赫尔松来到基辅。这一次，他们之间有了更深层的了解。

秦汉思说，橙色革命令他兴奋不已。没想到，他在乌克兰遇到这样一场大事件。尤莉娅说，她对这场革命不感兴趣。秦汉思不禁吃了一惊。在乌克兰，这是第一次有人对他说，橙色革命没意思。他感到他对这个国家缺乏了解。

尤莉娅说，她不是乌克兰裔。她是俄罗斯人，居住在乌克兰南部。她的背景与在基辅居住的乌克兰人是非常不同的。尤莉娅对秦汉思说：“我虽然在学校里学习乌克兰语，但在我生活的地区里，大多数人讲俄语。我的父亲是俄罗斯人。在我母亲嫁给了我的父亲以前，她是波兰人。在家里，我们都说俄语。革命来，革命去，有什么结果呢？”

在乌克兰，秦汉思没有接触过有这种思想的人。他自己思维方式，被在基辅的朋友和同事影响。尤利娅使他加深了对乌克兰复杂性的了解。他担心，如果自己与一位俄罗斯女郎在一起，他的乌克兰同事和朋友会怎么想呢？

尤莉娅留下来了。她与秦汉思开始同居。尤莉娅喜欢观看俄罗斯和俄语的电视节目，听俄罗斯歌曲，阅读俄文的书籍和期刊。但是，她不爱听鲁斯兰娜，最流行的乌克兰女歌手。她是2004年欧洲歌唱大赛的冠军。在独立广场，她向庞大的人群献歌，力挺橙色革命。尤莉娅有其自己所爱的俄罗斯歌星、影星以及名人。秦汉思心想：糟了，自己学好乌克兰语的梦想会被这个俄罗斯姑娘终结。在很多方面，尤莉娅并不是秦汉思所希望的那样。奇妙的是，秦汉思接受了她，并且爱上了她。

秦汉思的公寓距离国家歌剧院近在咫尺。歌剧院已经有一百年的历史了。星期一除外，在每一周的每一天里，歌剧院都会有舞剧和歌剧的演出。观众大约花费五美元，就可以得到很好的座位。以前，秦汉思没有看过这么多的歌剧和芭蕾舞剧：《纳布科》《波希米亚人》《蝴蝶夫人》《图兰朵》《睡美人》《天鹅湖》。这回，他和尤莉娅一个个看个够。在剧院，他俩度过了很多难忘的夜晚。去剧院看剧成为他们恋爱的一部分。观看普契尼的《图兰朵》激起了尤莉娅的一个愿望：有朝一日，她要游览北京和紫禁城。《图兰朵》强大的音乐效果和宏伟的舞台布景震撼了她的心灵。令尤莉娅感到最亲切的剧目是歌剧《叶甫盖尼·奥涅金》。歌剧的语言既不是意大利语，也不是德语，而是她的母语俄语。她完全听懂了剧中的俄语歌词。他对秦汉思说："在学校里，我读过普希金的诗。我喜欢他的诗。能在基辅看到这场歌剧，我太高兴了。"

秦汉思逐渐迷恋这种家庭生活的安逸和融洽。开始享受尤莉娅为他俩每日准备的斯拉夫式饮食。她烹制红菜汤，也叫罗宋汤。这是正宗的乌克兰式的红菜汤。汤里要添加红甜菜、土豆、白菜、豆类、胡萝卜、肉、调料。尤莉娅嘱咐秦汉思，吃的时候不妨添加些酸奶油。她也时而煮俄罗斯饺子。味道和形状有似中国饺子。而她最拿手的一道菜是土豆烧牛肉！

尤莉娅的母亲伊琳娜，每天或每隔一天与女儿通电话。虽然秦汉思的俄语不够好，不能了解他们的谈话内容，但是他想她们一定在谈论自己，以及他与尤莉娅的关系。他理解母亲对女儿的感情和担忧。

三月八日是国际妇女节。这是一个热爱鲜花的国度。人们有送花的习俗和传统。秦汉思买了三束玫瑰花给尤莉娅，一个是红色，一个是橙色，一个是粉红色。在这个地区，人们应该记住，一定买奇数数量的鲜花。而偶数则是给死亡者的数目。尤莉娅欢喜不已。她说："你也应当送我巧克力。去买'阿纶卡'牌的。现在有各种牌子的巧克力，'阿纶卡'牌看起来好像有点土气。

可那是苏联时代最普遍、最好吃的巧克力。我小的时候，总盼着能吃到那种巧克力。”他说：“你年龄不大，但是挺怀旧的。好的，我马上去买。”

三八妇女节当天，晚间电视新闻播放了俄罗斯总统普京访问一名老年妇女。她经历了伟大的卫国战争。她穿着一件挂满军功章的军装，充满自豪。普京祝贺她为俄罗斯做出的贡献。他没有忘记这些曾经捍卫自己国家的俄罗斯英雄们。尤莉娅半真半假地说：“俄罗斯终于有一个能说标准俄语的总统。斯大林是格鲁吉亚人，俄语很糟糕；赫鲁晓夫在乌克兰长大，俄语也不好。戈尔巴乔夫的俄语，居然有语法错误。只有普京能说着流利的俄语。”

秦汉思说：“你是在乌克兰长大的，难道你的俄语不标准？看样子，我得加把劲，把俄语学好。要不然我不能辨认谁是好总统，谁是坏总统。”

到了秦汉思拜访在赫尔松市的尤莉娅家人的时候了。秦汉思与尤莉娅已经同居了一段时间，现在他必须面对尤莉娅的父母了。秦汉思也乐意顺便去南方看看。他和尤莉娅计划首先是到尤莉娅在赫尔松的家，然后再前往著名的港口城市敖德萨旅游。敖德萨距离赫尔松仅需要几个小时公交车的时间。

秦汉思习惯坐飞机旅行，但是在赫尔松没有机场。这个城市大约有三十万的人口。他们只能搭乘火车。火车在晚上离开了基辅，十四个小时之后，他们于第二天的上午抵达赫尔松。如果通过特快列车或现代化高速公路，这个距离应该仅仅需要六小时。但是，老旧的火车慢慢地移动，并且在沿途的很多站停留。

他们在在火车上度过了一个通宵。夜里，他们关掉车厢包间里的灯光。尤莉娅已睡着了。但是，在颠簸的火车车程中，秦汉思不能入睡。

尤莉娅带秦汉思去她家。她家位于伊里奇街。她的爸爸尼古拉和妈妈伊琳娜一直在等待他们的到来。

在 2005 年的夏天，秦汉思结束了在基辅的研究和教学。尤莉娅和秦汉思准备离开乌克兰，返回美国。在基辅的美国领事馆里，尤莉娅得到了签证和移民手续的文件。新的生活等待着尤莉娅。

当他们抵达旧金山国际机场的时候，秦汉思的朋友萨沙前来迎接他们。分别了一年之后，他们再次重逢，互相拥抱，兴奋不已。一位黑色长发的年轻亚裔小姐站在萨沙的旁边。萨沙把她介绍给秦汉思和尤利娅。她的名字是美援，是来自韩国的人类学研究生。

“汉思，当初我告诉过你，你会带一个新娘回来的。我说得对吧！”萨沙说。

“是的，我当然记得。你是一位预言家呀”。秦汉思说。

“我不是预言家，但是我知道：在乌克兰，一个男人不可能不坠入爱河。”

“看起来你也坠入爱河了，萨沙。”

“可以这么说吧。半年前，我遇到了美媛。我们在一起过得很愉快，也快结婚了。”在停车场里，萨沙带他们进入他的轿车，把他们送回家。

经过长达一年的异乡旅程，秦汉思回到了美国。正如16世纪法国诗人约阿希姆·杜·贝莱写的十四行诗那样：“快乐属于这样的人，就像尤利西斯，已经从自己的旅程中成功返回。”他希望自己获得了智慧。

尤莉娅和秦汉思在旧金山郊区安顿下来。有时候，他们驱车到海边，呼吸来自太平洋的新鲜空气，凝视远方的地平线。中国就在太平洋的另一侧。明亮的阳光穿透云层和烟雾，海面连接天空，一碧万顷，浩瀚无垠的穹庐扩展了人们的心智。

在自己家里，秦汉思润色他的小说。尤莉娅临产期即将到来。在医院里，他们的女儿出生了。宝宝大声啼哭。秦汉思喜出望外。浪子最终成为父亲。他的眼睛里充满了喜悦的泪水。尤莉娅喜极而泣，而脸上闪烁着欢乐的光芒。

他们给女儿取名秦美兰。她好似美丽纯洁的兰花，又代表中国、美国、乌克兰的结合。四年之后，他们的儿子出生。为了秦汉思工作方便，他们的家搬到加州首府萨克拉门托市。儿子取名为秦迈克，Mike Qin。Mike是常见的男孩名字，而迈克中“克”又寓意乌克兰。孩子们会长大。到时候，他们会见证历史，懂得历史，创造历史。

评论：

这篇文章简述了汉斯从美国到乌克兰的所遇所感。这也是他的最初启程之旅，但是从他最后恶作剧式的电子邮件“来自乌克兰的爱”，就可以看出他整篇文章的基调。也可以看出在孩子心里，乌克兰已经成了他人生中不可分割的一部分，他将在这里学习生活，并品味这里的文化。

作者开篇先介绍了汉斯的人物形象,从人物汉斯的名字开始入手。“汉思”是对国家的思念，同时这个名字也达到了一语双关的效果，既可以做自己的英文名字,同时也可以作为自己的汉语名字,自己既可以怀揣着对祖国的怀念,也可以怀揣着对东欧的向往。之后汉斯的朋友出场，带着他特有的形象——谢顶。通过他的话让汉斯对乌克兰产生了深深的兴趣，这也是汉斯第一次对乌克兰有了一个最真实的了解。也让汉斯知道的乌克兰与俄罗斯的不同，但是他们却有一个共同兴趣点，那就是美女。当然，这并不是作者写这篇文章的意图。作者只是想通过汉斯的所见所闻所感，让其他人引领着汉斯，走进乌克兰，同时也让汉斯带领着我们读者走进乌克兰。“年轻妇女的穿着时髦得体，从头到脚流露出时尚的气息和自然的天赋”从这句话我们可以看出乌克兰女人们的穿着打扮确实与其他地方的人不一样，同时也为汉斯与自己朋友之间的讨论做了铺垫。“他觉得乌克兰裔的美国朋友给了他无形的压力”这时候的汉斯在心里已经想要去努力地融入这里的环境，并且，在大家伙的影响下他离乌克兰的文化好像更近了。在与朋友的相处过程中，汉斯不仅学习到的乌克兰语言，同时也尝到了乌克兰比较著名的罗宋汤，也见到了乌克兰引以为傲的美女。朋友带给汉斯对乌克兰的了解，以及乌克兰这个地方的各种风情带给汉斯关于乌克兰的认知，其实都可以在无形中展现乌克兰这个地方的美。在汉斯对乌克兰语言进行学习的过程中，我们可以看出它强大的语言天赋，而这一点也可以看出汉斯对东欧文化的喜爱。“秦汉思试图解开一个的四大文化之谜：乌克兰、俄罗斯、美国和中国。”在这里也可以看出汉斯是一个有追求的人，他始终追求着对文化的探索。在文章的最后，“他记得冷战时期的《007》电影系列中一个片子叫作《来自俄罗斯的爱》”，按照这个做法绝不仅仅是恶作剧的行为，这也是有一种思想在引领着他这样子做。汉斯的乌克兰启程已经真的开始了！

作者用第三人称进行本文的推进，而汉斯则成了本文中的主要线索。不管是汉斯的启程还是汉斯之后所做的种种事情，都离不开一条明线——乌克兰的爱，作者通过汉斯的所见所感向我们展示出了一个比较美丽的，充满人文气息的乌克兰。而这篇关于汉斯去乌克兰的启程篇，也将为汉斯的乌克兰之旅奠定基础。汉斯的乌克兰之旅真的开始了，也让我们读者拭目以待。

（王思佳　评）

刘加蓉

作者简介：刘加蓉，克鲁格出版社社社长、《世界华人作家》杂志社长、美国华文文艺界协会理事。长篇小说《幸福鸟》《洛杉矶的中国女人》、中短篇小说及散文《幸福只是一种感觉》《九月十一日这一天》《大山情》《代价》《相亲》《潇洒走一回》《最后的晚餐》《遗传》《流浪猫》《贱》等，发表在当地报刊及国内文学期刊《芒种》《绿洲》《北京文学》《中国妇女》《读者》《小说选刊》。

预言成真

一

我年轻时诸事不顺，简直可以说是多灾多难。我的命为什么这么苦呢?不安与期待生出淡淡的希望，算个命吧。可是，不止一个算命先生说我的命不好，唯一让我感到安慰的就是“老来好”。真泄气，眼下这么苦，能不能等到老还成问题呢。虽是这么说，潜意识里还是把这句话放在心上。日子不管多苦，心中就像有盏明灯，老来就好了。

终于熬到儿子上大学了，我正一心一意等着“老来好”的时候，一声炸雷，我曾经以生在美国而骄傲的儿子，贩毒了！

永远忘不了，那是儿子刚上大二，开学不久的一天下午，我正在厨房准备做晚饭。突然一阵惊天动地的吼声从门口传来。我手里还端着和面盆探头一看，只见几个男人已经破门而入，其中一个正用枪口对着我，示意我蹲下不准动，其他几个人边吼边冲上楼。

我吓得赶紧蹲在地上，眼睛紧盯着楼梯口。儿子刚放学回来正在楼上。

不一会儿，儿子举着双手从楼上下来，后面跟着几个端着枪的人。见这情景，我一下就坐在地上。儿子想上来扶我，被那几个人拉开，但他仍然挣扎着转回头对我说："妈妈，不用怕，不会有事的。"

我心里直喊，这样还没事？这肯定不是一般的事！

那几个人把儿子带到一边，有的问话，有的来回楼上楼下，好像在找什么东西。过了一会儿，那几个人拿着儿子的电脑和一个装有小药丸的袋子告诉我，要找的东西已经找到了，他们要把儿子带走。临走前，他们把儿子带到我跟前说，儿子要跟我说话。

儿子一到我跟前就给我跪下，泪流满面地说："妈妈，对不起！我做了不该做的事。但请你相信，我不是坏孩子，我只想自己搞定，不想增加你的负担。反正说什么都没用了，我已经十九岁了，我做的事我自己负责。我们家穷，你不要为我请律师。"

当时我还不知道那些药丸是"摇头丸"，还一个劲问他学校的电话，好给他请假。儿子好像没听见一样，转身跟那几个人走了。

二

儿子被带走后，我半天都回不了神，呆呆坐在电脑前想着刚发生的事……

突然，我的眼睛落在笔筒上，一条黄灿灿的链子正挂在一支笔上。这是去年儿子十八岁生日我送他的礼物。我捧起那条链子,眼泪"哗"地一泻千里，他肯定是为那笔修车的钱……

前不久，他去同学家聚会，遇上难得遇到的暴雨。回家路上，四个轮子都淹在水里。当时已经快半夜十二点了，不满二十一岁新驾照是不可以超过十二点。他越着急，车越发动不起来，他就拼命地发动，引擎进水被烧坏了。

我给钱让他修车，告诉他，以后千万要小心。他向我保证以后不会了，就是有事也会自己搞定。我想他是懂事的孩子，平时问他需不需要钱时，只要他口袋有五块钱都会说不需要。这次修车花了一千多,他一定会格外小心的。

没想到，不久他又出车祸，整个车头都撞坏了，因责任在他，保险不赔。当时我太生气了，劈头盖脸就骂他……最后我还质问他："你不是说自己搞定吗？"

要知道他这样搞定，我就是做牛做马也要给他修呀！此时，除了自责还有心痛。把他带到这个世上是我的错。他的父亲是我回中国找的，这个男人拿到绿卡就消失。如果当年找人不光看外表，就不会上当受骗，我们的日子也不会这么苦，也不会为了钱出这样的事！

第二天，我为儿子请了律师，通过律师才知道，儿子是因"贩卖毒品"（摇头丸）被拘捕。我怎么也不敢相信，曾经乖得像小天使一样的儿子就这样成了阶下囚。

三

儿子在监狱服了一年刑。出狱时我希望他重返学校继续完成学业。儿子没听。我知道他是怕再让我受累。按美国法律规定，坐过牢就没有资格享受低利率贷款和贫困生资助。不靠这些福利确实很难支付得起学费。

儿子找到一个木地板公司，从仓库做起。离家四十分钟车程，时薪八元。我心里想，他这么年轻，又一表人才，为这么点钱跑那么远，能做下去？

没想他坚持下来了。不到三个月老板给他加薪，从仓库调到销售部，后来还让他当了经理。我一直劝他回学校完成大学。但他坚持不去，还说："不一定非得进学校才有出路。别忘了你的儿子是坐过牢的，我必须好好干，多积累经验，将来我要自己开公司。"

每次听他把"坐牢"挂在嘴上我心里就不是滋味。自他出事以后，我觉得丢人，几乎跟外界断绝了联系。我跟儿子谈心时试探说："可不可以不要把'坐牢'挂在嘴上，毕竟我们是中国人，讲面子，很忌讳的。"有些话到嘴边没说出口，我朋友圈根本没有坐过牢的孩子。

儿子却坦然地说："坐牢就是坐牢，错了就是错了。我挂在嘴上就是要时时告诫自己不能再犯错。我虽然跌倒过，我要把失去的再找回来。总有一天，我要你以我为荣！"

他能这样想我当然高兴，但梦想能不能实现，不敢抱太大希望。毕竟他还年轻，他这个年纪是最会做梦的时候。不过，从他进木地板公司，一做就是两三年来看，还是有希望的。而且，他业余还做一些兼职。最近又在忙活一些小瓶瓶。我问他忙什么。

他说，在做实验，调制一种电子烟油。时不时还有一些陌生人来跟他买那些小瓶瓶。看他跑上跑下笑脸相迎，一副"顾客就是上帝"的样子，我以为挣了多少钱。

他说："五块、十块不一定。"

这让我不得不刮目相看。儿子真的变了，他知道积少成多的道理，还有了一份坚持。

后来他为了省时间，搬到公司附近住。看来他已经真正独立了，成熟了。为他每一步的成长我都感到莫大的欣慰。

有一天，不是周末，他打电话说要回来吃晚饭。我准备了好多菜，都是他喜欢的。饭桌上他跟我讲他要辞去木地板公司的工作，因为长期做两份工实在忙不过来。我劝他再考虑，做生意有风险，万一有什么差池，我已经老了架不住打击了。

他说："我就是知道你老了，你还会越来越老。所以我要更加努力。不当老板怎么能挣很多钱？有了钱我要带你去餐馆吃饭，去购物，给你买好车，买大房子。"

我一听"钱"就像被针扎一样，当年不就是为钱才出的事吗？我坚决地说："我不要吃饭，不要购物，什么车子、房子，通通不要，只要你平安！"

他看我生气他也生气，一下站起身说："妈妈，你要相信我，我赚的钱都是好钱。难道你没看见我是怎样改过的吗？我这么努力就是要用事实证明给你看，包括所有的人！"说完转身就走。

看着桌上的饭菜，我是五味杂陈。他的话我明白。当年他坐牢回来四处找工作，自己亲戚的公司连提都没提让他去试试。后来儿子要搬出去独住时，正好亲戚的房子空出来要出租。我背着儿子出面试探可不可以租给他，结果人家以“已经租出”为理由，连我的面子都驳回来。俗话说人穷志短。我们虽然穷过，但绝不志短。穷则思变，更努力，更发奋。这就是我从儿子身上看到的。

不久，儿子的公司真开起来了。他带我去参观时，打开电脑给我看，屏幕上跳出那些似曾相识的小瓶瓶，还有一串串英文和图像。他解释给我听：“目前越来越多的人喜欢电子烟，因为电子烟对戒烟有一定帮助。电子烟口感有好多种，我研制的这种口感受到好评，现已申请了专利……”

我的眼睛跟着他的鼠标在转，心里有一股暖流在流淌。

自从儿子公司开起来以后，他只要有空就请我吃饭，我非常开心，也很自豪。可是每次为了点菜，总是有些不愉快。原因是他点很多菜我不赞成，我认为这样浪费不应该。他却说：“小时候你带我去吃麦当劳，只给我买，你不吃。我就想，等我长大赚了钱，一定带你到餐馆点好多菜。很高兴今天我做到了。”他这样说，我就无话可说了。

圣诞节前，儿子打电话问我几点下班有人送东西过来。

结果送来的是一棵圣诞树。晚上儿子回来时还带一大堆礼物。我觉得纳闷，家里又没有小孩，礼物给谁呀？

儿子深情地望着圣诞树，自言自语：就当圆一个梦吧。小时候多希望我们家有一棵圣诞树，树上有好多礼物，可惜一次都没有。他转脸对我一笑，说：“这不是你的错，你每年还是给我买了礼物。你知道我喜欢车，我的玩具车起码一箩筐。后来还捐出去了。”

四

今年父亲节，儿子突然打电话问我：“你有他的照片吗？”我知道这个“他”是指他的父亲。因为我太恨这个抛弃我们母子的男人。我给儿子灌输的都是他如何坏，所以“他”就成了他爸爸的代名词。

我一愣，有点突然。其实，当初因为恨，真想烧他的照片，最后没烧，毕竟那是一段经历的见证。但又不愿看着伤情，干脆收了起来。

儿子看着他爸爸的照片，时不时冒出一句：挺帅的嘛。

我说：“心不好，帅有什么用。”

儿子转脸看着我笑，说：“妈妈，你还在恨着他呀，过去的事了，老想着恨对你也不好。”

我又跟他老调重弹：“不恨是不可能的，我们的苦全是这个不负责任的人造成的。”

儿子说：“你说的，我都没有忘记。小时候我多盼望有个爸爸陪我打球、游泳、送我上学。这就是我喜欢跟比我大的人玩的原因，以为人家可以保护我，其实完全不是这么回事。今天回头看，我还要感谢他，要不是他抛弃我们，可能我会过得好些，也就平淡过一辈子。”

我说：“平淡哪点不好？你不知道，当年那一幕我至今还心有余悸。不瞒你说，每次见到警察，我心里还有阴影。”

儿子揽住我歉意地笑笑：“妈妈，真的对不起。但是我心里确实是这样想的。感谢他，我们才吃那么多苦，正因为苦过，才知道什么是甜。当然天上不会掉馅饼，要自己去奋斗努力才会有。所以我常常告诉自己，我没有靠的，只有靠自己。我要努力赚钱，让我的妈妈晚年过得幸福快乐、无忧无虑。”

看着儿子那张酷似“他”的脸，我情不自禁问道：“说实话，你想他吗？”

儿子没回答，过了一会儿，他手上拿着几张照片反问我：“你说呢？”

我看着儿子灿烂的笑脸，我不由得也笑了。那个男人虽坏，但给我留下一个好儿子，恩恩怨怨已经过去了。

六

来美国三十年了。只有今年春节特别不一样。农历二十九的晚上，我买菜回来路上，接到儿子电话，说他要回来一趟。

我刚进门，儿子也到了。儿子进门就说：“今年我们去吃海鲜，把家里人都叫来。”

我马上反对：“吃海鲜贵，也不需要显摆。”

儿子说："这不是显摆，我是想借这顿饭感恩，感谢曾经帮助过和冷落过我们的人。当年我坐牢时，你为我请律师到处借钱，有人帮忙有人冷落。我就想，不要让帮过我的人失望，同样不忘记冷落。因为帮助和冷落都是我的动力。"他边说边递给我一个红包。

我看看儿子，又看看红包，简直有点喜出望外。我抚摸着红包上那个烫金的"福"字，亮闪闪的，好像一股热流情入心脾，好温暖。

前不久，我生日前夕，儿子说要带我去一个地方。到了那个地方才知道是车行，而且是专卖 BMW（宝马）的地方。儿子指着一辆白色车跟我说："这是今年我给你的生日礼物，我知道你喜欢白色，喜欢吗？"

我说："喜欢是喜欢，只是我的车还好好的，这样是不是太浪费？"

儿子说："这不是浪费，这是体验。我知道，要不是我给你买，你连想都不敢想能开这样的车。人活一辈子什么都没有体验过，又有什么意义呢？就拿我坐牢这件事来说，虽然因此而失去很多，让我的警察梦、老师梦成了泡影，遗憾是有的，但坏事可以变好事，不失去自由就不知道自由可贵，所以我更懂得珍惜，珍惜生命、亲情。你是我妈妈，是你独立把我养大。我的钱不给你花给谁花？不瞒你说，我女朋友不止一次问我，我心目中谁是第一？我说，当然是我妈。"

我看看明晃晃的车，再看看儿子。虽然，他每次提起"坐牢"，我的心仍然还是要痛，但不得不承认，更多的是欣慰、知足和快乐。这段时间是我来美国三十年来最好的时候，好得恍如隔世，好得让我越来越相信那个预言！

评论：

本文主要写作者人到中年本以为儿子上了大学之后便能轻松了，谁料到在儿子大二的时候作者的儿子由于贩卖毒品而入狱，这件事对作者和儿子的生活产生了巨大的影响。尤其是对儿子的影响非常大，儿子从监狱回来后，便无论如何不肯继续读书，找到一个木地板公司，从基层做起。儿子时常把"坐牢"挂在嘴上，他说："坐牢就是坐牢，错了就是错了。我挂在嘴上就是要时时告诫自己不能再犯错。我虽然跌倒过，我要把失去的再找回来。总有一天，我要你以我为荣！”看到儿子的转变作者很是欣慰但是作者也隐隐地担忧生怕儿子再犯错。后来儿子真的做到了，他开起了自己的公司，事业也越做越大，在物质上给作者极大的满足。但是作者又觉着浪费，反而是儿子的一番话让作者非常感动，儿子说：“这不是浪费，这是体验。我知道，要不是我给你买，你连想都不敢想能开这样的车。人活一辈子什么都没有体验过，又有什么意义呢？就拿我坐牢这件事来说，虽然因此而失去很多，让我的警察梦、老师梦成了泡影，遗憾是有的，但坏事可以变好事，不失去自由就不知道自由可贵，所以我更懂得珍惜，珍惜生命、亲情。”看到如此懂事的儿子，作者感到欣慰、知足和快乐。现在回过头想想真的应了算命先生的那句“老来好”。

文中多采用对话体的形式容易让读者置身于当时的语境之中。我们仿佛也能感受到作者自从儿子坐牢这一路以来的心路历程。文章主要分为三个阶段，第一阶段是儿子由于贩毒而坐牢，主要是叙述儿子坐牢的原因以及对曾经天真可爱的儿子犯罪难以接受。第二阶段主要写儿子出狱后自己的努力和“坐牢”这件事对儿子的激励以及作者对儿子的隐隐担忧。最后一阶段是儿子成功后作者看到的儿子的成长，对此作者感到很欣慰。文中作者有一段话让我很有感触，作者在文中写道：“当年他坐牢回来四处找工作，自己亲戚的公司连提都没提让他去试试。后来儿子要搬出去独住时，正好亲戚的房子空出来要出租。我背着儿子出面试探可不可以租给他？结果人家以“已经租出”为理由，连我的面子都驳回来。俗话说人穷志短。我们虽然穷过，但绝不志短。穷则思变，更努力，更发奋。这就是我从儿子身上看到的。”看到这里让我很是动容，犯错并不可怕，知错能改善莫大焉。作者的儿子把自己的这段独特的经历当成是促使自己前进的动力，让自己变得更优秀。

文章大部分用对话体的形式叙述，语言平和自然，贴近生活。在作者的文字中能读出作者对儿子深深的爱，也能感受到儿子经历挫折后的成长与改变，亦能感受到作者母子之间深深的情感。

（李翠翠　评）

木　愉

作者简介：木愉，四川大学哲学硕士，美国印第安纳州立大学工商管理硕士。多年《星岛日报》专栏作家，常年在《侨报》《世界日报》《解放日报》等国内外报纸上发表散文随笔等。主要出版作品有散文随笔集《“天堂”里的尘世》和《黑白美国》，长篇小说《夜色袭来》和《美国上司》，论著《金钱永不眠》，人物传记《金赛是谁》。

偷　腥

老婆到中国省亲去了，儿子远在纽约读书，就老陆一个人留在南部这个家里。秋天越走越深，夜也越来越长。从公司下了班，吃了晚饭，天就黑了。这天吃了晚饭后，老陆像通常一样，打开电脑，在网络上游荡，消磨时间。网络比大海和天空都宽广，但老陆要去的地方就那几个网站。在新浪那里转转，在文学城那里溜溜，再查查雅虎信箱，看看有没有什么伊妹儿。伊妹儿倒是有好多个，却都是些广告，老婆时不时来封邮件，抱怨国内上网不便。好几天都没有收到她的邮件了，当然都是上网不便造成的。老陆在这几个网站周而复始地转，似乎期望每次重新访问，就会有什么还没有读过的新闻八卦跳出来。无奈他转得太快，来来回回好多次，几个网站都没有更新。百无聊赖的心绪像条毛毛虫一样在他的身体里蠕动，咬噬着他的心。这天晚上，他感到一种从未有过的寂寞。

一种犯罪的冲动突然在他的心底深处涌动。说是犯罪，其实有点夸大其辞。老陆这时候无非是想突破生活的常规，寻求一点不平常的刺激。老陆五十多岁了，荷尔蒙一向分泌得正常，甚至有点旺盛。老婆在家的时候，隔三岔五，他会跟老婆行云雨之欢。老婆这一走，就是两个月，缺少女人的感受逐渐爬上他的心头。今天晚上，他的寂寞当然是老婆奉送给他的。而这种寂寞不仅仅是缺了人的寂寞，更是缺了性的寂寞。

小城里有一个夜总会，叫伊甸园，一个专门供男人去的场所。那里有酒吧，但不仅如此，还有无上装表演。多年前，老陆曾经陪国内来的朋友去过。一次，是陪老陈去。老陈在国内是个厅长，那次到美国是作为美国国务院的客人来的。老陈找了个名目，到这个小镇里的大学来考察，就由翻译带着，来会老陆。下车伊始，老陈就问老陆，小城里有没有脱衣舞表演。就在要离别的前夜，吃了喝了，老陈悄悄问老陆，可不可以带他去看脱衣舞表演。老陈原来没有忘记，怕离开美国之前，耽误了这件事。老陆带老陈去了伊甸园，让老陈坐在舞台前，舞女跳了一圈，就跳到了老陈前面，弓下身子，一边扭动，一边把老陈的眼镜揭下，用两个硕大的奶子夹着老陈的头，摩挲了几下。完毕，老陆赶快在舞女的丁字裤腰上夹入一张华盛顿。老陈那天晚上很兴奋，一种奇遇后感官获得快感的兴奋。

今天晚上，伊甸园从老陆的意识之海里漂浮上来，具有致命的诱惑力。老陆就如被一根无形的绳子拉住，一定要往伊甸园奔去。

一路向伊甸园开车过去，老陆的心不由有些颤动。伊甸园在城里那条叫核桃的主街上。老陆经常会从那里路过，每次都会不由得扭头看看那栋粉红色的平房，从停车坪上的车辆多寡判断里面的场面是否火爆。伊甸园靠街这里有一块耸立的牌子，上面是店名，外加一轮伊甸园，下面总是招聘靓女的广告。自从上次带老陈到过那里，大约都有十年的光景了吧。十年来，老陈居然远观着，极尽种种遐想，却并不接近和亲历。伊甸园真像冬天星空里的一轮冷月，他只是远远遥望却不趋前。也许正因为如此，对伊甸园的向往就这样积累下来，让老陆今天晚上对伊甸园渴望至极。

刚刚经过福特车行，老陆就急急往左转去。待过去一看，却不是伊甸园。看来老陆太激动，本来了然于胸的伊甸园位置居然也把握不准了。那里是本地日报的社址。老陆在夜色的遮掩下，狼狈地笑了笑自己的猴急。然后，顺着日报社门口的车道再开车回到大街上。

伊甸园门口，偌大的停车坪一片空旷，只有三五辆车了无生趣地泊在那里。老陆在大门边就近停下车来。扯扯衣服，再下意识地用手理了理头发，老陆走了进去。迎头没有看到门卫，而老陆记得先前是有门卫守在大门口，查证件、问年龄和收钱的。老陆在门口站了一忽儿，观望着里面的情形。舞台上两个舞女正在闪烁的灯光下跳着，正对大门这个身躯苗条，丁字裤上的碎花图案在灯光映照下闪烁出蓝色的光彩，煞是诱人。左边有一对男女坐在那里观赏。老陆四下扫描了一下，发现这对男女就是唯一的看客了。没有人上前来招呼，老陆也不再机械地等在那里，径直走了进去。

老陆往右边走去，看准了一个不靠舞台的桌子。刚刚坐下来，老陆就感到了不自在。他想，既然不收门票，就总得找个理由消费一下，不然人家还做不做生意。这样想了，他站起来，往吧台那里走去。吧台后边一个调酒师正跟旁边一个女招待聊什么。看到老陆走过来，女招待就上前问老陆需要什么。老陆说："有软饮料吗？"女招待没有听清，问："要什么？"老陆重复了，女招待就一副大彻大悟的样子，答道："有的，当然有的。你要哪种？"老陆要了一杯雪碧。

女招待从调酒师那里接过一杯雪碧，顺手取了一张纸巾，走了两步，给老陆递过来，对老陆说："两美元。"老陆掏出二十美元一张整票，递了过去。女招待接过去钱，利索地给老陆找了零，厚厚一叠，都是有华盛顿头像的一美元。老陆接过来，从中抽出一张来，递给她，说："这是小费。"女招待一声谢谢，接了过去。

这个当儿，一个舞女走过来搭讪。舞女戴了眼镜，恍然一看是一副学生样。舞女直截了当要钱，老陆也不拒绝，就从那叠零钞里掏出一张来，递给了她。这时候，他才看清，这个舞女不年轻，脸上胸前的皮肤一点不光洁，一道道醒目的皱褶沟壑般四散开去。舞女接过去钱，说了声谢谢，然后问："可以把你的眼镜取下来吗？"老陆立时明白了她要干什么。看着对方松垮的肌肤，老陆有些犹豫，却还是把自己的眼镜取下来，像一头温顺的小绵羊，把头伏到舞女的双乳间。双乳在老陆的脸膛上滑动了几圈，老陆有些意外，从脸那里传来的是肌肤相亲的温润，这让他觉得有几分受用。戴上眼镜的时候，舞女问老陆："你名叫什么？"老陆本来就要冲口而出，说出自己的真名，却灵机一动，答道："约翰。"在这种场合，对着舞女，老陆觉得坦诚是愚蠢的，他需要隐瞒自己的身份。

老陆端了雪碧，又接受了舞女的服务，就仿佛递出了投名状，被伊甸园接纳了。他步履轻快地回到原先的座位上，坐了下来。四周回荡的音乐旋律舒缓低回，如泣如诉，两个舞女在台子上慢慢扭动。这让老陆感到有点适意。他并不年轻的心脏喜欢的就是这种婉约的风格。

一曲渐渐平息，两个舞女身姿娉婷，一前一后走下台来。老陆知道，她们会走到自己面前来要钱的，不由伸手到右边荷包里，把那叠零钞里摸了摸。果然，两人先走到对面远处那张桌子前，跟看客交流了什么；然后，就往老陆走来。

老陆稍稍有些慌，又有些激动，却强装镇静地坐着。走在前面的那个略微肥胖，过来之后，就问候老陆："How are you（你好吗）？"老陆答了一声好，然后就夸对方美丽，跳得精彩。女的也不啰嗦，就把他的头拥入怀中，摩挲了几下。老陆有些尴尬，觉得应该从容不迫先把眼镜揭下才好。他从包里拿出一张华盛顿，说了声谢谢，递给了胖舞女。第二个舞女高挑瘦削，不如第一个张扬，有些腼腆地跟老陆搭讪了一下。老陆这时候已经揭下眼镜，高挑舞女不失时机弯下腰来，用不很丰满的胸部紧贴着老陆的脸，蹭了几下。

老陆开始感到刺激了，血脉偾张起来。这样坐了不到两分钟，刚才那个胖舞女又从暗处往老陆走来，指了指老陆身旁的座位，一脸灿烂，问老陆："我可以坐这里吗？"老陆明白她这是上门服务，也不拒绝，慨然答道："当然。"她坐下后，老陆问："你叫什么？"女的笑道："珍妮。"女的反过来问老陆，老陆记住了自己的名字叫约翰，就答："约翰。"珍妮夸道："你的英语说得不错。"老陆接受了夸奖，说："谢谢，我在美国已经很多年了。"

一个黑人从前面走过，嘟嘟囔囔地不知在说啥。珍妮讥笑道："这个丑陋的小矮人。"老陆没有接话，心上却像飘过一丝阴云般似的，尽管那点不快倏忽即逝。

就在这时，那个女招待走了过来，问老陆："你可以为珍妮买杯饮料吗？"老陆不待思索，说："可以。"女招待端了托盘走回来，一边把饮料放在桌子上，一边说："五美元。"老陆心里咯噔一下，心想怎么这么贵，却不露声色，把那叠钱拿出来，数了五张，先递过去，再加了一张，说是小费。

珍妮对老陆居然撒起娇来，往老陆靠过来，紧贴着老陆。然后又示意老陆把左手抬起来，把她拥住。老陆把左手环绕过去，手掌放在珍妮的手臂上。珍妮立刻一个激灵，说："你的手好冷。"老陆不好意思地笑了一下。珍妮又问："一直都这样？"老陆答："是的。"说罢，还加了一句："我属蛇呢。"珍妮张大眼睛，射出诧异的眼神，伸出食指，指着他，惊呼道："你是蛇？"老陆苦笑道："我是说我的属相是蛇，知道中国文化里的十二属相吗？"珍妮摇了摇头。老陆于是就把农历年和十二属相简单地解释了一遍。珍妮似乎还是不解，却还是挤眉弄眼，道："Amazing，really amazing！你知道伊甸园不喜欢蛇，因为蛇教唆人类犯罪。不过，我喜欢蛇。"说罢，就把肥大的屁股往老陆这边挤了一下。老陆跟珍妮就相拥而坐了。老陆心跳得愈加急促。他跟白女也拥抱过，但都是礼节性的。像这样用手把赤裸的白女半拥着，就有了性的色彩，而这在老陆的生平中还是开天辟地的事件。老陆对此其实向往已久，高鼻深目、金发碧眼在老陆的性幻想中出现过不止一次。他甚至妄想过，要是来美国的时候，自己还年轻还处于未婚状态，就可以去追求白女，来场男女之爱。

既然珍妮主动，老陆也不矜持了。他的右手伸过去，放在珍妮光洁的大腿上，轻轻地摩挲着。而珍妮也把右手放在老陆的大腿上，隔着牛仔裤，不时按压一下。老陆心跳得猛，虽然有音乐的覆盖，他似乎还是可以听到怦怦的心跳声。老陆认为光是跟珍妮像情侣一样如此如胶似漆着，怕对方觉得自己乏味，就挖空心思找了些话题来跟珍妮聊。

激动中，老陆的口舌好像不是太听使唤。"How old…are…you（你多大了）？"珍妮当即答道："二十三。"老陆又问："你在这里工作好多年了？"对方答："三年了。"老陆问："你喜欢这份工作？"珍妮答："喜欢。我喜欢音乐，喜欢跳舞。"老陆说："我也喜欢音乐。"珍妮问："你喜欢什么样的音乐？"

老陆答道："我喜欢乡村音乐。"珍妮惊诧道："真的？"老陆说："我也喜欢古典音乐。不过，我不喜欢……"老陆想说的是"摇滚乐"，可是却竟然记不住英文如何说了。正卡在那里，不知如何是好，幸好珍妮兴致勃勃谈起音乐，说她喜欢谁谁的演唱。老陆哪里知道她说的是谁，只是以傻笑应和着，看着她，显得很认真地听着。

老陆仔细端详起珍妮来，这才发现珍妮的鼻尖上穿了一个银色的金属环，五官虽然说不上精致，倒也还端正。老陆的右手在珍妮的大腿上有节制地抚摸着。从手那里传来的触觉是细腻的和温热的，老陆却不敢再开疆拓土，虽然这是一个风月场所，但他却还是有些莫名的顾忌。珍妮絮絮叨叨说起自己的生活，说她跟伴侣刚刚买了一栋房子。说起伴侣的时候，珍妮用的是"Her（她）"。老陆就问："你是同性恋？"珍妮平静地答道："我是双性恋。"老陆这才感到自己问话的多余，要是珍妮不是双性恋，怎么能这样跟老陆坐在一起亲热呢。

珍妮不能老说下去，而老陆又找不到新的话题。老陆看了看珍妮，珍妮也看着老陆笑着，媚态十足，有几分挑逗的意味，却也不淫荡，甚至不轻佻。珍妮问："我可以单独为你跳舞，你需要吗？"说罢，就往后面的方向努了努嘴，又说："我可以带你到那间房子里，为你跳舞。只收二十美元。"老陆既然是来寻求感官刺激的，按说就会一如既往像刚才接受珍妮的套近乎、为她买酒一样，跟珍妮到后边的房间里去。可是，老陆却打住了，说："不，谢谢。你在这里陪我坐着就好。"不是老陆舍不得那二十美元，而是心存谨慎。

多年前，他在地方报纸上读过一则新闻。某个夜晚，在这个脱衣舞酒吧发生了一起斗殴事件，还驳了火。老陆今天晚上一个人到这里来，本来就壮了胆才来的，再在这里干些超出常规的事，他不知道会有什么样的后果。如果贸然跟了珍妮到了黑暗的屋子里，接下来的事就难以预料。在意识深处，他觉得这个情色场所原本不属于他，他的肤色和容貌在这个小小的世界里，显得更是一个异类。他到这里，并不宾至如归。

珍妮遭到拒绝，却也不生气。她依然保持着她职业的素养。老陆的手一刻也没有从她的大腿上离开，而珍妮还是一脸的灿烂。老陆忍不住想吻她，把头凑过去，问她："可以吻你吗？"见珍妮只是笑，没有拒绝，老陆就在她的腮上轻轻印下一个吻。被吻之后，珍妮似乎很享受，看老陆的眼神有些温情脉脉。老陆第一次吻了白种妙龄女子，心跳得更剧烈了。他企图仔细品味之中的滋味，却飘过来一种异味。这让他感到了生物层面上的不爽。老陆期望的是吐气如兰，这个异味如一股妖风一样吹走了他的兴致。珍妮端起杯子，呷了一口。老陆这才明白刚才的异味是珍妮嘴里喷发出来的酒气。

"你需要我为你跳舞吗？"珍妮再一次问道。语气显得有些郑重。老陆却还是不为所动，重复说了不。珍妮就要求道："那你可以再为我买一杯饮料吗？"老陆虽然觉得有点被宰的意味，却因为之前的拒绝而过意不去，就飞快就答应了。同样的饮料送来，老陆付了同样的饮料费和小费。珍妮突然说："我得去卫生间一趟。"说罢，就起身离去。老陆一个人坐着，看着舞台上舞女的独舞。从门那里又进来一个人，头发都斑白了，总有六十来岁了吧。他进来之后，坐在舞台不远处，笑眯眯欣赏着。舞女跳到离他最近的这一侧舞台，双手招呼他走近。他就站起来，走了几步，坐在舞台前。舞女就把他搂住，用双乳贴着他的头，抖了几抖；又后仰着，用双手支撑着，展开大腿，对准他，露骨地晃动着。然后，就站起来，把丁字裤的一侧拉开，男的就把一张纸币塞了进去。

珍妮又回到座位上来，告诉老陆："我换了一个胸罩。"老陆侧头往下看去，珍妮的胸罩是粉红色的，但他却没有留意她刚才戴的什么胸罩了。老陆问："今天晚上客人不多？"珍妮答道："九点前，不多。九点一到，就多了。那个时候，我就像在人头上跳舞。"珍妮说完，哈哈笑出了声。老陆也被逗笑了。又问："你干到几点钟？"珍妮答道："一直到凌晨三点。"老陆就笑道："那你白天就都睡觉了。"珍妮笑道："是的，我白天几乎都在睡。"老陆又问："你就在这里工作？"珍妮答："我还在另外的地方工作，叫……"老陆除了逮到了 sex（性）这个词，对那个仿佛西班牙发音的怪诞名字却不明就里。就想当然地问："你如何收性服务的费？"珍妮居然有些难为情地一笑，说：不是那个，那是个卖性用品的商店。"老陆这才明白过来。他心想："我说嘛，卖淫在这个州是违法的，连全裸都是违法的，她怎么可以干那个营生呢？"

舞台上一个舞女跳着。老陆认出她就是刚才皮肤松垮的那个，就问珍妮："她有多大年纪了？"不想珍妮说："我不想谈论另外一个女人的年纪。"说这话的时候，她微笑着，口气也和缓，却有些不置可否。老陆赶快道歉："啊，对不起。这么说，刚才我都不应该问你的年纪。"

就在这个时候，广播响起，让舞女准备出台。珍妮像士兵听到号令一样，迅疾地站起，匆匆对老陆道了别，说："我得去跳舞了。"就快步往舞台走去。

老陆端起雪碧来，轻轻喝了一口，跷起二郎腿，做出一副放松的姿态。他的心的确已经平复下来，就像翻云覆雨之后。珍妮在钢管上倒立着，胖胖的身躯竖立在钢管上，看得老陆心惊，生怕她如一个肉球一样坠落下来。渐渐地，乏味的感觉夜露般袭上身来，老陆扬手看了看表，离九点还差半个小时。他把手机拿出来，刚刚点开雅虎信箱，就看到老婆的邮件，开头就是："想念你……"恍惚间，老婆在面前凝视着他，如同审判一样。他不想等珍妮预告的那个高潮到来，也不想再跟珍妮周旋调情说再见，站起来，往大门走去。

停车坪上仍然空空荡荡，老陆的车还安然停泊在大门旁边。借了微黄的灯光，他拿出钥匙，急急打开门，坐进去，发动了车子，如窃贼一样，飞快逃离而去。

评论：

本篇文章讲述了老陆去伊甸园的所见所感，这是他一种排遣寂寞的方式，也是他第一次背着自己的妻子这样做。在和舞女珍妮的一番对话过程中，他好像对这个行业了解到了一些。他心甘情愿到被这个舞女宰了一顿，之后在伊甸园里，老陆感受到了浓浓的乏味感，或许这个地方真的不属于他，他以为自己的寂寞是对性的渴求，但其实不是，在接到自己妻子的邮件之后，他好像找回了自我，然后仓皇回家。

"老陆在这几个网站周而复始地转，似乎期望每次重新访问"这句话从"周而复始地转"就可以看出老陆内心的寂寞，此时此刻，他渴望发现一点新鲜事来满足自己对新鲜事物的渴望。为后文"他感到一种从未有过的寂寞"

做铺垫，同时也暗示着有事情要发生。并且作者也并没有很隐晦地说明“性”这种寂寞给老陆带来的痛苦感，而是直面表达，那么下午老陆“找姑娘”就很顺理成章了。“老陆就如被一根无形的绳子拉住”，此时此刻老陆已经开始疯狂地回忆之前的事情，并且从之前的那种色情回忆之中找到了一点激情。而此时此刻去伊甸园，则成了他随后的目标。这个比喻句用得特别的贴切，将老陆的那种迫不及待的心情完美地表现了出来。“老陆的心不由得有些颤动”这个颤动将老陆此时此刻的心情描写了出来，而此时此刻，老陆是带着激动与恐惧感到这里的。到伊甸园之后，老陆感觉到了前所未有的激动，在这个声色犬马的世界里，老陆没有控制住自己男人特有的性征，他对舞女珍妮做出了一系列排遣寂寞的事情，同时将自己的那种神态、内心的惧怕与期待完完全全地表现了出来，老陆是真的寂寞了。最后其实也是可以看出老陆的善良的，他对舞女的钢管舞有一丝担心，害怕她们掉下来。在文章最后，当老陆收到自己老婆的一封Email——“想念你”的时候，此时此刻他已经彻底地觉醒，他所说的寂寞并不是身体上的寂寞，而是内心对自己妻子的那种依赖。

这篇文章作者的文风特别犀利，对性的描述也是不加避讳。把伊甸园里面的形形色色的人物表现了出来，同时也将舞女们嫌贫爱富的心理表现了出来，但是这些都不是重点，重点还是在老陆身上。是老陆带领着我们来看看，这个色情世界里的一切，同时通过老陆与舞女之间的对话，将舞女的生活处境给展现了出来，告诉我们人人皆不易。同时到文章最后，也可以看出老陆对自己妻子的想念，虽意淫但始终未背叛，在老陆心里依旧是老婆为大。而作者通过写这篇文章，除了对老陆形象的一个烘托之外，也是为了警醒更多的人，不要因为自己的一时寂寞，而做出难以原谅的错事。

（王思佳　评）

秋　尘

作者简介：秋尘，本名陈俊，生于南京，1987年毕业于南京大学地理系，1991年获加拿大滑铁卢大学城市与区域规划学硕士学位，2010年获北京师范大学现当代文学博士学位。著有《时差》《九味归一》《酒和雪茄》《青青子衿》四部长篇小说，《零度忍耐》《老波特的新车》等中短篇小说及散文随笔见于《当代》《钟山》《小说月报》《北京文学》《长城》《当代小说》《香港文学》《青年文摘》等海内外报刊。曾获美国《侨报》综艺杯五大道文学奖小说类首奖。

黄玫瑰

午餐是自助餐，大厅的中间摆放着起码三四十种看上去格外诱人的美味珍馐。边上站着一位墨西哥女人，正在现场做着塔科——一种用玉米面包着各种配料做成的饼，样子像我们中国人的韭菜盒子。墨西哥人的农业历史也够长的，聪明的他们也像聪明的中国人一样，早在几千年前，当我们的祖先学会了种稻子时，他们则学会了种玉米。所以，墨西哥菜系也是如今世界的大菜系之一。如意绕着餐桌转了一大圈，一一看过去，觉得最稀奇古怪的是，连满身是刺儿的仙人掌也给做成了饼，当然刺儿是去掉了的，外面还裹了层辣子以及花花绿绿的调味料，让她看了，只觉得头皮发麻，并无食欲。还有这次旅行已经尝吃的仙人掌的果子。如意至今没搞明白，这仙人果里长满了小石子似的芝麻粒儿大的种子，根本咬不动，该是吃下去，还是吐出来。她想应该吃下去才对的，可是每次企图咽下去的时候，最终还是都吐了出来。她想，今天再试一次。

端着一盘素菜坐下来时，身旁的薇拉凑过来问："你怎么一个人出来旅游？"

"本来我老公是要来的，结果有事，就只好我一个人来了。"

"你老公在哪儿工作？"

如意觉得薇拉嫁了个白人老公，却还是中国人的习惯，见了面就要打破砂锅问到底。"在大学，"她说完，又补了一句："已经退休了。"

"退休了还忙啥？"薇拉立刻反诘到。

如意一下子笑了起来，"嗨，你不知道，就是退了休才忙呢。他搞了个咨询公司，满世界地跑。"

薇拉心领神会地点头，上下打量着如意："你不会也退休了吧？"

"还得几年。"

"其实现在哪里还有什么退不退休一说。"薇拉很不以为然的样子，好像如意刚才那话撒了个天大的谎，被她抓了个现行。

"我在政府工作。"

"哦，"薇拉柳眉一扬，饶有兴趣地说，"我也在政府，联邦政府。可我退休还早着呢。"说着，在嘴里放了一块什么之后，又道："我老板七十五岁才退的休。不像他，那么早就退了。"说着，指了指身边的丈夫克鲁斯。

"你都退休了？！什么时候退的？"这次轮到如意惊讶了，直直地问克鲁斯。

克鲁斯正在吃着一块羊排，听如意这么一问，赶紧用餐巾擦了擦嘴，优雅地点了点头，微微一笑说："半年前。"

"喜欢你的退休生活吗？"如意又问。布鲁斯看上去是如意见过的典型的一种白人：发红的脸上，有不算多但很熨帖的麻子斑点；猫一样的灰色的眼睛，看似洞悉，有些幽深；灰白相见的头发，恰如其分地形成了一种看上去很自然很和谐的发型；一身灰里泛紫、宽松适度的 Polo 衫，使他整个人斯文、健康的感觉。看得出这是位生活被调理得很好、什么都不缺、还正当年的高雅之士。相比之下，他的妻子，那位同胞薇拉倒是更显得老相了些：眼泡充了气似的，有些肿；眼袋倒像充了水，往下坠着；杏仁眼细长长的，黑色的眼线和眉线画得过浓了些，把染成了松木屑色的头发衬托得寡淡，缺乏营养，又因为烫过，枯干粗糙。不过，一看就知道，这女人年轻时定是个美人胚子，面部尽管被横七竖八的褶子围拢着，依旧白净，令人产生联想。也许因为涂了一层薄粉，整个面部底色纯然，看不见一粒斑点，抹了深色口红的嘴唇不薄不厚，是最好看的部位，身材保持得也很姣好，没有一点发福的迹象。

一阵铃声和鼓声轰然响起，刚才在隔壁厅里表演的印第安三人舞蹈队来到了他们这边。大家立刻站起了身，鸟兽般四散着去拍摄，独独如意继续坐着吃饭。刚才拿饭的时候，她已经在那边照过几张了，那边光线比这里要好。

今天这个六人组成的日月金字塔旅游团，有一小半的中国血统。除了如意和薇拉是纯种地道的龙的传人之外，还有一个有着香港妈妈、法国白人爸爸，现住在法国巴黎的混血女孩儿瑞秋。另外一对退了休的老夫妻来自阿根廷，只懂西班牙语。上午游览的时候，如意和瑞秋有一搭没一搭地聊了一路，知道她的外公早年去巴黎开餐馆，她外公的女儿——也就是她的妈妈——后来嫁给了当地的法国人。瑞秋大学才刚毕业，就在联合国找到了一份十分可心、能四处旅行的工作。上周她才去了澳大利亚，这周又来墨西哥，给一个国际大会——全球可持续和平发展研究峰会（如意的老公本来要来开的也是这个会）——做服务。会议昨天结束，她准备利用周末好好逛逛墨西哥城。

鼓点和铃声将息了下来，四散的人陆续回来了。一个穿着花花绿绿、奇装异服、身上叮当带响的印第安人也跟了过来，端着一个翻过来的帽子挨个地讨赏。如意在身上摸了一圈，抓出的一把，最小的是五十比索，便扔了进去。薇拉见了，对着她的克鲁斯小声说："哦，我没有小钱了。"

印第安男子走到如意身后，示意要和她一起照相。如意明白，大概是刚才赏打得不算太少，人家高兴，让她免费和他们合影留念，便欣然起身，对正看着她的瑞秋说："你来给我拍照可好？"

印第安男子先递给如意一个带着头骨的小豹子皮，又抓着她的一只手托住小豹子的脖子，把毛茸茸的豹皮，围巾一样围在了她的脖子上。等如意看清了架在脖子上的家伙，吓得“嗷——”的一声叫了起来，闭上了眼睛。“没事儿的，只不过是张皮。豹子皮呀。”瑞秋拿着相机在对面咯咯地笑着，手舞足蹈地叫着。如意这才睁开眼睛，待看清楚后，顺从地让小豹子安稳地趴在了自己的颈弯处。印第安男人又托起她的一只手，举到耳边，手心朝上，把小豹子的头轻轻搭在了上面。如意一副任人摆布的架势，刚想再闭上眼睛，却听见一阵悦耳的“沙沙”声响起。顺声看去，见一个全身上下穿得像蜘蛛精的印第安女人，正把一个木制沙锤递到她另一只手上，举到半空中，做出敲打的样子。这时，另一位更加高大壮硕的印第安男子捧来了一顶巨大的王冠。王冠之所以巨大，是因为上面插着足有半人高、大得简直像几把铡刀的白色羽毛。王冠上面，还镶嵌着各种五光十色的石头，很是花哨。男子走到如意的面前，郑重其事地把王冠戴在了如意的头上。

一切就绪了，一声“OK”后，如意觉得自己像已经钻进了丛林，刚刚还在眼前晃动不停的两男一女三个印第安人，正团团地围住她，摆出各自的姿势。瑞秋很是心有灵犀地拍了好几张，还是不肯罢休，一会让如意笑笑，一会儿让她抬头。如意想起了儿子小时候最喜欢的一本小画书《野兽们在哪里》，曾经不厌其烦地读了好几年，觉得自己现在就被打扮成那个小野兽的样子，只差了一条长长的大白尾巴。

正要散伙时，瑞秋嚷着她也要和印第安人拍照，问如意要给多少钱。如意耸耸肩说：“随你，没个定数。”知道自己要给瑞秋拍照，如意就站在原地，直到拍完了，才回到餐桌上来。

午饭吃完后，薇拉和如意一同走出餐馆。门口有家小店，店门前的大橱窗里琳琅满目地挂着墨西哥当地的特产。薇拉一看就是喜欢逛店的，目不斜视地踱了过去。如意在后面说了声：“你去吧，我到那边照两张相。”就向相反方向走去。她是看见了不远处有一丛生长茂密的仙人掌，旁边还有一片青绿的小竹林。等走到近前，实在让她瞠目。没想到，那肉嘟嘟、矮墩墩的仙人掌竟然能和挺拔修长、向天而生的竹子，共生共长，相得益彰。在她的记忆中，青青翠翠、挺拔摇曳的竹子只会长在中国南方那种水分充足、四季温暖的好地方；而敦敦实实、满身硬刺的仙人掌，只会出没于西部干旱的戈壁沙漠里。再看眼前的仙人掌，枝枝分杈都好似弥勒佛的大肚子，圆满肥硕，顶处倒开着不少郁郁的黄花，高杈上还结着一坨坨紫红色饱满的果子；而旁边的那片迷你小竹林，简直像仙人掌的守护神，挺拔伫立，偶尔也会伸出长长柔软的枝叶，抚慰一下开花结果的仙人掌。远远看去，这一高一矮，一胖一瘦的一对，俨然天造地设的伉俪，遗世独立，温馨自在，让如意不得不感叹大自然的鬼斧神工，原本以为不可能生长在一起的两类植物，却在这偏远荒蛮之地，遗世共生，相依相伴。

围着玉竹环抱仙人掌，如意拍了很多照片。估摸着时间差不多了，她才开始往回返。远远地，见导游正在和薇拉神态严肃地讲着什么，她特意放慢了脚步。薇拉看见如意，疾步走过来，低声神秘地说："猜怎么着，瑞秋不见了。"

"啊？"如意下意识地叫了起来，"真的？不可能吧，就这么点地方。"

"导游回餐馆里去找了一圈没找到，我又进去找了一圈，也没找到。"

"怎么会？我们——，不是一直一起的吗？"

"自从照了相后，她就跑了。"

"跑了？"如意回忆着，照完相后，瑞秋其实回到过餐桌上，还对她说，自己穿那套印第安服装不好看，倒是如意穿着才真是好看。如意当时还和瑞秋打趣说："我本来五百年前就和印第安人是一家的嘛。"之后，瑞秋去了哪里，她就没再注意了。

"真是不像话，现在的年轻人，一点时间观念都没有。说得清清楚楚的一点半门口集合的。你看看，过了十多分钟了。"薇拉阴沉着脸。

"她年轻嘛，爱玩，又好奇，一下子忘了时间吧。"如意说。自第一眼见到瑞秋，如意就挺喜欢她，一来恐怕是因为自己的英文名字也叫瑞秋，虽然她更喜欢如意这个中文名字，可老美舌头转不过来，发出来，就变成了一个"瑞"字，于是她干脆用了"瑞秋"作了英文名。二来，瑞秋无论长相还是气质都很像自己的女儿，性格上也像年轻时的自己，有点傻，总有那么点时不时搞不清状况的感觉。所以听薇拉编排瑞秋，如意总有些不舍。

“才不是呢，现在的人就是自私！”薇拉恨恨地说。

如意脸上不熨帖，一时又不知说什么，想了想，道：“要不，我也去找一下吧。说不定运气好点？”说完，不等薇拉搭话，就往餐馆大门走去。刚进大厅，就见老远的，导游和瑞秋迎面走了过来。瑞秋手里拿着一个沙锤，见到她，举到胸前摇了摇，冲着她笑。那沙锤声，随着瑞秋步子的移动，哗啦哗啦，振振有词，发着欢快的节奏。

上车的时候，薇拉在后面跟如意嘀咕：“她要买东西，信用卡总通不过，她又一定要买，折腾了老半天。一点时间观念都没有。你说那个破沙锤拿回去有什么用。”如意只笑笑，随薇拉恨恨地坐到后面去，心里倒是想，那个沙锤真是个很不错的纪念，自己也该买一个带回去，可惜没了时间。

车子缓缓开动起来，从那处仙人掌小竹林前经过时，如意依依不舍，贪婪地看着，胡思乱想起来。看上去貌不合的这一对，却这般和谐地相随相守。植物如此，人类却未必做得到呢。

车子在停车场再次停下来的时候，就听导游说，月亮金字塔和太阳金字塔设计结构是一样的，不过是小一号，你们爬一个也就可以了。如意下车的时候却想，平日里难得锻炼，能爬两个当然最好。

墨西哥遍地都是金字塔。遍地！——这是如意之前一无所知的。说心里话，这么多年来住在美国，她就没有注意过墨西哥这个国家。这次来，真让她大跌眼镜。原来远古的墨西哥人认为金字塔是通向神、通向天堂的通道，唯一的通道。所以，墨西哥的祖先们，在他们这片广袤的土地上建造了无数个金字塔。据导游说，目前已经被发现的，没被西班牙人毁掉的金字塔就有四万五千多座，遍布整个墨西哥境内。眼前这座太阳金字塔，正是整个中美洲最大的建筑物。放眼望去，金字塔浑然敦实，遗世独立，壮观傲然。

“爬，一定要爬，见到金字塔就一定要爬，爬上去，爬到顶！”如意一边爬，一边想着这句几天来都能从导游口里听到的话。现在，她似乎明白了，墨西哥人为什么那么随遇而安，甚至可以说不思进取。因为他们心中有金字塔。心中有了金字塔的人，能超越当下现实，与永恒之神契合；只要守着金字塔，就会离神越来越近，爬上一座座金字塔，就会最终步入天堂。

金字塔其实一点都不难爬，一级一级修得扎扎实实、平平整整，像远古修行者们的杰作。这些修行的人，别无他事，一心一意，仔仔细细，只为了将一块块石头，大的、小的、方的、圆的，精致地码起来，码成一段完美的平面，一块完美的切面，一层完美的阶梯，一座完美的金字塔。等爬到塔顶，四处望去，高高低低的山峦，绵延环绕，其间星罗棋布的，是斑斑点点的房舍。如意站在山顶，像是站在巨人的头上，那一览众山小的感觉，简直让她不知身在何处。

正准备下去时，如意见薇拉一个人上来了，便问布鲁斯呢。薇拉一脸无奈，摇着头道："在后面呢，腿脚不灵便呀。"如意便让薇拉帮忙拍几张照片，薇拉也正有此意，于是两人你给我照，我给你照。忙活得差不多的时候，薇拉的老公布鲁斯终于爬了上来，如意给两人拍了几张合影，就独自向下走，想着赶紧再去爬一下月亮金字塔。

"我爱和你一起，让他一个人磨蹭去。"没想到，薇拉却跟着如意下来。两人刚刚抵达塔底的平地上，一群小贩便蜂拥而上，围住了她们。今天游人不算多，小贩却不少，大多是卖纪念品和首饰的。"三十"，是薇拉的声音，她正在和一个手上套着一排手链的小贩叫价。如意心里想着月亮金字塔，又不好自己先走，眼睁睁看着薇拉把价钱从三十，变成二十五，又变成了二十，小贩怎么都不肯再撒口了。

"两串三十怎么样？"如意叫了一声。

小贩显然很满意，成交。如意随手拿了一条顺眼的交了钱。那手链由一个个椭圆形银片相连，每个银片上都刻着个小小的月牙，倒不难看，只是显得过于闪烁招摇。于是，她轻叹一声，收到包里。

走到分叉口时，薇拉却不肯去爬月亮金字塔了。说只剩半个小时了，不够时间，导游说四点钟要离开。如意心里不爽，早上出来时，导游明明说的是五点回程的呀。"后来又说的，你先下了车，没听见。"

如意没法儿，只得往公园的大门方向走。薇拉边走，边摆弄着刚买的那条手链。那是一条看上去很华贵、很庄重的链子，由金银两色的鸡心相间排列而成。"你戴呀？行。"如意看着薇拉看来看去不肯离手，似乎又并不那么满意的样子，就说。“我是给我女儿买的。”薇拉道。如意诧异，问她女儿多大了。“二十七。”如意释然，“哦，那也合适，我还以为十七八呢。你看着倒不像有这么大女儿的人呢。”说着，侧过头来仔细地打量起薇拉。

薇拉把手链收了起来。“其实我女儿也不需要，就是买着玩的。”两人边聊边走，如意觉得此刻的薇拉似乎和她已经熟稔起来，讲出来的话也变得随意真诚。“平时我们喝一杯酒还不止十五呢。15 美元，算个啥。家里首饰多了去了，也没地方放，也没机会戴，即便戴了，也没人关注，可还就是爱买。有一年我回国，买了个比 LV 还贵还名牌的包，回来在美国背了三年都没人认识，简直把我气死了。你说美国人讲究吧，真也不是，起码不是我周围那些人；你说美国人不讲究吧，可整天被那些名牌广告骚扰着；你说中国人不讲究吧，人家现在还特讲究；你说中国人讲究吧，可他们就知道那么几个牌子，根本不识货，只知道追风随大流，简直不可理喻。”薇拉喋喋不休地说着，如意听出她的不开心，偶尔插几句，试图开解。

“你自己高兴就是了，管人家又干吗呢？”

“你看现在的中国人多有钱，不像我们，一分一毛，挣的都是血汗钱。”薇拉愤愤然。

“挣血汗钱好啊，心里踏实，晚上不会做噩梦。”如意说，夸张地笑了笑。

“唉——”薇拉长叹一声，“想当年我们出来可都是精英呀，可现在你再看看，国内都变成什么样子了。我那些同学，做什么的都有，当大官的、赚大钱的，你都不能想象。我最怕同学聚会了，想想当年的我，再看看如今的我，要什么没什么，简直变成了穷光蛋。想想我整天把大好的时光花在实验室里，起码还得十年才退休，真是气不服。”

“不是挺好的吗？你老公都退休了。等你也退休了，后面也是好日子。”

“好什么日子呀。你不知道，他这次偏要跟我来开会，是为了会他当年的老情人。”

如意一听这话，语塞了。

“也是他以前的一个学生，这次来开会，一直都没见到呢，今天晚上的晚宴，两个老情人终于要再相见了。”薇拉解嘲地说。

来到大门口时，离四点钟还有二十分钟。大巴的门还没开，导游也不见踪影，两人一时不知往哪里去，如意就又开始四下里找景点想拍照。

转了一圈，从大巴的另一侧转回来时，如意远远地就听见有人吵架了似的，是英文，声音听上去好像有薇拉。她赶紧凑上几步，注意地听。

“她这是故意的！中午的时候，信用卡不能付钱也就算了，这一次又晚了，让所有的人都等她一个人，不公平太不公平了……”转过弯来，如意见薇拉和导游并排急急慌慌地朝她这边走来，薇拉的声音愈发清晰起来，“我晚上还有宴会，我回去还有很多事呢，我要洗澡，要化妆，还要买礼物……”

如意跟上几步，想搞清楚这次到底又发生了什么，因为听上去好像又和瑞秋有关。“我们在这里都等了半个多小时了，说好了四点集合，现在已经四点多了，所有的人都在等她一个人，太不像话了。你不能让她这样，太纵容了——”

说良心话，薇拉的英文真的不错，炒豆似的，干崩辣脆，发音也很准，那种与生俱来的中国口音倒真的听不大出来呢。

导游一脸的阴森，不发一语，和薇拉从如意面前走过，两人都没有看见如意。

这时，一个卖项链的老墨又走过来，拎着十来条项链在如意眼前晃动着。如意一一用手翻看着，打发着时间。

不一会儿，就听见薇拉风风火火地招手，叫大家上车。如意四顾，没有见到瑞秋，就问：“不等瑞秋了吗？”薇拉没好气地一甩手，“我们先去上厕所，等一会儿让她自己打车到中午吃饭的餐厅来找我们。”

如意站着不动，问：“都和瑞秋联系好了？她知道吗？”

薇拉不耐烦地叫：“导游都安排好了。”

如意看了看不远处的导游，发现导游的确是在打电话，面色沉重。不过如意心中不爽，重又走到刚才卖项链的老墨那里，翻来覆去又看了一遍那些并无感觉的项链，貌似要买的样子，开始和老墨讨价还价。

“她来了！她来了。”导游叫着，激动地走了过去。如意寻声看去，瑞秋神情慌张，一脸紧张地从公园大门里走了出来。周围一直等待的人们便开始鱼贯着往大巴上走。如意上来后，已经坐下的薇拉上来跟她咬耳朵。“她竟然去了月亮金字塔。当初我们离开的时候，导游说好了让大家只去太阳金字塔的。你看，真不像话吧。太自私了。”

瑞秋上来的时候，没人和她打招呼。如意也只冲着瑞秋点了点头，本来想打招呼的，却连自己也没听见自己的声音。

大家都已落座了，车却迟迟并未开动。导游阴沉严肃的面孔突然出现在门口，叫坐在如意身后的瑞秋下去。如意心里“咯噔”一下，想着导游不会因为瑞秋来晚了，要训斥她吧，便转头往窗外看。只见背对着她的瑞秋，肩膀一耸一耸地上下抽动着，好像在哭。这导游凭什么训斥瑞秋呀，如意心里想着，愤愤不平起来。

导游的脑袋又出现在车门口，先和坐在最前排的阿根廷夫妇叽里呱啦了几句西班牙语，才对着其他的人用英语说：“瑞秋的亲戚和朋友刚刚在巴黎遭到恐怖分子的袭击。她现在很难过，不想谈论此事。请你们各位理解。”如意的脑袋“轰”的一声响。

“我不在开玩笑，是真的。你们听听，新闻都在播呢。”导游说着，消失在门口。

好一会儿，车厢里一阵寂静，只有马达在轰鸣。如意的手机在墨西哥不能上网，自然看不了新闻。只是她不明白，怎么恐怖分子又盯上了巴黎呢，那是多么好的一个地方啊。太天方夜谭了吧？

瑞秋终于再次出现在车门口，一直低着头，一只手总是在脸上划拉着。坐在如意前面的智利夫妇回头看了看，与发呆的如意对视了一下，一脸凄婉地摇了摇头，又转回身去。如意似乎觉得那四目的眼神中，似乎在鼓励她做些什么，可是又不知道自己能做什么，就转过身去，叫了一声瑞秋。瑞秋并没有答应，却抬头看了她一眼。如意道：“你先别着急，不一定是真的。即便——”

“是真的，是真的，已经有三十多人遇难了。我哥——”

瑞秋哽咽了，满脸是泪，却又想说下去，结果却只是呜呜地一个劲儿地哭。如意情不自禁把手伸过去，握住了瑞秋的手。瑞秋的手冰冷无力，僵尸一般。如意摩挲着，想传些体温过去，车却在此刻启动了，大巴震了一下，开始行进。瑞秋的手从如意的手中脱落，为了让自己坐稳，如意不得不把身子转了回来。很快，车子上了高速路，嗡嗡的马达声，伴着身后隐隐的呜咽声，如意的世界归于虚空。

回过神的时候，如意发现，窗外燥热不堪的下午骄阳已经消失，天光暗淡，已是黄昏时分了。一路隐隐约约，是熟悉又陌生的风景。

瑞秋接了一个电话，哽咽又变成了哭泣，擤鼻涕的声音一阵紧似一阵。

一会儿，车厢里又多出了另一种声音，是薇拉和她男人在议论着什么。如意隐约听见他们说到晚上的聚会。

车停下来的时候，如意都没意识到，直到薇拉走上前来，打开窗户，问多少钱时，她才看见窗外一个胸前抱着红红黄黄大朵玫瑰的墨西哥女人跑了过来。"四十"。薇拉转头问布鲁斯有没有四十比索。布鲁斯很快把钱递了来，一大捧鲜艳娇媚、大朵大朵的奶黄色玫瑰在窗外的天空中升起，让如意眼前一亮。

车缓缓开动起来的时候，如意忽然开始后悔，跟着自责了起来，怎么自己就没有想到也给瑞秋买束花呢。看着眼前的薇拉，如意的心里掠过阵阵的暖意。

薇拉抱着花，摇摇晃晃地走到如意的面前停了下来，问："好看吗？"如意一下子口吃了，忙乱中点着头："好，好，当然好看，真好——"薇拉得意地左看看右看看："给那个女的的，怎么样？"这句话，她是用中文说的，说完一脸诡异地看着如意笑。如意被这句话又搞出一阵慌乱来，更是自责，还有钦佩。钦佩的是，薇拉想得真周到，毕竟是血浓于水啊；自责的是，自己不仅没有想到给瑞秋买花，还一直自觉比薇拉优越。"你，你是个真正的好人，薇拉。"如意感叹。

薇拉大笑着，心满意足地往后走去。走过了瑞秋，走到了最后一排，把花递给了坐在那里的布鲁斯。薇拉愣住，迷惑着。花不是要送给瑞秋的吗？怎么没有？难道之后再送？

正自纳闷着，薇拉又走了回来。刚才她离开时，车窗没有彻底关上，大巴在高速路上加起速来，没有关上的部分变成了个风口子，整个大巴抽风似的呼呼作响，摇摇欲坠。坐在窗边的那个阿根廷老头颤颤巍巍地试了几次，想把窗户关上，总是失败。薇拉走到窗下站住，边道歉，边全身用力往下一压，动作十分好看，窗户也关上了，车子安分了，车里安静了下来。薇拉再次走过如意的身边，对她说："还不错吧，这下子晚上的宴会不会太尴尬了。"

如意怔住了。好久，才长长地叹了一口气，把脸调向窗外。天，已经黑了下来。

评论：

《黄玫瑰》这篇散文主要讲述了由六人组成的日月金字塔旅游团一行人，在墨西哥旅游的过程中所发生的故事。文章以旅美中国人如意的活动为主线，并通过如意的观察和交往，引出了文章的其他的人物——中国人薇拉和她的白人丈夫布鲁斯、中法混血儿瑞秋以及阿根廷老夫妻。文章的重点集中在如意、薇拉和瑞秋三者之间的交往和冲突中。流淌着同样中国血统的三人，因为一次旅行在异国他乡相遇，她们本应该相互包容，互帮互助。然而，薇拉的表现却让人心寒。文章通过如意的视角，重点揭示了薇拉的自私自利、贪图虚荣以及冷漠无情的性格。薇拉的自私自利主要表现在面对讨赏的印第安人佯装没有零钱；面对瑞秋的迟到各种挖苦指责；和如意一起爬金字塔却只顾自己购物。薇拉的贪图虚荣则表现在对于中国人追求品牌的偏见以及面对国内同学发展比自己好而愤愤不平。薇拉的冷漠无情则主要表现在面对同胞瑞秋的亲人遇难却毫无怜悯之心。

这篇散文在构思上极为巧妙，独具匠心。开篇以如意的视角描绘了在墨西哥吃自助餐的场景，随着镜头的拉近，薇拉和她的白人丈夫渐渐出现在镜头之中，接着通过一段简短对话揭示了如意和他们之间的关系。从他们的对话中，我们可以知晓他们并非熟人，然而究竟是什么关系使得三个陌生人在一个饭桌上吃饭呢？文章在引起读者强烈的好奇心之后，随之揭开了这一谜底，介绍了日月金字塔旅行团一行人。文章并没有从一个上帝的视角把人物的性格、故事的发展全盘托出，而是通过主人公如意的观察而慢慢展开。文章对于薇拉的刻画，是随着如意的观察而逐步推进的。文章的高潮是在薇拉购买黄玫瑰一事上，面对瑞秋亲人的不幸遇难，大家都十分同情。这时薇拉买来一束黄玫瑰，如意误以为她是送给瑞秋，心中不免对薇拉产生了敬佩之情，同时也十分自责自己对于薇拉的偏见。可是，故事的结局却充满了戏剧性，薇拉把黄玫瑰径直递给了自己的白人丈夫，原来黄玫瑰不是给瑞秋的，而是给她丈夫的老情人准备的。这样出乎意料的结局安排，同时也加深了对于薇拉自私又冷漠的性格刻画。文章善于抓住细节的刻画，其中对于仙人掌和竹子的描写尤为突出，“原本以为不可能生长在一起的两类植物，却在这偏远荒蛮之地，遗世共生，相依相伴”，文章以竹子和仙人掌的相处对比薇拉和瑞秋，揭示了“植物如此，人类却未必做得到”的主旨。而文章的最后写到“天，已经黑了下来”，更是突出了面对薇拉的冷漠，如意内心的失望和悲痛之情。

《黄玫瑰》这篇散文情节可谓跌宕起伏，文章写作视角独特，细节描写生动、细致，抓住了人物的外貌、语言、动作、神态、心理等五个方面，并通过环境的渲染烘托人物的内心情感，描写可谓真实细腻，富有感染力。文章以“黄玫瑰”为题，极具讽刺意味，玫瑰本是温暖美好的象征，文章却通过黄玫瑰反衬出了薇拉的内心冷漠和丑恶。一美一丑鲜明的对比，更加深了文章的主旨内涵。

（刘世琴　评）

于文涛

作者简介： 于文涛，现任英文中国日报社顾问，洛杉矶美国书画艺术研究院艺术评论委员会主任。曾任英文《北京周末报》副总编辑，中国对外出版集团评委，北京奥组委宣传部特聘英文专家。作品散见于中国与美国的报刊网络，并多次获奖。著作有散文随笔集《又是一派新绿》《雄性的海》《落叶金黄》，诗集《山海皆爱之》，文艺评论集《在母亲河与非母亲河上漂流》。1986年在美国华盛顿州韦纳奇市获荣誉市民称号，2004年被评为“享受国务院特殊津贴有突出贡献专家”，2012年入选中国翻译协会审定的“资深翻译家系列”。

美国西部绿色行

高速公路像一条亮闪闪的地毯，铺在大漠，越过峡谷，进入森林，通向无限的遥远……飞速行驶的“雪佛兰”轻型客车载着“中美画家写生小分队”一行七人，开始了为期九天的美国西部绿色行。汽车由旅美画家朱称俊和他的美国学生秋麦轮流驾驶。我坐在副驾驶座，视野开阔，沿途风光如宽银幕大片扑面而来。

在我二十多年的记者生涯中，此次“绿色行”极具特色。从8月7日到15日，小分队从洛杉矶出发，先后穿越加利福尼亚、亚利桑那、犹他、怀俄明、蒙大拿、爱达荷、内华达七个州，餐风饮雨，万里采风。其内容之丰富、景色之奇丽、印象之生动，一篇短文是概括不了的，只能择其一二而叙之。

小镇静悄悄

亚利桑那州的塞多纳小镇，方圆不足百里，人口一万五千，气候温和，四季分明，春看野花，夏听惊雷，秋赏落叶，冬观冰雪。更有裸山、深谷、奇石，怪松，让人一看惊奇，再看痴迷，三看则铁下心在此定居了。新时代的朝圣者、大城市的逃避者，放浪形骸的艺术家，户外运动的爱好者，退休人员，末代“牛仔”……构成了“桃花源”中独特的群体。秋麦的父亲就是本镇一个典型的“牛仔”。

我们在秋麦的父母家住了两个晚上。偌大别墅竟然空无一人，老两口一起到纽约去了，于是我们便自己照顾自己。我在北京曾接待过秋麦的父亲：高大魁梧，一副美国西部“牛仔”的派头。这次潜入“牛舍”，看到客厅内赫然摆放着几顶宽沿的“牛仔”帽，硬实坚挺，展示着雄性的魅力。

秋麦的家族是犹太人，许多方面同中国人相似：重亲情，爱读书，讲诚信。秋麦的父母是一对恩爱夫妻，一个外向，一个内向。秋麦有两个姐姐，二姐于1994年生下一个千金，取名凯特琳，极可爱，是老爷子的掌上明珠。凯特琳两岁时，适逢新楼竣工，老爷子遂命名为“祖父山庄”。此楼“风水”甚佳，依山就势，天人合一。坐在二楼阳台远眺：群山起伏，连绵不断。晴天丽日下，几座赤褐色的岩峰横空出世，熠熠生辉，非“鬼斧神工”莫能为也。夜幕降临，热气消散，山谷一派清凉。仰望梦幻般的星空，几只“流萤”飞来窜去，一闪一亮。或曰：此私家飞机也。

塞多纳原本是印第安人居住地，几乎与世隔绝。大约在19世纪末，陆续有白人来此定居。其中有一位女性，名叫塞多纳·施内布利（1877—1951），以她的智慧和善良给这片蛮荒之地带来了新的生活方式，从此小镇便以“塞多纳”命名。我在社区图书馆的大门前看到了塞多纳女士的铜像，短靴长裙，英姿勃勃，由本地艺术家苏珊·克利沃雕塑，如今已成小镇一景。塞多纳以旅游业为主，镇内有许多汽车旅馆、快餐店、酒吧、画廊、礼品店，还有一座造型奇特的教堂。居民个个悠然自得，尽情地享受着阳光、空气、暴雨和闪电。除了狗，同他们和睦相处的还有：狼、野兔、猫头鹰、乌龟、青蛙、蝴蝶、蛇和蜥蜴等。他们吃烤牛排、蔬菜色拉和冰激凌。男人女人，大多偏胖，幸亏喜好运动，虽胖但不迟钝，干活走路都挺灵巧。最难忘的一件事：我们应邀到秋麦爸爸的一位朋友家做客，共进晚餐，体验了一下普通人的家庭生活。

离开那天，我们起得很早。天色已白，小镇仍在酣睡；远近静极，偶尔几声鸟叫。我们猛吸了几口天然“氧吧”的新鲜空气，向朦胧的山峦挥挥手，这才恋恋不舍地上车，起步，出发，向此行的下一个目标挺进……

壮丽大峡谷

第一眼看到大峡谷，如此壮观，如此璀璨，如此气势磅礴、深不可测，真想燃起高香，向大自然这幅精美绝妙的杰作顶礼膜拜。

亚利桑那州西北部高原由科罗拉多河切成的大峡谷，以其形态奇特、色彩斑斓而著称于世。建于1919年的大峡谷国家公园，长约90公里，包括了科罗拉多大峡谷最精彩的部分。峡谷北沿海拔2500米，比南沿高350米，我们从北沿俯视谷内，只见尖峰蛇立，呆石龟伏，峭壁如削，深涧若丝，松生岩隙，鸟过云天，万千气象，令人目不暇接。大峡谷素有“活的地质史教科书”之称，雨蚀风化，岩层裸露呈阶梯状，自下而上依此显出从“前寒武纪”到“新生代”的地层剖面，并夹有代表性生物化石。鄙人不是地质学家，也不是生物学家，无法从科学的角度去考察，只能连声赞曰：“太美了！”大峡谷确实美，美得无法用语言来形容。它的基调是红色，每一岩层的色调各有不同：米黄、灰白、浅绿、粉红、棕褐、紫兰……反差鲜明，光彩夺目。

在国内，曾登泰山，上庐山，游黄山。看峰峦高低，云影浓淡，松枝柏叶，犹如铁丝，活脱脱一幅水墨画。再看眼前的异国峡谷，色彩丰富，色调变幻，非油画不能惟妙惟肖描绘之。由此联想到艺术与环境之关系。俗话说：一方水土养一方人。同样，一种环境也滋养一种艺术。水墨只能出现在中国，油画只能产生于西洋。两者可以相互借鉴，但不可能合二而一。我们小分队的几位画家擅长水墨，面对绚丽多姿的大峡谷，如何扬长避短，挥洒自如，颇费一番思索。

国内的名山大川，“墨宝”和“涂鸦”比比皆是。在美国，此类“雅事”一律禁止，大自然神圣的身躯不允许任何人留下痕迹。在国内游山玩水，文人墨客动辄触景生情，吟诗一首，以表达忧国忧民之思绪。美国人似乎无此“雅兴”和“使命感”，他们登山，野营，游泳，漂流，骑马，飙车……和大自然朝夕相处，肌肤相亲，脸庞晒得黑红，身体练得“贼”棒，精力始终那么充沛，工作或休闲总是虎虎有生气。

离开大峡谷，我们来到犹他州的锡安峡谷。漫步谷底，树高天狭，景致幽雅，却引不起冲动，盖因刚刚领略大峡谷之奇观也。驱车继续前行，来到同一个州的布莱思峡谷，石破天惊，奇迹再现，精神顿时振作起来。布莱思峡谷恰似一座超大规模的露天剧场，背景是蓝天白云，舞台是深沟大壑。千万座玉峰林立，万千根石柱擎天，错落有致，井然有序。大幕早已拉开，天地诸神各就各位，只待上帝他老人家的指挥棒优美地一挥，一场威武雄壮的“宇宙交响乐”立即开始。大自然的气势和魅力无与伦比。任何天才的构思、大胆的设想、人工的技巧，同大自然的作品相比，不过“雕虫小技”而已。在大自然的面前，我们只能敬畏，一切顺其自然。

黄石不思归

终于到了黄石，可以稍微放松一下，慢慢地欣赏这个举世罕见的旅游胜地。黄石国家公园横跨三个州，主要部分在怀俄明州西北，小部分在蒙大拿州南部和爱达荷州东部，1872 年 3 月 1 日作为第一座国家公园由美国国会建立，总面积是 898349 公顷，大部分为平均高度 2440 米的开阔火成岩高原。公园有五大入口：东门、西门、南门、北门和东北门。我们从南门进入，走走停停，足足玩了两天。

黄石公园共有一万多个温泉，表现为蒸汽孔、喷汽孔、多彩热池、泥浆锅、颜料罐、温泉台地、热河和间歇泉。在两百多处间歇泉中，许多喷出的高度都超过 30 米。其中最著名的是“老忠实”温泉，每隔三十三到九十三分钟喷出一次，极有规律，极有信誉，因而得此美名。那天下午，我们来到“老忠实”，温泉刚刚喷完，余雾尚在缭绕。工作人员告诉我们：下一次喷射在五点左右，误差前后不会超过十分钟。于是我们便在观景台耐心等待，同我们一起“恭候”的还有数百游客：男女老少，红黄黑白。五点十分，“老忠实”如约前来。先有小股水汽陆续喷出，频率逐渐加快，势头越来越猛，终于爆发，强劲的水柱射向高空，热气四散，呈蘑菇云状，观者齐声喝彩。据有关资料：自“老忠实”被发现以来，已喷射百万余次。无论冬夏，不分昼夜，也不管刮风下雨、有人没人，准时“开演”，真是名副其实的“老忠实”呵！

黄石公园还以它的河流和湖泊闻名。其中有一条长 31 公里的黄石河，水面饱满，水势雄健，奔腾向前。沿途形成几处大的瀑布，飞流直下，吼声如雷，惊心动魄。几位画家，如获至宝，或蹲或立，横涂竖抹，将山川灵气及时捕捉纸上。河道两侧的山坡上，植被厚密，大多是耐寒的针叶树木。1988 年几场灾难性的森林大火，使公园大部分区域几近荒芜。然而，野火烧不尽，春风吹又生。在横七竖八的焦木之中，又迅速成长起一棵棵嫩绿的新树，笔直，向上。

生活在黄石公园的动物具有落基山地区代表性，其中包括野牛、麋鹿、狼和黑熊，还有许多较小的哺乳动物。林中有鸟，水中有鱼。只要“人”这个最大的“天敌”能自己管住自己，肯定会“万类霜天竞自由”。在黄石公园两天，我们亲眼看到：普通美国人的环境保护意识非常强。比如，一只小松鼠突然窜到游人面前，立起身子，前爪紧握，黑亮的眼珠一动不动。周围的游客友好地注视着这只“小精灵”，有的急忙打开相机抓拍，没有一个人试图将它“逮住”，然后回家“做几个小菜”吃吃。再比如，一群野牛扶老携幼地穿越公路，过往车辆立即停下，待“贵宾”旁若无人地走过之后，方才通行。在黄石公园，人和动物是平等的，都是大自然的一部分。

我真是从内心喜欢上这个地方：风景秀丽，空气新鲜，水清林密，鸟语花香。能在此地住上数月该有多好哦！然而，明天我们就要掉转车头，向南行驶，先去赌城拉斯维加斯，再回洛杉矶。一个星期之后，我还要飞回北京，再次投入稠密的人群。

离开黄石的那天晚上，我在附近小镇买了几样纪念品，其中包括一个野牛木雕。在各类野生动物中，我最喜欢野牛。你看它，长毛披肩，后臀紧绷，角短头方，双目圆睁，憨厚而不失威猛，群居而持有个性。冬季大雪封山，草木皆枯，野牛能在恶劣的环境里顽强地生存。一旦受到侵犯，则野性大发，奋力抗争。吾辈甘当“老黄牛”久矣，难道今后不应当从“野牛”身上学一点野性吗？

评论：

本文主要记录作者和朋友为期九天的美国西部绿色行，从8月7日到15日，小分队从洛杉矶出发，先后穿越加利福尼亚、亚利桑那、犹他、怀俄明、蒙大拿、爱达荷、内华达七个州，一路上景色非常壮丽，作者选取了三个印象深刻的景色。第一个是亚利桑那州的塞多纳小镇，那里气候温和，四季分明。整个小镇像“桃花源”一般。作者住在秋麦父母家里，坐在二楼阳台远眺：群山起伏，连绵不断。晴天丽日下，几座赤褐色的岩峰横空出世，熠熠生辉，非“鬼斧神工”莫能为也。夜幕降临，热气消散，山谷一派清凉。仰望梦幻般的星空，几只“流萤”飞来窜去，一闪一亮。作者还讲述了塞多纳小镇的起源，是一位名叫塞多纳的女性以她的智慧和善良给这片蛮荒之地带来了新的生活方式，从此小镇便以“塞多纳”命名。第二个是壮丽大峡谷，首先是科罗拉多大峡谷，科罗拉多大峡谷以其形态奇特、色彩斑斓而著称于世。大峡谷素有“活的地质史教科书”之称，雨蚀风化，岩层裸露呈阶梯状，自下而上依此显出从“前寒武纪”到“新生代”的地层剖面，并夹有代表性生物化石。然后作者一行驱车来到锡安峡谷和布莱斯峡谷，各有各的壮丽，美不胜收。第三个便是黄石国家公园了，黄石国家公园横跨三个州，主要部分在怀俄明州西北，小部分在蒙大拿州南部和爱达荷州东部，作者介绍了黄石国家公园的温泉、河流和湖泊以及山上的动物。

文中大量使用比喻的修辞手法，如：“高速公路像一条亮闪闪的地毯，铺在大漠，越过峡谷，进入森林，通向无限的遥远……”使景物形象化，给人以丰富的想象。文章中在描述景物时大量运用数字例证，如：“1872 年 3 月 1 日作为第一座国家公园由美国国会建立，总面积是 898349 公顷，大部分为平均高度 2440 米的开阔火成岩高原。”更加准确、严谨、具体、有说服力。在介绍大峡谷的部分作者也联想到国内的泰山、庐山、黄山，看峰峦高低，云影浓淡，松枝柏叶，犹如铁丝，活脱脱一幅水墨画。再看眼前的异国峡谷，色彩丰富，色调变幻，非油画不能惟妙惟肖描绘之。由此联想到艺术与环境之关系。俗话说：一方水土养一方人。同样，一种环境也滋养一种艺术。水墨只能出现在中国，油画只能产生于西洋。两者可以相互借鉴，但不可能合二而一。两者之间的对比，更能激发读者的兴趣，使文章更具说服力。

作者这篇描写美国西部景色的文章，语言生动优美，作者对于景物的描写仿佛让人置身入其中，感受到美国西部的雄伟壮丽，聆听到峡谷中湍急的水流，把我们带入到美景如画的大自然中。

（李翠翠　评）

尔　雅

作者简介：尔雅，原名张晓敏。出生在四川雅安，在成都受教育，曾在《四川日报》任职多年。1998年移民来美，现在旧金山经营小型商业。现为文心社会员，旧金山美华文协会员，北美华文作家协会会员，世界华文女作家协会会员。北美某报专栏作家，《中国青年报》中青在线专栏作家。作品被收入三十多种选集。著有散文集《青衣江的女儿》，编著《程宝林诗文论》等。

香水百合

一

西方传说中，夏娃和亚当受到蛇的诱惑吃下禁果，因而被逐出伊甸园。夏娃悔恨之余不禁流下悲伤的泪珠，泪水落地后即化成洁白芬芳的百合花。百合花象征着凄美的爱情。

东方人则视百合为吉祥之花，具有百年好合之含意。白百合之雪白象征着感情的无暇无疵，天长地久，相伴一生。

水月的外婆爱花。她家二楼阳台与防护栏上总是摆满了各种大大小小的花盆，那是外婆在买菜途中买的花，奇怪的是，原本新鲜漂亮的花草被外婆买回来养不了多久，就都成了枯枝败叶。那些裸露的盆盆罐罐，令她家的“花圃”不仅不爽心悦目反而凌乱不堪有碍观瞻。这成了水月学生时期，每次假期回去打扫清洁时与外婆的“斗争”：水月悄悄把那些花盆扔掉，又被外婆一一捡拾回来，而外婆则继续买花种花，继续种出一堆残花。困惑之余令水月想到“闭月羞花”，可能确是在外婆这朵祖母级花儿面前，花们都自惭形秽地羞愧而亡？

只有一种花例外，那就是香水百合。外婆仿佛与这花天生有缘，家里瓶插的香水百合，永远新鲜欲滴，香气袭人。

这个阴冷的冬天，冬至以后，照顾外婆的李姨就不让外婆下床了，说这样才不易感冒。每天清早，她用热毛巾为外婆洗脸擦手，为她穿上毛衣外套，把枕头立起来，九十六岁高龄的外婆就半躺在床上，暖暖地裹在被子里数她的佛珠了。通常，喂外婆吃完早餐，擦灰拖地打扫完简单的卫生后，李姨就放心地提着篮子外出买菜了。

可是今天，李姨有点恍惚，昨夜没睡好。她忆起昨晚的月出奇地亮，风出奇地大，虽关闭了窗户，但风吹得窗外银杏树晃动不已，树枝不时拍打窗棂砰啪作响，真可谓：月白风高，树影在地。

李姨忙了一天，晚上总是睡眠不错，半夜只需起来一次，侍候外婆起夜或让外婆喝点水，这已成了习惯。可是昨天半夜，李姨似醒非醒中，见一老先生立在外婆床前，随即他弓下腰，好像在细细端详外婆，又似在对外婆耳语。李姨努力想睁开眼，可就是睁不开，仿佛依稀中，老先生须发皆白，头顶有点秃，但长髯飘飘，仙风道骨。

待下半夜李姨醒来，只当自己做了个梦，也不再想它，依然侍候外婆起夜等一应事宜。才从睡眠中起来迷糊着的外婆咕哝着说：“他来接我呢，怕是我的时候到了。”李姨心下一惊，忙问：“您说啥？谁来接您？”“老先生啊，看来他还是放不下我的。”外婆答。李姨下意识四顾，屋内洒了一层银辉，屋外干枯的银杏树枝晃动，划出鬼魅般的阴影和声响，令人毛骨悚然。

原本紧闭的窗户，开了一小缝隙，而外婆床头的那瓶香水百合，却移到了窗外。

外婆深知这花儿的娇贵与脾性，每天傍晚，外婆都要让李姨把香水百合摆到窗台外吸吸潮气，让香水百合承接晨昏天地交合的灵气后，再拿回放在床头，因为外婆已习惯了在这花香中入睡。可昨晚李姨压根儿就忘了把花摆出去。

此时窗外的百合，在银月下的风中摇曳有如婀娜多姿的佳人，清新脱俗，香气袭人，多变的风貌如梦似幻，含情之模样惹人怜爱。

李姨知道，外婆孤身一人，由远在国外的外孙女水月赡养，水月每年回来一两次，看望外婆，安排好外婆的生活及照顾一应事宜。李姨心知肚明，水月是完全信赖她的，把外婆的一切都交托给她。因为她并不是保姆市场请来不知根底的保姆，李姨的母亲曾是外婆家的奶妈，把水月的母亲——周家大小姐一手带大。待李姨出生时，李姨父母已是人到中年，贫穷酗酒的父亲是一家人的噩梦，对妻子及孩子们常常打骂。

当周家大小姐看到身上青紫的小女孩，常常忍不住落下泪来，大小姐在城里读了书，对人人平等的新思潮有了一定的了解，加之生性宽厚善良。大小姐就忍不住去找那打人的人评理，没喝酒时的“恶霸”见到东家大小姐倒是懦弱得像一团棉花，头点得像公鸡啄米。大小姐又找来木梳和篦子，为小女孩梳那纠结的头发，用篦子为她篦去头上的虱子卵，扎上小辫结上两根蝴蝶结。大小姐把她转过身，为自己的所为感到满意，说她是个清秀好看的小姑娘呢。那是小女孩时的她最快乐的时候，那种温暖的感觉跟随了她一生。李姨又叹息：那么善良那么美丽的大小姐，却应了红颜薄命！那是大小姐离开老家若干年后的事了，其中的故事其中的蹊跷她确是不知的。

外婆虽已高龄，但皮肤依然白皙，面貌依然端庄，真应了：美人迟暮也是美的。李姨从父母闲谈中隐约得知，作为当年周家少奶奶的外婆不仅是小镇且十里八乡都出了名的美人。据说待字闺中时，媒人踏破了门槛，可小姐是颇有主见并早已心有所属。

少奶奶娘家，母亲是裹了粽子样尖尖脚贤惠的家庭主妇，一生遵循“女子无才便是德”的祖训，精于女工与家务，但头脑却也并不死板僵化，当女儿还是小女孩时，把白天裹起来的脚晚上又偷偷放掉的时候，她也只是睁只眼闭只眼，只是婆婆督促得紧，说女子若没有一双裹得漂亮的三寸金莲今后是嫁不到好人家的。结果，长大后少奶奶的脚既不像尖尖脚又不像解放脚。不过那时西风渐进，人们已不以小脚为美，女子们也已不缠足了。

少奶奶父亲姓白，是小镇受人尊敬的私塾先生。但基于古训，女孩子并不能堂而皇之地进到课堂读书，当教室里传来男孩子们的琅琅读书声时，她正在跟母亲学女工及刺绣呢，通常女孩子们绣的不是鸳鸯就是蝴蝶，可她最喜欢绣百合花且绣得最好。她出生那年的那个季节，她家院里的一院百合正开得洁白妖娆芬芳四溢，白先生就为女儿取名：白合（取百合谐音），又因她生来爱笑，且笑靥如花，小名就叫了：花儿。下学后的父亲常抱了天资聪慧的小花儿在膝上，玩耍似的教她一些四书五经及诗词歌赋，天长日久，耳濡目染，花儿也能略通文墨了；闲时，父亲也带着她去茶园看戏，诸如《嫦娥奔月》《花木兰》《梁山伯与祝英台》等，回到家，小花儿就在院里的百合丛中，翘着个兰花指咿咿呀呀莲步轻移地模仿着玩，倒颇有几分神似。

待字闺中，花儿心仪的并不是镇西头富甲一方的祝家大公子，也不是镇东头三天两头叫媒人来说破了嘴，从城里读书回来风流倜傥的胡二公子。而是被父亲常挂在口中的得意门生——周家大公子。

周家在镇上开糖坊，虽不算首富，但也家道殷实。最主要的是周家公子读书读得好，从小深受私塾先生厚爱，在先生家出出进进，两人小时就混熟了，只是随着年龄渐长，倒显了生分。她越发出落得水灵漂亮，而他青年才俊却为人踏实本分。两人见面常常话没说上两句，倒彼此先红了脸。

小镇位于内江地区，内江又名“甜城”，以出产蔗糖闻名。清代至民国年间，内江历史上的制糖业十分兴旺，那一带产糖量曾占全川七成。那时沱江两岸农村，以种植甘蔗为主，漫山遍野是一片片犹如绿色海洋的甘蔗林，每当山风吹来，蔗林似绿色波浪翻滚。由于生产蔗糖的原料甘蔗来源很充足，所以有“三里一糖坊，五里一漏棚”繁荣景象存在。当时采取的是糖坊、漏棚土法制糖。

周家世代开糖坊，到这一代，口碑更好生意更加红火。不仅城里置业，乡下也置地。只因周老板吃苦耐劳，凡事亲力亲为不敢懈怠。既要管理糖坊生意又要管理乡下田地收成。还不时要乘船顺江而上或下，把产品销往外地。

老板娘则要负责这大家族繁杂的家庭事务及侍奉公婆等。这时的周老板就特别想要儿子子承父业，把他肩上担子一点点接过去。可是儿子人小主意大，他志并不在糖坊，而是考取了省城华西医科大学。这光宗耀祖的喜事，引得亲朋好友，十里八乡的人都来道贺，周老板嘴上挂了笑也不能说啥。只是儿子指望不上了，却指望娶进一门精明能干的儿媳妇，帮忙料理家中及糖坊各种事务。

媒人上门，一说即合。十六岁的花儿就成了周家少奶奶。

新婚之夜，宾客们闹完洞房离去，寂静新房里，红烛发出细微噼啪声。医学院学生的新郎注视着搭红盖头，身穿大红龙凤婚衣，双手交叠，略露一双绣花鞋，微侧着身端正坐在床沿的新娘。这时，他的视线被床沿的床裙吸引：漆黑绫罗制成的床裙熠熠生辉，最奇妙的是黑绫罗上竟开出花来，纯白丝线与银色丝线交混绣出的百合花，闪着月似的皎洁光芒。他看得呆了，随着视线游移，他看到花朵旁绣出一行稚拙的小字：百年好合。

外婆记得，那个夜晚的他充满激情。他告诉她，要接她去省城读书，读护士专业。

“在省城，要有属于我俩的西医诊所，属于我俩的温馨之家，我会送给你新鲜的香水百合，让家里充满百合花的芬芳。”他拥着她温情脉脉地憧憬未来。说她就是他美丽娇嫩的香水百合，随即在花儿耳边吟起诗来：“被翻红绫浪 / 卧拥一花香 / 陌上无缘客 / 知音日月长。”

医学院学生的新郎，新婚七天后就离开新娘，去到省城继续学业。他没忘记对妻子的许诺，真的着手为她申请办理读书事宜。可不久花儿发觉自己有孕了，她又忧又喜，喜的是公公婆婆都欢喜着抱孙子，周家后继有人了；忧的是读书之事只好搁置下来。

二

不能去省城读书，少奶奶就专心帮助管理家务及糖坊的生意事宜，冰雪聪明、刚柔并济的少奶奶不久就赢得全家上下主仆一致的好口碑，并表现出经营管理上独特的能力。

她常进到作坊去看师傅伙计们作工并话家常。糖坊的设施为碾棚、糖灶。俗称八角亭的碾棚，八拄式拱顶，屋顶为八分水的“伞”状形的“尖棚棚”，高约十米余，环“伞”边的周长达二十五米左右，四周由十六根石柱子支撑着，这样的尖棚式“八角亭”是当年“糖房”的标志性建筑。熬糖灶为一串连八九口大小锅的大灶。

压榨甘蔗的全部设备都安装在“八角亭”内。用牛拉动立式石辊并列转动压蔗取汁。“八角亭”的榨糖设备分为四个部分：一是牛拉动力；二是传动装置；三是转动石辊榨取蔗汁；四是蔗汁归纳收集。

八角亭正中设天罗盘、地罗盘，装上一对竖立的大石辊。大石辊相向转动，是用三四头牛来拉动的。甘蔗即从转动的大石辊的缝中压榨出蔗汁。蔗汁从地罗盘下的暗沟流向设在八角亭旁的石缸内过滤和加石灰沉淀，然后取汁熬煮。

少奶奶花儿一来，小伙计的动作都要伶俐几分。少奶奶不仅人长得好，身材匀称皮肤白皙穿着得体，性情也温柔随和，不扭捏作态摆小姐架子。偶有小伙计不慎做错了事或大师傅火候拿捏不当熬坏了糖（这是很大损失呢），少奶奶不仅不责难反而安慰，帮助在老板处敷衍：说人家不小心做坏了事心里已经很难过了。让人觉得首先对不住的是少奶奶。

周家乡下田产的佃农来镇上赶集，给东家带来一点田里的土特产，少奶奶总是留饭留宿，当他们亲戚对待。但少奶奶也自有她的原则与精明强干，若遇乡下懒汉泼皮，别人都难以摆平之事，少奶奶出面，对方自然偃旗息鼓了几分。

公婆看到儿媳如此聪明能干明事理，心中十分慰藉。几年下来，周老板已渐从糖坊脱身出来交给儿媳打理，自己更多乘船外出扩展销售；婆婆则专心侍佛；佣人奶妈都是多年用惯了的。一家人日子安稳其乐融融。

唯有夜阑人静，剩下独自黯然神伤人，这就是周家少奶奶花儿。

丈夫在外面早就有了人，是二房。二房为他生了儿子。

起初她哭过闹过，要找了去。公婆爱怜她，说即使不要儿子也要她做闺女，且这一大家子怎么离得了她？周家只认她是唯一的儿媳，那个女人休想跨进周家大门半步。娘家父母也劝解说世风如此，有三妻四妾的男人多的是，这也是做女人的宿命与苦命。可怜她精明能干心高气傲的女人，也摆脱不了如此的命运。

渐渐长大的儿子更是为母亲难过，不知从哪道听途说便有了很重的心思：认为是自己耽误了母亲，致使母亲当初没能去省城读书，才导致父亲在外面纳妾。说自己一定要为母亲争气，最终让爸爸明白：不管他在外面有多少儿子，自己才是他最好最出色的儿子！

她拥着儿子，擦去他小脸上的泪痕，告诉他："傻儿子，你才是妈妈最重要的。是妈妈的金不换！如果从头再来，妈妈还是选择要你。"

儿子是全家的心头肉，更是爷爷的骄傲。从小他就聪明好学懂事，假期他常跟了爷爷乘船外出做销售，一是爷爷喜欢有他做伴，二是也让他看看外面的世界长长见识。

前些日子，天热得诡异，像发了狂，太阳刚出来，地上已着了火，许多细微的尘埃低低地浮在空中，使人热得憋气，竟没一丝风。糖坊里的工人都光了膀子，汗顺着脊背不断流，熬糖的大师傅更是热得满身通红。花儿吩咐厨房每天熬几大桶解暑的酸梅汤，又叫人挑来好几担解渴的西瓜。知了在枝头发着令人烦躁的叫声，像在为烈日呐喊助威。而暴雨说来就来了，狂风卷着骤雨像无数条鞭子，狠命地往门框窗棂上抽打，倾盆大雨从房檐上流下，在地面上汇集成一条条小溪，整个天地都处在雨水之中，天阴得瘆人像要塌下来。

少奶奶心里毛毛躁躁的总是不落实，爷孙俩人外出月余，既没回转又没只言片语捎回。

一个风雨交加之夜，急促敲门声夹杂在闪电雷鸣中。少奶奶披衣起来，大门哐啷一声打开，门前站着水鬼似的一个人，全身湿答答的，脸上雨水与泪水交混。他是与周老板一同乘船外出的伙计。回程途中，因上游连日暴雨，沱江发大水。那日天上黑云就像浓浓的墨汁在天边翻转，远处的山巅在翻腾的乌云中依稀难辨。这时，急骤的雨点砸在船上，水花四溅，一阵狂风卷来，船在惊涛骇浪中被打翻，他九死一生逃回报信。面对少奶奶，他立即崩溃，双膝跪地双手在空中乱舞，嘶哑的喊叫撞击着少奶奶的耳膜：船没了，老爷没了，小少爷也没了……

一个响雷在少奶奶头顶砸开，她腿一软，便人事不知了……

不知过了多久，迷糊中的少奶奶仿佛看见刚学走路时的儿子，头戴白色兔儿帽，身穿大红披风，足蹬虎头鞋，白嫩嫩脸颊上一对小酒窝，亮晶晶大眼睛扑闪扑闪，一逗他就“咯咯”笑个不停，十足年画上走下来的美娃娃。

妈妈和保姆常带了他在附近街上玩耍，傍晚街边店铺打烊关门了，妈妈故意考他，他却能咿呀说出哪家是糖果店，哪家是包子店，哪家是缝衣铺，哪家是修车铺……他蹒跚着往前走，世界在他眼里满是新奇，他甚至歪歪扭扭小跑起来，妈妈看他兴致勃勃，故意躲在行道树后，他一转头，没见了妈妈，却并不慌张，只是回跑了过来。她现身出来：“妈妈，妈妈”，儿子像捡到宝贝一样，兴高采烈举着双手朝她跑来，她张开双臂拥他入怀，在他小脸上印上深长一吻。这成了母子俩常玩的游戏。

此时她和儿子正玩得高兴，却为何嘈杂得烦恼，仿佛有人故意要把她从与儿子的嬉戏中拽走……

哦，醒来了，人们终于松了一口气。此刻紧握着她的手叫妈妈的是女儿。

医学院学生的他，因学业优秀，毕业之初即被省政府挑中，派到西康省康定县开办医院，任职院长。几年后积累了丰富工作经验，索性辞职，到西康省雨县开起了自己的西医诊所，实现了当年的梦想。

因路途遥远交通不便工作繁忙等等，周院长并不常回家。一两年回一次，与其说是回家，其实更像做客，家中事务他完全插不上手也无须他插手，衣来伸手饭来张口最多与父母聊聊天。闲来他在糖坊各处逛逛也完全不得要领。家中生意及侍奉公婆等大小事务有大太太花儿操持，他是绝对放心。一双儿女也教导有方，只是与他有些生疏。

他每次回家，都是她的节日或伤心日。现在儿子没了，更成了哀悼日。

她会铺上平时舍不得用、压在箱里的陪嫁物品——那条床裙：百年好合的物证。“漆黑绫罗制成的床裙熠熠生辉，最奇妙的是黑绫罗上竟开出花来，纯白丝线与银色丝线交混绣出的百合花，闪着月似的皎洁光芒。”似要提醒他曾经有过的激情与许诺，也让自己追悼那逝去的，纪念那美好的：“被翻红绫浪 / 卧拥一花香 / 陌上无缘客 / 知音日月长。”

到底有缘还是无缘，真的是知音日月长吗？少奶奶花儿在心里无奈地叹息：“篱外娇颜三两枝 / 洁白如玉笑相依 / 百年好合梦虽远 / 任凭人间雨凄凄。”

又是好多年过去，女儿已经长大在外地独立生活，婆婆也已乘鹤西去，丈夫更是少有归家，原以为家中日子就这样水似的流过，习惯成了波澜不惊。可是沧海桑田，日月变迁，孰料整个世道却变了样，从旧社会变成了新社会。乡下进驻了工作组，土地改革减租退押，发动农民斗地主。花儿家是当之无愧的大地主，可是不管工作组怎样动员启发农民的阶级觉悟，佃农们就是不揭发不斗争她，反而一直念她的好。弄得工作组没办法，把花儿叫来乡下自我反省。她索性带来了所有田产地契账簿，在工作组面前主动一样一样交代清楚充了公。这让工作组很满意，交代完毕也就放她走了，不再为难她。

周家世代糖坊，在这个新的世道，看来也是难以为继。花儿遣散了师傅伙计们，含泪关闭了糖坊——她付出了多少心血与感情在这份家业上啊！为了周家的这份产业，她又失去了人生多少的宝贵啊？

现在好了，俗话说无债一身轻，其实是一无所有一身轻。没有了糖坊没有了田产没有了这些牵绊自己的东西，少奶奶花儿觉得轻松多了，看来是时候了，是时候该去找回属于自己的东西了。

周家少奶奶花儿打了个阴丹兰的布包袱，踏上了千里寻夫的道路。

三

这是她第一次出远门。时光如水，三十多岁的花儿依旧红颜，她特意把自己装扮低调，日常布衣布裤布鞋，不显山露水，尽可能避免在漫长旅途中招来麻烦。可在需要时，比如搭个便车，排队加个塞之类，她也能略施小计过关斩将。旅途辛苦，人多拥挤，食宿难安。这女人就这样翻山越岭舟车劳顿风尘仆仆地一路寻来，终于寻到了西康省雨县。

这是一座静美的小城，青山夹岸，一水中流，江水在夕阳下泛着金色的波光。

二房已为周家生了七个儿子（中间与最末的夭折），如今是五个萝卜头从大到小一字儿排开，煞是壮观。

花儿想：这女人还真是能生。这么多年，一颗种子一个瓜地缠得自己丈夫回不了自己的家。

此时的周医师陷入了两难：新社会只能一夫一妻制。妇联和居委会说了，原配是你法律上合法的妻，二房也是你的妻，谁去谁从，我们外人说了也不算，还是要你自己定夺拿主意。

花儿住在楼下的灶间，灶间颇大，进门是一口老虎灶，往里是全家人吃饭的八仙桌配四条长板凳，她的床就搭在靠墙的角落。半夜，她常听到楼上噼里啪啦摔东西夹杂的叫骂声，她清楚知道自己的到来给这个原本平静的家带来的冲击。她只是不管了，她就是要争取自己的权益，要丈夫给个说法：那么多年的侍奉公婆，那么多年的养育儿女，那么多年为周家呕心沥血经营祖业与田产……到头来自己两手空空，什么也没有了，怎么活？人何以堪啊。

周医师现在是真正的医生，他早已不是院长了。他创建的西医诊所早就公私合营，起初还维持他的院长职位，经过多次政治运动，被抄家几次，不仅家徒四壁了，人也降职为一般医生。最近周医师常借了下乡出诊为由，逃避在家中面对两个老婆的日子。

二房是个厉害角色，人长得黑瘦精干，但从扭动的腰肢与眉眼里，仍可看出曾经有过的风情与风尘。面相透着几分刻薄且伶牙俐齿，骂起人来更是市井泼妇，街坊邻居都虚她几分。花儿确是我行我素，该吃饭时吃饭，该睡觉时睡觉，遇二房指桑骂槐要泼并不接她的岔。

二房也私下托人游说，软硬兼施劝花儿打道回府，恐吓说：你一个地主婆不老老实实待在当地接受劳动改造，却到处乱跑，是要被抓起来关进监牢的。花儿只是答：周医师走到哪我就跟到哪，我是他明媒正娶的原配妻，古时候还有孟姜女千里寻夫呢，她敢于冲破世俗压力不畏权势不辞艰辛地千里寻夫，不早已传为千古佳话了吗？我相信，不管古代当代，不管新社会旧社会，妻子找丈夫天经地义，我才不相信犯了哪条王法！而且，我有当地政府开的证明，证明我完成了土地改革减租退押等工作，同意我出来找丈夫。且我一到这里，就已去派出所和街道居委会办妥了所有居留手续，去妇联备案了我的婚姻情况。何去何从，就交给周医师和当地政府裁决。

来人原以为她是个缺少见识的乡下妇人，吓吓就会怕了。却不料花儿果敢坚强，做起事来滴水不漏。

平时周医师在家，二房多少有点约束和顾虑，不敢明目张胆地欺负人。这次周医师下乡出诊好几天，家里就出了事。

时值寒冬，花儿的床褥被子均单薄，她不想去问他们添加，每晚把脱下来的外衣盖在被子上。穿了秋衣秋裤毛衣毛裤和衣而睡，她出来时并未带太多衣物，这些衣服都是周医师找了来给她穿的。

那夜花儿睡得迷糊中，二房从楼上踢踢踏踏下来灶间，好像要在碗橱里找什么吃，一边把锅碗瓢勺弄得乒乓乱响一边指桑骂槐，骂花儿赖在她家白吃白住，骂花儿缠住她男人不放。花儿反击说男人是自己的丈夫，自己是住在丈夫家，除非丈夫要自己出去，别人都无权干涉。二房恼羞成怒，竟一步跨到床前掀开被子拉扯她起来，尖利的叫骂声划破寂静的夜空，说自己才是周医师的老婆，自己就是有权力，要她滚，马上滚出去！两人纠头发抓脸推推搡搡拉拉扯扯到门外。这时门外早拥满了看热闹的人。其实不管是白天黑夜，不管是邻里纠纷夫妻打架，不管是母女争吵兄弟姊妹反目，通通是小城的“节日”，给平日单调乏味的生活增添一点色彩与谈资，左邻右舍几条街的人都会里三层外三层地围拢来。

二房不停骂着粗言秽语并把她推倒在地，羞辱地撕扯她的衣服，说这些衣服都是我的，你这不要脸的脱下来还我。突然，花儿不知哪来力量奋力一挣，站起来一把推开了她，一字一顿地说：不许动我！好，你看着，我现在就脱，现在就脱给你！她开始脱衣服，原本嘈杂的人群变得安静起来。她脱下开衫毛衣套头毛衣褪下毛裤；她脱下秋衣秋裤，只剩下肚兜与内裤，那女人还一迭声喊脱。人群有点不安起来。花儿反过手来从容解开肚兜颈后和腰上的带子，肚兜像花瓣散开掉落下来，一对饱满的乳房弹跳出来，她褪下了内裤：一个美丽的女人，裸体玉立在了众人面前！此时反而万籁俱寂，人们看得呆了：女人体型的完美，给人以深深的震撼；黑色披散的头发与皮肤的白皙形成强烈反差，更加突出身体的白净；女人站在那里，内涵深厚如若无人之境，是在沉思？还是在放飞自由的身体、自由的思想？

从来没人知道花儿如此美丽，如此迷人，有人在心里为周医师叹息：有如此美色不享，却与那黑瘦女人过日子。恨不得此时自己是周医师，会毫不犹豫地选择原配花儿。

短暂静寂后，人群中突然冒出愤怒的声音："把那泼妇拖出来，剥掉她！"群众骚动起来朝前涌去，骂二房欺人太甚，附和的声音此起彼伏。二房见势不妙，像老鼠样窜进房内，拴牢了门闩。

待有人回过头来，却发现花儿早已梦游般兀自朝外走去，她神态自若，既不觉冷也不觉羞，好像整个天地就是她的私人密室。她身材修长，裸体的背影，让人想到亭亭玉立、婀娜多姿的百合花。

那晚，皓月当空，月色如水。银月把她的裸影投射到地上，窈窈窕窕凸凹有致，摇摇晃晃弱柳扶风，不一会儿，她飘飘欲仙舞蹈起来。

"说之故言之；言之不足故长言之；长言之不足故嗟叹之；嗟叹之不足，不知手之舞之足之蹈之也。"

花儿从容裸舞，形舒意广。开始的动作，像是俯身，又像是仰望；像是往前奔，又像是往后退。是那样的雍容不迫，又是那么的激流回旋。接着舞下去，像是飞翔，又像步行；像是竦立，又像斜倾……络绎不绝的姿态飞舞散开，曲折的身段手脚合并。轻步曼舞像燕子伏巢，疾飞高翔像鹊鸟夜惊。

谁也说不清这是一种什么舞蹈，她的舞蹈不是专业的，或者说没有太多高难度的技巧，只是本能的身体展示出生命的灵动：或优雅，或性感，或妩媚，或激情，或狂野，或受伤……但是她所有的舞蹈语言都是在诉说灵魂深处的东西：在诉说自己快乐时，悲伤时，寂寞时，迷茫时，痛苦时……

这是一种很纯粹的舞蹈，身体在展现生命最本真的东西。人们的心被深深触动了——被舞者凄美的舞姿震撼，更多的是被一颗苦痛的灵魂演绎出如此至情至爱所打动。那是需要怎样一颗心才能展现生命如此苦难的承载与华美？好多人不知不觉发现自己已经泪流满面，是因为内心深处的某些东西被舞者表现出来了，因而给自己的情感找到了一个出口……

花儿的月下裸舞，成了雨县的一个传说，几十年后，老人们依然记得。

二房后悔莫及，她强悍霸道导演的这出争吵打斗，却无意中演变成了花儿的"苦肉计"，使自己人心尽失（小城的和丈夫的）。她只好灰溜溜卷了铺盖走人，带走了她认为有用和值钱的东西，把越发的家徒四壁与五个萝卜头丢给了新的女主人花儿。

四

大小姐第一次探亲回到雨县的这个家，看到高高矮矮大大小小排列有序的一溜儿萝卜头弟弟的时候，就笑了。她很喜欢这些弟弟们，善良好看的大姐姐也很快得到了弟弟们的爱戴。最小的萝卜头，机灵聪明但淘气顽皮，小小年纪打架逃学的混世魔王，他没少挨花儿大妈的"笋子炒肉"。大姐姐在的时候，就拉住母亲的手，为弟弟挡鞭子，哀求："妈妈，您不要打弟弟吗，弟弟好可怜哟……"鞭子不小心就抽在大姐姐身上手臂上。母亲叹口气，只好扔下了鞭子。

大小姐是真心疼爱这些弟弟们，她虽怜惜母亲，却也并不恨二房妈妈，她理解作为一个女人的痛苦与无奈：谁愿意抛下自己的亲生骨肉远走他乡呢？要说错，既不是二妈的错也不是母亲的错，甚至不是父亲的错。而是整个时代整个国家，造成了这个普通家庭的错误与悲剧。

她为弟弟擦净小花脸上的眼泪鼻涕，说大妈打是打得狠了一点，但大妈是要你好好读书，是为你好。你看大姐姐不用像那些邻居们，下河滩砸石子背沙子辛苦谋生，大姐姐只需坐在办公室里就能挣钱。你知道为什么吗，是因为大姐姐读过书。这世上所有身外之物都可能被小偷偷去强盗抢去，只有你读的书你的学问任何人偷抢不去！小弟弟听得怔怔的，似懂非懂地点点头。

大妈花儿虽办妥了老家乡下土地改革减租退押所有手续，但仍被戴了“地主”帽子，隔三岔五被弄去扫街刮大字报下乡劳动改造被开批斗会。父亲又是“反动学术权威”。因“血统论”，在学校，萝卜头们颇受歧视，大的入不了共青团与红卫兵，小的戴不了红领巾，还常被教导要与反动家庭划清界限。高中生的大弟正值青春反叛期，为表明自己阶级立场，就带了红卫兵来抄自己的家。

那天傍晚，一阵脚步声轰响，冲进来一群红卫兵，都戴着红袖章，七嘴八舌杀气腾腾地喊“抄家”！花儿正在做晚饭，还没反应过来，就被推到了门外，有人对她训话：只许老老实实，不许乱说乱动。家里风卷残云被翻得乱七八糟，实在没啥可抄的，就抬走了那口装衣物的樟木大箱子，衣物扔出一地，其中那黑色绫罗绣百合花的床裙，是当初花儿千里迢迢从老家带来的，也被撕踩得稀烂。周医师被押去文化馆开批斗会，大弟带头批斗自己的父亲，揭发自己的父亲，还上前掐父亲脖子，把他的头往下压……这造成了父子终身的间隙与伤痛。

花儿从容淡定，她默默承受生活中所有的不公与苦痛，好在周医师薪水不算低，她又帮人带婴儿补贴家用。在社会的歧视与艰困的物质供应条件下，花儿却把家经营得有声有色，主要表现在花儿家吃得好。她家收入基本上全都进了嘴巴，虽然肉类等凭票供应，但花儿下乡劳动改造挖虷螺时与当地纯朴农民结下了友谊，她可以买到农民田里的黄鳝泥鳅青蛙等，特别是黄鳝，当时好多人家都不吃，不懂怎样剖怎样烹调。周医师最爱吃黄鳝，从医学角度证明其营养价值特别高。周医师少爷出身，一辈子不会也从没做过家务，所以家中剖黄鳝杀鸡宰鹅都是花儿的事。

长条形木板上订进一长铁钉，食指与中指交叉拧住黄鳝中段，顺手在旁边盆沿上一摔，然按进铁钉，用小刀片从上到下一划，挂掉整条骨刺，把鳝鱼肉割成小断。花儿的动作麻利一气呵成，不一会儿，一大碗鳝鱼肉就准备好了。然后用油大火爆炒，加花椒酱油姜蒜豆瓣泡辣椒等，鳝鱼香味弥漫开来，美味极了。但花儿自己却不吃，每次只是做了给丈夫和家人吃。

花儿还做了好几坛泡菜，做了豆瓣豆腐乳甜酒酿以及各种蜜饯米花糖苕丝糖等，既然拴住了丈夫的人，就要拴住丈夫的胃。不过花儿本来就喜欢做这些，这些就是她作为一个女人的事业。

花儿和街坊邻居关系融洽，平时人们叫她周师母，有时向她讨教以上东西的做法，有时来借个绣花绷子或顶针之类，有时串门进来聊聊天。花儿做了好吃的或推了小磨豆花，喜欢给这家端一碗那家送一盘。花儿以前主持大家族贯了，颇有孟尝君遗风，喜欢宴请亲朋好友，并不太懂得节俭与计划开支，常常不到月底已成“月光族”，就从有个做店主的朋友处借来透支，待月初周医师工资拿到就赶紧还上。

奇怪的是，一到开批斗会时，大家都变了脸。几个地主或四类分子垂头站立，接受批斗。一屋子群众群情激奋地挥舞手臂，唾沫横飞地喊口号，好像花儿真的跟他们有不共戴天的血海深仇。批斗会一过，邻里又恢复正常，他们见到花儿不会不好意思，花儿也不记他们的仇。

昨夜，花儿做了个奇怪的梦：看见女儿与爷爷在一起，爷孙乘一叶扁舟，碧绿湖水泛着微波，湖中蒹葭苍苍鸟语花香，岸边树木葳蕤繁花似锦，平和安宁美丽如画。突然，狂风大作暴雨倾盆，扁舟在风里浪尖倾斜颠簸，一个大浪打来，女儿小手伸向天空：妈妈，妈妈，妈妈救我……她用尽全力想抓住女儿，可怎么也够不着……

她惊得从床上坐起，出一身冷汗。回想梦中，颇感蹊跷：当年与爷爷在一起的明明是儿子，怎么看见的是女儿？

第二天收到加急电报：女儿溺水而亡，速来处理后事。

弟弟们都失声痛哭，丈夫悲痛得不能自持，唯有花儿表现得平淡麻木，好像对此事没有什么概念。看到周围的人都在哭泣，她却不哭；相反，却有一种强烈的欲望，想安慰每一个人。当她后来回想起来，很难理解当时怎么会有那种奇特的心理状态，难道真的是冥冥之中，女儿暗喻给她，死亡是不存在的，而是完成了一趟我们每个人必须踏上的旅程，走向那美妙的宴会场合。就像在梦中所见，祖孙泛舟湖上，团聚在风景如画的天堂，用另一种存在的方式生活在一起。

小弟和大姐感情最好，已长成大小伙子的他陪同爸爸大妈赶去处理大姐的事宜。大姐被单位派驻乡下，开展农村信用社工作，常常不辞辛劳走乡串户。那天做完工作连夜赶回老乡家的住处，因天黑雨大路滑又不熟悉当地路况，途经一条小河，不慎失足落水。当花儿握着女儿冰冷的手，女儿却再也不能回握她的手；当花儿呼唤女儿的名字，女儿却再也不能回应她的呼唤。这时，花儿听到了自己的哭声。这哭泣，在女儿出生时也发生过，不过那时是极度喜悦的哭声，这时确是极度悲痛的哭声……

花儿带回了外孙女水月。三岁的水月一直在外婆怀里睡大。长大成家后的水月有时想起来感到奇怪：屋里有两张摆成九十度的床，大的绷子床有围帐绣花围顶是外祖父睡的，水月与外婆睡那张简易双人床。从水月记事起就没见外祖父母同床共枕过。他们有夫妻之名，是否有夫妻之实呢？

是否那时阶级斗争严酷世道混乱，家人能吃饱饭且吃得较好，有一种相对平安日子过，已是很大的福分；或那时外祖父母已进入老来伴的年龄？抑或有其他更深层次的历史与心理的原因？

水月只记得有天深夜，在睡梦中被惊醒。平时温柔贤惠的外婆对外公大发脾气，涕泪交流地一边数落一边破口大骂，外公则像做错了事似的胆小怯懦，一言不发。那天傍晚，花儿像往常一样做好了饭，却迟迟等不回周医师。花儿正担心，有人带话说周医师去会外地来的朋友，不回家吃饭了。花儿一直等到深夜，周医师方才归来。花儿说既然外地有朋友来，我们该尽地主之谊才对，明天我去买只大红公鸡炖鸡汤兼做麻辣口水鸡，另做几样好菜，招待客人来家吃饭。周医师是不善说谎之人，立即红了脸，支支吾吾东推西挡地不能自圆其说。花儿何其精明之人，三下两下就诈出了丈夫外出的原因。原来外公是背着外婆去幽会了从外地路过此地的前二房。看来，这世上不吃饭的女人可能有几个，不吃醋的女人一个都没有。

虽然当年是外婆取得了胜利，赶走了那女人，但两个女人，肯定一辈子心里都较着劲。丈夫是否心在自己这里？对自己是否有爱情亲情或仅是习惯和责任？也成了外婆一生探究的课题与迷惑。后来那二房女人活到九十岁，外婆得知她去世的消息，自言自语说了一句话："哦，她那么强势，那么厉害，还是比我死得早！"好几年后，外婆活到九十六岁，比起她，却是大大地胜利了！

二十年前，周医师八十岁过世，老友们送给他挽联："良方剂世世留芳名，好心待人人皆怀念"，确是他一生的写照。他走的那年，水月刚从学校毕业参加工作。水月非常悲痛，外公养育了她，却没把孝敬报答的机会留给她："子欲养而亲不在"啊。

二十年后，水月远在美国旧金山，这天深夜她做了个梦，梦见九十六岁的外婆从床上缓缓起身，不一会儿，幻化成了年轻时的外婆花儿。

皓月当空，月色如水，花儿开始裸舞，只是围观的人群隐去，背景换成花儿娘家小院，那院百合花正开得洁白妖娆芬芳四溢。一青年才俊立于花丛，脉脉含情注视着花儿。

从梦境中走来的花儿若仙若灵。天上一轮明月，月下的女子时而抬腕低眉，时而轻舒云手，忽而双眉颦蹙似有无限哀愁，忽而笑颊粲然似有无边喜乐；静若处子，身体像被施了定形术，动若脱兔，身影像一道道白光在月下迅疾闪过……花儿寂寞美丽的舞蹈着，她闭上眼睛试着去想象有人和她共舞，她可以抱着她一生的热情、怀着感恩的心和那个人一直舞蹈到死。她睁开眼睛，停下舞蹈转过身来，向百合丛中的青年走去，她向他伸出双臂，徒留一个等待的姿势，她没把握，他是否会回应她？不知过了多久，终于，他走过来拉下她僵冷的胳臂，用自己臂膀紧紧牢牢锁住她，用温暖包围她，用一辈子，不离开，不放弃。

"我歌月徘徊，我舞影零乱……"花儿牵着丈夫的手，两人越舞越轻灵，越舞越飞升，竟像一双蝴蝶，翩翩跹跹而去……

急促的电话铃声骤起，水月从睡梦中惊醒。她抓过床头电话，听筒里越洋长途中传来李姨的声音：外婆刚刚走了，她走得很平静，很安详……

泪水悄无声息流下水月脸颊，外婆说过：我走时，你不要哭，不要打搅我，让我悄悄地，安安静静地被接走。

这天，正好是二十年前，花儿的丈夫周医师归于大化的同一月同一日。

评论：

《香水百合》这篇小说主要采用了倒叙的形式，描述了水月外婆的传奇一生。文章共分为四大部分，第一部分内容从现已九十六岁高龄的外婆和百合花之间的源远展开论述，回忆了外婆待字闺中时和外公相识、相恋，最终喜结连理的美好爱情故事；第二部分主要描述了外婆婚后留守塘坊、管理家务的婚后生活，以及在经历了雨夜失子、社会变迁之后，踏上千里寻夫的道路；第三部分主要描述了外婆月下裸舞，战胜了二房，挽回了外公的心；第四部分主要描述了外婆默默在承受了社会的歧视与艰困的物质供应条件下，把家经营得有声有色，但却又一次痛失爱女，领回自己的外孙女水月，并与水月相依为命的故事。

古往今来，爱情故事一直是民间广为流传的话题，歌颂爱情的文学作品也层出不穷，且大多数都是以爱情悲剧的形式出现，而本文也可以算作是一个凄美的爱情故事。小说以“香水百合”为题，并通过东西方一悲一喜两种关于“百合花”不同的寓意——西方象征着凄美的爱情，而东方则有百年好合之意，为外婆的传奇的感情生活埋下了伏笔。随着文章情节的推进，外婆和外公的婚姻生活慢慢展现在读者面前，但这美好、坚贞、矢志不渝的爱情背后却也透露出了许多悲伤、无奈和哀愁。小说还采用了超现实主义的手法，文中多处对于“梦境”的描述，如李姨梦见白发长髯、仙风道骨的外公来接外婆离开；外婆梦见自己的女儿和爷爷泛舟湖上不幸遇难的场景；水月梦见外婆化身年轻时候的花儿在月下起舞，最后和外公一起化身蝴蝶，翩翩而去……

而这所有的梦境都在现实中一一验证，梦境和现实的巧妙结合，颇有几分超现实主义的虚幻色彩。尤其是文章的结局，借鉴了中国历史上经典的梁祝化蝶的爱情悲剧，既增添了外婆和外公感情的凄美感，同时也表达了人们对于天长地久感情生活的向往。这种虚幻和凄美大大提升了小说的美感，使人读完回味无穷，仿佛置身于一场美的盛宴。

尔雅的这篇小说，叙事翔实，手法独特，线索清晰，倒叙的方式，前因后果娓娓道来。文章的主要笔墨是集中渲染了外婆的传奇爱情故事，文章的主要情节和线索都是以外婆贯穿始终，其他人物则一律采用略写的方法。文中关于外婆的称谓也是变化不一，出现如“外婆”“少奶奶”“花儿”等，不同的称谓既代表了不同阶段的外婆形象变化，同时也从多方面全面地展现了外婆的传奇一生。总而观之，这是一篇叙述艺术成熟的优秀作品。

（刘世琴　评）

梁应麟

作者简介：梁应麟，著有长篇小说《机遇》、中篇小说《漂泊生涯》《过埠情缘》《碧浪湾》《爷爷的故事》以及散文集《情牵故里》等。曾任报刊记者和编辑。现任美国华文文艺界协会理事。

新娘子失踪了

一

在一新婚宴会上，男家和女家各邀请了一些亲朋好友出席，筵开三席，名称："苏，江联婚"，合办婚宴。婚宴仅在酒楼一间小餐厅，酒桌也不算豪华，八菜有汤，诸如：四式大拼盘、招牌奇美虾、芋头扣肉、南乳吊烧鸡、鲜腐皮浸菜胆、上汤焗龙虾、烟烧大鲩鱼、海鲜豆腐羹，还有精美甜点。

新郎苏贵添是匆匆忙忙从美国赶回来的，只买了一个星期的来回机票，自称时间紧迫，婚礼从简；女家也主张不张扬，只是想告诉大家女儿结婚了。

婚宴开始了，男家主持人是新郎苏贵添的母亲王翠凤。翠凤善于主持大局，一副男人长相，眉精眼企，说话干脆利落。贵添人比较纯品，事事由妈摆布，时下只是静静地同新娘子坐在席间，依傍在妈的身旁。王翠凤站起来说："诸位亲朋好友，今天我儿的婚宴从简，只是请大家吃顿便饭，酒微菜薄，不成敬意，起筷吧！请让我先向大家敬一杯酒。"这时大家都站了起来，同声附和地举着杯子说干杯！接着大家便开始边吃边喝，席间似乎有点气氛。

新娘子戴着口罩，半遮掩地坐在新郎身旁，沉默寡言，为了应付场面，有时还轻轻地使出筷子，挟着一小块菜肴，掀开右边口罩一角，把菜肴塞进嘴巴。客人看着，心里多是同情与理解，没有任何奇异目光。新娘子悄悄地对新郎说要上洗手间，新郎默默点头，新娘就轻轻地离开席间，向洗手间方向走去。大家毫无拘束地吃喝。过了小半个时辰新娘子仍未见回来，新郎有点焦急，对着妈妈小声地说："娘子说上洗手间，至今仍未见回来，我想去找找她。""去吧！"妈低声地答。

贵添离开席间，直奔向洗手间，糊里糊涂差点闯入女间，后来有人喝道：这是女洗手间！他立时站住，懵懵然地退了出去，并在门口大声呼叫："小美，小美在吗？"洗手间没有人回应，他再次周围寻觅，最终没法找到，只好静静地回到妈妈的身旁，并显得有点担心地对妈妈说："新娘子失踪了！"

"你全都找过了吗？"翠凤低声问。"是！都找过了。"我来找一找吧。说着她也向洗手间方向走去。没多久，王翠凤回到席间并对儿子苏贵添耳语："别张扬，免得影响宴会气氛，待宴会结束再问一问亲家娘女儿有没有告诉她去哪儿。会不会被'拐子佬'拐走？"苏贵添担心地问。"傻孩子，如果你的新娘子是哪样无知和愚蠢的，早就不应跟她往来啦！还不会闹到如此地步。不要再说了，赶快吃点东西吧。"

紧接着有些客人就跑到主家面前道谢了。王翠凤就赶紧拉扯着儿子并叫来亲家娘一块到客厅门前送客。客人开始陆陆续续地走出客厅，主人一一跟客人握手道别。王翠凤待客人离场后就跟儿子和亲家娘一块坐下来，探讨新娘子的去向。

"她自己对我说要去洗手间，我只是点点头，没有吩咐她什么。过了很久都不见她回来，我便去找她，到处找都不见人，于是我便回来跟妈说，新娘子失踪了。"洞房花烛夜，不可以留在娘家，虽然我们是住在酒店，但我们是安排新郎新娘同住一房的，礼仪不做足也得循例做到夫妻互敬啊！

"亲家母，别担心，待我回家看看，如果她在家我会叫她弟弟江小勤送她回来。大沥至佛山如果找不到的士他弟弟可用摩托车送她回来。"

"骑摩托车还得小心呵！"王翠凤说。

"他会的，现在他仍在楼下等我，我们都是坐摩托车来的。"江嫂说。

“那你就叫他记住我们住的佛山酒店房间号和电话。”

“好啊！你用纸条写给我吧，我会交给小勤的。”江嫂说完，接过王翠凤的纸条，相互说了声晚安就离开了酒楼的餐厅。一个星期过去，新娘子仍杳无踪影，母子俩只好飞回美国。

二

说来话长。多年前的春天，王翠凤携儿子移民美国。丈夫苏锦盛是在湾区经营洗衣店，长年累月劳累，疾病连绵，既有高血压又有心脏病。妻儿到步后，他就把这洗衣店工作交与妻子和儿子接手打理。王翠凤是个女强人，做事手勤脚快，人也比较精明；儿子苏贵添高中尚未毕业，来到美国本想继续学业，但洗衣店工作非常繁忙，王翠凤只好安排儿子读夜校或补习班之类学点英语，以应付日常生意。王翠凤打理得店子生意蒸蒸日上。丈夫苏锦盛旧病复发，她既要打理店中生意，又要照顾好丈夫，不免顾此失彼。

丈夫不幸去世后，家庭、生意的担子她一应担当起来。她常想把洗衣店的现有空间，增设一时装制作与销售门市部。儿子也老大不小了，应该找个对象赶快成婚才是。苏贵添人很纯品，没有主见，是“裙脚仔”，很少同人交往，日常多是围绕着妈妈在洗衣店转来转去，很难找到对象。王翠凤最终下定主意，要儿子回乡下找个对象成亲，苏贵添也只好听从妈妈的主意。

王翠凤很快将儿子要找对象成亲的讯息，向家乡的亲朋好友传递，家乡的人也很快向她反馈。最初有个住在广州的疏堂姨妈的女婿的朋友向她介绍，朋友的邻居有个女儿在外贸学院读书，7 月份就要毕业。该女子长很漂亮，又懂外语，她妈妈想让她毕业后到外国发展。

这个朋友介绍的女子王翠凤很满意，她正想在洗衣店中开个时装制作与销售车间，既洗衣又缝衣，这女子既懂英语又长得漂亮，准能掌管这一门面，定能招来顾客，生意可越做越大。于是她很快就回复她同意相约，儿子相亲，如情投意合，便可成亲。女方也很快响应，并立即寄上多张生活照。双方商定 6 月相亲，王翠凤立即为儿子订了机票，儿子接过机票，一头雾水，王翠凤立时把一张女子的生活照片塞给他，并说：“这个月份你要回去跟这女子相亲，一旦女方同意就要赶快‘拉埋天窗’。”

“妈，我天天忙到不可开交，你叫我往哪找？”

“所以今天妈就给你找你千万别嫌弃，这女子才貌双全，很难得啊！”

三

春末夏初，春光明媚，天气还算清凉，百花齐放，芬芳美丽。苏贵添背着简单的行李踏上回乡相亲路。经香港然后转乘火车回到广州。堂姨妈来接车，并热情欢迎他到她家住宿，他按照妈的吩咐没到姨妈处，在天河找间旅店住下，并叫姨妈告知要相亲的女子。他在旅店住了两天，多次打电话给相亲那位女子相约，回应都说因毕业找工作忙，没法抽出时间，他只好待在旅店再等。四个星期来回机票，该怎么办？母亲嘱他先回南海，见见家乡亲人，由广州姨妈跟她联系，女子甘心情愿相约才可回去跟她约会。

苏贵添回到家乡，在佛山旅店住下来，通知各亲朋好友来相聚。相聚中亲友得知他这次回乡是想找女子成亲的，于是大家都很热心想来做个牵线人。有个表叔是在南江制衣厂当搬运工的，这制衣厂是香港人前来办的，四百多个员工，加工出口美国和欧洲的衣服，管理严格。村里有几个年轻女子做制衣工人，当中江小美是比较出色的，从普通制衣工人升至质检工。

江小美人长得很亮丽，皮肤白皙，身材匀称，满头秀发，有南江厂厂花之称，不少小伙子都很羡慕她，追求她，所以在质检时，抓得严点都不敢吱声，多是咧着嘴巴把不及格的衣服领回去修补。有些女工则有点嫉妒心，有时甚至冷嘲热讽地对她，但她很包容。表叔实时对苏贵添说如果你想见见她，我可带你入厂看看。苏贵添跟着表叔入厂搬运衣服，果然看见江小美在忙着验收衣服，长相甜美，笑容可掬。他没有打扰她。晚上打电话跟妈说，表叔也在旁边猛拨“大葵扇”，妈立即答应了。随后就叫表叔明天就要联络她，约她在茶楼见面。正好明天是星期日相约在茶楼见面，江小美显得活跃大方，苏贵添则有点羞答答，好在表叔在旁引导打开话题，两人才谈及各自的工作。洗衣跟制衣都是天天面对着服装，说来还是同行。苏贵添被江小美像莲花般的美貌所吸引，眼神老是打量着江小美说话，她虽觉得有点不自然，但还能应付自如。江小美也悟出苏贵添也许多是在店里洗衣、干衣，店里的场面还是多由他妈把持。

当天下午，苏贵添再向妈妈请示报告，妈妈回复他，如果你认为满意，就抓紧时间向她求婚，也可约她去旅行，以便相互进一步了解。苏贵添同江小美吃过晚饭回到旅店，就壮着胆子向江小美求婚。江小美没有直接回话答应他，但愿意跟他去旅游。第二天他就把自己向江小美求婚之事向表叔说了，表叔一言惊醒他：小美她以身相许，愿意跟你去旅游，哪不是答应你吗，你还想怎样？他一时醒悟出来就对表叔高兴地说：这两天我就可安排同她去旅游啦！去游海南岛看看那里的风光。听说三亚十分好玩，千禧年后，三亚兴建起一幢幢度假酒店。海水既适合游泳又宜水上玩乐，还可驾船垂钓，所以游客越来越多，甚至远自俄罗斯的游客都一团团地包机前来度假。你跟小美商量决定吧。表叔说。

过了两天，两人报一旅行团飞抵三亚住进一度假酒店，酒店坐落海边，有各种游乐设施，游泳池、水上玩乐池都很吸引人早上到酒店游泳池玩乐，午后还可到海边游泳。七天时间，除了随团游览风景名胜，两人大多数时间都待在水上玩儿。

旅游过程两人相处得非常融合，相互也有了较多的了解。临走前他就大胆跟江小美谈，说："妈妈的主意定要我们两人三个月内成亲，半年内你便可到美国帮助开展制衣生意。你意如何？""既然是你妈的主意，最好叫你妈妈给我通个电话谈谈。其实如果你是个有主见之人，我是会听你的。""妈是一家之主，还是听妈妈的好。以后妈妈老了，你是名正言顺的当家人！"

苏贵添回到美国果然不出两天，王翠凤就给江小美打电话，也许是因为她急于发展制衣业务，抑或表叔跟她说的江小美这个未来的儿媳妇比较完美，以致她很快就接受了儿子交托。江小美听了王翠凤斩钉截铁说的定要儿子三个月跟她完婚，六个月办妥她来美国的话，便告诉妈妈。江嫂是个老实又勤奋之人，十年前丈夫病故后，她一人支撑着这个家，将两个儿女抚养成人。退休后，她还到附近衣厂拿些衣服回来钉纽扣，剪线头赚些零用钱。她听到女儿说的仍有点不放心，再三叮嘱女儿要谨言慎行。

四

天有不测风云。这天，江小美在工厂附近的大排档吃早餐，她点了一碗鱼片粥，热乎乎地坐在火炉前台吃喝，突然，炉边的煤气罐轰的一声爆炸了，火苗到处引燃，江小美的上衣烧起来，脸部灼伤了，尤其是左腮部位灼得特别严重，幸好救护车及时赶到，把她以及其他伤员速速送往医院救治。

医院经过多天的抢救，大部分伤员都出院了，江小美由于伤的是脸部，且伤势不轻，为了使伤者不致严重毁容，医院为她特护治理。经过十多天细心治疗，江小美大部分脸部灼伤已回复正常，但左腮的严重灼伤是无法恢复原样的，她伤心地带着口罩离开医院，回到家里休息。在亲朋好友和同事们的安慰与劝解下，她的精神状态逐渐好起来，并回到衣厂上班。

工友们看见她戴上口罩上班，大多都赋以同情心劝慰她，但有个别人平时对她质检有意见的，则有点幸灾乐祸，平时喜爱她的小伙子也渐渐疏离她。更有甚者个别制衣技术差，平时质检不过关的，还当着她的面前冷讽热嘲地说：恶有恶报，时神未到，终于来到！她感到十分反感，并开始觉得这工作难做，吃力不讨好，得罪人多，想打堂一鼓。她最终决定辞去质检工作，回到制衣车间，选个稍为安静的车位，埋头制衣，以自己的工作技能，绝不会比全厂人逊色；她也曾想过，即便离开工厂，跑到广州或深圳自己开个制衣店完全可以吃得开。

她回到制衣车间是以养伤理由向厂方提出的，厂方很快就同意了她的请求。她回到制衣车间，每星期完成的制衣数量与质量，仍然是全厂数一数二的，所以厂方仍然很关照她，表扬并奖励她。

五

时间过了一个多月，江小美脸上的疤痕仍然留下来，只是色素稍微淡了点，她仍然戴着口罩，但已形成了习惯，自己不在意，其他人也理解。苏贵添离开她也有三个多月了，她想，结婚的事也应该向苏贵添提出来啦。在这之前，她曾经把烧伤的事告知苏贵添，苏表示有点担忧，并多次安慰她，直至告诉他自己已正常上班了，他才表示放心，并嘱咐她要注意休息。

苏贵添母亲知道江小美烧伤的事，一直认为这不是件小事，并多次打电话回乡询问亲友，多数人都认为，烧伤并不严重，经过医院治疗，已没有什么大碍，并能正常上班工作；但有个别亲人则在加油添醋，说这女子已被火烧到毁容，面目全非，见不得人，全天戴着口罩，废人一个。

王翠凤对儿子提出要回乡结婚之事极力反对，她认为我苏家不能取个毁容的女子当儿媳妇，有失体面，我们的儿媳妇，应该是入得厨房，出得厅堂。苏贵添不认同妈妈的说法，他认为，作为一个生意人，最主要是讲诚信，不能因为对方犯难，就落井下石。自己对恋人说了成婚的时日，要讲诚信。

苏贵添的说法虽然与妈妈的说法有异议，但没有妈的答允，他是动弹不得的，所以他要回乡同江小美完婚之事始终未能成行。此事导致他情绪一直低落，工作常常心不在焉，并错漏百出。有时重复洗衣，有时烫烂了客人的衣服，只好照价赔偿。妈看着虽有点心痛，但她绝不迁就儿子。后来她不得不雇来一个临时工做洗衣兼顾缝补。这个临时工姓宋，是个留学生，毕业后她没按时回去。宋小姐人比较勤快，也有点小聪明，常为老板出点小主意，博取老板信任。王翠凤对这位临时工从赞赏到信任，还萌发出想让她当自己的儿媳妇，这位女子也有这一意图，如果两人真的能凑合在一起，她可取得移民合法身份。但苏贵添并没这一意向，他始终如一都是怀念着江小美。江小美知道王翠凤嫌弃她，一时情绪也显得很低落，睡不好，吃不香，还常想到会被王翠凤丢弃。由于情绪不佳，有时还出现呕吐。于是她便跑去看医生，经医生详细检查，医生乐观地告诉她：

“你有喜了！”

“什么？”她怀疑自己的耳朵听不清。

“你有喜了。”医生重复地说，这时她既喜也忧。

“谢谢！”她礼貌地对医生说了句就离开了医院。

江小美回到家里同样抱着喜忧的心情想：把事情告诉苏贵添也许他会很高兴，但他妈妈未必会认同。不管怎样，自己认为自己的男欢女爱事情是光明正大的，苏贵添也决不会否认自己所做的事，他为人很诚实，所以还是要把事情及时告知他。如果王翠凤赖账，我江家也养得起名正言顺的苏家儿女。江小美把有喜的事告知苏贵添之后，他也一时喜忧参半。稍定神之后就觉得自己的责任重大，于是立即跑去告知母亲，妈妈听到儿子说的江小美已有喜，她决不相信，并对儿子说："儿呀，你别那么天真，毫不思索就信以为真。""妈，她说的是真话，没有虚假，怎能不信？""我说，她编造这一套，其实是想骗婚。你有没有跟她上过床？"你吩咐我同她去旅游，到了海南岛这个水上世界，天天泡在水上玩要，晚上回到房中，男欢女爱的事是忍不住的。""自作自受！"王翠凤说完，就沉默了。儿子沉不住，再次追问："妈，我应该怎样？"妈继续沉思着。她最终想出一个她认为两全其美的方法，但她没有对儿子直说。她有点无奈地说："择个日子回去成婚吧。但我不想张扬，生意人时间也得抓紧，来回不能超过一个星期。"

"好啊！妈，谢谢您！"苏贵添一时显得很开心。

六

过了多天，妈就买回两个人的机票，安排好工作之后，不出三天，母子就拿着简单的行李回到佛山。他们的家乡是在西樵山附近的，但他们没有当日回到家乡，只是立即通知江小美来酒店安排联婚事宜。

江小美事前已有了准备，自己早已做好一件婚纱，还为新郎做了套西装；烧伤出院后，还别出心裁地找摄影师合成了一张结婚相片。江小美来到酒店一看到苏贵添显得十分高兴，双双紧紧地拥抱着，热泪盈眶，久久都说不出话来。过了一阵，苏贵添轻轻地掀开江小美的口罩，立刻说："不要紧，你一样很美，美国的医学水平较高，到美国后，整整容，把这伤疤去掉，就可恢复原状了。""你不嫌弃我吗？""傻瓜，我怎么会嫌弃你呢？我巴不得早点把你抱回美国啦！我还想听听我的孩子欢不欢迎我？"说着，他就把耳朵贴近她的肚皮。孩子当然会欢迎爸爸的！是啊，他好像伸出手来摸我的脸啦！两人大笑。

两人就商定明天就到婚姻登记处注册，又试穿着礼服，相互鉴赏。江小美穿起婚纱更显得美丽动人，苏贵添看着新娘子穿起婚纱大加赞赏穿得贴身，同自己穿的西服也十分合衬。苏贵添本想两人穿着礼服一起去见妈妈，江小美则认为不大合适，要在正式举行婚礼时才可现身。两人随即脱去礼服，以普通穿着去拜见妈妈。当他们踏入妈妈的房门时，同时叫了声妈，妈只是唔地应了声，随即问你们商定得怎样。

“我们决定明天就去婚姻注册处登记，注册后的安排就由妈定。”苏贵添说。

“我已决定，明天就回乡下祖屋上上香，敬敬祖宗历代亲人，当天晚上就设便宴招呼亲朋好友。”

“妈说怎么办就怎么办，我没异议。”苏贵添说。

“亲家娘怎么样？她今天怎么不来一块儿商量？”她面对着江小美说。

“我妈今天赶工，她只对我说婚姻大事由我自己决定便是。”

改天，两人踏入婚姻登记处，依次进入登记室，工作人员看过两人证件，就开始为两人办理，江小美递给工作人员的照片，工作人员立刻对她说：“婚姻注册照片不能用生活相片合成，要严肃点，并要按规定办事。”“先生，我的脸部烧伤了，经治疗仍留疤痕，我不想在我的结婚证上片永远留下来，您可不可以通融些？”她掀开了口罩。“对不起，我不能做出决定。”“那您能不能请示领导决定呀？”他说真不凑巧，领导外出开会去了，下午才能回来。“哪我们怎么办？”江小美忧心地说。

“你们下午再来吧！”两人无奈地离开了登记处，但他们没有回酒店，只是走进了一间咖啡馆喝点咖啡。午后，他们再回到登记处，工作人员即时对他们说：“行啦！你们登记吧！”江小美像是放下心头一块大石，立时欢乐起来，苏贵添则连声感谢办事人员宽容大度。登记完毕江小美匆匆忙忙赶回家里。

王翠凤一直在酒店等待着两人登记讯息，也曾幻想到他们俩无法注册，更为符合自己两全其美的想法。正当她在妄想儿子跟姓宋的小姐联婚时，苏贵添欢欢喜喜地出现在她眼前，她一时不知说什么好。“你怎么啦？”“我们登记完婚了。”当她冷静下来才想起儿子是同江小美去婚姻登记处的，“江小美她怎么不回来？”“她要回去做好明天婚礼的准备啊！”王翠凤才完全醒悟出来："我也要通知亲朋好友明天按时赴宴呀！"

七

第二天早上，王翠凤赶回家乡祖屋召集伯娘叔婶来帮忙，做做儿子当天举行简单婚礼的准备。儿子则驱车前去迎娶新娘子江小美。

中午时分，祖屋大厅置好一张大台，放上鲜肉、干果、香火、酒水等，一应俱全之后，由穿好礼服婚纱的新郎新娘来到台前，主持婚仪的叔婶和陪着新娘子前来的伴娘随即开始施教：一拜天地，上香敬酒；二拜苏家历代祖先，上香敬酒；三敬茶亲娘（亲娘掏出两个红包答谢）；四夫妻互敬清茶；礼毕，共享午宴。各人欢欢喜喜围到桌上进餐。王翠凤向大家宣布："稍后大家休息，五点钟之前要赶往佛山饭店出席婚宴，切勿迟到，谢谢！"

大家按时赶到饭店，婚宴小厅正在摆席，侍应只好招待他们到两个小房间等候。王翠凤跟两个叔婶坐在一个小房间聊天，一个小婶对她振振有词地说："我们苏家里里外外都是生意人，既有名声，又有体面，不知道大姑怎会娶个毁容的儿媳妇？今后如何面对各位亲朋好友！"

"大姑心意是不会这样做的，只怪儿子不听话。妈叫他回家乡相亲，他自己相中这女子，经不起这女子甜言蜜语的诱惑，这女子一心是想攀苏家带她去美国的。儿子同她去旅游又被她那男欢女爱的痴情所鼓动，'未打钟就入饭堂'，如今已成了事实，我能舍弃我苏家的骨肉吗？俗话'兄弟如手足，夫妻如衣服'，我已立定主意只要儿孙，不会娶这个贱人。"

"哦！原来大姑是心中有数的，想得好呵！……"

隔壁小房的江小美闭目养神，无意听到两人对话，越听越火：原来这个自故不凡的妇人是在欺骗自己，但自己也不能闹场，要沉住气。苏贵添对自己的痴情我相信他是真心的。但他那性格委实是从小养成的。她打定主意按照自己的路走。当她借口去洗手间的片刻就离开饭店，立即打车回到家里，留下一张字条给妈，就一个劲儿向广州方向开去。字条是这样写着：

妈，对不起，女儿受不了被人歧视，决定自行离开，去广州或深圳等地创业。我的决定不要告知任何人，别人查问，您只能说不知道！待我事业有成，会尽孝心报答您。请弟弟要照顾好妈妈。谢谢！小美敬言。

苏贵添忧心地等待音讯，彻夜难眠。但江嫂看过女儿的留言之后松了口气。一直睡到天发白仍未起身。接到电话，江嫂想起昨夜还未给苏贵添回电话。依照女儿的吩咐说，昨夜小美没有回家，我也不知道她去了哪里。苏贵添慌慌张张地跑去告诉妈妈，妈似乎并不着急，说："不必操之过急，她若然真的爱你，会主动回到你身边，如果她不回来说明她心中并没有你，你还想她干什么？"

"妈，我不相信她心中没有我，她是个很讲信用的人，她心地善良，人品也好，我相信她是个旺夫益主的好女子。""她为什么不声不响就离开了你？""这，我也不知道，我相信事出总有因。""你也不必想那么多，明天要赶往香港搭晚间班机回美国！"

八

且说江小美，她乘车赶往广州，在火车站附近租住一间旅店，然后约一位同学在白马服装商场门前相见，有事请教。第二天早上，两人见面后到一家面食店吃早餐，边吃边聊。小美把自己烧伤的过程告诉她，然后把自己想离开衣厂自行创业的想法征求她的意见。同学认为以小美精湛和熟练的制衣技术，自己完全可以自立门户创业。一开始可在三元里或沙河近郊租间出租屋挂起制衣招牌，吸引顾客来料来样加工。同学的提议使她大大增强了信心，一拍即合。小美跑去沙河近郊，经过多天走访，果然租到了一间出租房子。她购置了一架电动衣车，叫屋主稍微粉刷了一下门面，写了个简单招牌："小飞制衣"，再制作了几件男女时装挂在门面，还贴上两张纸条：欢迎来料加工，来样加工。

过了两天，果然有附近居民拿着衣料前来加工时装。小美接过衣料再为她度身订造，并核算出价钱每件需人民币八十元，但在开张三天期间可打八折算，即每件六十四元，三天起货。客人很满意，随即答允。三天后客人前来取货，看过衣服式样，再看车工质量，表示十分满意，即时付款，并说："我会把我的时装亮给我的朋友看，并介绍她们来。"小美大喜。

从那时起，小飞制衣店在居民小巷子中越做越旺，以至应接不暇，她不得不雇一小工帮帮忙，并增购一架衣车，由她严格把关质量，做得非常顺畅。

再说苏贵添回到洗衣工场，整天想念江小美，情绪十分低落。无心做事。有时还把客人的衣服乱放，以至客人前来取衣服时一找再找，引起客人不满。苏妈看到如此情况，不得不叫专责试制时装与缝补衣服的宋小姐跟跟班，兼管洗衣工场。苏贵添更加对洗衣工作爱理不理，对宋小姐更不理睬，像"贴错门神"两人常是背对背。他老是想睡，不思饮食，有时还自言自语。苏妈担心了，会不会成了单思病？

"妈，您想在店中增加一项时装生意，货从哪里来？倒不如让我去中国大陆采购点回来。"儿子开口说。王翠凤想了片刻，王翠凤原本的心意是想让他同宋小姐日久生情，就忘记江小美。却不料这两人始终不来电。王翠凤要想发展制作时装业务的大计也无法开展，既然这样，不如放手让儿子出门。"好呵！你去广州、深圳多走一走，看看哪里货式好又便宜，就采购一批回来。"

他来到广州先找旅店住下，随即跑去南海大沥找丈母娘江嫂，江嫂顶热情地招呼他，但当他问起江小美时，仍然按照女儿吩咐一问三不知，苏贵添还是显得有点失望，但他没有放弃，回到广州仍在想办法，决心要找到江小美。他仍然兴致勃勃地投入采购时装工作，天天逛商场，看到合心意的就跟老板论价。走访多日，他终于购到一批时装，打包托运后，又跑去佛山兜了一圈子打听江小美的下落，杳无音讯。不得不飞回美国。

王翠凤先见儿子回来心感安慰。采购的时装未合她的心意，有点老旧，就唠叨："你采购的时装不新潮，这样的所谓时装宋小姐随时随地都可以缝制出来，何须迢迢万里？"苏贵添像泼了一盆冷水，一时没法吱声，但他越想越火，"你这是对我的偏见，因为我没顺你的意。这衣服我负责销售，保证不会亏本。"一有顾客上门，他就热情地把这批货拿出来，任由客人挑选并给予优惠价。果然卖得七七八八，他再次向妈提出要去广州采购时装。王翠凤只好说要速去速回，家里人手少，要支撑门面。苏贵添心里明白，妈要他多留在家，是想他忘记小美。但他对小美的爱已深，尽管海底捞针，绝不会放弃。

九

三年过后，苏贵添仍然坚持做着中美服装生意，且越做越熟练，越做越多，从时装扩展到婚纱都有进货。人也变得更加自信成熟。这天，在广州下九路一商场选择时装时，突然看到一个似曾相识的女子骑着摩托车，把车上大包小包衣物放下来，然后匆匆走进商场办公室对老板说："我依时交货啦！"

老板把办公室门关上，然后清点她的衣服。老板说 OK！给她开了一张支票，这女子说了声拜拜就出了办公室。苏贵添想上前问她，她不停步直奔门前，踏开摩托车阀门就向大街奔去。苏贵添走出门前赶不上，只好在大街上叫来一辆的士紧跟这辆摩托车。司机不解地问："你跟这小姐干吗？""想找到她的制衣厂，跟她做点服装生意。"

摩托车直奔沙河大街，接着在一小巷穿了进去。司机随即对苏贵添说："我进不了小巷，请你走小巷跟着她吧！""行啊！"他下车往小巷走。他跟着摩托车左拐右转，转瞬间看不见她了。

他回到旅店再回想一下，这个似曾相识的人，很像江小美。可是，怎么样才能遇见她呢？他沉思苦想，最终决定明天还要到下九路商场碰碰运气。他跑到下九路商场像守株待兔却完全不见她的踪影，于是他想打听商场进货周期来查问售货员：贵商场通常多天时间才会有新的时装补充？回答是通常一个星期就有新货源进来，最迟十天八天。苏贵添总算心中有个数。当他第八天来到商场守候时，上天不负有心人，兔子果然来了。当他走近她，请问您是江小美吗？

"我是江小飞！""对不起，认错人啦！其实我是想选购点时装的。""这商场不是有吗。"她甜笑地回话。"我是想来样加工呀？"他即时转口说。"有多少货？""有一小批。""如批量大，您得找进出口公司。""不！是少批量的，做不做？""生意人哪有不做的。""我想先订购……""对不起，这里不是谈生意的场地，您明天下午到我衣厂来找我，方便吗？"说着她掏出一张"小飞制衣”名片。苏贵添连忙说好。两人同时说“明天见”。苏贵添走不多远，就回过头对着骑着摩托车的江小美大声说：“噢！对不起，我忘记把名字告诉您，我叫阿添。”

第二天下午，苏贵添按地址找到“小飞制衣”见有一女孩正在忙着缝衣，她一看见客人进来就礼貌地问：“先生，有事需帮忙吗？”听他说明来意，“哦！请您坐一下，我去把厂长找来。”很快就把厂长带回来，两人一见面就说：“添先生，您准时来啦！店子窄小做不了大生意，但来样加工，决不会走样！”“庙小神灵，肯定多人参拜。”“不好意思，我想暂时离题问一下，您认识江小美吗？”“不认识。”她答得很干脆。其实她也是想看看他是否真正怀念着她。“您也许同江小美有血缘关系，不然，您怎么长得跟江小美相像？“人有相像，树有相连，这并不奇怪。”

“我一直都在寻找她。”

“可她为什么会离开您？”

“都是妈不好，妈嫌弃她，对她有排斥心理。”

“那解铃还须系铃人啊！您怎不叫您妈去寻找她？”

“妈的脾气很耿性，又固执。”

“看来，您在处理自身的大事，像是没有独立自主的精神？”

“是呵！我在想，为什么处理什么事情，我总是依赖妈的？”

“那您还得等您妈改变了主意才会找到您的媳妇。谈谈正题吧，您想来样加工什么服装？”

“我想加工时装和婚纱？”两人走出大门往制衣厂走去。是江小美租的另一间出租屋，摆放着十来架衣车，一张裁床，一个摆放样板的衣间，十来个工人都在忙着制衣。有没有合心意的样品？苏贵添详细看过后就对江小美说：“小飞小姐，这两天我已把在商场选购的时装托运回美国了，我想在贵厂选两件时装、一件婚纱放在行李箱带回去。”

“好呀，添先生，您选吧！”苏贵添随手拿过两件新潮的时装和一件别具一格的婚纱，江小美随即跟他报价：“这两件时装每件出厂价为一百元人民币，至于这件婚纱出厂价要一万元人民币，可给您九五折优惠，还得付九千五百元。”

“行呀！”苏贵添表示同意后，跟着说，“至于来样加工一事，我是想待我回去看看那一式时装畅销再拿回来加工；婚纱则想把客人度身订造的拿来加工。”

“好，您做这一行像是很熟练了？”江小美试探地问。

“都有三年多啦！”

“恭喜您越做越成功，越做越兴旺发达。”

“承您贵言，……时间不早了，我要回去做做准备，明天晚上要搭机回美国啦！”

“好，我来送您走出大街。”两人走不多远，江小美看见保姆牵着自己儿子往回家的路上走着，不由自主地说了一声：“噢！我儿子耀辉放学了。”苏贵添随即往前一看，孩子与保姆牵着手，一边走一边蹦蹦跳跳，十分可爱，他即问：“孩子有多大？”“都三岁多了，正在读学前班。”苏贵添深有感触地想：是啊！我的孩子算来也有三岁多了。他心事重重，与小美一前一后地走着想着、想着走着……

评论：

《新娘子失踪了》这篇小说，通过一次婚礼上的新娘失踪事件，引出了小说中男主人公苏贵添与女主人公江小美，以及男主公母亲王翠凤之间的故事。讲述了一对相爱的男女，从相爱订婚，到女方因为意外被灼伤脸颊，当祸事降临，人性也逐渐显现，两人的感情遭到了男方母亲强烈的排斥，而男人也没有作为男人的担当，不敢反抗自己的母亲，这一切都注定了这段感情走向悲剧的结局。以故事反映着这个社会中人性，是个人、一家人的形象，也是社会中一些人的缩影。

这篇小说采用倒叙的手法，将“新娘子失踪了”这件事放在故事的开头，并以此作为小说的题目，引起读者的好奇心，同时也以“为什么新娘子会失踪”这个问题引出整个文章的主体和主要内容。在新婚当天、婚礼的现场，一个新娘的失踪，足以引起读者的疑问与好奇，在小说第一节，描写新娘形象时，提及“戴着口罩”“半遮掩”，以及新郎发觉新娘不见时，新郎母亲的话语等等都使这场婚礼透露着奇怪的味道，这些奇怪的内容也为下文中故事的展开做了铺垫。在故事中作者塑造出了“苏贵添”这样一个受制于母亲的“妈宝男”形象，在文中反复多次提到苏贵添“事事由妈摆布”，苏贵添回国相亲源自苏母的安排，与女主江小美的相识相恋似乎是个意外，却也是再三地寻求了母亲的意见，但同时苏贵添又并非完全没有自己的担当，他坚守娶江小美的约定，认为要“讲诚信”，但面对母亲的反对，他却并没有正面反抗或尝试挣脱母亲的安排，苏贵添在生活上习惯了被自己的母亲安排，以至于他事事都要听取母亲的意见，不敢违抗自己的母亲一点，而苏贵添的这个性格恰恰是他和小美爱情悲剧的根源之一。另一个导火索，是苏贵添的母亲王翠凤，作者对她的外貌描写用了“男人长相”“眉精眼企”，体现出王翠凤的强势、说一不二。她爱自己的儿子又在意家族脸面，期待自己的儿媳漂亮又能干，因而在小美受伤毁容之后，她对这件婚事百般阻挠，不仅非常不重视这场婚礼，还在婚礼上用了“两全其美的办法”联合其他人羞辱新娘，致使新娘婚礼上出走。与之相对的，江小美的角色是一个独立女性的代表，她对待工作认真负责，自尊自立，面对苏母的羞辱，她没有大闹，而是选择了借口去洗手间的时间自行离开。她并没有将自己完全依靠于男人生存，有自己的一技之长，并靠自己的一技之长谋得生存空间。这样的三个不同性格的人物，在交织中造就了分散的爱情悲剧。小说最后苏贵添在事业上逐渐摆脱母亲的控制再遇小美，而男女主两人却并未相认，只是“想着走着”，给小说故事留下了悬念与无尽的想象空间。

《新娘子失踪了》是对如今的现代女性婚姻及爱情的关注，而苏贵添和苏母更多是社会上对女性的某种情况的歧视，同时反映了在人遇到灾祸后的人情冷暖，不只是呼吁女性走上独立、自尊、自强的道路，也提醒着人们不要过于沉浸于自身的利益之中，要有自己的思想与自主意识，在人生的道路上做出自己的选择。

（于悦　评）

林中明

作者简介：林中明，1944 年出生于四川省成都市，祖籍广东新会。台湾成功大学电机系毕业，美国南美以美大学电机硕士。斯坦福大学访问学人（1981—1982），1987 年以芯片光导研究，获国际电子封装学术研讨会“最佳论文”。曾获美国科技专利三十七项。近二十五年从事国学、国际关系、中西文学理论、书法理论、艺术研究及策展。发表中英国际学术研讨会论文五十余篇。曾任北加州华文作家协会会长，美华艺术学会会长。现任中国《诗经》学会顾问、北美牡丹诗会会长，第二十届国际书画交流展（东京）美国分会长。曾策划 2016 年洛阳中美国际牡丹诗会、2018 年旧金山中美中秋诗会。

太仓行　赋比兴

“太仓，江南味道，真正的江南味道，我终于尝到了江南味道！”这是著名作家王蒙先生对太仓的赞语。

而这也正是我们“北美作家江南采风团”的共同感受。

“太仓储存了太多美丽的故事”，能导能演的艺术家蓝天野如是说。

海外作家采风文化底蕴深厚的“太仓一粟”。令人想起诗圣杜工部一首诗题：“江上值水如海势，聊短述”，“焉得思如陶谢手，令渠述作与同游”。

既然我远不是陶谢手，“文艺金仓”里太多美丽的故事，照诗圣的往例，“聊短述”了。如何“聊短述”？《诗经》六义中的“赋，比，兴”三义，倒是可以借用。

至于江南闻名的太仓美食，一来我们团队中多位美食家已有专文，二来凌鼎年先生所主编，近五百页的巨作——《舌尖上的太仓》已经包揽全部。所以我也不用再“野人献鲜”了。可谓是“先睹养馋，后吃为快”！

太仓除了春秋时期以来，以吴国粮仓得名之外，最脍炙人口的就是，太仓乃中国历史上，明初郑和七下西洋，所必经必停留补给修护的重要港口。后来虽然因为港湾泥沙淤积，而渐渐失去商港的地位。但是到了21世纪，中国从2013年开始推动“一带一路”倡议，人们不禁又怀念七百年前，郑和七下西洋，靠着征用了大量太仓的武士和百姓，成为航海水手和海军，文武兼备地在南洋和印度洋，歼灭海盗，平定攻击船队的土王敌军，威武而和平地宣扬国威，并赠送大量中华绸缎瓷器精美商品给沿岸国家，也带回各地进贡的奇兽和特产的盛世。

所以太仓在美食文化的成就之外，还有后人可以学习郑和以“文武兼具”，“硬软实力”并用，和平地与南洋各国友善交流的历史教育意义。这也是2005年5月21日、22日，我在中国社会科学院经济所主办的海峡两岸经济区域发展论坛，所提出并被选在大会上宣读的《利涉大川：从“黑水沟”到“银丝路”》论文中所率先提出“利涉大川”和建造海峡隧道，以及开发欧亚大陆，“经济挂帅”的“银丝路”战略建议。现在“一带一路”在世界上受到近一百五十个国家的欢迎，不能不说是当年郑和，起锚归泊，进出太仓刘家港，顺利七下西洋，“九夷百番，进贡方物，道途相属，方舟大船，次第来舶”的对外交贸易交流的历史成就，所给予国人经济战略家的启发而致。

我们到了太仓，杨建新主任安排我们去参观当地著名园林——南园。它位于江苏省太仓市市区，建于明万历年间，当朝宰相王文肃（字锡爵）所营建，是占地三十余亩的名园。七百年来，它历尽各种破坏，所幸在太仓市政府和人民的努力下，已经恢复了门楼、绣雪堂、香涛阁、大还阁、鹤梅仙馆、寒碧舫、潭影轩和长廊等十八处景点。

门楼悬挂的匾额“南园”二字，是明代大书法家董其昌所书，而潭影轩悬挂的匾额“潭影轩”三字，则是另一位明代大书法家祝枝山的手笔，大还阁乃是吴昌硕八十岁时所写的篆书等等。由此可见南园的文化，含金量之高，不比一般。

由于夏荷已谢，菊梅未开，我们走马看景，不得春花夏荷秋菊冬梅之丽。还好鼎年先生舌粲莲花，把南园的历代盛衰人事变化，择要告诉我们。让我不禁感叹，古人说的“三不朽”——立德、立功、立言之外，可能还可以加一项：“立园”才行啊！

南园中的大还阁，是中国第一家古琴馆，乃太仓市政府在恢复中的南园，按照典型的明代风格建造了大还阁。太仓明代已有“武术之乡”的称呼。据说徐上瀛年轻时也好习武，指臂应当都很灵活。可惜两次参加武举考试不中，遂弃武学琴。由于得名师指导，他又指臂灵活，所以琴艺大进。这是“文武双全”“斌心雕龙”的又一例(参考基于《文心雕龙》和《孙武兵经》的拙作论文集：《斌心雕龙》，台湾学生书局 2003 出版)。后来，徐上瀛总结了当时的“虞山琴派”大师严征等名家，基于太仓民风特性，所发扬的“清、微、淡、远”文化雅味，加上奏琴指法，作曲音韵理论，创作了《大还阁琴谱》《溪山琴况》《万峰阁指法秘笺》。他更提出了更有系统的“和、静、清、远、古、澹、恬、逸、雅、丽、亮、采、洁、润、圆、坚、宏、细、溜、健、轻、重、迟、速”二十四字要诀。对琴学理论发展做出重大的贡献。

当热心而且精通江南文史的凌鼎年先生引领我们看了南京博物院与太仓博物馆联合举办的“娄东往事：太仓文物回乡特展”之后，我深感古人说所说的“书如其人，人如其书”，也可以用于“文如其地，画如其地”。而且，一方水土确实“养一方文艺书画”。

根据太仓市博物馆的文字介绍，太仓早期的文艺发展，得地方农渔之利，可以上溯到四千年前的夏商时代。到了汉唐，它在累积了更多文化工艺之后，更“崛起于宋元之交，繁荣于明清两代，成为海内圭臬，涌现了徐祯卿、王世贞、张溥、吴伟业等文人墨客，所作诗歌、散文、戏曲、小说等唱响了来自江海之畔的“娄东之音”。

同时，太仓也诞生了一大批书画家、篆刻家、音乐家，譬如仇英、王时敏、王鉴、王原祁等，皆为领袖人物，形成了天下闻名的娄东画派、娄东印派、虞山琴派等艺术流派，影响深远。尤其是以王时敏、王原祁为代表的娄东画派继承了晚明画坛领袖董其昌的文人画精神，师法古人，以黄公望笔墨趣味为最高追求，成了晚明以来山水画的正脉，主导了由来三百年的山水画坛。

四王之中，后期的领袖王原祈的父亲是王时敏，祖父王衡是书法家。所以王原祈才能有如此高度和精练的成就。这种累积三代而成的书画艺术，就像漆器，先要有“胎”，然后髹漆多层，甚至多色，还要具备描金、镶嵌、雕堆、雕填等技法，才能成就佳品。所以国画、书法、国学，都不能“数典忘祖”，其实也是“务实”的做法。

因此，我们参观了太仓文艺精品，有幸处处都得到行家的介绍，才能略窥江南书画文艺之妙。2011 年初，我策展中华艺术史上第一次的“四绝雅集”，要求所有的作品，即使是油画、漆画、雕塑，都要有诗！书法，和“印刻”。所有的诗文、印章，必须中英文对译双呈，以便国际交流。现在看到太仓“诗书画印”的文化累积，和当代名家的实力雄厚，不觉想“野人献曝”，把“四绝雅集”的艺展形式，推荐给太仓。俾以发扬“文艺金仓”的“软实力”，让天下雅好精致书画的人，都能欣赏太仓这朵“幽谷里的兰花”。

娄东印派汪关的篆刻作品，取法古玺汉印，参合钟鼎古文，所作精严朴实，冲刀工稳流畅，手法离奇错落，在章法上极尽规矩求平稳，在刀法上善用冲刀，运刀坚实挺拔，印风隽俊，字形明快。力变文、何旧习，在苏州、常熟、太仓一带扩及江浙，为人所重。其子汪泓、清初沈世和、林皋等均受其影响。清初周亮工《印人传》将文彭之后的印家分为猛利、和平两派，“以和平参者汪尹子 (关)”。

“娄东画派的繁荣，离不开太仓人文精神的滋养。明清以来，经济繁荣、社会富庶的太仓，在传统儒家文化影响下，太仓人耕读传家，热衷仕途，将诗礼簪缨之族成为毕生追求。经济实力为后盾，太仓教育发达，试院、书院、文社、义塾遍及城乡，尊师重教之风兴盛。

自顺治四年（1647）到光绪三十一年（1905）废科举为止，太仓共出现进士一百多人，举人三四百人，诸生五千多人。“两门元望”“三凤家声”“五经三榜”等层出不穷，太仓出现许多科甲蝉联、世代为宦的科举文化大家族。

傍晚来到湖边，湖水一平如镜，对岸建筑灯光倒影，映在湖中，天镜之名，名副其实。

现代城市人口拥挤，交通堵塞，如何打造新的“园林城市”？这是全世界发达国家和发展中国家的普世挑战。现在看到太仓在建设“科教新城”时，留下绿化空间，打造出文静秀丽的“园林城市”，真是“奇迹”！小书《静秀太仓》有一漫画《撒Y子开不堵车》，确实表现出“静秀太仓”特点。2013年我策展《城乡之美》综合艺展，画家、摄影家、书法家作品，兼顾表现“城乡之美”。太仓如举办《城乡之美》，高手如云，对这个题目，岂不是“手到擒来”！

稍后天色渐暗，远处月亮升起。看到如此美丽安静的天光湖影，我不禁询问杨主任，今年中秋节，湖边有赏月的活动吗？杨主任说今年下雨，所以没有大型赏月的活动。他也问我，北美华侨，如何过中秋节？

我说，北美“舌尖上的民族”，当然都吃月饼。但是我们有“北美牡丹诗会”，在旧金山总图书馆，举办美洲历史上首次的“中美诗人金山中秋诗会”，并邀请了成都楹联诗会和成都书画院的三十位诗人和书画家来到旧金山，和我们以及远在美国东岸、加拿大、英国和中国的诗友，共同用中英语双译双诵古诗和我们新创的传统或现代白话诗。而且特别选用广东话、闽南话、客家话、四川话，表现唐韵、宋音，用四川话表现了蜀人苏轼《水调歌头》，接近原味的朗诵。此外还有笛箫伴奏的《长生殿·唐明皇游月宫》的昆曲。雅俗共赏。将来太仓的中秋于天镜湖畔，诗歌朗诵，同书法挥洒。品茗赏月又吟诗，岂不乐哉悠悠。

北美作家太仓行的压轴戏，就是和太仓作家协会、文联以及侨办，做文学交流。座谈精练宏观，包括“太仓”和“北美”“文学太美”设计成背景，博得与会者一致的赞赏。发言精彩，均被电视记者录像记下。

为了感谢太仓侨办上下对我们的热情接待，美景飨宴，我和笔名玄黄的女作家，以书诗画图，铃印题款为谢。早闻太仓文化深厚，文艺秀雅，而不显摆作势以争出名。玄黄女士画幽谷香兰为敬。正巧是古琴大师徐上瀛《大还阁琴谱·卷九·佩兰》上所书："兰生空谷，无人自芳。苟非幽人，谁与相捋。音无知心，佩而不光。心之有兰，追我羲皇"之意！

我从硅谷来，故题诗曰："江南多雅人，硅谷漫高识。唯有幽兰花，深山自吟诗。"

后来北加州湾区某诗人见此诗图，评曰，此乃上接古琴大师徐上瀛，"知音"之意也。

杨建新主任也是作家，笔名子容。他赠送我们一本他的散文集，《你是一棵树》。

我速读了集中压轴之作：《你是一棵树》。才知道原来这题义，典出乐府《苦楝词》，乃是感念他母亲辛苦教导他成材的一篇孝子感恩之文。所以我将诗画幅上的第二首诗念给他听。

辞曰："十年能树木，百年方成林。千载红杉高，万载华文明。"文联主席龚璇先生，老家也源出东坡的老家——四川。我用择录东坡的名句赠之亦十分妥帖。

著名经济学家吴敬琏说："太仓，是一块未开垦的处女地，大有作为"。

我认为《静秀太仓》这本书，封内页，开宗明义说得更透："小而美，慢而悠，秀而精，静而雅。"

评论：

我们的"文化自信"究竟从何而来？

用一句话概括作者的太仓之行，可能并不容易。但我们可以效仿作者，借用《诗经》中的六义，也即"太仓采风之赋比兴"。如要再进一步归纳此次采风活动的启示，可罗列如下：其"赋"，民族意象；其"比"，空谷幽兰；其"兴"，文化传承。

太仓身上的江南味道，是一面镜子。

园林、琴学、诗文、书画、篆刻等，都是太仓拥有的意象，是它们让我们看到了太仓真实的模样。“意象”这个词，多用于诗歌鉴赏。提及月亮，我们会念及“露从今夜白，月是故乡明”般的思念；提及菊花，我们会遥想“采菊东篱下，悠然见南山”般的恬静；提及竹子，我们会感慨“莫听穿林打叶声，何妨吟啸且徐行”般的洒脱。太仓一行，也在众人的心中刻下了特殊的文化符号，这些符号既属于太仓，也属于苏州，更属于我们这个民族。提及“文化意象”或“文化符号”，一般都以“群像”或“抽象”视之，譬如，要讲易经文化对中华文明的影响时，当我们真要挖掘其魅力，需要借助如园林布局等一个个具体而生动的例子。当远在大洋彼岸的游子望月思乡，回忆起关于月亮的诗句还不够，总还要想想故乡那片朦朦胧胧的山色、邻巷里此起彼伏的狗吠声、河岸边百年的老树等等。

“兰生空谷，无人自芳”，这是历史传承的意义，但需要理性待之。作者提及，太仓南园七百年来历尽各种破坏，“所幸”在太仓市政府和人民的努力下，已经恢复了门楼等十八处景点。一声“所幸”，包含的不仅仅是作者的“惜物”之情，更多的是折射文物保护意识的重要性，即不让这些幽兰自生自灭。文人雅士也好，凡夫俗子也罢，在社会生产力不断提升的环境下，旅游探访成了家常便饭，然而，出门在外，究竟要看什么东西？山川风光不必说，因为最容易雷同，而只有带着地域民族特性的人文遗产或风俗，才会联系着文化的血脉，亘古不变，给人以精神的洗涤。北美作家的这次采风活动，对太仓来说，无疑也是一场更进一步的保护活动。包括书画在内的任何一个意象，其实都能让天下人开始或更加欣赏太仓这朵“幽谷里的兰花”。

“十年能树木，百年方成林。千载红杉高，万载华文明。”太仓所拥有的“江南的味道”，深层次上就是“积累”一词的味道。港口历史的积累、同一园内书法作品的积累、同一世家技艺的积累等等，无不都是文化传承的魅力。比如，讲到累积几代而成的娄东画派，作者说“这些书画艺术，就像漆器，先要有‘胎’，然后髹漆多层，甚至多色，还要具备描金、镶嵌、雕堆、雕填等技法，才能成就佳品”，随之又强调“所以国画、书法、国学，都不能‘数典忘祖’，其实也是‘务实’的做法”。“不能‘数典忘祖’”，也就是不要丢掉老祖宗留下的东西；而“务实”，强调的是，“不忘”是传承的底线。对太仓文化的传承亦如是，对中华文化的传承更如是。但底线不是终点线，想要做好传承工作，远不止如此。于海外华侨而言，“心之有兰，追我羲皇”不仅是一种享受，更是一种情怀、一份担当。

“小而美，慢而悠，秀而精，静而雅”的又何止太仓呢！

（林岳斌　评）

玄　黄

作者简介：玄黄，长篇小说《南宁旧事》获广西南宁文联长篇小说成果奖。中篇小说：《寻找玉兰花》《红白罂粟花》《鸽城》，《那年，蝶年》《寻找玉兰花》获中国《小说选刊》全国笔会中篇小说一等奖。作品结集成书《纽约丽人新》，由长江出版社发行，并登载于台湾著名《皇冠》杂志。散文无数《红杉林》，《海外书刊》《电影杂志》《台港文学选刊》等等，近作《舌尖上的台湾记忆集》正在编辑中。长篇小说新作《多少楼台烟雨中》，《文心雕龙》(刘勰外传)。长篇小说《南宁旧事》，将由笛女（上海）传媒制片，拍摄大型电视影片。

舌尖上的台湾记忆

南门市场的炸圈饼

我出生那会儿，台北是个安静的小城，行政区在旧城门内，处处都是木制日式平房，我家对面就是植物园，算是“中心区”，离“总统府”只有大约四五百米的距离，室内虽只有三四十平方米，但院子却比房子大，种满了热带果树和花草，院中有一棵高大盛产的杧果树，还有个私家小防空洞，洞内下雨的积水常生出蝌蚪，篱笆外就是旧时的“总督府”，我还清晰记得，小时站在防空洞上趴着竹篱笆亲睹总督府前拍间谍电影时灯光如昼的热闹场景。

那时台湾刚光复，我是台湾出生的外省第一代，父亲在二战结束后即随员接收银行，那时他还不到三十岁，是金融界少俊，很快就爱上这个亚热带岛屿，鼓励亲戚移居于此，我父亲在家族中算是大家长，全力支助家乡亲戚们来此发展。

那几年，家里住满了人，几乎是一张榻榻米睡一个人，人气颇为壮观，那小小厨房端出的美味比现在的米其林餐馆还多，各家带来不同的菜谱秘籍，虽然不久风云大变，围墙外弥漫着 1949 后颠簸悲苦的离乡抑郁，但这避难所却是舌尖的天堂，直到堪忧的局势和治安逐渐稳定，成员各自成家立业后才陆续搬离。

我母亲和众亲戚相处融洽，现在回想，那是多不容易的事，半个世纪后，当他们都步入耄耋之年，回顾一生，追忆刚到台湾的情景，还不时感谢我母亲作为“大嫂”的宽容大度！

然而，在温馨和谐“大家庭”的童年记忆里，独有一事却是如此不协调，因而深深地烙印在幼小记忆里，那是个赴宴前的景象，母亲正在镜子前面细细地化着妆，化着化着，突然把眉笔生气地往桌上一掷，抽泣起来，幸好这时父亲极有耐心笑眯眯地哄着她，等到母亲哭够了，重拾眉笔化完妆，两人才雨过天晴地出门。

除此之外，她常私下打开一个铁盒，里面厚厚一叠纸，看着看着，便泣不成声。

她的情绪给了我人生第一次悲苦的震撼，我看到的是一个陌生的母亲，一个情绪失控、莫名其妙流泪的母亲，她的眼泪让我既心疼又无助，却种下了我悲悯的种子。

我一直想不通母亲为何会如此反常，直到我历经世道情殇，才明白了她的泪，她的四川亲人曾婉拒了父亲的好意，不愿离开天府之国而移居台湾，因而国共分裂后，乡音渺然，她孤身寄居孤岛，唯一能给她安全感的只有父亲，她跌入思念的陷阱做困兽之挣，她这股幽怨在聚会时却必须强颜装笑，这压抑的不安与愤怒便一股脑儿发泄在带他出川的父亲身上，而那铁盒的秘密，我到上学识字后才解密，那小小的铁盒里珍藏的是残存的家乡痕迹，那是互诉千里亲情的信件，而1949年后，时间断裂，过去骤然停止，家乡只能在薄薄的纸张上寻找！眼泪就是她沉默的呐喊。

虽然那几年母亲如岛内亚热带的飓风，瞬时可晴可雨，但我却是在父亲安全的羽翼下渐渐“涉世”的，他是南方人，心思细腻，充满浪漫情怀，喜欢带着孩子隔三岔五地设坛，祭拜数不清的山川神祇，从花神、王母娘娘、月神等等到一连串的家乡传统节日，祭坛上总是放满小点，我的舌尖永久留住了这童年神奇的记忆。

我父亲中学时就读于香港，那时的香港电影公司已具相当规模，他迷恋影剧，常徒步一小时，去中环旁山坡上的电影公司学习导演，想必这各种名目的祭坛是他壮志未酬而精心设计的小舞台，孩子们便是他的演员，他有时也要我们为他打扮成不同的角色，指导我们用棉花将他化装成老人，用毛笔往他脸上乱涂一番，画成个连孩子们自己都吓哭了的脸谱，这就是当年物质匮乏的环境里父亲苦中作乐导演了我的甜蜜童年。

我的舌尖被他惯坏的精彩时刻就是每每到他的休息日，便会吵着要跟他上摆满各式香味摊贩的南门市场，我祖父曾是一家南方法式旅馆和广式大酒店的东主，我父亲舌尖上美食的经历等于厚厚的一本广东食谱，他喜欢下厨，他是通过自己下厨，用舌尖回味那酸甜苦辣的思乡情怀和童年记忆，南门市场变成了他寻找“舌尖上古玩”的神圣之地，我总是星期日一早就穿好鞋子，等在他的脚踏车旁，不放过和他一起上菜市场的探秘时光，他把我放在他身前脚踏车的横杆上，我紧紧抓牢了“龙头”，我们就这样欢天喜地出发了。

我到了南门市场，早已盯准了我舌尖的猎物，那是椭圆形两端带尖的油炸饼，我总是迫不及待地摇着他的龙头，口里闹着：“要炸饼，要炸饼”，直到他在那油香喷鼻放满了诱人的炸饼前停下，我才罢休，父亲当然知道我执意吵着来南门市场的目的，毫不犹豫地买了饼，耐心地吹凉了，交到早已食指蠢蠢欲接、两眼发亮的我的小手中，我满意地吃进了终生舌尖首认的“绝妙美食”，自此这记忆便库藏在一生抹不去的潜意识里。

我父亲去世那年，我陪母亲回台处理父亲遗产，那是21世纪的第一年，我自从大学毕业留学后，又教书多年，已许久未回台湾，忙碌之余，想走遍曾到过的每一个角落，充满舌尖上记忆的菜市场当然也不会放过。

一日，在住处不远的菜市场我独自兴奋地逛着逛着，每一个摊位都勾起我舌尖上台湾的快乐回忆。

突然一个熟悉的香味吸引着我的舌苔，我在众摊中四处探寻，一眼就找到了那个炸着圈圈饼不起眼的传统油锅和一排刚炸好的油炸饼，早已久远模糊的南门市场童年记忆瞬间唤醒，我不自觉地走到那摊位前，买了个油炸饼，放在嘴里吃着吃着，熟悉的香甜味中竟含着湿浓的咸味，那是我的眼泪，我在那一刻才真正知道失去父亲意味着什么，我很想再用我们一贯轻松开玩笑的口吻问他："爸，你记得我小时为什么总跟你上南门市场吗？"

他一定会毫不迟疑微笑地给出答案："还不是想吃那炸圈饼吗？"

我满脸泪水，低泣压抑着抽搐的悲号吃完了我的炸圈饼，居美多年，甜得发腻的圈饼从没唤醒我任何儿时的联想，但此时此刻，我淹没在童年舌尖的记忆里，像个溺水无法自救的四岁孩童！

而手上这油炸饼的滋味与半世纪前南门市场的那个四岁女孩吃到在记忆里的却差之甚远，是这家摊位的调味不同吗？其实油炸饼在台湾是很普通的小点，做法极为容易，不必特殊秘方，哪家做的都差别不大，不外是揉好的面粉加糖放在油锅里炸得皮脆肉酥，然而我为什么对南门市场吃到的油炸饼如此嘴馋，我在这一刻恍然大悟，因为南门市场的油炸饼是加上了父爱的秘方和父女的亲情！

父亲从未出手打过我，也从不提高声调训斥我，自我出生那一刻他就尊重呵护我幼嫩但完整的自我灵魂，我自小撒野得像个男孩，小名是封神榜的捣蛋鬼"哪吒"，幸好他明白这就是我的天性，只要没过分出格也就不必用高高在上的权威以他的理想和喜厌来塑造他的女儿，但是他并不纵容我，在我犯错时，他会及时用他悲悯温和的语调提醒我。

如今，我历经红尘数十年，在万缘中挞伐得遍体鳞伤后，我回首千山万水，才看到这一路对我锲而不舍的唯有我的父亲，他始终默默地跟在身后，举着随年龄逐渐黯淡的火把，照亮我脚下的路，他不是个完人，他也有凡人万般的无奈，但他却是最爱我的男人，他是唯一能包容我一切的至爱！

四岁时的油炸饼为何如此美味，因为就是它，让我在懵懂混沌，初有味觉时就通过舌尖品尝到了一生灵魂最完美的滋味！

玉兔灯笼

小时每到中秋，大人就指着那一轮明月，煞有介事地说："看，月亮里住了个偷吃仙丹飞到那里的嫦娥和陪着她的兔子！"

我半信半疑惑地横看，竖看，睁大眼看，眯着眼看，就是看不到连个影儿也凑不出的嫦娥和兔子，我隐约知道这是大人的"善意谎言"，装着若有其事地找："在哪里啊，指给我看看！"

大人就认真地把手臂伸得老长，比画着："没看到？喏，那就是嫦娥的身子，那就是正在捣药的兔子！"

他们扮的是他们父母当年"文化传承"的角色，我当然也像他们小时应付他们父母一样，立即配合演出："啊，看到了，看到了！"

其实这传了千年的故事只能骗骗三岁孩童，稍长都知道信了才是傻瓜，但那就是文化传承下的亲情传递，让中秋夜抬头多看一眼，流传下许多美丽的诗歌。

无论如何，那是个舌尖欢腾的节日，中秋前的几天，大人穿街串门，互赠月饼，比任何音乐更美的电铃声便在自家和左右邻居的巷子里此起彼落，孩子抢在大人前面去开门，进了屋便迫不及待地打开盒盖，但，吃了两口就腻了，再试另一盒不同的口味，当尝遍苏式、广式、台式等各种各样的风味后，舌尖上的好奇很快麻痹，乖乖地把堆满小山的月饼归还给大人，再也不想碰了。

为了让在孩子活在嫦娥神话的飞天自由世界，过得更像个无拘无束的孩子，父亲加把劲营造气氛，自己亲自下海，动手做起"玉兔灯笼"。

现在回想，要做个玉兔灯笼实在不是件简单的事，那年头，元宵节才展示的这种工艺品是买不到的，而且在当时物质简陋的50年代，只有专业人士才知道如何选购材料。

台湾遍地长竹，任何竹器店都不难买到兔子骨架的竹片，但贴附在竹架上的黄色透明纸就得到特殊的文具店找，此外，木轮子必须滑溜稳当，能让七岁的孩子轻易拖着走，蜡烛又不致震倒。但真正的挑战却是凑足了材料之后的手艺：纸要稳当而密不透风地绷紧在竹片上，以免万一漏风，肚子里的蜡烛火苗一歪，那就将瞬间烧毁费尽心思才完成的玉兔！

台湾当时外贸正刚起步，负责银行“国外部”的父亲分外忙碌，但他居然奇迹般地在中秋节一早，把一只只比我身高小一点的漂亮的“玉兔灯笼”完整地放在我的眼前！

那夜傍晚，一轮明月升起，争气的中秋之月果然不负众望，比平日的十五满月都圆满明亮！

这时亲友已欢聚厅堂，满桌的菜肴不但表达了我父亲身为大家长的凝聚威信，也带来家族永远平安团聚的期盼。

大人的节目是靠舌尖来庆祝的，孩子们的节日是要看大人如何变花样的。

当明月凌空，已到浓夜时，大人把藤椅挪到院子，打开画着嫦娥和月兔的盒子，小心翼翼地将月饼切好，放到口里，嘴里品尝月亮，眼里映着月轮，当几杯白酒下肚，思乡愁肠迅速燃起，此刻，只有对月互诉千里乡怀，家乡遥远如梦，此情何时了，只有杜甫的诗“人生不相见，动如参与商”能说得透彻。

我当然没有家乡的记忆，只知道这是个快乐的节日，肚子吃得鼓鼓的，如大人点亮了的玉兔灯笼的圆鼓肚子，橙黄温润的亮光溢满花园，大人从感伤中苏醒，眼光从幽幽多情的月亮收回，啧啧称奇：“伍哥做的灯笼就跟我小时中秋节玩的一样啊！”

他们看着儿时熟悉的玉兔，快乐的思绪重新燃起，父亲对我说：“要小叔陪着你去玩灯笼吧！”

我抓着玉兔前端的绳子，毫不费力地拖着玉兔出门去炫耀了，左右赏月的邻居当然都没我这独家的“奢侈品”，孩子们立刻围拢过来，羡慕地跟着玉兔，我昂首挺胸，一路逢人便说：“看，这是我父亲做的”，“看，这是我父亲做的”，我骄傲得像个独拥月亮的嫦娥。

人类第一次登上月球是1969年7月20日，我和家人紧盯着电视荧光幕，看着阿婆罗十一号将人类的足迹首次送上月球的那一刻，老一辈无限感伤，为科学揭穿千古美丽的神话而遗憾，其实他们早知道嫦娥飞月绝无可能，但那已成为他们对月亮的文化依赖，那几乎代表他们一生借着月亮累积的情感和记忆！

我那时已是少女，我们那一代是西皮时代，是以叛逆为己任的一代，我们欢欣迎接科学实证，庆祝人类登上月球，如今我已超过当年父辈的年岁了，渐能理解那一辈在当日的忧怀，1969年月球航天员宣称："我的这一步是历史的一大步。"的确翻转了世界格局，人类的竞赛从此从地球升级到外层空间，谁占有制高点，谁就有机会主导世界。

反思，千古年来人类各自对宇宙万物的景仰和遐想就如同东方艺术的留白，万物由心起，是否"不可说"给了心灵更大更无边的自由？是否这就是老子的哲理："绝圣弃智，民利百倍"？

而我，自从1969年后，以科学求证，自以为是，加上阅读大量推理小说，对后羿之妻嫦娥奔月的故事居然有了新的阐释，后羿是否在发现嫦娥和寒浞"搞婚外情"后，一怒之下杀妻泄愤，编了个嫦娥奔月的神话，成功蒙骗了相信天地万地皆有神祇的无邪子民？若同样的家变发生在现代，这桩悲剧是极有可能发生的，1969年，我失去了纯真，嫦娥的美丽神话居然变成了一桩千古奇案，我真的是大大的不肖，有愧先贤！

如今八月十五望着完美无缺的中秋月，我被剥夺了千古年来世世代代以嫦娥仙女唬童造神的权利，我早已记不得童年时吃过的所有舌尖上月饼的滋味，即使我丧失了对月的幻想的权利，但我永远记得那个"玉兔灯笼"，那个祝愿孩子有个完美童年记忆的父爱，那不是科学的计算，那是无法衡量的慈心！

初恋的咖啡

我在大学一年级遇到了我的白马王子。

上大学时，我和许多从台北外地来的同学一样，人生地不熟，选择了住校。

一间寝室住满了八位同学，私生活的一举一动都逃不过大家的关注视线。

本来十分平静的寝室却由于我的到来变得热闹起来。

我每星期都有一两位异性访客，楼下传达室一通知，寝室同学便好奇地偷偷躲在我后面，瞧上一眼，但令她们奇怪的是我每每只送男客到了校门口便分了手，从没让任何人越过雷池一步。

她们为此十分困惑，其实，这些访客不外是我相识已久的哥儿们，我性格大而化之，有些像男孩，但还知道底线，何况，我一直在等我的白马王子，我不知道他在哪儿，我知道他总有一天会出现的，我渴望以最纯净的身心来迎接他！

我想，这是我们那个时代许多矜持少女的梦，我也不例外。

终于，有一天，当门房传来又有访客的消息时，我淡然地打开通知单，一看那个名字，却吓一大跳，不知所措，立即翻箱倒柜找衣服，又对着镜子慌乱梳头打扮，寝室的人看在眼里，心里都纳闷："一向满不在乎的她，今天是怎么了？来的人到底是何方神圣？"

来人是我从没料到的，我们并不熟，暑期中才和哥儿们到他家赏昙花一现的奇景，在浓夜中，他热情地打开陈年茅台，瞬间，星光下，花丛间，酒香独霸天上人间，这场夜宴客主并欢，直到深夜昙花绽开后才分手。

从哥儿们口中听到不少对他的好评，据说他成熟稳健，不轻薄挑逗，理科毕业，曾经做了四年的大学班长，处世作风公正有理，这位比我大好几岁的大哥辈怎么会到这儿来找我？

但我也能沉住气，第一次与他见面，私下只聊些表面的客套话，说真的，对这莫测高深的学长，涉世未深的我，实在不知该说什么，不该说什么，我心里打战，不敢在他面前"乱说话"而自乱阵脚，只好大眼瞪小眼，互相交换彼此初上大学的经验。我们话不多，君子之交淡如水，之后，陪他走到校门口，等下一班回程公交车，从见面到再见只短短不超过一小时，就如"挥挥手，如挥去一片云彩"！

一回到宿舍便立即被大家围了上来，七嘴八舌：“小黄，你从来都是对男生满不在乎的，今天怎么这么反常，这人是谁啊？“

“我哥哥啊，想我介绍给你们认识认识吗？“

“很帅啊！“

“当然喽，和我像吗？“

“真有几分像啊！“

寝室里果然马上有人“奉水倒茶”了。

我心底也在咕嘟，他有可能对我这才大一的“小丫头”感兴趣吗？他和我是隔了好几层的哥儿们关系，彼此算不上认识，他是如何打听到我的消息，找上门的？

但在第三天，他来了一封信，约我周末和他一起去碧潭划船。

正在南部服役的他经济条件并不宽裕，我们仅能划船，在岸边比赛投石水面弹跳的次数，或散步河边，但这短短的下午，时间却似情人的温柔体贴，魔幻般拉长了！他仍谨言慎行，也许和我一样也是不知所措，我们虽然话不多，但，这是一场梦游历程，不真实地处处充满惊奇。

从此，我们全靠南北走上一星期才递到手中的平邮联系，所谈不外是严肃的生活哲理，淡淡的，看似无情却有情。

他每个月会从南部回到台北和我约会一两次，我们保持“美丽的距离”。

直到我大一暑假，他才服完兵役，住回台北，大二时，我们开始了实质上密切的来往。

我们常约黄昏后，一起看电影，他同时严肃地规划人生的下一步，就像学理工的同班同学，找寻机会到国外深造，我们虽然默默地已认定是“男女朋友”，但我心中却有一个坎儿，那便是，他出国的日子会很快来到吗？在那出境管制的年代，年轻人只有靠留学才允许出境，到时我该如何面对，我们这样发展下去，会是什么结局？

总之，我决定走一步算一步，也许，年少气盛，打定对“白马王子”宁可“只在乎曾经拥有，不计较是否能一生一世”的傻劲儿！

我们那年代的少女是如此的单纯和专情！

那年的初夏，逢他生日，他约我和同学在台大附近的老爷饭店吃西餐。

席间，这批电机系的哥儿们个个意气风发，谈的不外是计算机将如何在未来不久引领风骚，创造一个无可预知的科技世界，一个美丽新世纪，而他们生逢其时，又身怀绝技，发誓全班同心参与这场历史的难得盛典！

我虽被他们激情感染，却心情复杂，因为，我的情感前途是雾中探路，我强颜欢笑，却无人看透我的寂寞，包括沉醉在光明前景的他！

那天手持刀叉吃了什么西餐我全忘了，但那咖啡却是难忘的。

那是最后的一道食品，饭后配合甜点的咖啡，餐馆老板亲自为每人端上一杯咖啡，据说那是来自巴西，当场研磨的咖啡，这是我第一次喝咖啡。

在座的许多同学和我一样，也是第一次喝咖啡，那年代，咖啡是奢侈稀贵的。

他似乎是个咖啡老手，款款谈起喝咖啡的秘诀，建议大家和他一样，最好喝“黑咖啡”，体验咖啡的原味儿！他欣赏咖啡就像欣赏一个艺术品，先体验那特殊诱惑，之后举杯细口亲啜，如吻香唇，最后正襟危坐，半闭眼睛，像坐定的高僧，吐纳天地精华，将咖啡的奇妙送进了灵魂！

大家愣愣地看着班长，不由得对咖啡奉若仙药，举杯小心翼翼照本喝了，但那表情却像是喝了中药，良药苦口，有苦难言！

而我，喝了一口，当然也不例外。

“需要加糖吗？”他同情地看着我，问道。

“不……不……这味道……刚好。”我不想让他失望，又挤出一丝微笑，故作轻松地又喝一大口，这次，感觉苦中却有股甘味回甜。

那一口，注定了我将以咖啡来品味人生。

之后，同学们一个接着一个传来申请到理想的学校，拿到满意的奖学金，远赴美国，在这一股留学潮中，他也在努力地填表格，等待好消息。

但他申请之路并不顺利，也许是严肃的择校态度，一直拖延着。

在他似乎并不急迫出国的情形之下，我的心情放松了，无可救药乐观地以为一切都会有个圆满的结局，因为，我们是天下的“绝配”，是天造地设的一对，什么困难也无法将我们分开，至少，这是我，这天真初恋的女孩自以为是的盲情！

他常邀请我到家里喝咖啡，他的家庭虽不富裕，父亲遭受政治打击，但家庭背景下的习惯却是讲究的，那咖啡味就是我们恋爱的滋味，不是东方恬静清澈见底的茶香，是浓黑莫测的，是纯粹凭自己的感觉来体验的，而我们沉醉期间，用最绅士淑女的风度品尝。

一次，我看他的脸色严肃，不像往常的潇洒自若，难免问道："发生了什么事，看得出你有心事，愿意说出来吗？"

我心跳得七上八下，心想，终于他要宣布何时出国的消息了，我们相隔两地的时间终于到了。

他停了片刻，才缓缓开口："我去了一趟警备总部！"

警备总部是拷问滋事者的地方，是个早已视为可怕的思想监督机构。

我松一口气,不是我的感情"死期宣布"！但还是吓一大跳："你惹事了！"

他勉强挤出一丝笑容："那是场误会，现在已经没事了！"

他虽淡然一笑，很快恢复了一贯的潇洒，但没逃过我的法眼，我看出他还是心有余悸。

"连你从不参与政治的人都会进警备总部，太可怕了！"

他哈哈大笑，似乎是想冲淡我的疑惑："我根本没犯法，他们这次是闹了个大笑话！"

"喔，笑话，什么笑话？"我好奇地追问。

他想了一会儿，整理了思绪，便从头说起："我没想到家中的信一直被情治单位开封偷看，我和同学们写信一向玩笑开惯了，几个同学们正在拼TOEFL，我写信给他们打气，写道：'我们要把老美TOEFL从南杀到北'，没想到警备总部一看"杀老美"便大为紧张，把我叫去拷问，一见面就当头噼里啪啦威胁：

"老实交代，你们有多少人要造反？同伙的名字从实招来！否则有你好看的！"

我一头雾水："我没想造反啊，你有什么证据！"

警备总部以为我嘴硬，拍桌子大骂，狠狠地啪的一声，把一张信纸摊在我前面："还说没证据，从实招来，这是什么？"

我一看，原来是这封开玩笑的信，知道是误会了，忍不住笑了。

警备单位看我笑了，更生气："王 ××，你们要杀老美，还以为我们不知道！"

"报告长官，这只是跟同学的一句玩笑！"

"好啊，他 × 的，还嘴硬，信里都指名了要杀这叫 TOEFL 的老美，别抵赖，告诉我，你们想杀的这 TOEFL 现在在哪里？老实招供才不会落入杀人的罪名！"

我不得不忍住笑："报告长官，TOEFL 是留美考试的英文能力测验简称，英文全名是 Test of English Foreign Language!"

这一解释，拷问的人面面相觑，赶快查实，果然 TOEFL 不是个"人"，知道这下糗大了，但还是嘴硬："以后别再说些没头没脑的话了！这次就算了，知道错了就放过你！"

我哪还敢再辩白，马上说："谢谢，谢谢，知道错了，知道错了！"

他把整个事故的来龙去脉说完后，我们相对大笑，但我心底很明白，他虽说得轻松，但以他一贯强烈的自尊，他是不可能把这件事轻易地抛在脑后的。

果然，从此，他加快了出国的脚步。

半年后，他出国的手续办妥，我终于知道，我无法再挽留他，我们真的即将分别。

我还一直期盼他能像许多同时期的留学生，出国之前和女友先订婚，虽分隔异地，却彼此表达终有意愿修成正果的诚意。

但他一直没提，也许那次警备总部的拷问并没有他说的那么轻松，可能在逼供拷打下，他对任何人都不再信任，对未来充满恐惧，而我，因矜持和保守，认为这该是男方先开口的事，默默地等待着他夸出那一步，直到孤身看着飞机飞上白云，呼啸而去，我方彻底体会到分离的滋味，那不是靠勇气能撑住的，那是整个身心的崩溃，我在接下来的一个星期，一直没有止住我绝望的泪水，以前听说极度悲哀的哭泣可导致眼盲，我的眼睛哭得肿大如桃，我在年华正茂的二十岁就早早经历了情劫毁灭的威力！

也许，我们因昙花结缘，也缘如昙花。幸好，我重新站起，时光是最好的医药，它用岁月愈合伤口，淡化记忆，但，我从此对咖啡上了瘾，因为初恋的味道就在其中，谁的一生会真正忘掉初恋？

评论：

《舌尖上的台湾记忆》一文通过三种不同的事物“炸圈饼”“玉兔灯笼”和“咖啡”代表了我幼年感受到的三种不同的味道，有“炸圈饼”带来的童年味觉上的回忆，同时也是对童年旧时光和故乡的回忆与向往；有“玉兔灯笼”代表的属于中华文化的文化味道和文化记忆，这种文化味道与文化记忆由父母长辈传递给晚辈，儿时吃过的味道或许会因为时间的流逝而日渐忘却，但是物品与文化中承载的亲情却让人刻骨铭心；还有“咖啡”所代表的初恋苦涩的味道，可苦涩中却也带有一丝的回甘，令人记忆深刻，难以忘怀。并通过这样的三种事物表达出三种不同的情感记忆，抒发自己内心的情感。

本文通过三种不同的事物表达自己三种不同的感情，首先便是“南门市场的炸圈饼”，在这篇文章中，三种味道记忆中有两段都与父亲有关，“炸圈饼”的记忆混杂着“我”对故乡的思念，文中，提及了“我”童年所居住的环境，有“果树”和“花草”，而“我”还清晰记得，这些都足以证明“我”对童年居住环境的热爱和怀念。同时“我”对于那时的记忆还有如“岛内亚热带的飓风”的母亲，作者在此处细细地描绘出了母亲的动作如“细细地化着妆”“突然”“抽泣起来”一系列的动作，在没进行解释之前，读者也会产生好奇，与文中“我”产生“共情”的感觉，在这种“悲苦的震撼”中，却感到反常与奇怪，与下文中，“我”了解到母亲对自己故乡和亲人的思念相照应，同时也引出了下文中“我”在背井离乡多年后回到台北却吃到“含着湿浓的咸味”的油炸饼，“我”也体会到母亲当年的情感，理解了母亲对家乡和亲人的思念，尤其是在那个年代，用味道留住“我”对故乡及亲人记忆的父亲。紧接着，第二篇文“玉兔灯笼”则更加体现出父亲对“我”的影响，“玉兔灯笼”一文体现了中秋节中文化的含义，父母扮演着文化传承的角色，而作为孩童的

“我”却不相信中秋节的故事，但却因为中秋节文化传承下的亲情传递对这个节日和与这个节日相关的故事都记忆深刻。而“我”在得知人类1969年第一次登上月球之后，美丽的神话在“我”看来已经被撕碎神秘的外衣，但成年后的我，渐渐领略到中秋节的意义，“我”记不得“月饼的滋味”、丧失了“幻想的权利”，但父亲为“我”做的“玉兔灯笼”永远留在“我”的记忆中，成为儿时父爱的美好回忆。最后，“初恋的咖啡”中“我”的第一次情感经历，被“我”比作咖啡，而初恋的情感不正是像咖啡，苦涩中又有着回甘，在文章的细节中，处处透露着初恋的单纯与专情，无论是“我”对待“白马王子”与其他男生的不同，尤其是“我”第一次与他喝咖啡时的行为都透露出“我”作为女生的单纯小心思,同时也与文章题目相照应,暗示着这段注定走向“苦”的初恋。

作者通过油炸饼、玉兔灯笼、咖啡三种不同的意象代表着乡情、亲情、爱情这样三种不同的情感感受。这样三个事物各自有着自己的特点，不只是味道上，在情感上也有很高的贴合度，因而极容易引起读者的共鸣，产生共情，更能体会到作者在文章中所写的感情。

（于悦　评）

冰　清

作者简介： 冰清，女，生化本科，食品营养学硕士。中学时代就开始在报纸杂志上发表文章，作品曾在《北京晚报》《北京青年报》《世界日报》《星岛日报》等传统媒体上发表，并多次在广播电台、电视台的征文比赛中获奖。出版个人专辑:《美味人生》《美国生活大爆炸》。

蟹　缘

前几年，我参加了一个网络大咖胶东行的活动。跟着一批网红沿胶东半岛，游历各农产品产区市县。在烟台苹果节的那个晚宴上，偶遇养蟹人沈广龙，从此开启了一段奇妙的蟹缘。

那天晚上，许多新农人聚在一起，大家聊的话题大多是食品安全问题很大，作为新农人如何做良心产品，让民众买到安全的农产品。但他们当中的许多人并不是做农业出身，虽然有情怀，却不知如何才能做出好的产品。如果只有情怀，没有技术是不行的。我旁边坐着一位戴眼镜的年轻人，没有参与高谈阔论，只是在一旁默默听着。我问他是做什么的，他说是养螃蟹的。随后他说，现在阳澄湖的大闸蟹其实很多是固城湖的蟹贴的牌。因为固城湖螃蟹的品质非常好，已经赶得上阳澄湖了。我很惊奇，还是第一次听到这样的说法呢！我说，网上对螃蟹养殖有许多谣言，比如喂螃蟹激素什么的，他说这些谣传伤害了企业，其实真正懂养殖的人都知道，水产品的养殖哪里能靠激素呢？要养的好，得饲料好，养殖环境好，还得懂得养殖动物的习性，知道怎样让螃蟹高产。说着说着，一大堆专业术语就出来了。幸好我是学生物的，都能听懂。我不禁称赞道，你很专业啊，这么多人里，只有你在谈科学，谈技术。你是学什么的。他说是学动物科学的，原来如此，怪不得这么专业。

第二年，我到阳澄湖去考察大闸蟹，快结束的时候，接到沈广龙的电话，他问我可否顺便也来高淳考察一下。一定会让我惊喜的。我就买了张高铁票，从苏州赶到南京。虽然我对南京很熟悉，但是对于这个离南京只有一小时车程的高淳却非常陌生。当接近高淳的时候，我看到了一片片围湖建成的蟹塘。沈广龙说，高淳不仅仅有螃蟹，还有很多宝贝等着我们去挖掘呢！

在高淳第一晚的美食就征服了我。高淳的菜跟桐庐菜有点接近，食材以河鲜为主，也用辣椒等重口味调料，做出的菜鲜香辛辣，刺激味蕾，又不掩盖食材本身的鲜美，更没有四川麻辣的喧宾夺主。正当季的大闸蟹，不仅个头大，蟹肉鲜甜，蟹膏也香醇丰腴。我后来推荐我的一个明星朋友品尝，他说从未吃过质量这么好的大闸蟹。以前他根本不吃公蟹，但是吃过沈家的公蟹，他改变了看法，没想到公蟹也这样美味。

短短一天半的时间，我跟着沈广龙游览了高淳水漫城和山漫城。我简直不敢想象，这里竟然是一派欧洲的田园风光，那一大片紫色的马鞭草，像极了普罗斯旺的薰衣草花园，山里的小木屋又布置得非常文艺，远离喧嚣的闹市，在山清水秀中留得一片宁静。

沈总邀请我到他的蟹塘参观。他带我走进他的办公室，一个个电脑都在运行中。他说他在用电脑监控水质，如果有PH，或者水藻过多等问题，他都能第一时间知道。水质控制得好，螃蟹才能长得好。他又说起螃蟹的饲料要如何调配营养成分，多了会爆黄，少了螃蟹不长肉。他谈养殖，没有情怀，没有虚夸，都是实实在在的科学。难怪他能在短短时间成为本地区的创业明星。

他的蟹塘附近都种的菜，中午吃饭的时候，他就是从自己种的菜里摘了一些。我第一次吃到现拔的茭白，难以名状的清甜。菱角更是鲜美。我还是生平第一次吃菱角藤，嫩嫩的，带着菱角的清香，好美味。离开的时候，他把蟹塘旁边新收的黑芝麻送我了一包。后来我回去炒了，做成芝麻糊，简直比店里卖的强太多。

我要离开高淳的那个离别晚宴，沈总请来了高淳旅游局的王局长。他说，高淳这么美，有这么多好东西，但是外面人却不知道。我们实在太需要宣传了。他跟王局建议，组织一个海外作家采风团，把高淳的美景好好走一走，把美食品尝一下，多写点文章在海外媒体发表，让更多的人知道高淳。大家一拍即合，就着手开始准备工作。

说起来容易，做起来难。筹划一个活动，中间需要很多细节上的安排，确认，落实。我们不断在微信群里沟通，来来回回，竟然花了一年的时间。最后确定了时间和人数，在海外作家江南采风团的最后一站，我们终于选定了高淳。

当我们最终从南京坐上中巴，来到高淳，在文艺气息浓厚的民宿花涧堂住宿。我也跟两个老朋友再次相逢。此时沈总的事业已经火起来。他的蟹塘成为金陵科技学院科研示范单位。他被评为中华好蟹的光荣称号，也多次上电视台接受采访。

以蟹为媒，这群海外作家看到高淳美景，尖叫连连，直说虽然高淳离南京只有一小时车程，怎么以前没有听说过这个好地方啊？和我上次来一样，他们在马鞭草丛流连忘返，在向日葵丛中留下倩影，在云雾缭绕的茶园自己体味慢城的精髓。在林间小木屋，享受一下天然氧吧。沿着高淳老街青青的石板路，看着两边店铺贩卖的高淳土特产，蒸米糕、虾酱、鸭脚包。每一样看了都让人流口水。大家还在本地最大养蟹企业建造的私人螃蟹博物馆，学习各种螃蟹的科普知识。

秋高气爽的时节，恰好是蟹儿肥的季节。海外作家们头一次学习去塘里捞蟹，学习如何剥大闸蟹。当堆积如山的螃蟹端上来，他们都说，从未如此痛快吃蟹，把这辈子欠缺的都吃个够。爱蟹如命的吕红团长说，如果江南行没有高淳收尾就不完美。我品尝了沈家蟹，发现又鲜美了许多，他的螃蟹品质甚至超过了阳澄湖的某些商家呢！他的设备也更加先进，有了水上无人机器人，替他收集水文资料，建立大数据模型，为养蟹提供科学上的帮助。一人富不算啥，让养蟹的农人一起致富才是有意义的。

临走那天，沈总的好友，中山纪念馆的馆长闻书记也加入我们的活动。采访作家中有一位来自台湾的林中明先生，父亲是参加过日本战败投降书签订仪式的。闻馆长听说后，就邀请他们来南京中山陵看看。路上路过固城湖小学，看到孩子们需要经费改善读书环境，林先生当即签了三千美元支票，成立奖学金帮助贫困儿童。他告诉我，沈总也有捐赠，每卖出去一箱螃蟹，就有一定比例的钱捐给小学校。

我不禁赞叹：这样的青年企业家才是新时代的楷模，讲科学，做慈善，勇于进取。他热爱家乡，希望为家乡的发展繁荣出力。新农人能有这样的眼光实属难得。

高淳之美，高淳的美景，高淳的美食，高淳的固城湖蟹都令我们难以忘怀。我们因蟹广结善缘，也一定会让这爱的善缘继续延续下去，并发扬光大。

评论：

《蟹缘》一文记叙了作者“我”因缘际会之下结识养蟹人沈广龙、受沈广龙之邀考察高淳大闸蟹、组织海外作家江南品蟹采风等事迹，并通过这段“蟹缘”的开展在生动再现高淳美食美景的同时亦凸显了高淳养蟹新农人的风采。

“我”与高淳固城湖蟹结缘始于一次晚宴上和养蟹人沈广龙的邂逅。面对当晚大家热烈讨论的食品安全问题，安坐一旁保持沉默倾听的沈广龙吸引了“我”的注意力，与之攀谈之下“我”才发现相比起在场大多数“只有情怀、没有技术”的新农人，这位学习动物科学出身的年轻人对养蟹问题有着独树一帜的专业眼光与深刻认识。正是由于沈广龙的介绍，“我”初次听闻了高淳固城湖蟹足可比肩声名在外的阳澄湖大闸蟹的优良品质。

次年，“我”应沈广龙所邀，在考察高淳期间真正品尝到了当地的固城湖大闸蟹。抵达考察地之后，高淳山水与高淳风味很快便使对美食有所研究的“我”为之倾倒：无论是鲜香辛辣的河鲜，还是清甜鲜美的茭白菱角，都深深诱引着“我”的味蕾，而“蟹肉鲜甜，蟹膏也香醇丰腴”的固城湖大闸蟹，更是令刚结束苏州阳澄湖大闸蟹考察的“我”食指大动，这也足以证实此前沈广龙所言之不虚。品尝高淳美食之余，“我”亦解释了这些食物之所以可口的主要原因，其中固城湖大闸蟹口味的丰满来自养殖的成功，现代养殖技术的运用与身为养殖者的务实用心使从事螃蟹养殖的沈广龙在创业之路上小有所成，而他对“我”的邀请则使“我”与高淳、与高淳固城湖蟹结下了进一步的缘分。

正是由于此次高淳考察所带来的愉快体验，“我”答应了沈广龙与高淳旅游局局长组织一次海外作家采风活动，以期借机为高淳做宣传。经过一系列准备与安排，作家采风团于一年后成行：同样因蟹与高淳结缘的海外作家们如“我”一般轻易便为高淳的风土人情与特产美食所打动了，特别是当作家采风团游至高淳时恰逢螃蟹正肥的季节，捞蟹、剥蟹、痛快吃蟹的初体验进一步渲染了采风团与高淳之间“以蟹为媒”的情谊。在这次采风活动中已经是第二次品尝“沈家蟹”的“我”发现沈广龙的养殖技术相较起之前又改进提升了，正是这种精益求精的自我要求使其事业不断扩展。

“蟹缘”所指既是人与蟹的缘分，亦是人与一个地方的缘分，同时更是人与人之间的缘分。养蟹人沈广龙对螃蟹的热忱使“我”有机会认识了高淳固城湖大闸蟹，而“我”与高淳的结缘又继而促成了海外作家群的高淳采风之行，“蟹缘”不仅成全了“我”与海外作家们因蟹而添色的旅程，更令“我”看见了如沈广龙般情怀与科学并行、勇气与行动力兼具，心怀家乡与家乡人民共同致富的新一代青年企业家之英姿。“我”因此有理由相信，这份善缘将会一直广结开去，将会有越来越多的人，加入爱的传递队伍。

（黎丹丽　评）

孟 悟

作者简介：孟悟，先后在美国企业和政府部门从事过网络编程和金融财务工作，目前为舞蹈老师。在《侨报》《世界日报》《北京文学》《青年文学》《红杉林》等发表作品。出版长篇小说《橡树下的诱惑》《逃离华尔街》《拐点》《雾城》《彼岸紫薇》，散文小说集《有一种风景叫行走》，旅游散文集《漂游的原风景》《偷一段时光在路上》《拉美梦幻行》，文化散文集《美国，另一种生活》。

蒙娜丽莎

夕阳的光懒洋洋地洒进画室内，斑驳的碎影在墙上游走，也游走在“蒙娜丽莎”的脸上。田辛抬头望了望，房梁的架子上挂满了新鲜出炉的“蒙娜丽莎”，她的微笑那么真，虽然她是赝品。这是深圳大芬村，田辛的任务是订购一百件“蒙娜丽莎”。田辛对当前的自己还算满意。他就职酒店集团公司，酒店位于美国南方C城的市中心。那是一栋欧式建筑，传承了复古风尚，彰显独树一格的典雅大气。田辛在担任销售经理的时候，通过一家香港贸易公司，从深圳购买了大量名画复制品，可谓是七彩斑斓，应有尽有：从凡·高的“向日葵”到达·芬奇的“蒙娜丽莎”，还有莫奈的“睡莲”和“花园”。这些名闻遐迩的杰作挂在酒店的大厅和客房，引来客人的赞叹和流连。因为业绩突出，田辛很快被酒店提拔成副总裁，位置高了，权利大了，自由度也随之扩展。田辛很快抛开了香港贸易公司这个中间环节，直接到深圳的大芬村去讨价还价。提起大芬谁不知道啊，最初是深圳的画家村，这块仅有0.4平方公里的土地，历经风雨飘摇，岁月变迁，成了全球最大的油画出口基地。世界各地竞购的名画仿制品，百分之八十来自大芬。十月的大芬，颜料的味道在空气里四处浮动，三角梅灿烂夺目地开放着，但还是比不过大芬的油彩耀眼。在一家画室里，田辛一边喝着龙井，一边跟老板砍价。田辛说，卫老板，蒙娜丽莎一百美元，向日葵八十美元，这是我的底价，你如果接受不了，我只好找别家了。

卫老板技术超绝，是临摹蒙娜丽莎和向日葵的高手，怎么个高呢？他手拿画笔，在画布上描着蒙娜丽莎的眼睛和鼻子，一边同田辛讨价还价。卫老板淡然从容地说，田先生，我相信你是识货的专家，肯定也去别处看过，你自己比一比，哪家比我画的更真？田辛少时学过油画，也曾去过巴黎的罗浮宫瞻仰过“蒙娜丽莎”的真身，他知道卫老板作品的仿真度在大芬村出类拔萃。

卫老板曾是中央美术学院的学生，因为家庭贫困，无法继续学业，于是南下深圳，到大芬闯世界。他先是给人当学徒，每日临摹凡·高的“星空”和“向日葵”，熟能生巧嘛，到了后来，二十分钟就可以搞定一张“向日葵”。学徒生涯结束后，他自己创业，他的画坊有严格的分工，刚进门的学徒只能负责颜料和打底，一部分人专画凡·高的“星空”，另一部分人承担“向日葵”和“鸢尾花”，还有人只管“蒙娜丽莎”，这叫术业有专攻。

空气中奔腾的颜料气味让田辛气闷胸堵，喉咙痒痒的想咳嗽，他只能多喝几口绿茶，希望能缓解症状。他突然站起身来说，卫老板，我知道你的“蒙娜丽莎”好，但我还是想去别处逛逛。卫老板口头说着，好的好的，没问题，但眼睛里的不舍和憾恨藏都藏不住。

帘子哗啦一响，一个纤细窈窕的白衣女孩走了进来，双手端着一盘抹茶点心，她娇音柔美，如黄莺出谷，说想请这位客户大哥尝尝。点心精致玲珑，香酥美味，她娉婷袅娜站在他的面前，他的眼睛再也没有离开她。她叫卫西西，是卫老板的堂妹，大学毕业后工作不稳定，干脆到堂哥的画室打工。田辛认识西西的时候她正跟男朋友闹别扭，冷战打了两个月。田辛趁机对她展开激烈追求，这期间西西的男友想反攻，但田辛挫败对手，把西西哄进了怀里，半年后娶她为妻并把她带到美国。

自那以后，田辛跟卫老板的合作可谓是一路繁花似锦，集团公司本土的酒店和海外的度假村，都是田辛统管名画进口。田辛还以公司的名义跟当地博物馆合作，在暑假开辟了一间世界名画的美术室，让小朋友们免费参观学习，得到学校师生和家长的极大赞扬，特别是来自贫苦地区的公立学校，这些学校的学生家长，没有固定工作，收入只能维持基本开销；有的还在吃国家救济甚至吸毒贩毒，自己都保不全，怎么可能带孩子到欧洲度假，近身欣赏"蒙娜丽莎"和"向日葵"？现在好了，不出远门，不花美元，便可以置身艺术殿堂，细细品尝世界顶级的绘画巨作。因为众人的交口赞誉，电视台和报纸都做了报道，田辛一下就成了当地的小名人。

田辛在事业上蒸蒸日上，家庭生活也春光明媚，他和西西琴瑟和谐，恩爱好合。西西在婚后第二年，便给他生了个珠圆玉润的女儿，田辛想着自己因为"蒙娜丽莎"走向事业的巅峰，女儿的英文名字便取成了 Mona Lisa。田辛的好友木刚对田辛说，蒙娜丽莎活泼可爱，一直是你眼里的苹果。在美国，如果提及某人的最爱，那便是 the apple of his eye。蒙娜丽莎转眼就满四岁了，木刚答应过她，要给她建一栋 playhouse，也就是小孩子在后院玩耍的房子，木刚计划打造一个个粉红色的城堡造型，满足小女孩的公主梦。

木刚最初是建筑公司的工程师，结果公司经营不善垮掉了。他聪慧勤劳，干脆自己创业，把一些危房和遗弃房以低价买下，然后动手装修，捯饬一番后，或买或租，几年下来，干得风风火火，聘了四五个手下，也算是事业有成的小老板。田辛对木刚说，当老板的滋味比较爽吧？木刚说，当老板比当员工自由，但是员工下了班便可以回家，老板的责任和压力无处不在，节假日也过不安心。

木刚租了一套房子出去，签合同的时候，租客告诉木刚，她是个单身母亲，木刚出于同情还给她减了一百美元的月租，结果搬家时才发现，这个黑妈妈好威风，带来了十个黑孩子，个个生龙活虎，能飞能跳，一会儿卫生间堵了，一会儿窗户坏了，不到两个月，似乎来了一场地震，二楼的储藏室直接塌陷到了一楼。田辛对木刚说，这群人就是垃圾，宁可损失一个月的租金，干脆把他们赶出去得了。木刚说，我其实挺佩服这个黑妈妈，有七个孩子是领养的，养孩子总是辛苦，你不知，有租客养了十头狗，八只猫，还有两条鳄鱼，他们搬走后，房子就是灾难现场。半年前，有个白人租客，据说是在银行工作，后来失业了没有收入，便赖房租，也不付水电，挨了两个月，我请警察把他赶出门，结果警察一进去就跑出来了，满脸厌恶说，里面到处是屎尿，还有动物尸体，臭得能把人熏倒。田辛说，是啊，断了水电的房子，想象不出来有多恶心，就算把瘟神请走了，那房子也被毁了。木刚说，听了警察的描述，我根本不敢进去，最后还是请专业公司去清洗。田辛说，哪用得着找专业公司，请一般的保洁员就可以。木刚说，普通的保洁员哪能搞定？必须请专业团队，比如警察办案后的谋杀或自杀现场，就是这类的专业公司去清洗，所以价格比较咬人。

田辛叹道，由此可见，这世上的银子都不是轻易掉在你的面前，让你弯下腰就可以捡起来。木刚说，还是你运气好，倒卖倒卖蒙娜丽莎赝品就可以发横财。田辛笑道，我一个打工的，能发什么财？木刚说，既然你对这条路已经驾轻就熟，干吗不自己干呢？田辛说，我也在考虑这个问题，等个两三年再说。木刚说，既然要干还等什么，时间匆忙，江湖风云变幻多端。田辛说，要不我们一起干？

木刚眼睛发亮了，他说，我一直想跟你联手，记得你曾经送我的“蒙娜丽莎”吗？我把它挂在高档的出租房内，有个租客嫌房子的位置和采光都不好，却舍不得墙上的“蒙娜丽莎”，一直在感叹太真了，跟罗浮宫的没什么区别。他犹豫了两天，还是跟我签了合同。我需要的就是这样的租客——有稳定的收入和良好的素养。

就在两人意气风发地计划着，准备联手打造一个宏大的王国，一个天崩地裂的消息把田辛震傻了：蒙娜丽莎不是他的亲骨肉！田辛并没有去查DNA，因为她从来没有怀疑过妻子的忠诚。蒙娜丽莎的关节有点小毛病，医生建议做手术，手术前要验血，田辛发现女儿的血型是O型，他知道自己的血型是A，他当时也没有在意，回家时坐立不安，神经发紧，眼皮乱跳，胸口处像有一群野蜂子飞来撞去。他于是上网找寻答案，得知A型的父母不可能生出O型宝宝，完全就是一晴天霹雳的打击！田辛质问西西，西西先是竭力否认，后来在铁证面前只得招了，她回国的时候跟前男友有过一夜春风。她祈求他，跟他说对不起，但他无法宽恕她。

木刚问田辛打算怎么办，田辛咬牙切齿坚决要离婚。离婚是可以，但是根据美国S州法律，田辛必须承担女儿和妻子的赡养费，哪怕妻子有错，哪怕女儿不是你的亲骨肉。木刚唉声叹气说，没办法，美国的法律无条件地保护妇女儿童，你身为男人就该负责到底，顶着绿油油的帽子还得拿白花花的银子，因为孩子是无辜的，孩子不能被遗弃。田辛愤怒地说，我马上就辞职，我没有钱，我付不出赡养费，我穷光蛋一个。木光说，任性没有用，政府派来的律师会调查，然后每个月向你催债。田辛说，为什么别人犯错，而让我受惩罚？好荒谬的法律，没有公平公正！

这时候才知道中国的好处，同样的案例，男方是受害方，女方必须赔偿男方的精神损失。田辛说，天无绝人之路，要不我回国创业，你负责在美国的业务，我们依然可以合作。木刚说，我们合作没有问题，但你不能一走了之，不能把美国法律当玩具，想清楚了再行动，若是想躲避赡养，你这一走就有黑记录，只怕以后再也来不了美国。

田辛悲愤难言，他想起自己曾经嘲笑过那个黑妈妈，带着十个黑孩子，像母猪一样喂养猪崽，有什么资格嘲笑人家？人家活得光明磊落，潇洒自由，自己才是个笑话！谁让他成了笑话？但愿这辈子再也不要见西西母女。田辛在外面住了一周，回家收拾行李，毫不知情的蒙娜丽莎扑过来，抱住爸爸说，Daddy, I miss you so much. 坚硬如铁的心马上融化，眼泪一下就流了满脸。他发现这一生无法离开她！纵然她没有他的血缘，但他的心里魂里全是她。他不能走，为了蒙娜丽莎，他愿意忍受任何屈辱。

黄昏的夕阳照进来，流光碎影，游在墙上的“蒙娜丽莎”，她若有所思地笑着，这世界跟她无关。

评论：

这篇文章讲述了田辛通过自己的努力一步一步走上副总裁的位置，并且抱得美人归，在这个基础上自己的事业也得到了极好的发展，但是美好的故事无一例外都伴随着反转，而田辛的反转就发生在自己女儿“蒙娜丽莎”的身上，原来这个自己给予全世界的女孩不是自己的亲生女儿，戴着绿帽子的田辛忍无可忍，决定与老婆离婚，而这就意味着他将会离开自己的女儿了，但在最后女儿的我一句话让他知道，这个世上有很多情感与血缘无关，而这个女儿也将成为他此生的宝藏。

“夕阳的光懒洋洋地洒进画室内，斑驳的碎影在墙上游走，也游走在‘蒙娜丽莎’的脸上”，“懒洋洋”“游走”，在这里作者将夕阳拟人化，同时也可以烘托出整个文章的氛围，也奠定了全文的基调。“她的微笑那么真，虽然她是赝品”这句话一语双关，印证了后文田辛的女儿“蒙娜丽莎”不是自己的亲女儿，而这里已经有了暗示，本文通过对田辛工作的升迁为另一个线索，从而找到了田辛生命中的那个女孩，而这个女孩，“一个纤细窈窕的白衣女孩走了进来，双手端着一盘抹茶点心，她娇音柔美，如黄莺出谷”，“白衣”“娇音柔美”都可以看出这是一个美好的姑娘，让人无比欣赏，而就是这样的欣赏，田辛最终把她追到了手，这也暗示着田辛的工作有一个质的提升。在本文中作者也运用对田辛朋友的描写来讲述了创业的不易，最后让田辛得出了一句话，“这世上的银子都不是轻易掉在你的面前，让你弯下腰就可以捡起来”，而田辛不管他的工作还是他的婚姻，都来得太过于容易，而这句话好像就是一个转折点，伴随着波澜闯进了田辛的生活，给了他一个措手不及，“坚硬如铁的心马上融化”，从这里可以看出每个人都有最柔软之处，况且田辛的女儿“蒙娜丽莎”以其最动人的笑融化了他和妻子之间的这层冰。文章最后，“蒙娜丽莎依旧笑着”好像这世界与她无关，这也是作者最本质的想法，这个世间的困扰与“蒙娜丽莎”无关。

作者运用了一语双关的手法，“蒙娜丽莎”是一个不仅是真实意义上的蒙娜丽莎，而且还代表了田辛的女儿。并且在这篇文章中，作者也运用多种比喻的修辞手法，将夕阳比作人，同时也给予了卫西西以最真诚的赞美。而这样美好的一个人她却带给大家了最大的一个反转。而这个反转在文中也是通篇都有暗示，就像是蒙娜丽莎一样，这么美好的蒙娜丽莎，其实也只是个赝品。但是最终，蒙娜丽莎凭借她的美好换来了世人对她的关注，“蒙娜丽莎”凭借着她的美好换来了田辛的爱，也让田辛真正地感慨，世间的感情不只是只有血缘关系。

（王思佳　评）

陈绮屏

作者简介：陈绮屏，毕业于广东省文联文学创作班，留任《南国戏剧》杂志，于《百花园》报从事编辑、记者工作多年。中国戏剧家协会广东分会会员、广东省歌词研究会会员。作品有诗歌、歌词、歌剧、话剧、电影文学、剧评、专访等分别发表于《南方日报》《羊城晚报》《广东侨报》《百花园报》《南国戏剧》《南国》《作品》《岭南音乐》《长江歌声》及广东人民出版社文艺丛书，曾有歌词在中央人民广播电台播放并获奖。赴美后曾任职报社记者、电台节目主持。曾任美华文协秘书长。美加《同学》主编。现任《红杉林》美洲华人文艺副总编辑。

半月湾四重奏

深秋，朋友相约到半月湾赏南瓜。

从旧金山开车上一号公路往南，不到十分钟，大大小小的南瓜摊数不胜数，满世界的南瓜擦身而过。隔着车窗，活像戴上眼镜看 3D 电影。细看，各式各样的南瓜品种琳琅满目，从而衍生的南瓜艺术品也目不暇接——南瓜雕、南瓜灯、南瓜头像、南瓜 T 恤、南瓜头巾……这里每年举行南瓜节，选出一只最大的南瓜予以重奖。

半月湾海边，明月高悬夜空，倒映在空茫的大洋，折射出淡淡银光，也折射着我心中无尽乡愁。看到了南瓜，我想起了故乡，想起了已故的外婆。小时候，我常被放在外婆家，外公远在海外。母亲出嫁后，外婆独自在门前的菜园里种了一地南瓜。南瓜收成时，从饭厅到客厅到东厢睡房，二楼的楼台阁板上、八仙桌、坤甸床上、柜子顶、架子间全摆满了南瓜。外婆用毛笔在纸片上写上每个南瓜的名字，一一贴在瓜上：盘古王、扁古王、霸王、扁古盒、金帝、绿野仙、田头包、鬼刮头……每一众朋友进来看南瓜，总是带着惊喜和阵阵的笑声。有的向外婆请教培植方法，讨南瓜种子，也有看完就抱走一两只的。接着是送南瓜，对门的大妗、上屋的三婶、村前的从顺姑婆，还有外村那位在集市上帮外婆提过菜篮的姑娘，和渡口开船的老婆婆，都尝过外婆种的南瓜。最后是把我和一只南瓜送到我家。

从外婆家到我家有二里路，要经过一个小田垅，几条村子，几幢雕楼。泥泞小路不好走，外婆便拿一对小箩筐，一头装着一只大南瓜，一头装着我，外婆挑着我和南瓜，一边走一边给我讲故事。外婆的故事真多，她有一床头的书，所以有一肚子的故事。外婆讲着讲着，一大步跨过一条小水沟，故事就停了。外婆的嘴一停，我就用力摇那个小箩筐的绳子，外婆又继续讲下去。外婆的脚是跛的。合作化那年，外婆放工回家上阁楼取柴草烧饭，连人带柴草和木梯一齐摔下来，昏了过去，好久才被邻居发现。看了医生，躺了半年床，以后走路就有点一跛一跛的。外婆挑着我和南瓜走在泥泞路上，留下了一行一深一浅的脚印，那一行脚印深深地印在了我的心上……

最后一次见到外婆，是出国后第一次回去看望她。外婆见了我，又喜又气抹着泪说："都说不走不走，结果一个个都跑光了！"我对外婆说，我一出国就得挣钱养儿子，不能写作了。外婆说："钱是挣不完的，等儿子大一点就写，不过，我等不及了。到时你回来拜山，把文章当纸钱，给我烧一份……"

外婆的坟在故乡的梁金山。前几年，妹妹省亲回来告诉父母，山草茂密，找不到墓碑。听后，我流了好几个晚上的泪。我想，等哪一天回故乡，顺着我心中那行一深一浅的脚印，我一定会找到外婆的墓碑。可是，没有外婆的故乡还是故乡吗?

当晚海湾异域风情洋溢，我却在残缺的月下思乡。朋友兴高采烈地参加鸡尾酒会，一个小乐队在表演，听不出曲名为何。朋友说是丰收歌：南瓜圆舞曲。我说，那是半月湾四重奏。

评论：

通过自己与朋友之间的对话，讲述了关于自己外婆的故事，不管是和外婆一起摘南瓜还是讲故事，不管是到最后出国时对外婆的依依不舍还是在漫山遍野找外婆的墓碑，在作者心里，外婆无疑是一个最重要的存在，最后全文在半月湾四重奏中结束，并且表达了作者对外婆深深的怀念。

“深秋”是一个特别好的季节,深秋是一个丰收的季节,在这个季节里“大大小小的南瓜摊数不胜数”，而正是因为这些南瓜勾起了作者对外婆的思绪。“明月高悬夜空，倒映在空茫的大洋，折射出淡淡银光”明月当空这是游子对故乡的思念，而在这里却是作者对自己外婆的思念。在这里作者借景抒情，表达了对外婆的思念之情。随后开始回忆起与外婆在一起的那些时光，南瓜成了作者与外婆之间的信物。而在这些回忆的事件里面，我们也可以看出外婆是一个特别热情的人，外婆给予了作者最好的童年，也给予了作者最无私的爱，而这些爱恰恰组成了作者回忆外婆的资本。“外婆的脚是跛的”，这是在全文中作者对外婆形体的一处描写，正是这样的一个外婆，她用自己的爱撑起了作者一个最完美的童年，而她的“那一串串脚印”也令作者魂牵梦绕。而就在这个时候，外婆的形象突然变得高大起来，她再也不是那个身材弱小的老人。但是就算是再坚强的人内心也有柔弱之处，让他看着自己的“孩子”“孙子”都离国外出后，内心的落寞也是无人可知的，在这里我们也可以看出来外婆的内心深处是渴望得到自己的亲人的爱与陪伴的。而当外婆的墓碑被杂草掩盖，最终不得的时候，作者有多爱自己的外婆，在寻找外婆的墓碑不得时就有多痛苦，“顺着我心中那行一深一浅的脚印”，外婆的脚印已经印在了作者的心里，也将成为作者的一个指路标志，文章最后，作者很巧妙地用一个歌声结了尾，而这个歌声也是作者与外婆一起搬南瓜时响起的歌声，更加地能够牵动作者的心绪，尤其是作者对这个歌的命名“半月湾四重奏”，则可以看出这是爱的奏歌。

作者以自己为出发点，在写作手法上则是用一种回忆式，将自己与外婆之间的爱的点点滴滴叙述出来，同时也运用了景物对这种感情进行了衬托，月是故乡明，通过月亮来表现自己对故乡、对外婆的思念，都是作者选择的时间特别的正确，他选了深秋时节去重游这里，而作者与外婆之间的许多有趣的事情就是发生在这个季节，此事无关风和月，只是作者与自己的外婆之间最简单、最纯净的亲情。

（王思佳　评）

夏　婳

作者简介：夏婳，美华作协、北美作协、海外文轩成员。小说、随笔散见海内外报纸杂志各类文集。已出版长篇小说《花落的声音》《一路狂奔》，中短篇小说集《搭错车》《环环扣》。微剧本《人生回放》入围中国微剧本赛京华奖，诗歌《那一夜》获香港第二届紫荆花杯世界华文诗歌大赛优秀奖。长篇小说《花落的声音》获海外华文著述奖小说类佳作奖。微小说《烦恼》获世界华文微小说双年奖三等奖，入选2018世界华语微型小说一百篇。

葬　礼

一

电话铃响的时候，李丹正在收拾第二天要去芝加哥出差的行李。随着铃声，还有本在楼下的一嗓子："丹，电话。"李丹有些气恼，却又无可奈何。她知道这时的本正悠闲地啃着薯片看租来的电影碟，她也知道那电话百分之九十九点九九是找本的。可是只要她在家，本是从来不先接电话的。李丹抱怨过很多次，根本没有效果。或者这是他唯一可以对外宣称他是这里的男主人的有力方式，本是绝对不会放弃的。

李丹气呼呼地拿起电话，吼了一声喂，没想到这次电话却是那百分之零点零一的概率，传来表弟的声音："丹姐，舅妈没了。"

“噢……”李丹有些意外，竟然不知该说什么.

“你和强哥回来吗？”

“我不知道，要先问问他。”李丹的脑子飞速地转着。

“那你回来吗？”表弟迟疑的声音。

“我，我估计赶不及葬礼了，我要到芝加哥去开会几天，还有现在回中国要办签证，挺麻烦的，还要订机票什么的。”李丹自己也不知道自己在说些什么。

“好,你看着办吧。这身后的其他事也要处理的。”表弟似乎一点也不意外。隐隐约约弟媳的声音：“这兄妹俩，亲妈死了都不回来，可真够意思，这也叫养儿育女？”

李强接通电话没有好气地：“小姐呀，这个时候还打电话，你不做爱别人也要做爱的！”

“对不起打扰你做爱了，我只是负责通知：你妈死了，你回不回去参加葬礼？”

“那个笨跟你回去吗？”

“他叫本。”

“管他是笨还是本，我问他回不回去？”

“他回不回去跟你有什么关系？”

“如果他回去，老妈子也算是有半子参加葬礼了，我就不需要出现了。”李强的口气里居然多了戏谑。

“我们还没有结婚，我也不打算带他回去，你不回给个痛快话就可以了。”李丹有些火，恶狠狠地应道。

“一直告诫你，女孩子要温柔，这就是你为什么一直嫁不出去的原因。”

“我嫁不嫁关你屁事，你管好你自己就行了，你到底回不回？”

“你以为这是上厕所呀，就是上厕所没货也要蹲上半天呢。我要好好考虑一下。”李强不由分说挂了电话。

李丹大声的嚷嚷把本吓了一跳，他拎着啤酒瓶上楼来了，看见李丹拿着话筒在那里发呆，上前搂住柔声问道：“发生什么事了？”

李丹的心一颤，眼泪跟着要流出来，她刚想说母亲的事，却被本身上的酒气给熏着了，她定了定神："没事，过些天我要回中国一趟。"

李丹工作的公司在芝加哥新收购了一家小公司，对于这次收购，身为财务经理的李丹前期工作是做了很多的，但这次去只是签字仪式，李丹到不到问题不大。所以当仪式结束后，李丹说要请两周假回中国，因为母亲过世了。公司的大头嘴巴张成了O型，久久没合上。看样子被很多中国人认为家庭关系冷漠的鬼子对李丹的表现也有些不认可。李丹看着那O型的大嘴，想是否应该为自己辩解一下，话涌了上来，却又被她生生地按了下去。

在机场的时候李丹试着又打了李强的电话。

"我在拉斯维加呢，运气真不错，刚赢了两千。看样子老妈子的死真的给我带来了好运。"李强满是刚睡醒的慵懒。

李丹也没有再说什么就挂了电话，每个人都有决定自己生活的权利，即使是亲妹妹，也总不能把哥哥绑回去参加母亲的葬礼。

几分钟之后，倒是收到了李强的一个短信：我汇了一万块钱给你，带过去办丧事用。

李丹想了一下，回道：我会确定墓碑上有你的名字。

谢谢帮我纳入孝子贤孙的范围。李强这次回复得飞速。

李丹想着等她到家时，葬礼应该早就结束了，其实自己也大可不必回去了，这个念头一出，把自己吓了一跳，要是母亲知道，他们连她的葬礼都不去参加，会把他们骂得狗血淋头，母亲应该是浑身发抖，拿着鸡毛掸子，抽一下，述说一段，从他们出生开始给她带来的点点滴滴麻烦。

李丹陶醉在自己的想象里，不由自主地笑了，其实和母亲，他们早就告别了，几年前，母亲被确诊得了阿尔茨海默氏症的时候。刚开始是电话里听说，李丹没有任何感觉，反正只是一种病吗，应该和关节炎，高血压一样。倒是李强冷笑了好几声："老妈子也有今天，是报应吗？"

"你说话可不可以好听点？"

"你为什么不问老妈子做事可不可以漂亮点？"李强是从不认输的。

等那年夏天，李丹和本去中国旅游，顺带看望了一下母亲，李丹才着实地吓了一跳，原来精明强干的母亲早就无影无踪，取而代之的是一个让你摸不着头脑的老孩子，痴痴呆呆的，一直抓着本叫李强。好在他们语言不通，本把那些不属于自己的示好全部收归已有，省却了李丹很多的心事。

要知道把本叫成笨的可不止李强一人，还有这所谓的准岳母，她开始还只是开玩笑地："这老外取名字还真逗，叫啥不好，要叫笨，聪明的孩子也给叫傻了。"

到后来听说本不过是个水管工，学历家世工作没有一样不是和她女儿相差十万八千里，她叫本的时候几乎变成了恶狠狠地直呼笨了，不过本也听不出其中的差别，再加上也没有什么有实质交道的机会，所以也还没有巨大冲突。

本是粗线条的，和他的体型、工作一样，如果不和他明说，他是从来不会去揣度人的心思的。这点让李丹觉得好轻松，没有那些七拐八拐的花花肠子，人生变得简单美丽得多。

和本认识是因为他是自己曾经租住的公寓的修理工，有时水龙头坏了，厕所堵了，管理处就会派他过来修，一来二去，熟了。李丹偶尔也会倒上一杯咖啡给他，本把它理解成修好东西的谢意，其实那是李丹对自己住处唯一访客的招待。

后来有天本来换烟雾感应器的电池时告诉她，他辞职了。

李丹有点意外也有点莫名的失落："你找到别的工作了？"

"没有，只是这份工作干不下去了。"

"噢。"李丹没有详细再问，美国本地人换工作和换衣服一样勤，固守倒是奇怪的："祝你好运！"本就这样消失于她的生活好长一段时间。

他们再次见面有些戏剧化，那天李丹加班到深夜，搭地铁回家的时候，有人抢走了她的包，她一个人在地铁站里又跳又叫，吸引了好几个人过来，其中一个就是本。李丹一见到本就扑了上去淘淘大哭，把那段时间工作和生活上的不顺一齐嚎了出来。

本耐心地安抚着她，陪着她报警，再回到公寓。这期间，手臂一直很自然地搂着她，以至于警察也误认为本是她的男友，对这点误解，他们都没有去澄清，而且很快让这变成了现实。

和本正式交往后，李丹一直小心翼翼地瞒着家里，她完全可以想象得出母亲对这件事的反应。可世上是没有不透风的篱笆墙，虽然隔了很久，母亲终究还是知道了。只是母亲的手再长，也无法跨越太平洋，母亲决定亲自到美国来看一看。

李强和李丹两个都不愿意办，事情就一直拖着，李丹很感激美国政府设立了签证这个关卡，而且还那么严。可是随后不久，父亲查出了肺癌，李强和李丹这回又变成两个抢着办了。父母过来之后，落脚处自然是李丹这里，那个李强，从不在一个城市住满一年，而且每次不是同人合住，就是租地下室什么的。

李丹想了很久，不知怎样和本说让他先搬出去一段时间。最终还是什么也没有说，采取了另外一个解决办法。她买了一栋房子，房子不是很大，但是年代比较久远，是本喜欢的，那样里面的更新和装修工作本可以大展宏图。他们两个为买房子一直筹划很久，但也一直达不成共识，李丹喜欢新房子，就是拎个包就可以入住的那种。

李丹用自己对房子上的妥协倒是换来父母来到时表面上的和谐气氛。本忙着装修房子，为了方便，直接先入住了。李丹和父母住在公寓里，又忙着出去玩，几个人难得有聚在一起的机会，自然更无法吵架。当然母亲的思想教育是免不了的。李丹还没有被这些说教弄烦，难得过来的李强倒是受不了："就她长得那样，有人肯要就不错了。"这句话点燃了母亲的熊熊烈火："你妹妹怎么了，好歹也是硕士毕业还是经理，难道就找不到一个登对的？还有你三十好几的人，也不思量着成个家什么的！"母亲最后的一转话锋，得到的结果是李强掀翻了桌子，砸碎了碗筷。

对有的人来说，时间是最好的疗伤药，但是对李强不是，随着年岁的增长，他对母亲的怨恨似乎有增无减。在李丹的记忆里，母亲和李强从来就没有和平相处过。而李强更是，为了激怒母亲，把自己当炮灰也在所不惜。年幼的时候零碎事件多得难以计数。当然最惊天动地的是那年李强一上大学就开始轰轰烈烈地恋爱，对象是母亲最最不能接受的乡下妹，母亲当时的目标是管你乡下妹的迷魂汤怎么灌，你休想跨进我家门半步，她开始严加看管李强的行踪，这对她来说非常容易，同一个大学，一个是教授，一个是学生，宿舍就是家。可李强还是让她阴沟里翻了船，愣是大学退学，跑去当兵了。临走嘱咐乡下妹好好读书，等她毕业了，他也正好复原回来，农村的大学生和城里当兵的还是蛮般配的。

可是他们没有等到那天，气急败坏的母亲把所有的气全都洒在乡下妹头上，她动用了一切关系，几乎到了疯狂的地步，来阻止乡下妹毕业。乡下妹毕竟是乡下妹，目光还是短浅的，怎么能预料后来世界巨变，有没有毕业证和城市户口根本不是问题，她苦苦地纠结在没法面对家乡的父老，在一个月黑风高的晚上，三尺白绫结束了自己如花的生命。同时结束的还有母亲和李强的母子之情。从此，家里就似乎再也没有见到李强这个人。

二

等李丹到美国之后了好久，有天李强突然出现在她的面前，把她着实地吓了一跳，李强怎么来美国的她觉得奇怪不说，还有他的发型，给剃成了平行的三行，每行之间是白花花的头皮。吓过之后，李丹反倒镇定了，以后就是在大马路上碰到，李强就是没有穿裤子，她也不会惊讶。李强不仅外形上变了一个人，性格上也完全不同了。以前沉默寡言的他变得爱夸夸其谈，最要命的是他的思路是飞越性的，经常让人摸不着头脑。

李丹以为李强今生是不会跟母亲和解的，但是三十岁以后，他居然偶尔还会回国兼回家，看望父母并住上几天，只要母亲不去触及他的终身大事，气氛还是蛮和谐的，可是可以做到不去提的怎么可能是他们的母亲呢？所以最后大家总是不欢而散，这种情形一直持续到父亲过世，李强自此再也没有回去过。

相对于叛逆过众的李强，李丹的反叛只能算是小儿科了，即使她心中曾经掀起过惊涛骇浪，但面上不过只是动了动眉毛。但这也并不说明她和母亲的关系就很融洽，在他们家的屋檐下，母亲和谁的关系都不融洽，等李丹知道了暴力的种类之后，才明白他们家一直是处于暴力之中，语言暴力和冷暴力。实施暴力的是母亲，而备受伤害就是父亲和他们兄妹。被母亲伤得体无完肤的李丹曾经想不明白为什么对他们冷若冰霜，动不动就用语言刀子捅他们的母亲，对她的学生可以笑靥如花，对她的领导和同事可以卑躬屈膝。不过等李丹觉得自己可能一生也无法弄明白的时候，她采取了放弃。

李丹继而开始羡慕李强的外援，积极寻找可以温暖她的人，可她根本就是扎进人堆里毫不起眼的，无论是外貌还是学习。似乎从来也没有人青睐和注意过她。她的眼光还是很高的，瞄上了班上的帅哥，经历了几个不眠之夜后，她措辞好了一封信并发了出去，她没有等到回信，确切地说是等到了意想不到的回复，她写的那封信几天之后被全班同学一一阅读过，也因此，高中剩下的那一年她一直生活在嘲笑中。后来那种被世界嘲笑的感觉伴随着她东奔西跑，让她始终没有勇气去开始自己的感情生活。

在美国读研究生时，有同学介绍了老乡给李丹，她只看了一眼，就决定终止自己的相亲生涯，她没有办法接受自己被别人当成商品一样去处理。至少在她的心里对婚姻，对感情她还是有那么一丝憧憬的，即使随着年岁的增大这憧憬也越来越远。直到过了而立之年，她稀里糊涂地一头撞进本的怀抱。

当本发现李丹还是处女的时候，目光里充满了同情。李丹被他同情的目光刺激到了，心里说这可是中国男人热切期盼的，千金难买的。为何到了本这里却一钱不值。而且本的同情发自内心，十分真诚，他的简单的思维里，用他自己的经历，十几岁就初尝禁果，这二十年来丰富多彩的床上生活，怎么可以想象李丹这孤枕独眠的漫漫岁月，这个中国女人真的是太可怜了。他也因为由怜生爱，在李丹的身边驻足了快十年。

十年是一段很长的光阴，长得足以让李丹无论是年龄还是身材都跨入了中年妇人的行列，也长得足以让她对世事更加冷漠，冷漠到对母亲的死都表现不出应有的悲伤。

当李丹风尘仆仆地到家时，葬礼早已结束，生活正重新步入新的轨道。表弟等她落座之后，就开始汇报他的工作情况。表弟媳对她没有热情，让她感觉还有些怨恨。她心不在焉地听着，这个她出国后才搬的家，她是陌生的，算起来，她在这个房子里住过的日子也是屈指可数的。

表弟其实根本也不是她的什么表弟，父亲家的亲戚早给母亲得罪光了，没有往来的，母亲这边有什么亲戚，除了母亲，谁也不清楚。等到父亲病了，李丹和李强都远在美国。父亲便把在学院里做临工的家乡是一个村的年轻夫妻领了回来，母亲似有很多的不乐意，但是也没有办法，她自己不怎么会干家务，要照顾病人更是不会。还好年轻夫妻很懂事，一口舅舅、舅妈叫得和对待都和亲的一样，小两口也很勤快，家里收拾得干干净净。

父亲临死前曾交代李丹两件事，一是原谅妈妈，过去的就让它过去了，你妈也不容易，二就是一定要善待表弟夫妻，只有他们才会悉心照顾母亲。李丹当时怎么也不明白不容易的还变成母亲了，明明是她自己让大家的日子过得都不容易。再说表弟夫妇的去留操纵权是在母亲手里。

现在看来，父亲的眼光还是不错的，表弟夫妻尽心尽责地照顾了母亲，即使母亲患了老年痴呆症，也没有嫌弃过。表弟拿出记事本，本上整整齐齐地码列着母亲这些年工资的费用和支出。李丹摆摆手，说不用看了，亏损有多少？

“没有，还剩几万块。”

“这根本没有算我们的人工，要是算上人工肯定不够。”弟媳愤愤地一旁插嘴。

“我们在这里白吃白住怎么算，舅妈当我们自家儿女一样。”表弟打断了她。

表弟还真是老实人，李丹心里感叹父亲看人这么准，不知为何会为自己挑个那样的老婆，难道父亲从来没有看出他和母亲之间的不平衡吗？父亲是他们学院的司机，即便后来也做上车队队长，但是和做教授的母亲还是不匹配的，更何况，人们还不依不饶地嚼着：“要不是他那当教授的老婆，他怎么可能当上队长？”

想父亲应该是深爱母亲的，不然怎么可以默默地忍受这些？记忆中好长一段时间，李丹都把父亲当作难友，因为他和他们一起去承受母亲的折磨，和他们一样，反抗都苍白无力的。

到后来李丹离家之后，这种感觉才得以转变，在深深挣扎于过去的时候，她开始责怪父亲，当初为什么没有履行父亲的职责，保护他们。不过，这只是一带而过的感受，马上取而代之的是对父亲深深的同情，因为她和李强都可以逃离，而父亲却不可以。所以后来面对父亲的死亡的时候，大家反而是松了一口气，父亲终于可以解脱了，而且是永远地解脱，不管他的心底是否向往这种解脱。

相对于父亲那时对自己病情的洒脱，母亲反倒对父亲的病显得有一点紧张，不过随即也就坦然了，她说：人是逃不过宿命的！这句话让李丹不寒而栗，随着年龄的增长，李丹自己照镜子的时候，她都会看到另外一个母亲，这更让她觉得要是和本结婚会是一件非常恐怖的事情，她不希望在翻版了母亲的身材长相之后，再翻版一下母亲的婚姻生活。

弟媳得知李丹并没有接受剩余的钱，反而给了他们两万美金，有些惊喜异常。对她的态度马上也热情了起来。李丹其实很想说，李强和自己都不要母亲的钱，那是因为他们希望和母亲有个彻彻底底的了断，不管是感情上还是金钱上。不过话到嘴边，她又吞了下去，既然结果是一样的，何必再给别人增加困惑。

人生需要的是丰富而不是复杂，李丹自己已经有太多的困惑了。有的时候，她很盼望睡觉，希望睡了一觉之后，所有的以往就变成空白。不过在经历了一系列失望之后，她开始羡慕选择性失忆症患者，老是盼望有天可以摔一跤或是给车撞一下什么的，然后就自然而然地患上这病了。

表弟收起笔记本，又捧出了一个大箱子：“这些都是你们小时候的东西，你看看怎么处理好。”

李丹打开顺手拿起一个红色的盒子：“这是什么？我好像没有见过！”

“你当然没有见过，那是舅妈给你预备的陪嫁。”弟媳的声音是兴奋的。

“陪嫁？！”李丹不知为什么听得有些刺耳。打开一看，是一套金饰，只是水波纹的项链和长耳坠耳环样式都过时好久了，说明母亲买这个也有好些年头。母亲大约没有预料李丹会这样迟迟不婚，尤其是自己对那个笨表示了无可奈何的接受。李丹还是无动于衷，母亲忍无可忍：“我看你是不是因为和笨待在一起久了也变笨了。”

没有回应，母亲的拳头打在了棉花上，其实李丹很想对母亲述说自己的心事的，可是母亲那居高临下、咄咄逼人的态度让她望而生畏，心事又被她藏回了心底。

和本相处也不是那么一帆风顺的，本和她有着极大的不同，本可以把穿着臭脚架在茶几上任凭那里堆满了食品。还可以一身酒气不洗澡的爬上床要求亲热一把。遇上不顺心的时候，他可以把家里砸个稀巴烂，而事后却像什么也没有发生过。本还会一不高兴就换工作，也不管自己有没有下一顿饭钱。他手上只要一块钱，他一定会想办法花掉它，就像老鼠留不住隔夜粮。

本也是浪漫的，他从不会忘记任何一个日子，生日、情人节、圣诞节，不管什么节一定是有花也有惊喜的。同时本又是宽容的，他接受着李丹的一切从没有批评，只有赞美，充满柔情的赞美。他从不勉强李丹干任何事情。弄得李丹有时想劝诫一下他，反思了一下他对自己的态度，又变得不好意思起来。

刚和本相处不久，李丹发现本几乎每个周末都要回他父母家。这让李丹觉得不可思议，且难以置信，一度她认为本是有妻子和孩子的。这个想法让她害怕，她连去证实的勇气都没有。本曾经邀请过李丹和他一起回去过感恩节。李丹想也没有想地拒绝了。之后他也没有再提过和他一起回家的事情。

后来有次本工作时从楼梯上摔了下来，断了右脚，没法开车，一连四周没有回父母家。到了第五周，李丹可以明显地感觉到本的焦灼，周五下班回来，本用前所未有的恳求的语调对着她：“你可以开车带我回去一趟吗？”

李丹被那忧伤的眼神融化了，在同居了差不多三年后的那个春天，她开着车，载着受伤的本，一起奔赴本的父母家。

三

本的父母给这个意外喜坏了，尤其是本母亲，她张开双臂，准备给李丹一个热烈的拥抱，对于拥抱，李丹其实已经开始习惯了，只是看到本母亲那硕大的身躯，她本能地往后退着。

“妈，中国人不喜欢这个的。”本在一旁叫嚷着。

“噢，那握手可以吗？”本的母亲说着伸出了她那满是面粉的双手。

本父母的房子有九间卧室之多，那车库比李丹的房子还要大。看着李丹有些发晕，这么大的房子如何搞卫生。不过后面人到齐了，李丹更晕了，本有七个兄弟姊妹，除了他个个已婚也有孩子。有的还不止一次婚姻，还有什么继子继女，呼啦啦三四十号人，那个壮观啊，吃饭的时候，李丹看到本母亲光比萨就烤了六个。而且后来还听说他们兄妹全都遵循这个惯例，没有特别的事情周末一定回父母家来。

李丹给那阵势吓坏了，她从来没有经历过类似的场面，感觉是在办婚礼，热闹的婚礼让人兴奋，可是参加婚礼人一生中也不过几次而已。如果每周都是这样的热闹李丹觉得非疯不可，可本他们很享受。无论是坐在院子里和家人高谈阔论还是穿戴整齐和家人去教堂，不然他们也不会从八面齐聚而来。想本的父母也是享受，准备这么多吃的，还有搞卫生，估计老两口比全职上班还要辛苦。

自那次之后，李丹一般每年只到复活节和感恩节的时候才和本回去，故意错过圣诞节，因为实在是没有办法买得齐那么多的礼物，还有也实在是受不了接受那么多的礼物，塞了一整车回来，发现大都是丢在车库里用不上的。

李丹和本家里的感情也如她回去的次数般固定了下来，没有任何的进步，她觉得自己无法走近，即使他们彼此都很愿意。李丹偶然听到本的姐夫和本的对话。

“丹和你谈公事，你听得懂吗？”

“我听得懂她床上和厨房的需求就可以了。”本灌了一大口啤酒，回答的时候面不改色，目光坚定。

那一刻李丹觉得本好有男人味，也才意识到本的家里也是觉得本和她之间有差距的。

后来有次李丹在厨房帮本的母亲准备食物，本母亲看着院子里正和孩子们玩得欢的本突然说：“你们打算什么时候要孩子？”

李丹给问得一惊，手上的盘子滑到了地上。

本母亲平静地收拾碎了的盘子，拍了拍李丹的肩："别紧张，孩子，我们为你们祷告，上帝会安排好一切的。"

李丹倒不是给本母亲的问题吓着了，而是对这个问题的幕后她开始了自己的揣度，这算是一种暗示呢，还是本求婚的前奏？

结果证明什么也不是，本依然如以前一样，从来不和李丹讨论婚姻和孩子的问题，使得她有些懊恼自己的自作多情。

本似乎对婚姻没有什么兴趣，他真正感兴趣的在房子的装修上，他把房子装修得比专业的还漂亮，还特别在后院为李丹修建了一个很有中国特色的小亭子，还栽了几棵芭蕉。小亭子在院子里正式竣工那天，就开始有人络绎不绝地打听谁做的。本因此揽了好多私活，以至于就是在两份工作之间的时候他也有钱给家里买海鲜和羊排了。有个圣诞节，他竟然还送了李丹一辆新款的宝马车，虽然是长得一塌糊涂的分期付款，也还是让李丹感动得一塌糊涂。感动不仅仅是因为自己收到了礼物，而是发现可以用自己的兴趣去赚钱是件非常幸福的事情。

本在李丹的鼓动和支持下干脆辞职开了一家装修公司，生意虽然不是很红火。但不久之后足以让他们重新买一栋大一些的房子，这次是联名贷款，一起付款了。不过那之后，本在厨房做饭的机会也越来越少。李丹有时想，原来悔叫夫婿觅诸侯是古今中外通用的啊。

自从有次和本吃自助餐的时候，碰到了一对中国同事夫妇，李丹的男朋友以前是干水管工的，现在也只是创业阶段的小混混的传言，瞬间就遍布了全公司，李丹真的好佩服这些属克格勃的同事，她不过只是离开了拿盘菜的工夫，怎么连本的祖宗八代都调查清楚了。而且他们还根据自己的需要添油加醋一番。一下子，各种版本都蹦了出来，让李丹应接不暇。

有个年过半百的大姐还语重心长地劝勉："小李呀，不能贪念床上的欢快，要考虑长远一些。"

李丹的恶气不打一处来："你都试过比较过了？"

大家也算是见识了李丹的不识好人心，渐渐人们终于淡忘了这事，只是偶尔茶余饭后实在无聊的时候又开始琢磨李丹为何现在还生不出孩子。

李丹在这些自卫战中心理越来越强大，刀枪不入了，她觉得自己根本不再需要母亲的意见，她足以把自己的事情处理得很好，而母亲得病后，也只有不情愿地退居了后台，因为她连本和李强都分不清楚了。李丹在旧东西里找到了几张全家的合影，她没有印象是什么时候拍的，更没有印象家里还有如此和谐欢乐的时光，但这些证明却活生生地摆在那里，仿佛嘲笑李丹的健忘。她小心地收藏起来了，没有记忆并不重要，重要的是发生过。

李丹还看到了那块玉，母亲给李强三十岁生日买的生日礼物，现在的李强应该四十有三了，有可能还没有见过这玉。她决定一道带回去给李强。或者让人捉摸不透的李强现在愿意挂上了呢？

去给母亲上坟的那天，很应景的，一直飘着蒙蒙细雨，母亲的坟是新建的，有一边还没有邻居，李丹不管泥巴坐了下来，呆呆地望着墓碑上照片里的母亲，这个给了自己生命，本应该是最疼自己的人，却被自己怨恨折磨了半世，如今终于阴阳相隔，再会无期了。但李丹没有如释重负的感觉，她一直在想如果母亲没有得那病，临死会对自己说些什么。

回到家来，天色越发地暗了，倾盆大雨瓢泼而下，表弟媳妇一旁说：“舅妈真是疼你呀，把雨留着等你回来了再下。”

李丹一愣，原来很多事情真的是一念天堂，一念地狱。自己刚才还在想母亲是不是在发自己没有来参加葬礼的怨气，所以一直下着雨。

晚上，退了休的老院长打了个电话过来，倒让李丹很是意外。老院长说得很犹豫，母亲走的时候，他在，母亲走得很安详，葬礼也很体面。希望她和李强可以好好地过自己的日子，还有如果母亲有什么做得不好的地方，也希望他们可以忘记，在那个年代出生的人，很多的事情都身不由己。

李丹哼哼哈哈地挂了电话，心里说：把个人的生活悲剧归结于一个时代，是个很不错的借口。只是那些对错的后续影响应该归放到哪里？

李强的电话跟着打了过来：“你在和谁讲电话？我打了半天也打不进来？”

“老院长。”

“那个罪恶的源头。”

“留点口德，人家也没有得罪我们啊？”

“你不知道老妈当年就是因为他没有办法离婚，众叛亲离百般无奈之下才嫁给爸的。拜他所赐，我们才拥有那么美好的幸福生活。”

李丹的心豁然明朗开来，给母亲的拼图最后一块终于找着了，原来如此，世间种种终究逃不过一个情字，她觉得可笑又可悲，虽然她不认同这样的做法也不认为母亲所有的一切都可以归咎于这个，但是忽然之间她对母亲的爱与恨释然了，有的时候找不到原因的结果让人难以接受和理解，而原因被发现之后，结果似乎就不再重要了。

“你打电话来是为了告诉我这些？”

“我才没有那么无聊，你帮我带些榨菜回来，我们小时吃的那种，袋装的，四川涪陵产的。”李强的口气突然一变，“对了，你的后院可能要起火了。”

“什么意思？”

“笨对你连妈死也不告诉他，很不高兴，我觉得他会有比较激烈的行动。我好心提醒你，免得你城门失火殃及我池鱼。”

李丹心咯噔一下，有些下沉。她自己也理不清究竟为何没有告诉本母亲的去世，她只是觉得那是她必须要去处理和面对的一件事，和本是没有任何关系的。即便同床共枕了这么些年。本的位置和环境不同，或许感受又大相径庭，她原以为自己会惊慌失措地，可是没有，她只是稍稍有些失落。自从去看过母亲的墓地之后，她觉得自己的心突然变得很平静了，没有什么可以掀得起浪。不管什么样的生命都会有结束的一天，不管什么样的感情走到最后不是合就是分，只要有结局就好，管他是什么结局呢？记得本的母亲曾经说过：上帝会安排好一切的。

那夜，李丹睡得很不踏实，做了好多梦，还生平第一次梦见了母亲，母亲在院子里一边招呼她吃蛋糕，一边做着烧烤。醒来她觉得自己好可笑，自己家什么时候有那么大的院子，母亲更不会做蛋糕烧烤什么的，做这些事情应该是本的母亲。以前只要父亲不在家，母亲就是给他们吃方便面，还有榨菜。李丹忽地明白李强为什么要她带榨菜，看来是思念母亲的味道了。而自己做梦把母亲和本的母亲重叠在一起，是潜意识里有另样的期盼吗？

在回来的飞机上，李丹一直考虑着，却也没有想出答案来。她只是觉得这十年因为有了本，日子才过得不那么寂寞，如果没有了本，自己会如何，她有些不愿去考虑。

等拿到行李走出机场时，李丹心底默念着：如果本没有来接她，就叫的士好了。这个世界少了谁地球是一样转的。一抬头却看见本正捧了一大束红玫瑰在向她招手，她眼睛一热，快步奔向本，本笑呵呵地，变魔术般地亮出几个字牌：嫁给我，好吗？

评论：

《葬礼》一文以一通电话为引，讲述了一家两代人的恩怨。李强和李丹这样一对在美国定居的兄妹，在接到表弟的越洋电话，知道自己的母亲已经过世之时，竟然没有感觉到悲痛，而且在兄妹两人的通话中或多或少地体现出了对远在大洋彼岸母亲的不尊重。而紧接着通过李丹的回忆和李强李丹兄妹两人的对话中，逐渐透露出在兄妹两人心中母亲刻薄自私以及不懂得尊重他人的形象，而在李丹的中国行中，通过与母亲接触的其他人，一步步接近母亲成为这种性格的原因，而兄妹两人也逐渐因为母亲的过世而放下对母亲的怨恨，回归到自己正常的生活。

家庭教育与家庭暴力是近年来广为人关注的社会问题，《葬礼》一文便关注到了这样一个社会问题，以一个家庭两代人的恩怨，突显出家庭对于孩子成长的重要性。故事以李丹为主体叙述对象，以李丹为中心展开，开头以李丹接电话为始，电话中，弟妹的一句抱怨便透露出这个家庭中暗藏的矛盾。同时也通过回忆，引出母亲，与传统的母亲不同，李丹的母亲在李丹的印象里，在语言上时常对其他人充满着讥讽，如大骂并埋怨儿女给她带来的麻烦、对本的名字换用带有讽刺意味的"笨"，再如李丹的妈妈知道李强找了一个自己反对的农村姑娘时"气急败坏"地妨碍姑娘的毕业道路，导致姑娘最终结束了自己的生命，李强也因此与家里几乎断绝了往来。而通过李丹引出的李强和本两人，李强是李丹的哥哥，看似叛逆不羁，直接称呼自己的母亲为"老妈子”，以各种理由不出席母亲的葬礼，在离家出走之后的再遇，性格突然的大变，但他也汇给了李丹一万块钱，在李丹要回国前，让李丹带给他有母亲回忆的榨菜，这一切都暗示着随着母亲的离世他对过往恩怨的放下。本作为李丹的男友，本与李丹在收入上是不平衡的，在他人看来两个人极不相配，本在工作上有着充分的自由与对自由的向往，但对家庭却有着很大的黏性与热爱，他看似放荡不羁漂泊不定实际上却最重感情，本对家庭的依恋和本家庭的温暖都是李丹所向往的，但因为李丹母亲自小对他们的冷暴力，李丹并不能很好地融入这个家庭，而小说最后，以本在机场向李丹求婚的问句结尾，留有想象的空间，言有尽而意无穷。

家庭是我们的港湾，而家庭暴力则会摧毁港湾。李丹的母亲用语言和冷暴力，影响了自己的两个儿女，不仅使儿女远离自己，也影响到两个人的人生。李强性格的突然转变，李丹为了寻求情感支撑向人表白，却被嘲笑导致她不敢再向人袒露情感。李丹母亲对孩子的语言暴力，也在潜移默化中影响着李强李丹兄妹对情感的态度。全文人物都笼罩在家庭悲剧的阴影之下，饱尝着痛苦，但是这种悲剧是本可以避免的，直到故事最终，兄妹心结中暴力的源头已经去除，可同样也是有血脉关系的母亲的去世，爱与恨都被割裂，阴霾中才逐渐露出新的光芒。而我们更要注意语言给人的伤害，更要明白人能受到的不只是肉体上的损伤，还有心理与精神上的伤害，而这种伤害，潜伏在人内心深处，最容易被忽视和遗忘，等再发现时，可能为时已晚。

（于悦　评）

王克难

作者简介：王克难，台大外文系毕业，美国纽约州立大学社会学硕士。现供职于哥伦比亚大学研究所。出版作品：《离乡的孩子》《生日礼物》《雾里的女人》《诺言树》等；绘画作品曾在美国参加特展；出版音乐带《天涯若比邻》等十卷。其中《蒙娜丽莎之约》被改写选入人教版小学语文六年级上册教科书。现任《红杉林》美洲华人文艺英文编辑。

比萨饼

华老太太站在窗前，南加州是不容易下雨的。虽然天从早上起就开始阴沉，但是到现在才噼里啪啦地下起雨来。还有一个钟头，她的孙子彬彬就要放学了。

她想今天早晨太阳还露了一下面，她那心只在实验室的媳妇一定不会想到叫彬彬带雨衣，而那倔强的孙子也一定不肯带，华老太太知道他的脾气。

她开始在屋里团团转，织毛衣机里的毛衣扔了下来，录像机里边织毛衣边看的大陆风景录像带《大陆寻奇》早已放完，荧光幕上只闪着一片空蓝。

她转到孙子的卧房，打开壁橱。壁橱门里的镜子，照着她花白枯草似的乱发。空壁橱的另一头，孤零零地挂着她从台北远东百货公司买给彬彬的“乖宝牌”夹克。

彬彬小时候跟着她，一受凉就咳嗽，三天两头要带去巷子口的郭小儿科看病。今天这场雨他要是淋到，一定又会感冒。但是孙子已归媳妇管，她可以不管，而且也不能管，这话怎么说？说出来又有谁能够相信？华老太太的心抽痛起来。

不知不觉地，华老太太已经出了门来，一手撑着伞，另一手还多拿了一把，还有彬彬的乖宝牌夹克，在雨中朝彬彬上的爱迪逊小学走去。

自己抱在手里长的孙子，居然给法庭判决五百尺内不能让她接近，天哪！任何陌生人都可以，她却不可以。有谁会比她更关心她自己的孙子？而他们却说她有侵犯孙子的危险！愤怒、羞恨，好像万个小虫啮噬着华老太太的心。

华老太太把雨伞拿得低低的，遮着自己的脸。她决定站在街对面，但是假如彬彬从学校出来是淋着雨的话，那她不管五百尺、一千尺什么鬼判决，也要跑过去用雨伞遮住她的孙子，替他披上夹克。也许这次彬彬肯跟她回去，再像小时候一样坐在她身边吃她给他做的点心。

小学街两旁已停满汽车，来接学生的母亲们坐在车里等。有两个母亲也撑着伞，在她旁边聊着天。一会儿大批学生们就要从学校大门出来，雨愈下愈大了。

当初，媳妇为了要修博士学位，跟儿子把不到两岁的彬彬送回台湾，本来说是媳妇家带的，到后来又轮到她头上。孙子体弱多病，慢慢才知道是过敏体质，是媳妇家的遗传。

华家没有人过敏，虽然她丈夫死得早，但那是因公殉职。她一人把儿子从小学培养到中学、大学，直到出国留学，什么苦没有吃过？儿子跟丈夫一样骡子脾气，她身兼严父，不听话是要打的。打在儿身，痛在娘心，儿子学业、事业有成，不打哪会有今天的成绩？孙子脾气居然又跟儿子的一样，打孙子，华老太太的心更痛就是了。

她记得有一次把彬彬关在壁橱里，彬彬在里面哭喊，婆，婆，我要出来？！叫得声音都哑了，但是孙子当华老太太的面擦火柴玩还了得！叫他停还不听！怎么能不处罚？

后来，媳妇拿到博士学位，夫妻寄来了媳妇穿着黑袍披着红披肩的博士服照片，还附来两张机票要华老太太送彬彬回美国。

儿子媳妇新家在安静的住宅区，彬彬一人住一间房，在他爸爸妈妈房间隔壁，华老太太住另一头的一间，还有自己的浴室。但她白天带彬彬去散步，街上连人影都不见一个，更不要说商店了，连一包米、一把葱都要等儿子或媳妇带回来，或者由他们晚上开车带华老太太去超级市场买。两夫妻一清早就各人各开一部车上班去，华老太太整日守着彬彬，好不容易等到两人回家，他们却累得只闷头吃饭。

想跟儿子聊聊家常，儿子瞪着眼睛听，华老太太知道他脑子里在想他的工作，她跟媳妇更是没话好说。而儿子媳妇互相也好像没话可说，偶尔夜里听见他们在房间争执，有天清早华老太太想去彬彬房间拿样东西，看见媳妇一人蜷在彬彬房间的旧沙发上睡。

后来媳妇决定送彬彬上托儿所，说要他早早适应美国生活，华老太太每天站在窗前看没有人的街，不久就回台湾去了。

等她再回美国的时候，是儿子求她来照顾孙子的。儿子跟媳妇离婚了，而且打了官司才赢得了看护彬彬的权利。

这次儿子替她买了全新的双并公寓，三房两厅，每两个星期要照法庭规定把彬彬送到媳妇那里。媳妇听说另外有了一个美国男朋友，是她实验室的同事。想当初儿子娶到这样一个学问高的媳妇，华老太太还向亲戚朋友炫耀过一番，现在不能提了。她再也不能理解年轻的一辈，说离婚就离婚。

媳妇白白瘦瘦，戴着眼镜，是个学者的样子，但是华老太太从前一直希望媳妇大学毕业就够了，事业心不要太重，最好以家庭、丈夫为主，能替华家至少生两个孙子。现在媳妇跟儿子已经离婚，也许儿子现在会听她的话，再结婚时选个合适点的。一个男人事业成功，一定要有太太在背后理家相助才行。

想不到爸爸妈妈离婚后的彬彬完全变了，他从小不爱说话，但还算乖。这次华老太太来，他竟一句中文也不讲，只偶尔用她听不懂的英文阴阳怪气地回她话。

每次从媳妇处回来，彬彬更是闷声不响，而最使华老太太不满意的就是他在平面电脑上玩游戏，一天到晚盯着小平面电脑看，怎么会不把眼睛看坏？

华老太太不准彬彬在客厅看，他就在自己房间关上门看。彬彬要什么东西，儿子和离了婚的媳妇就两人争着给他买，不是硬宠坏孩子吗？像儿子小时候她家里生活那样困苦，就没有这样的问题。

雨怎么这样噼噼啪啪地打着伞，等下孙子出来淋到雨怎么办？

每天，华老太太总要准备些点心，发面做馒头、包子，煮红豆，有时自己中午都随便吃点，等着彬彬回来一起吃，但是彬彬现在不爱吃她专为他做的任何点心。起先，她还想做中式便当给彬彬带到学校吃，那样比较有营养，彬彬死也不肯。后来她改做美式三明治，他还是不肯带，硬要在学校买着吃。

看彬彬下午回来饿的样子，华老太太痛在心里，但彬彬又不碰她做的任何点心，只吃那种他爸爸应他要求买的冷冻比萨饼。她已经跟她儿子讲过不知多少遍，那些看起来不像食物，用玻璃纸包的比萨饼不知放了多少防腐剂，上面臭臭的奶酪一烤滴出油来，不知有多少胆固醇，她现在就因为胆固醇过高而不吃任何油腻食物。

“他要吃就让他，吃不死的。”儿子这样说。

那天真有鬼，彬彬从学校回来，华老太太端了一碗红豆汤给他喝，他自己马上从冰箱拿出冰冻的比萨饼放进微波炉里。华老太太要他喝红豆汤，不准他去拿热好了的比萨饼，他硬要抢着去拿，还推了华老太太一把，两人一推一抢，真有鬼，那比萨饼就掉在彬彬穿短袖衬衫的手臂上，他叫了一声，跑进自己房间砰地把门关上了。

晚饭彬彬不肯出来吃，华老太太气得也不去叫他，第二天彬彬不声不响地去上学了。以后几天他都穿着长袖子上学，刚好那几天儿子出差，白天有人打电话来，华老太太听不懂英文，就把电话挂了。

她永远记得那天彬彬回来时学校派了一位社会工作人员陪着，大概是说彬彬手臂烫伤了，华老太太看到彬彬手臂被比萨饼烫到的地方红了一大块，伤口有些发炎，当时要彬彬早让她看，照老方法涂点麻油就没事了。她语言不通，刚好儿子出差，媳妇又去度假去了。

华老太太的太阳穴抽搐着，那个比自己丈夫死还可怕的诉讼：她成了被告，告她的居然是郡政府，说华老太太虐待儿童，她都快气疯了，花了大笔律师钱，她还上了法庭。孙子判给了媳妇管，华老太太被判在五百尺内不能接近彬彬，美国这种社会！

打在儿身，痛在娘心。玉不琢，不成器。家规！家规！

中国有古老的智慧，就算她曾经体罚过彬彬，也绝对是为他好，怎么能说她虐待她的亲孙子？这种毫无公理的事，她能跟谁讲？有鬼啊！

华太太几乎疯狂，她不能马上就回台湾，回去大家问起她来该怎么说？她是来美国帮儿子看孙子的，孙子却去了媳妇那里。她一人在三房两厅的公寓，对着四壁，电视、织毛衣怎能安慰她的寂寞？被冤枉的愤怒更日夜噬食着她。

但是，今天她又鬼使神差地来接彬彬了，关心孙子是犯法？老天啊！雨，下下来吧！

学生们一堆堆地出来，有的看到妈妈的车子，便直奔车子，有的看到妈妈打伞，直奔伞下。许多把书包和外套顶在头上，三三两两，在雨中嘻嘻哈哈地走着，南加州到底很少下雨。

华老太太在雨伞下伸着脖子，她看见穿着实验室白衣服的媳妇，带着彬彬走出学校大门。彬彬穿着新的黄色雨衣，媳妇斜撑着伞，去遮住雨衣、雨帽已穿戴得严严的彬彬。媳妇戴着眼镜，苍白的脸上黏着湿的头发，伞上的雨淌在她头上、肩上。华老太太赶紧把伞拿得更低，她仍看得见媳妇与彬彬两人紧挨着走，媳妇才三几岁，看上去已经那样憔悴。

华老太太转过身，拎着“乖宝夹克，在雨中一人慢慢地往公寓走去。

评论：

文章的主人公是华老太太，华老太太的儿子和媳妇都在美国工作，当初媳妇为了攻读博士学位把尚年幼还不到两岁的小孙子彬彬送给台湾华老太太带，后来，媳妇拿到博士学位，夫妻寄来了媳妇穿着黑袍披着红披肩的博士服照片，还附来两张机票要华老太太送彬彬回美国。后来媳妇决定送彬彬上托儿所，说要他早早适应美国生活，华老太太每天站在窗前看没有人的街，不久就回台湾去了。

等她再回美国的时候，是儿子求她来照顾孙子的。儿子跟媳妇离婚了，而且打了官司才赢得了看护彬彬的权利。然而就在儿子和媳妇离婚后，彬彬的性格大变，一句中文也不讲，只偶尔用华老太太听不懂的英文阴阳怪气地回她话。成日盯着平板电脑也不吃华老太太做的任何食物却只吃买回来的冷冻比萨，一天彬彬从学校回来，华老太太端了一碗红豆汤给他喝，他自己马上从冰箱拿出冰冻的比萨饼放进微波炉里。华老太太要他喝红豆汤，不准他去拿热好了的比萨饼，他硬要抢着去拿，还推了华老太太一把，两人一推一抢，真有鬼，那比萨饼就掉在彬彬穿短袖衬衫的手臂上，他叫了一声，跑进自已房间砰地把门关上了。比萨把彬彬的手臂烫伤了，后来华老太太被学校以虐待儿童的罪名起诉，因此彬彬的抚养权判给母亲，华老太太被判在五百尺内不能接近彬彬。

文章是以倒序的方式展开的，开头由于外面下雨华老太太担心孙子淋雨，想到孙子一定没有带伞于是去学校给彬彬送伞，华老太太站在学校的街对面想在放学时候第一时间把伞拿给孙子彬彬才不管法院五百尺的判决。由此华老太太展开了回忆。这样的方式能够增强文章的生动性，让文章产生悬念引人入胜，同时也会激起读者继续探索的兴趣。文章对于华老太太这个人物的刻画颇下功夫，对于华老太太采用了神态描写、动作描写、心理描写等。如："她转到孙子的卧房，打开壁橱。壁橱门里的镜子，照着她花白枯草似的乱发。空壁橱的另一头，孤零零地挂看她从台北远东百货公司买给彬彬的'乖宝牌'夹克。"动作描写是人物性格特征的最好体现，从这句话就可以看出华老太太对孙子彬彬的疼爱。又如："她想今天早晨太阳还露了一下面，她那心只在实验室的媳妇一定不会想到叫彬彬带雨衣，而那倔强的孙子也一定不肯带，华老太太知道他的脾气。"这句心理描写吐露出华老太太怕孙子被雨浇的深深担忧。"华老太太的太阳穴抽搐着，……"这段话对华老太太得知自己被以虐待儿童罪被起诉后的神态描写非常形象，展示人物的内心，把华老太太这个形象塑造得栩栩如生。

文章对人物的刻画栩栩如生，非常真实，贴近生活。文章用倒叙的写作方法，情节紧凑，故事连贯，很好地吸引读者的注意力。

（李翠翠　评）

周典乐

作家简介：周典乐，现居加州矽谷。毕业于台湾实践家专食品营养科，德州理工大学食品营养硕士，俄亥俄州立大学材料工程硕士。任职工业界二十余年，于2009年离开工业界从事写作。海外华文女作家协会第十五届秘书长，第十四届财务长。旧金山《品》杂志专栏作家。作品散见于《世界日报》《世界周刊》《红杉林》《美华文学》，及台湾《中华日报》。2009年8月出版《书窗外》，2017年1月出版《吃喝玩乐话矽谷》。曾获美国《世界日报》三十五周年征文佳作，2012年美华文学征文奖第一名，2014年《世界日报》美食达人奖第二名。

我见青山多妩媚

喜欢看山，尤其是云烟缥缈的高山。

父亲收藏了几幅字画，有客人来访时，茶余饭后，常取出字画，与客人欣赏。画中奇峰怪岩，高山流水，山上祥云流转，烟笼雾罩，无异传说中的仙境。幼年时心中好奇，到底何处有那样的山水呢？如能亲身到那山水中去看看该有多好！东西横贯公路开通后，有几位叔伯们去过中横，再来做客时，常盛赞中横的风景就像画里一样。天祥之美，燕子口之奇，我在一旁听得目瞪口呆，遂下了非走一趟中横不可的决心。

终于来到我梦寐所思的中横，那兴奋之情，难以言喻，高兴得真想狂歌劲舞。天下风景若不身临其境，很难领略其中的妙处。人站在风景里见到的是三百六十度的景观，摄影技巧再好的照片也只能拍出一百八十度的局部景观。青山连绵不尽，云烟变化无穷，溪水流不断，都不是照片或图画可以表达得出的。真实风景是活灵活现的，照片与图画是静止的。台北基隆一带的山都不高，台北盆地最高的七星山，只有1120公尺，与中横的众多高山相比，不免小巫见大巫。建在瀑布上方的长春祠，金瓦白墙，古色古香，在群山环抱中绿树拥护之下，仙气氤氲，此景只应天上有，但确实在人间。长春祠下清泉自山壁中涌出，落在山岩上化作千丝万缕，四周的青山高入苍穹，当年的感受是无比的震撼，不觉吟起辛弃疾贺新郎的词句“我见青山多妩媚，料青山见我应如是”。

从天祥到梨山的途中，车至大禹岭，远远看到山峰间云烟缥缈，一座座的峰腰上恍似围着一条轻柔的白色丝绢在风里轻飘飘地晃动，那景致果然就像国画中的山水。山雾轻飘飘地忽然就涌到了车前，公交车穿过云雾，忽听公路局小姐遥指一座山峰告诉我们那是合欢山——台湾有名的滑雪胜地。当年滑雪一词对我来说是遥不可及的，虽不能至，但能亲眼遥望合欢山，我已心满意足。

那年到梨山，住在农场的小木屋里。清晨起来，我轻轻拨开窗帘，从苹果树梢看到天边一抹淡红的晨曦，天光隐隐云蒸霞蔚，情景之美连做梦也未必看得到，心中的喜悦更甚于在太鲁阁看山，大禹岭看云。石伯伯带着我们游果园，摘苹果，临行时又送我们一人一袋水梨。那袋水梨新鲜多汁，甜脆可口，滋味空前绝后。水梨的品种十分特殊，果形像鸭儿梨，但外皮翠绿，滋味比二十世纪梨还要好，我在市场上不曾见过。至今想起犹自纳闷，为什么那款品种不曾发扬光大，此后再也没吃过那么好吃的水梨。

当时年纪轻，对红尘俗事有一肚子的不满，很羡慕农场的生活。想起《贺新郎》中的另外两句，“白发空垂三千丈，一笑人间万事”。稼轩年轻时“金戈铁马，气吞万里如虎”，那豪气云千，有几人能比得上。但他也有“甚矣吾衰矣”的时候。感叹人生如梦，不免幻想别回学校去念书了，不如留在山上找份工打，过隐居的生活。人间万事不过一笑罢了，是非成败转头空啊！想归想，终究没那勇气，还是乖乖地跟同学们一起回家。

空洞的幻想随着年纪的增加而减少，渐渐懂得脚踏实地过日子。大学毕业后，出国念书，拿文凭找工作，结婚生女，忙忙碌碌数十年。父母相继过世，舍弟整理父母遗物，知我喜欢字画，把父亲的收藏悉数送来给我。我把一幅山水画挂在起居间，闲时常走过去欣赏，每看到画中云山，便恍惚看到大禹岭上的云烟。至今，我已走过不少名山大川，但中横的风光却永远是我的初恋情人。

2018 年 11 月参加海华女作协的会后旅游，有幸三到中横。这一回车过长春祠并未停留，直接到达燕子口。我曾看过多幅以燕子口为题材的国画作品，对燕子口向往已久。前两次到中横，都失之交臂。如今居然能行走在燕子口的步道上，颇有意外的惊喜！

不到燕子口，见识不到中横的壮观！立雾溪的激流急湍在这里劈出一条壁立千仞的美丽峡谷，一座吊桥横过山谷，风景之美令人瞠目！晚秋之日，看不到一只燕子，只看到崖壁上一个个的壶穴。

本以为崖壁上的洞穴是燕子洞，看解说才知是地下水的出水口，就好似从水壶里倒出水来故称壶穴。一路缘溪而行，真的看到几个洞中有泉水涌出。位置比较高的壶穴，据说在雨季，溪水大涨，地下水积满时才会涌出水来。有些洞穴并不出水，则是远古以前被河水侵蚀的痕迹。许多腐蚀洞穴高高挂在绝壁上，见证万千年前河水的水位之高，现今看到的河床因被河水持续地冲击，越冲越深，才变成今日如此低深的水位。地壳不断在运动，山海都有可能易位，谁又能知道千百年后，我们现在站的位置会在何处呢?

横贯公路不愧是鬼斧神工，一小段路上便见一个山洞接着一个山洞。洞与洞之间，透出一线天光，仰头看峡谷两侧山峰高不见顶，更使人敬畏中横之奇之险！

走完一串山洞后，来到靳珩段长纪念公园，这里是他当年督凿公路殉职之处。横贯公路劈山开路，不难想象艰困危险的程度。有了这条公路，打通了台湾东西两岸的交通，才开发了梨山农场与大禹岭茶山。我们才能在今日漫步燕子口，这都是前人的辛劳与某些人的牺牲换来的。公园里有靳段长的塑像，我以恭敬之心对他深深地一鞠躬。遥想他当年的不幸，不由戚然！

从公园边缘往溪谷中看去，有块突出在溪水上的山岩，很像印第安酋长的侧面，叫作印第安酋长岩。仔细看去，酋长突出的额头、深陷的眼睛、隆起的鼻梁、微张的嘴，下巴正好被溪岸托住，恍惚一位巨人趴在溪边喝水，这是大自然间水蚀风化的杰作。

离燕子口不远处，有一处观景台，台上有商店、咖啡屋、露天阳台。在这里可以望见峡谷对面的锥鹿断崖，断崖半山腰上有一条明显的横线乃是锥鹿古道。这条古道原属于合欢越岭古道的一部分，是古时太鲁阁各部落间往来联系的交通要道。古道有多少年的历史，不见任何史料记载。只知它原来只有三十厘米宽，这么窄的距离，又在半山腰，行走起来该是多么的惊险。近百来年古道陆续被拓宽，现在已有一公尺半宽，人可通行无碍。但这段路不能随便进出。中横开发后，太鲁阁各部落已陆续迁走，令人想不透的是，如此的险峻深山里，居然也有原住民。而断崖山壁乃是坚硬的大理石，古人是如何开出那三十厘米的小路来的？立雾溪水急滩险，不适于行船。乳白色的溪水，含过高的矿物质，看来也不适合饮用。山中无耕地，只有靠打猎为生，难以置信，山里的原住民与大自然搏斗，仍能生生息息繁衍，实属不易。

游览车再度经过长春祠，往花莲方向踅回。仍旧是满眼青山翠谷泉水泓泓，我却无端想起这庄严精巧的祠中纪念的是二百二十五位殉职的工程人员，不由心中为他们默哀祝祷。还有我的好友王霖，五年前同在长春祠前合影，三个月前却因癌症不幸去世，她从发现到离世不过半年。当年形影不离的五巨头，如今天各一方，除了仍在台湾的淑娟，其他三人都很难见到。“怅平生，交游零落，只今余几？”不由重又吟起辛弃疾的《贺新郎》。到了我这个年纪，人间万事除了一笑，却更学会了包容，亦更能体会词中的境界。“江左沉酣求名者，岂识浊醪妙理。回首叫云飞风起。不恨古人吾不见，恨古人不见吾狂耳。”好一个辛弃疾，一生壮志未酬，到晚年仍不失狂傲。而现在的我“问何物能令公喜”？仍是当年初游中横时的心情“我见青山多妩媚，料青山见我应如是”。

评论：

《我见青山多妩媚》借用辛弃疾词句："我见青山多妩媚，料青山见我应如是。"在这里，作者借用此诗句表达出了他对山的喜爱，引出文章中对中横一行见到的美丽山景表达出了自己的喜爱与赞美。同时，也透露出"我"在中横看山的一行中内心的开心愉快。

全文也围绕着"我见青山多妩媚"及辛弃疾词为中心，以景写情，表达自己对山的喜爱、对大自然的鬼斧神工的惊叹、对以人力改变客观环境的工程人员及原住民精神的赞扬，以及自身在心态上的转变。作者开篇点题，直接表达出"喜欢看山"，直抒胸臆用最简单、直接的方式表达出了自己对"山"的情感，在与题目相互呼应的同时，也为下文中"我"对中横山景的期盼乃至亲自去中横看山做了铺垫。同时，作者叙述了自己多次到"中横"看山的不同经历，并通过多次不同经历中自己心态的转变，层层深入逐渐写出"我见青山多妩媚"原词及"我"自身对于辛弃疾词意的理解。"我"初时看山，看的是父亲中国画里的山水，而画中"仙境"般的山水景象，为下文中"我"对山水景色的喜爱与向往做了铺垫，加之亲友从"中横"来，讲述的所见所闻，引出了下文中"我"多次的中横之行。而"终于"到中横，表现出了我到中横之前对中横的山的景色的向往，同时也体现出内心的喜悦之情。而那次到中横得梨山，"我"描述的更多是山景的美丽和"我"看到美丽的山水景色的满足，在"我"的眼中山水、云雾皆"仙气氤氲"，还有梨山盛产的水梨都是难得的美味，这种心情通过"我"远望合欢山就已经"心满意足"和吃到水梨时赞叹"滋味空前绝后"表现得淋漓尽致，同时也与下文中的"年纪轻"所产生的思想和心理活动相对应，描绘出意气风发、神采飞扬的少年形象，也与辛弃疾《贺新郎》词中，辛弃疾年轻时意气与豪气相照应，表达了年轻时"我"对辛词的理解，以及对自由飞扬无拘无束的生活的向往。而2018年再到中横的燕子口，"我"真真切切地感受到了"壮观"，而崖壁上的壶穴，也使我更加地感慨自然界的神奇，大自然的变化可能会给人类带来什么。而横贯公路、纪念公园和观景台的游览，则引出人类的力量对外在环境的改变，刻画出从古至今人类坚持“人定胜天”不肯屈服于现状的坚忍不拔的拼搏精神。文章最后，作者再一次以经历过几十年的生活磨炼的身份角度，写下了对辛词《贺新郎》的理解，到了如今年纪大了对于辛弃疾晚年的思想也有了更加深刻的理解。而“仍是当年”又将故事引回最初对于山的喜欢，首尾呼应，更显饱满。

《我见青山多妩媚》一文以“我”对山的向往，结合辛弃疾《贺新郎》词中的思想感情，将自己的思想、心路历程与辛弃疾相连，写出自己的少年意气，历经几十年生活的磨砺却依旧不改初心，对山的热爱始终如当年的那盆燃烧着的赤子之心。

（于悦　评）

陈国英

作者简介：陈国英，笔名陈晞，1936年生。曾在重庆市任中学语文教师、渝中区教学研究室教研员近三十年。1982年调广东教育学院（现为广东第二师范学院）从事干训工作及宣传、统战的领导工作。1992年移居美国后，做过管家和家庭中文教师数年。曾在打工之余为美国《星岛日报》"滴水集""阳光地带"写过专栏。计有数十余万字在美国各大中文报刊及香港《地平线》双月刊发表，其中有的作品被选入《美国新生活方式丛书》（光明日报出版社）、《中国散文精选》（中国作协创研部编）、《硅谷浮生》（成都时代出版社）、《他乡星辰》（云南出版社）等。2005年与家人合编出版了"家庭散文集"《爱的庄园》，2009年12月出版《小草集》，2015年出版《闲聊集》。现为美国旧金山美华文艺界协会会员。

高山雪莲

在康藏高原的皑皑雪峰顶，在重峦叠嶂的石缝中，在流石堆满的荒滩上，遍布着一种多年生的草本植物。花冠紫色、紫红色或白色，有的像莲蓬，有的似纺锤，有的如圆柱，花形各异；叶上有白色或黑褐色绒毛，边沿有锯齿；学名叫雪莲。祖国边陲人烟稀少的高寒地带，有了这些不畏风雪严寒、不需人工栽培而顽强生长着的生命，才叫广袤单调的银色世界勃发出盎然的生机，增添了斑斓的色彩。

提起雪莲，我就想起了我的一位老同学的故事。

她瘦高个子，脸面方正，鼻梁挺直，轮廓分明，经常扎着两条黑油油的长辫，一身蓝布装，朴素大方。不过给人印象最深的，还是她那清脆的歌喉，和那优美的舞姿，如果不是投错门来学师范（她可是自愿），我想她一定会成为歌舞剧团的好演员。记得临近毕业前一年，她还被重庆市学联选拔到首都北京去参加全国学联的舞蹈会演而获奖，受到当时团中央书记胡耀邦的接见。这可是一般人无法得到的殊荣啊！

因为她在班里年纪最小，又天真无邪，大家都亲切地叫她“×小鬼”。这小鬼学习平常，生活无忧无虑，政治上也不要求入团，好像只知唱呀跳呀，总是沉醉在幻想的世界里。毕业分配之前，刚满十七岁的她，和几位志同道合的同学向团中央、四川省教委递交了申请书，要求到祖国最需要、最艰苦的边疆去，实现做“中国的华尔华娜”（苏联影片《乡村女教师》主人公名“华尔华娜”）的美梦。不久，她的申请光荣地被批准了。

他们豪情满怀，告别山城，告别亲人，一路歌声，一路笑声，坐汽车来到康藏高原的第一站、跑马溜溜的城——康定。这里的雪山上点缀着红杜鹃，喇嘛庙钟磬声嘹亮，经幡飞扬，还不是最艰苦的穷乡僻壤。于是她们再向西进发，深入雅江地区边境的崇山峻岭。再没有公路可走了，只好改为骑马前行。从未骑过马的她，经历了三天马背上的长途颠簸，好不容易才到达了雅砻江畔的雅江县城，然后被安排在城乡小学任教。

初生牛犊不畏虎，她浑身是胆，浑身是劲，一人包教了一至六年级的全部体育、音乐、美术、历史及自然等课程，还担任一年级的班主任。因她爱唱爱跳，悟性高，很快就学会了少数民族的许多歌舞，“六一”儿童节时，她一人居然组织了全校整台的庆祝会节目，赢得同事和学生们的热烈掌声和束束鲜花。

她把自己全部的心血和爱意倾注在学生身上。那时，雅江地区人口分散，传染病不易流行，但学生上学路途遥远，故多数学生都住校。第二年春天不少学生染上了麻疹，小鬼和两位女教师便日夜守护在学生身边。从未拿过注射针头的她，竟然大胆地给学生注射起盘尼西林来了——事隔多年，她想起这件事都感到后怕——其中一名学生因感染并发症，高热持续不退，十分严重。小鬼不管三七二十一，背起他就往外跑，顾不得那学生身上有好多虱子，也顾不了湍急的雅砻江水可能吞没自己，心急如焚地搭上牛皮船，过江去县医院抢救。以后还天天坐牛皮船过江，给那学生送吃送喝。事后医生告诉她："幸好送来及时，否则那孩子危险！那孩子住院期间，不叫爹，不叫妈，就只叫他的 × 老师！"这是一曲多么感人的师生之爱的颂歌啊！

小鬼面对繁重的工作、艰苦的生活，依然没有放弃对艺术的执着追求。每天清早，迎着晨风，她背上手风琴，站在汹涌澎湃的江水边练习发声，随后又在江堤上坚持练习舞蹈基本功。她悠扬的歌声，随着那滔滔的江水传到了江对面的县政府所在地；她优美的舞姿，被初升的太阳在雪白的沙滩上勾画出轻盈的倩影。县政府不少年轻干部对她既赏识又爱慕。有的天天清晨站在对岸堤上静静倾听，远远眺望；有的干脆借口到学校来找她，倾诉心曲。但她从不把这些人放在心上，总是躲藏着。后来连学生都帮她把起风来了，只要这种人一出现在校门口，学生就用藏语大声叫："帮瓮特！"（即"狼来了"的意思）暗示老师快躲藏。学生们热爱自己的老师，也不想让这些人把老师抢走。

两年紧张而愉快的生活过去了，1957 年大鸣大放，向党交心。小鬼和大家一样热情积极地向党政部门提了些改进领导作风及改进办学的建议。没想到，反右斗争后期，她竟得到一个"向党猖狂进攻"的罪名，受到全自治州（包括四个县）教师大会的批判。更令她吃惊的是，当年和她一道远离家乡到边区工作的同班同学，也跳上台批判她"目无组织""狂妄自大""讨好群众"等。天哪！这全心全意为教育事业贡献青春的"乡村女教师"竟成了有罪之人！难道在校不要求入团就是"目无组织"？拒绝某些干部的无聊追求，就叫"狂妄自大"？爱护学生，能歌善舞，和群众打成一片就谓之"讨好群众"？这是哪家的稀奇古怪逻辑！

幸好因中央指示在少数民族地区不划右派，最后对小鬼的处理才美其名曰"下放劳动锻炼"。其实就是"流放、充军"，已把她定为"内控右派"，只是不公开宣布罢了。小鬼不明白自己已被打入另册的尴尬身份，依然“革命斗志冲云霄”，去了雅江县最最艰苦的地方——海拔四千米以上的高原牧场。她远离了心爱的学生，抛开了当“中国华尔华娜”的虚幻美梦，老老实实地做起了高原牧民。她与藏族同胞一道，骑骏马、住帐篷、挥牧鞭，逐水草而居，放牧着云朵一样多的洁白羊群。

在那终年积雪的高寒地带，一年四季只有两个月风小一些，三个月是无霜期，其余时间都要经受狂风暴雪的吹打。尤其在冬季，那雪风吹打在脸上，犹如万根钢针扎进肉里。当时还有少数藏民叛乱，牧场需要经常搬迁到安全地区。常常在紧急的月黑风高夜，她和藏民只铺上一床马背上的羊毛垫，裹上油布盖着的棉被就躺卧在雪地里歇宿。早上醒来，只见被头因人呼吸的湿气已冻结成了冰块。有一次为了扑灭山火，保护草场，她和牧民们赤脚跳进结冰的河水，蹚水过河去灭火，腿肚被浮冰划破，血流不止，却不知疼痛。疲累极了，当晚就倒在冰冷的山坡上睡了一觉。幸好有一位叫“学多”的藏族姑娘把自己羊皮藏袍的一只大袖子搭在她身上，才避免了冻僵或大病一场。

往往在劳累一天之后的傍晚，她便和能歌善舞的藏族姑娘、小伙燃起一堆篝火，边喝酥油茶，边吃糌粑面，然后高高兴兴地唱起“拉鲁”（山歌），跳起“弦子”或“锅庄”。虽然是“火烤胸前暖，风吹背后寒”，但她心里是甜蜜蜜的。因为她不仅从这里得到了欢乐，而且这里给她提供了采风的机会，她在藏族朋友中收集到了不少珍贵的藏族民歌和舞蹈。不到一年，她的藏语也说得溜溜熟了，她简直就成了地地道道的藏族姑娘。在牧场，她的身份是干部，除了与牧民放牧，还管理两个牧场的财务。她在牧场开会时，能用藏语做长篇大论的财务报告。每年两个牧场的决算分配方案，均由她一人独立制作。年终，当牧民从她手中接过一叠一叠的钞票时，一个个都笑逐颜开，称赞她是“我们的‘康拉梅朵’（藏语即雪莲）”。年轻的小伙子献给她一束束紫色、紫红色或乳白色的雪莲。这时，她才领悟到：虽然失落了“乡村女教师”的金色美梦，却在这里融入了藏族大家庭，也丰富了自己的艺术宝库。她由衷地感到欣慰和满足。

可是，不幸的事发生了。在天灾人祸严重的1961年，她在重庆的父亲，由于忧伤而病逝，为吊唁亡父去请假却没批准，她没想到这“下放干部”连奔丧的自由也没有。后来母亲为她找了对象，叫她请假回家结婚，她才回到了重庆。母亲眼见自己唯一心爱的女儿（另有五兄弟），肤色被雪峰上的紫外线灼得黝黑，膝头关节红肿几乎变形，连走路都举步艰难，便无论如何也不答应她回边区“工作”了。自此，她留在重庆当起了“待业青年”，又几经周折，才进了民办学校当教师，靠着三十多元人民币过生活。

当几年不见，她来找我时，依然是扎着两条黑辫，一身蓝布装，瘦高个子，只是眼睛大而深陷，脸色变黑，略显老大了一些。不到二十五岁的人，几乎从“小鬼”变成了“老鬼”了。听了她的介绍，难免不使人不动恻隐之心。好在后来她找到了自己的真爱而结婚了。

直到80年代初期，她的问题才得以平反，雅江地区政府承认当年对她的“错误处理”，答应将她收回再调至重庆安排工作。这样，她才成为重庆市的一名公办学校的正式教师，后调至沙坪坝区进修学校任音乐教研员，从事自己心爱的专业，直至退休。

她退休后的生活，确实是幸福而又充实。除照顾重庆大学的教授丈夫生活外，还兼任重庆大学外籍留学生的音乐课。来自世界各国的留学生，特别被她的藏族民歌所吸引，不少人利用暑假亲自到西藏观光，深入采风。而她本人的生平业绩简介，也以音乐教育家的名义编进了《中国当代音乐界名人辞典》，自可流芳百世了。

她家客厅的景泰蓝花瓶里，老爱插着一大束高山雪莲，那是外国留学生到西藏的雪峰上采摘回来的，虽然已经干枯了，但那株株乳白色的莲蓬，依然昂首窗外云天，焕发出顽强的生命力……

评论：

究竟是怎样的力量，可以让生命之树常青？

与其说作者是因为雪莲而想起老同学，倒不如说是因为老同学而提及雪莲。因为这个故事的重心不是时代，而是生命。

文章伊始所介绍的雪莲的多姿，其实也就是主人公“小鬼”的人生写照。作者对其做出的评价，“不畏风雪严寒、不需人工栽培而顽强生长着的生命”，正是整个故事的情感基调。文章以一个听众的视角，为我们刻画了三朵永远昂首的雪莲花：客观世界中的雪莲、主观回忆里的雪莲、互为主体下的雪莲。

“客观世界中的雪莲”既指开头所引，也指结尾所述，在“小鬼”的生活中，始终留有雪莲的印记，这是“我”和“小鬼”共同的精神寄托。

“主观回忆里的雪莲”即“我”所了解的“小鬼”。文中出现了两个“从未”，“从未骑过马的她”“从未拿过注射针头的她”，都是她“豪情满怀”和“初生牛犊不畏虎”的典型表现，或许经历的艰难困苦远不只此，但她却能将“全部”的心血和爱意倾注于学生，因为彼时她心中装着一份做好乡村教师的“美梦”。“居然”“竟然”等词，同样也是“我”看待她那段援边岁月的态度，而这份态度，更是借助贯穿故事的四处“依然”，得到了充分的显现。第一处，“面对繁重的工作，艰苦的生活，依然没有放弃对艺术的执着追求”；第二处，“依然‘革命斗志冲云霄’，去了雅江县最最艰苦的地方”；第三处，“当几年不见，她来找我时，依然是扎着两条黑辫，一身蓝布装，瘦高个子”；第四处，“那株株乳白色的莲蓬，依然昂首窗外云天，焕发出顽强的生命力”。四处“依然”，也意味着“小鬼”的顽强是和不断“升华”的困苦相伴而生的，包括环境、身份、岁月和生命。

“互为主体下的雪莲”指的是在“小鬼”和“我”的心中共同生成了一种生命意象，它来自“小鬼”自己的以及她和“我”之间的经历与回忆。在劳累之中，“小鬼”的心里为何是甜蜜蜜的？她的“欢乐”“欣慰”“满足”从何而来？难道仅仅是因为收获了民歌和舞蹈吗？“我”和“小鬼”赋予了“高山雪莲”新的意义，那就是“在认清生活真相后依然热爱生活”的英雄主义。

但是，赞颂顽强生命力的背后，并不只是简单的温暖与释然。“小鬼”的生命姿态或许始终是“昂首云天”的，但她的大部分生命底色却是悲凉的。“不到二十五岁的人，几乎从‘小鬼’变成了‘老鬼’了”。多年之后相见，“我”听到了“小鬼”的故事，恻隐之心顿生。“好在后来她找到了自己的真爱而结婚了”，“好在”一词不可避免地带着对过往的惋惜和命运稍做补偿后的庆幸；“她退休后的生活，确实是幸福而又充实”，“确实”一词更是包含了“我”作为老同学对“小鬼”所独有的理解和关爱。

“小鬼”家客厅的景泰蓝花瓶里，“老爱”插着一大束高山雪莲，不是只插一时，也不是随意放任，而是始终能观察到它“昂首窗外云天，焕发出顽强的生命力”的样子，这也正是“小鬼”最美的地方。或许，“小鬼”的过往人生不仅像多姿的雪莲，也像晴空的流云；或许，“我”和“小鬼”心中对待生命的同一份期许，始终能成为一颗子夜的流星。

（林岳斌　评）

刘怀宇

作者简介：刘怀宇，本科毕业于北京大学英美文学系，美国加州大学洛杉矶分校（UCLA）语言学硕士和电脑科学硕士。曾在硅谷任甲骨文（Oracle）公司软件开发经理，现为洛杉矶高科技创投基金董事合伙人。自2003年以来，在海内外发表小说、散文和专栏随笔四十余万字，以开阔独到的视野和灵秀深致的笔触获海内外名家、专家好评。中短篇小说集《罗马·突围》2012年由重庆出版集团出版发行。长篇历史小说《远道苍苍》正在创作中。

公园里的陌生人

一

天光染进百叶窗的缝隙，落到盈眼皮上，窗外鸟鸣纷杂急促，像一把谁赌气向空中撒开的玻璃珠子，盈没接住，碎了一地。又晚了，盈微微恼火，翻身下床，抓起搭在床尾的运动服套上，鞋带打个牢靠的双结，跑出公寓。橘红运动服右胸一弯银白耐克标志，即使在晨光的笼统含糊里，在盈还带些睡意的身体的晃动中，也明晰可见，是坚持了多年的选择。

跑鞋的胶底摩擦着街心公园跑道的沙土，微妙细小的震动不断从盈脚底往上爬，到修长的腿、腰，圆润的肩、颈，光洁的脸、额头，像一群贴心温柔的虫子，小心翼翼嚼去残留的睡眠的壳。晨曦在天边徘徊，草叶上敏感的露珠滚动、上升，释放淡悠悠的清爽；树叶和花朵的颜色慢慢被点亮，围绕公园的城市如源自暗夜的河，缓缓呈现、汇集、喧哗。

他一如既往地坐在那张长椅上，弓背，大腿支着两个手肘，棕黑的手托着棕黑的脸，嘴里叼一支雪茄，定定地看马路上逐渐稠密起来的车流，眼白偶尔在雪茄袅袅的烟雾中闪动。他总让盈想起那首19世纪的美国流行歌，《Old Black Joe》(《老黑爵》)："Gone are the days when my heart was young and gay……(逝去了，我年轻的心和欢乐的日子)"

盈从老黑爵面前跑过，拿不定主意是否该跟他打招呼。盈和他应该彼此都熟悉，一年多了，盈每天清晨绕公园跑十圈，每圈都经过他身边，但他们的熟悉，盈想，也许像一阵风和它每天拂过的一棵老树，她需要和一棵树打招呼吗？

有时老黑爵会在盈跑过的瞬间嘟囔几个字，含糊不清，也许为她加油，盈不能确定，也假装没听见。在洛杉矶这样的大城市里，人事繁杂，危机四伏，即使在富有的社区，来历不明的陌生人，还是不搭理好。

跑道上多了几个人和两条狗。慢跑的人都有一张通情达理的脸，对世界带着好奇，身体也都保持一种明朗的姿态：挺胸，微微向前倾斜，行进速度均匀，有节奏。遛狗的人却大多耸着肩，一手捏着捡狗屎的塑料袋，一手套着狗绳伸在胸前，被狗牵着，走走停停；脸上的表情，如果是狗的主人，通常淡漠、谨慎，各人自扫门前雪，如果是狗家里的佣人，通常没有表情。

盈前面十几米的那条狗有半人高，蜜黄皮毛，竖立的尖耳朵，垂着毛茸茸的大尾巴，像只狼，眼睛也许发散绿光，盈的头皮下意识地紧了紧，她放慢速度，与狗保持距离。

一声低沉的咆哮，从盈身后，像一条无形的绳索，猛然套住她的脖子，收紧。盈喉咙发干、头皮发麻，身体在脑子里向后一仰，实际上却凝固了，弓箭步，重心全部落在右边向前突去的膝盖上——也许盈在网上读过数遍的防狗须知潜移默化：遭遇狗攻击时最好别动，狗会失去兴趣。

前面那条狼一样的狗这时已经冲到盈鼻尖底下，两条前腿似乎要往盈肩上搭，脖子却被主人的钢链项圈从后面拽住，蜜黄的身体整个悬在半空，由两条后腿支撑，长三角鼻子下耷拉出一条肉红的长舌。盈从没离狗嘴这么近过，两列锋利的狗牙白森森向她展开，如果盈没瞥见狗牙上两点泛红光的同样惊恐的眼珠，也许会感觉这一刻完全超真实。

“约翰！停下来！”狗主人的喊声像隔了一缸水，果断、权威和他的声音一样邈远，失去穿透力，盈眼前一黑，重心偏移，跌倒在地。

盈回过神来的时候，发现自己躺在公园的长椅上，老黑爵的长椅，盈肩膀下的木板灰白光滑，绿漆大概被老黑爵成年累月的盘踞磨掉了。老黑爵站在她身边，瘦高，深蓝牛仔裤显得有些空，肩膀却宽而结实，把红黑格子衬衫绷得紧紧的。

“我晕过去多久了？”盈问。

“没多久，不到一分钟，你没事吧？那两条狗互相吓唬对方。”老黑爵很温和地微笑，露出整齐的被雪茄熏黄的牙。

“两条狗？”盈坐起来，只看到蜜黄狼狗和它主人远去的背影。

“对，你前面一条德国牧羊犬，后面一条罗威纳。”盈记起身后那声充满威胁的咆哮，下意识扭头看看。

“在那边。”老黑爵指向公园中心的草坪，一条中等个头的黑狗蹲坐在草丛中，锈色的前腿撑起宽阔厚实的前胸，头和胸一样粗壮，圆滚滚像个铁球。狗身边的妇人穿一件粉红T恤，个子不高却壮实，像个墨西哥女佣。

“牧羊犬一般都驯良友好，罗威纳却难说，它们对陌生人戒心重，力气也很大，好在那墨西哥女人把狗拽牢了。”老黑爵继续说，似乎对狗有过一番研究。盈第一次从正面打量他，老黑爵实际并不老，皮肤光滑，鬓角微白，大概五十岁左右。

“那它刚才到底对我叫还是对那条牧羊犬叫？”盈问。

“谁知道呢，你怕狗？”

盈对狗向来敬而远之。“也许你小时候被狗咬过？”安东曾经问她，盈说没有。

“那可能是前世，你前世被狗咬过，”安东是相信轮回的抽象派画家，半年前从莫斯科来洛杉矶做访问艺术家。那几天他替一个外出度假的朋友看房子，“比弗利山庄的豪宅，像莫斯科的城堡，来吧，八间卧室，我们可以在不同的床上做爱，”安东打电话邀请盈，他似乎总能从平凡小事中发掘快乐，像他用简单的色块在空白的画布上造出扑朔迷离的世界。

“好，不过游泳池也许更浪漫。”城堡里的“王子”，盈是喜欢的。“唔，城堡里有狗吗？”盈忽然想起电视上护家犬咬伤自家女孩的报道。

在 UCLA（加州大学洛杉矶分校）念商学院的时候，有时论文做不下去，盈的项目伙伴叶彬，就用那辆轰鸣的卡迪拉克老爷车，带着盈，在比弗利山庄的深院大宅之间游荡，叶彬称他们的出游为“树立奋斗目标，激发学习动力”。毕业后，叶彬很快海归了，盈留下来，供职于一家高科技公司，日渐受器重，比弗利山庄却仍然只是目标。

安东无意间为盈找到一次提前享受奋斗目标的机会，虽然昙花一现，在安东名声大噪之前（他何时能名声大噪呢），就是这样瞬间的机会也凤毛麟角，盈却因为一条半人高的看家犬，完全放弃了。

盈有点出神。“嗨，哈喽，”老黑爵晃晃她的肩，“你不用怕，我有这个。”他从衣袋里掏出一个巴掌长短的黑塑料筒，像牛仔玩手枪一样拿它在手里轮了几圈。

“什么东西？”刚经历了犬口脱险记，盈对防狗更有兴趣。

“胡椒粉喷雾器。”

盈笑起来：“防贼的东西，能防发疯的罗威纳吗？”

老黑爵又露出雪茄牙，换了话题：“你今天又晚了。”

清晨第一声鸟啼的时候盈通常已经跑到街心公园了，她喜欢听鸟们藏在树叶间鸣唱雨滴一样的早歌，那段时间公园里通常没有遛狗的人，只有盈和老黑爵。

太阳升起来，照着盈的后脑勺，像一碗渐渐升温的水，马路上的车流开始滞塞。“是啊，我该走了。”盈说着迈步跑开，眼角余光扫到老黑爵略微的失望。盈跑出去老远，才想起她没向老黑爵道谢，他们已经熟悉到不必道谢的程度吗?

二

如果不是因为这条叫约翰的牧羊犬，盈想，她也许永远是风，他永远是树，他们永远是熟悉的陌生人，围绕他们的城市暗自生长，在每天升起的太阳下，摆布参差的影子。第二天早上盈跑过约翰和它的主人时，身上每一根汗毛都立了起来，约翰却安静乖巧，很舒适地摇着尾巴。狗的主人，一位保养很好的中年男子，与盈对视的瞬间，用嘴角拉起浅浅的笑，公园跑道上最起码的礼貌，他的眼神却是陌生的，好像并不记得昨天发生的事。

“哈喽，这是给你的。”老黑爵远远地对盈扬起手中的胡椒粉喷雾器。

盈减速，停在老黑爵面前，他们头顶是一株洋玉兰宽阔稠密的枝叶，肥白的大花朵果实般沉甸甸的，随时可能坠落。“你真不该破费。”盈感觉自己无功受禄。

“拿着吧，我多的是，”老黑爵把喷雾器塞给盈，又伸出右手，“我叫山姆，你叫什么?”

“盈。”盈听出自己口气中的不自在，交换了名字，他们也许就不再是陌生人，可他们还不是熟人，该是什么呢?盈想自己对陌生人的戒心也许和昨天那条罗威纳不相上下，盈环视公园，没看见罗威纳和墨西哥女佣。

“你今天又晚了。”老黑爵说，口气和表情都带着询问。

再过两天，盈的生活就要改变了，改变的决定早已做好，改变的仪式也准备就绪，盈却因为自己选择的变化而失眠了。盈看过一部好莱坞幻想动作片——地球若干年后被汪洋覆盖，人类分化成吸烟者与非吸烟者，在废铜烂铁里争夺传说中的陆地。电影对未来的分类未免颓废荒唐，但盈有时希望世界的分类真那样简单，尤其在她失眠的时候。比如说，世界如果只分作长跑者与非长跑者，盈二十多年前，在中国西南寒意浓重的晨雾里、小学体育老师武断的哨声中，不假思索就完成了选择，这个选择一直被盈继续着，而且还要不断继续下去。

然而盈了解的世界是一张网，由数不清的类别交织而成：开花与不开花的树，驯良与凶狠的狗，成功与平庸的男人，自食其力与依附男人的女人，成名之前与成名之后的画家……每次选择，即使细小如与老黑爵交换名字，也会在那张网上产生效应。

最近令盈失眠的选择，将严重改变她在那张网上的定位。从中国西南的晨雾，到达她现在的定位，盈跑过一条漫漫长路，每当面临定位的重大变换，盈自然会不安，像她那时放弃物理博士课程转学工商管理硕士。谁对未知的将来不担忧？谁离开熟悉的过去不回头？可这一次，除了不安，似乎还有别的，盈觉得自己在放弃过去的同时，好像也放弃了将来，她能够坚持自己的选择吗？能够坚持多久？

盈轮番甩甩手腕和脚踝，好像要甩掉奔赴祭坛前的壮烈与沉重。

“你好像有心事。”老黑爵又说，口气和表情中的询问加重了一层。

交换了名字，她与老黑爵也许从熟悉的陌生人，变成陌生的熟人。盈想，但有关分类、选择、定位的话题，即使与陌生的熟人，也不便讨论吧？

“你总是坐在这里。”盈把话头转向老黑爵，口气和表情也带着询问。

“因为我没有家。”老黑爵倒是直截了当。

盈吃惊，也不吃惊。她不止一次猜测过老黑爵的身份。

盈记得安东作过一幅钢笔画，一个蜷坐的流浪汉，看不清脸面，也看不清手脚，一堆弓背缩肩的黑线团，不断向下沉，沉得比他身边打翻的垃圾筒和残缺的蜘蛛网还低，比满地的纸屑瓶碎还飘零。一般人的生活，沉得再低，也不过如此吧？盈当时看了，心里阴沉沉的，像清晨悬浮在太平洋沿岸的海云，她对安东说：“这不像你画的。”安东作画通常用明亮强烈的油彩，层层堆砌抬升，向空中放射能量，正面的乐观的能量。

安东推开画室的玻璃窗，让盈看左边的街口。公共汽车站后面是一间公共厕所，厕所侧面的墙根下躺着一个流浪汉，厕所的屋檐短而窄，在流浪汉的左半身上拉出一道影子，夕阳的余晖落在他的右半身和身边油腻的被盖卷上，混浊起来，也像是带了体味。“城市的影子，总是被城市忽略，”安东说，

“但我身在其中，情不自禁。”

安东的画室在洛杉矶下城，新兴的艺术家“部落”（block，街区），离下城的 Skid Row（流浪汉集中的街区）不过七八个街口。他每周除了作画、打工，还到流浪汉收容所义务服务半天。

安东的侧面映在玻璃窗上，轮廓清晰，弧线柔和，透出才气和天生的好性情，他眼里却少见地蓄满忧虑，以致眼睛的颜色像欲雨的天空。盈想起两千五百多年前，那位走出城堡、普度众生的王子。夕阳入海前的最后一道光，点亮了安东亚麻色的头发，盈的指尖从安东精致的额头描摹下去，缓缓地，到鼻尖、嘴唇，缠绵。盈的“王子”没有城堡。

盈第一次注意到老黑爵，在朦胧惺忪的黎明，远远地，老黑爵是一团弓背缩肩的灰影，连着旁边的垃圾筒，活像安东画的“城市的影子”，盈快步跑起来，跑得气喘吁吁，不由自主地逃离，却逃不出城市，逃不掉心中的灰影。

天大亮的时候，老黑爵从来不像流浪汉。他衣衫整洁，坐在长椅上的姿势，虽然弓着背，重心却在前面，在支撑头、手肘和膝盖的脚掌上，随时要起立的样子，而不是向后无限地沉下去；他从不睡在长椅上，更没有油腻肮脏的被盖卷，至于垃圾筒，公园里每张长椅旁边都安置了一个。他身边放一个干净的尼龙旅行袋，有时还有一部半导体收音机，低低地哼一种抑扬顿挫的爵士乐。

盈曾经一厢情愿地认为老黑爵是下夜工的雇员，因为喜欢清晨的新鲜，宁可推迟夜晚错过的睡眠。盈虽不住在比弗利山庄，但毕竟离下城的 Skid Row 很远很远，洛杉矶有法律禁止流浪汉露宿公共场所，在盈住的这一带，这条法律一向被执行得很严格。

现在盈想，即使没有家，老黑爵也不是漫无目的的流浪汉，她问：“你在等什么？”

老黑爵也许对盈的洞察力吃惊，却没表现出来，脸上仍旧是温和的神情，还有点急切，好像他一直等机会向盈倾诉。“等我太太醒来，”他说，“我从前是餐馆的厨子，美式餐馆，煎大牛排，你这样苗条漂亮的淑女，现在大概都不喜欢吃了。”

“哪里，我有时候吃的。”盈有点哄他的意思，不自觉地——有生存目的的流浪汉也是流浪汉，沉在城市底层，她毕竟比他幸运多了。

“没关系呀，我太太就不喜欢吃，她从小素食，她是我的高中甜心，我俩从田纳西私奔到加州来。”老黑爵不吃哄，脸上还浮起一丝吹嘘的神情。

如果他说的是真事，盈猜当年在田纳西的小镇上，他大概制造了一次不小的轰动，盈可以想象十七八岁的老黑爵，个头已经有现在这样高，肩膀也壮实了，却满脸稚气，一手牵着娇嫩的恋人，一手提着简单的行李（就是他现在身边这个干净的旅行袋吗），在小镇熟睡的深夜，踏上去加州的灰狗长途汽车。车窗外，月光在树林间流淌，温柔灵动，如恋人的眼波。

“你太太怎么了？”

“她出了车祸，昏迷不醒。”老黑爵指着马路对面一栋红砖楼说，“她就躺在那家康复中心，我每天去看她。”红砖楼不大，上下三层，屋顶倾斜，立着两个灰白的烟囱，夹在方方正正的公寓楼中间，像20世纪初的遗迹，楼前一排苦楝树开着紫花。盈第一次听说红砖楼里有个康复中心。

“她昏迷多久了？”

“差不多两年了。”老黑爵从衬衣胸袋里摸出三支香烟和一张烟叶，他把烟叶摊在大腿中间，又翘起右手拇指，用指甲划破一支香烟的卷纸，把烟丝抖到烟叶上，再如法解剖另外两支香烟，最后把烟叶卷起来，夹在手掌间来回搓着。

原来他抽的是自制的“雪茄”。这个发现奇怪地在盈心里进一步肯定了老黑爵的流浪汉身份，她却不大相信他说的故事。

“你知道，他们冻结了我们的银行账户，我们没有医疗保险。”老黑爵点燃“雪茄”，猛吸一口，吐出淡蓝的烟雾。

“为什么？政府不管吗？”盈这样说，继续哄他。盈对美国的社会福利机构其实一无所知。

“我……我有点问题，丢了工作……我们没有孩子。”

老黑爵的逻辑跳跃起来，盈想起安东说过许多流浪汉神智有问题，她还是不要和他纠缠下去了，可她又忍不住好奇：“请你别介意我的问题，你怎么可以保持清洁的仪容？”话一出口，盈立刻羞愧起来，感觉自己像个没有同情心的记者。

“我帮他们做晚餐，下城的流浪汉收容所，你知道的，不过我不喜欢下城，又脏又乱，一点不安全，我喜欢这里。”

难怪他随身带着胡椒粉喷雾器，盈想，她怎么能接受他的防身器呢？她该给他点什么才对。盈把手里的喷雾器轻轻放在老黑爵的旅行袋上。

老黑爵好像没注意到盈的举动，一直望着红砖楼，慢慢吸几口烟，又说：“等她醒过来，我们要把家安到西洛杉矶来。”

“如果她醒不过来呢？”盈还做着可恶的记者。

“她会醒的。”老黑爵反倒像在安慰盈，盈意识到他先前的吹嘘下面，其实暗藏羞涩，因为十七八岁的爱恋和憧憬，还像一星蓝色的火苗微微发颤地烧着。盈忽然感动了，虽然她并不大相信他的故事，有时感动是不需要事实的，很多心情其实与事实无关。

“你知道一首歌，叫老黑爵吗？”盈问，口气相当柔和。

老黑爵莫名其妙地摇摇头。

三

晚上，盈决定上闹钟，很多年她都不用闹钟叫醒自己了，但她不想明天又晚起。

刚调好闹钟，叶彬从北京打来电话。叶彬总是冷不防地，在盈准备入睡时打电话来，每次他都道歉说时差没算好。不过他难得打一次电话，盈并不介意。

“你知道洛杉矶县有八万八千三百四十五个无家可归的人吗？”盈说，她和叶彬聊天，似乎一向从大处着手。

“了解得这么精确？”

“网上查的。”

“美国福利好，都饿不死。怎么关心起无产阶级来了？”叶彬幽默的神情，通过长途电话线传到盈眼里，他从前听盈谈论世界的分类，也这个样子：左边眉毛向上挑，右边眼睛向下斜。

“我也是无产阶级呀，说不定哪天就丢了工作，露宿街头。不像你大老总，革命成功，三宫六院、妻妾成群的。”

“不要吃不到葡萄说葡萄酸啊，我可是先征求过你的意见。”

和往常一样，几句话过后，叶彬总要旁敲侧击地提到他海归前向盈求婚的事。叶彬其实是不错的丈夫人选，高个子，不过分英俊，现实，把赚钱谋生放在首位，如果盈当初嫁了他，即使他留在美国，两个工商管理硕士的收入，攻克比弗利山庄八间卧室的大城堡不行，西洛杉矶三间卧室的小城堡，应该不成问题。

但盈对叶彬说：“可惜你缺少诗情画意。”叶彬也承认他是个“铁匠”，擅长为生存劳作，却不适合住城堡，“当然是某种精神意义上的城堡。但你不也是铁匠出生吗？”叶彬有点不服气。

“所以我需要王子，”盈说，“某种精神意义上的王子。”

“女铁匠要变公主了，感觉好吗？”叶彬在电话那边一半调侃一半认真地问。

盈不回答，太熟悉的人，也不好谈论定位和选择吗？还是因为她当初没选择叶彬的缘故？

盈说起老黑爵的故事。“你知道他为什么不像流浪汉吗？”盈最后说，“因为他的心并没有流浪，他太太就是他的家，她在哪里，他的家就在哪里。”

“我感觉你在借题发挥，”叶彬说，“你想说服自己。流浪汉的故事，谁知道是真是假！”

“因为有爱，他即使沉到底层，也不落寞，还有上升的意志，”盈继续说。

“盈，拿不准的事不要急着去做，三思而行。”叶彬挂电话前语重心长地嘱咐。

第二天清晨，盈跑进街心公园前，先绕到那栋红砖楼门前。门边墙上有一块不起眼的铜牌，黯淡的黄色，突起来一行字，闪着含蓄的光：圣海伦康复中心。盈微笑着向公园跑去，这就够了，她不需要太多的证明。

"早上好，老黑……唔，对不起，山姆！"

"啊，你今天来得早。"老黑爵脸上显出宽慰的神情。

接下来的八圈，老黑爵专心地望着圣海伦康复中心吸"雪茄"，盈安心地跑步，聆听树叶间的鸟叫，他们像交汇已久的树和风，在不可言传的熟悉与舒适中，各自享受着城市醒来之前的宁静。

盈在最后一圈跑过老黑爵的时候说："明天我结婚。"

"幸运的新郎叫什么？"老黑爵在盈身后喊。

"安东。"盈转身倒退着跑，向老黑爵挥挥手。

"恭喜！祝你好运！"老黑爵也挥挥手，又喷了一口蓝烟。

四

盈和安东结婚后，搬到西好莱坞，离西洛杉矶那个街心公园远了，盈一直没再碰到老黑爵。直到一年后，盈参加洛杉矶马拉松长跑，途经那里，她忍不住绕道去公园看老黑爵还在不在。

老黑爵那张长椅横在跑道边上，空荡荡，轻飘飘，盈走近，想也许老黑爵会留些蛛丝马迹，在椅背上给她刻几个字什么的。那张长椅被刷了新的绿漆，即使在清晨浓重的海云底下也耀眼闪亮，被老黑爵磨光的那块地方完全看不见了，新漆的味道混在青草和树叶的气息中，像纠缠在真丝流苏里的一寸胶皮，盈皱了皱眉头。

盈汇入马拉松的人流，觉得自己可笑，为什么以为老黑爵会留消息给她？他不过是曾经祝福她的陌生人。盈决定星期天随安东一道去下城做义工，早就该去了。

评论：

人与人之间关系的建立大多数时候需经由陌生而至熟识的转换：从最初如同不相交平行线的陌生人，到产生交集，再到朋友、同事、情人等身份的确认，在这个过程中交织着双方不同心性、想法、观念等的互换，而一次稀松平常的邂逅，或许可以改变人一生的方向。本文描写了公园里的晨跑者盈与流浪汉“老黑爵”山姆从互不相识到渐次熟悉的故事，通过盈对山姆态度的转变、对自身人生选择由怀疑至坚定的变化，展现了平凡生活中陌生人之间打破沉默并建立起交际关系的过程，以及由此而产生的对人的存在的影响。

小说中，盈与“老黑爵”每日清晨在公园里见到彼此虽已有一年多，然而两人却长期保持着陌生人之间的默契、从未主动向对方攀谈，正如盈所形容自己和“老黑爵”就像“一阵风”和“它每天拂过的一棵老树”，不需要、也并不准备向对方打招呼。

二人的交集发生于盈在公园里受狗惊吓的一次意外和“老黑爵”的出手相助，这次意外如同一颗投入平静湖心的小石子结束了二人之间的沉默，泛起故事的圈圈涟漪。当盈第二天来到公园时，“老黑爵”的一句“你今天又晚了”表明此前从未与盈交谈过的他其实早已熟悉这个女孩每日到公园晨跑的时间，而盈对“老黑爵”亦由最初的陌生防备到愿意和“老黑爵”交换名字，在逐步消除陌生人之间天然不信任感的同时知晓了“老黑爵”的人生经历，甚至还于“老黑爵”的倾诉中汲取了前行的勇气。

人所处的世界犹如一张由各色关系织就的网，除却盈与陌生人“老黑爵”，小说亦穿插着笔于盈与友人叶彬、与情人安东之间的交往。盈跟叶彬的人生轨迹有着相似之处，然而作为曾经的同窗、看似各方面条件都很般配的叶彬最终却未能如愿赢得盈的芳心——比起“铁匠”叶彬，盈在一段人生伴侣关系的选择上显然更倾向于富有“诗情画意”的安东。正如面对流浪汉，叶彬的反应是“美国福利好、都饿不死”，而安东则“情不自禁”倾注人文关怀于这一“被城市忽略”的群体。只是这种情感的游移与心事的抉择，无论是“老黑爵”或叶彬，盈都无法开口倾诉，外在关系的连接根底在于自我的本心。

但“老黑爵”对康复中心里昏迷妻子的守候行为仍然影响了盈，这位安东一向所关注的城市流浪汉群体之一员，在不经意间通过自己的故事，改变了盈对流浪汉“下沉”生存的认识，并打动了正在怀疑自己所做出与安东结婚决定的她、解开了困扰其多时的心结。

这是一个温暖的故事，一些与爱和信念有关的存在串联起了“老黑爵”与其妻子、盈与安东、盈与“老黑爵”，以及盈与叶彬等人之间共处一张世间网中的关系，从遥远的故乡至当下所处的洛杉矶，盈于冥冥之中经历了许许多多的选择和关系，这些选择和关系一步一步将盈带到了今日所处的位置。盈最终告诉了“老黑爵”自己即将结婚的消息，“老黑爵”亦送上了自己的祝福，这段“公园里的陌生人”之间发生的交往自此戛然而止，然而那些曾于交往中产生的思绪与情感的流动，却如空谷回音般，将绵延不绝于盈的人生新旅程。

（黎丹丽　评）

李　清

作者简介：李清，曾就读于上海交通大学精密仪器专业，出国后获机械工程和教育学双博士，现在美国东北部某大学工学院任教，业余时间爱好阅读和写作。文字发表于《上海文学》《阅读文摘》《解放日报》《世界日报》《侨报》等。作品被收入海外华人写作科研项目，散文随笔集《无常之美》将由文汇出版社出版。

爱的方式

从前没有冰箱的时候，家家户户都用一个碗橱。常见的碗橱差不多有半人高，里面分三格。第一格里通常放的是油盐酱醋，第二格用来放吃剩的菜，第三格则是存放碗碟用的。碗橱的最下一层还有两个抽屉，摆些筷子、刀叉、调羹和勺子。碗橱靠墙的那一面是木头的，其他的三面则是纱窗，这样空气可以流通，隔夜的剩菜才不会变馊。

可我不大记得自己吃隔夜菜这样的事了。我们家里，一桌子的嘴，大多都是刁的。从前家里钱不大够用的时候，爸爸也总是会在每个礼拜天理好一个“奶油包头”以后到咖啡馆里去坐一坐的。讲这种派头的人，当然是不吃剩菜的。

妈妈是来自一个大家庭的最小的孩子。我们广东人讲“拉女拉心肝”，外婆非常宠她这个“拉女”，她自然是有一张刁嘴的。

至于我呢，有一年爸爸妈妈送我到外地的姨妈家去，名义上是让我学着吃点苦的，可是我下了火车，面对一桌生葱和黑乎乎的酱，就是不肯动筷，还要摆出一副受了委屈的样子来。表哥看不下去，说我“一看就是一个刁小三”。“刁小三”的我哪里肯让自己的嘴受委屈呢?

只有哥哥好一些，他是不甚挑剔的人，旧的衣服改一改，他也不介意穿，吃剩菜他也肯的。只是一个正在长身体的男孩，总是要多吃一点好东西的。在这样的家里，吃剩菜的就只有奶奶了。

那时一点可怜的食用油是要凭票才能买的。因为油总不够，姨妈从国外回来的时候，除了送其他东西，还特地接济每家一大桶油。没有重油炒过的菜，隔了一夜，实在难以下咽。我们的筷子，总是掠过盛着隔夜菜的那个碗，只顾伸去夹新鲜刚煮的菜。而刚刚从厨房里煮完一餐出来的奶奶,将就着剩菜，慢慢就吃完一碗饭了。她吃得很安静，没有我们偶尔吃一次隔夜菜就好像受难似的愁眉苦脸，以至于我以为，奶奶煮完新鲜好吃的菜以后，吃剩菜是她分内的事。

属于奶奶分内的事好像不止这一件。没有冰箱的日子，每天都要去买菜的。菜场虽然不远，但仍然一大早就要去了，要不然买不到像样的东西。隆冬腊月的早晨，在妈妈的千呼万唤之下，我才肯从温暖的被窝里伸出一个头，外面的天还不曾亮透呢，奶奶倒已经买菜回来了，又穿着那件我恨死掉了的旧棉袄。

我恨那件深蓝色的旧棉袄，是有缘由的。有时奶奶买菜回来就急着送我去上学，我嫌那件棉袄太难看了，一定要奶奶换了才肯让她送我去。老师家访的时候，家里的大人把这件事给我揭发了。老师就在班上批评我，说我功课虽然好，可是思想不够好。

我不承认自己思想不好，只会去恨奶奶和那件旧棉袄。可是恨了两天我就不恨了。因为奶奶的菜不仅做得好吃，而且做的时候很好玩，像做游戏似的。我在边上看得着了迷，就忘了自己还在生气，不知不觉插手跟着奶奶一起玩了。

奶奶把大块的猪肉切成丁，用佐料拌匀了来做香肠。她在香肠衣的口上放一只漏斗，漏斗里放满了肉丁，再用一根筷子一下一下把肉往里塞，这样肉就给塞到肠衣里面去了。一根肠衣塞满的时候，就用纳鞋底的粗线把两头扎紧了，再找来一根粗针，在香肠上“噗噗”地刺出许多通风的小孔来。这还没有完，她把香肠吊在阳台角落太阳晒不到的地方，说香肠是要这样风干的。

过了几个礼拜，胖胖软软的香肠变成了僵头僵脑一个个小老头似的，这下就可以吃了。奶奶把香肠放在米里一同煮了，饭烧好的时候，香肠也熟了。这样煮出来的饭，真是香极了。奶奶把红色的香肠切成薄片在白色的盘子上铺了一圈又一圈的，看着就让人口水流下来了。那样的一顿饭一家人吃得好开心，只是奶奶究竟吃了几片香肠呢？好像没有人去关心。

其实奶奶也不是不懂得吃好东西的人。夏天里她脱下平常煮饭穿的旧衣服，换上一套青黑色的香纹衫，衣襟上塞一条手帕，脚上换一双黑色的缎子鞋，这就带我上街去。有时候我们去凯司令吃奶油蛋糕，有时候我们也去泰昌吃冰激凌。路过陕西路上那片黑色的羌篱笆的时候，常会看见一个比奶奶还老的老太太坐在地上卖白兰花。奶奶买了花给我别在衣服的扣子上，一下子我们两个人就都变香了。奶奶的心情更加好起来，跟我说起从前的事：“爷爷还在的时候，经常带我去吃大菜，我连大菜里的铁扒鸡都识做！”

我从来没有吃过铁扒鸡，很想知道那种鸡怎么好吃法。可是爷爷一早就不在了，生伤寒死的。奶奶二十四岁就守了寡，也没有动再嫁的念头。爷爷留下的钱用完的时候，奶奶出去工作过的。现在奶奶老了，是没有工作的，她连退休金也没有。如果奶奶也没有我爸爸的话，是不是就会像那个陕西路上的老太太一样，大热天里要到外面去摆摊卖花了呢。走完那面高高的羌篱笆的时候，我回过头去再望一望那个坐在地上的老太太，心里莫名担忧起来，就把奶奶的手攥得更紧些了。

奶奶没有工作，我不知道她买奶油蛋糕和冰激凌的钱是从哪里来的。我听见妈妈说，奶奶当年办的是退职，不是退休。大人说退职就是一次性地拿一笔钱，退休就是每个月可以拿退休金。在妈妈的解释里，仿佛我们家的钱不够用是跟奶奶选择了退职而不是退休有关联的。

奶奶是没有回头路可以走的，所以妈妈总说家里不够用了。既然家里钱不够用，那我就不要开口要那个金发碧眼的洋娃娃好了，下一趟姨妈再回国的时候，说不定会带一个给我呢。

我从不随便开口问大人要钱，因为我怕被拒绝的难堪，可是难堪的事情到底还是发生了。奶奶大概真的用光了退职以后留下的钱，我听见她在那里问爸爸要每个月的零用钱。爸爸支吾着不肯给，说去问妈妈要；妈妈也不给，说去问自己的儿子要吧。三个大人就这样一直僵持到夜里。

那天夜里下雨了，我躺在床上睡不着，听着窗外淅淅沥沥的雨声。到半夜时，雨倒是停了，可是野猫出来了。它们在弄堂里追逐着打起架来，一阵狂乱的撕咬声以后，受伤的野猫号哭起来，哭声非常凄惨。我躲在被子里，紧张地竖起耳朵来，再三确认那是野猫的哭声而不是奶奶的，这才把悬着的心放下来。可是眼泪还是流出来了，顺着脸颊一直滚到耳朵里面去。快快长大就好了。我跟自己说，长大就可以赚钱给奶奶零用了。

我们吃着奶奶做的新鲜好吃的菜长大了，奶奶吃着我们吃剩下的隔夜菜变老了。哥哥开始工作的时候，马上给了奶奶零用钱。奶奶拿了钱就即刻去烟纸店买香烛来祭拜爷爷，回家的时候却发现钱找错了。好多年没有去买过东西，香烛的价钱跟从前已经不一样，连钱的样子也变掉了。

那天哥哥把老糊涂的奶奶不认得钱的事当成笑话讲给我听，我笑得眼泪也掉了出来。用手去擦眼泪的时候，却发现那些眼泪怎么擦来擦去擦不干的。“爸爸妈妈其实也不是没钞票，”我问他，“为啥就不肯给奶奶一点零用钱呢？”哥哥不笑了，良久沉默着。

哥哥那时的经济其实也是紧张的，工资并不多，才毕业没多久倒又要筹办婚事了。爸爸把单位里分的另一套房子给了他，其他的事情就全部让他自己操办。他勉强办齐了结婚必备的东西，却再也不够钱给新娘买首饰了。

婚礼的酒席上，奶奶颤颤巍巍地站起来，把新娘子叫过去，然后哆哆嗦嗦地从自己的脖子上摘下一条又粗又长的金项链来给孙媳妇带上。那个沉甸甸的金坠子把一桌子的人都吓了一跳，不知道天天吃隔夜菜的奶奶还藏着这样的好东西，我们从来没有听她提起过的呀？

等到我要出国的时候，奶奶老得更糊涂了。她看我一天到晚忙进忙出，也不知道我是在干什么。及至我买定两只大箱子，把自己的一家一当都装进去的那一刻，奶奶才发觉我要出远门。

“阿寒，你要去哪里啊？”

“我要出国去读书啊！”我对着她的耳朵大声说。

“什么，你大学都毕了业，还要去读书？”奶奶眯起眼睛看看我，恍恍地笑着，“你骗我啦，你是想出去找男仔，是不是啊？”

“不是找男仔，”我笑着对着她的耳朵更大声地叫，“我是出国去读研究生啊！”

“奶奶，”哥哥笑嘻嘻地插话进来，他也对着奶奶的耳朵大叫，“阿寒是回香港去摆地摊卖恤衫啊！”然后他回头跟我说，“勿要去跟奶奶讲啥‘研究生’，她老了，搞勿懂的。”

“是回香港吗？你们骗我啦。”奶奶将信将疑，抬起一张因为年老而变得像孩童一样天真的脸来打量大笑着的我们俩。

“是什么都好啦，”奶奶一边说，一边把手上的戒指退下来递给我，“收好这只戒指吧，赤金来的哦，肚子饿的时候，还可以换两餐饭来吃的。”

我是手心里握着奶奶从手指上摘下来的戒指上出租车的，那只戒指上，还留着奶奶的体温。可是等我赚到钱的时候，奶奶已经不需要零用钱，她连医生也不需要了，我只来得及给奶奶买了大红的寿衣。那一年回去的第二天，奶奶就终老了。没有什么可抢救的，身体里所有的机器都老得坏掉，全身的血管都爆裂了。

出国这些年，我一边找生活，一边等着我中意的男仔来找我。我终于等到他，开始学着煮饭给他吃了。是奶奶遗传的吗，从来不喜欢煮饭的我，一旦学着烧起菜来，很快就有模有样了。

现在的家里，只要不要求吃鱼翅和熊掌，钱是不会不够用的。冰箱当然是必备的东西，剩菜也还是常有的。饭桌上，我把新鲜烧好的菜推到对面去，把剩菜放在自己的面前。看到对面的人吃得很香的样子，我的心里满是欣慰的感觉。

我想起小时候的饭桌来，那时奶奶吃着隔夜菜，她心里有的，原来不是苦啊。这样想着，沉重了许多年的心，仿佛有些释然，可是眼泪还是涌上来了。

我放下筷子站起来，假装去看看外面的天气。天空里无声地下着密密的鹅毛大雪，什么时候外面的世界已经盖上了一层皑皑的白雪。远处的群山和树林，近处的小路和房屋，都静默地站在雪地里，邻人的屋顶上，依稀有青烟袅袅升起。这一切看上去是那么祥和又单纯。最初上帝造人，他刚刚忙停当的时候，世界就应该是这个样子的吧。

我久久看着门前的那条小路，白色的小路弯弯地一直延伸到天边去了。泪眼蒙眬里，我怎么分明看见奶奶从小路的那头走过来，她穿着那件蓝色的旧棉袄，两手挽着沉沉的菜篮子，慢慢地走回家里来……

奶奶，奶奶，你是不是来告诉我，那时你没有工作也没有钱，那是你唯一可以用来爱我们的方式。我现在知道，知道了。

后　记

爷爷是广东中山人，从小在日本横滨长大（为什么太爷爷去日本谋生，家谱没有细述）。日本关东大地震那年来上海，后来又考取官费留学回到东京帝国大学读经济，读完再回上海来娶亲。

奶奶也是广东中山人，她为什么离乡来上海我小时候倒是听说一点。她的父亲是个乡绅，讨了几房太太，奶奶是姨太太生的。奶奶的父亲得病一早去世，大太太开始欺压姨太太了。于是奶奶的妈妈只好带了她生的几个孩子到上海来投奔乡亲，据说是开百货公司的，我也不清楚是哪家，永安还是先施？那年她十七岁。

后来奶奶经过亲戚的介绍跟同乡的爷爷结了婚。她因此度过了一生当中最好的几年吧。可惜爷爷得了伤寒，那种病在当时是没得治的。我爸爸在爷爷过世时才八个月大。

奶奶那时二十四岁，去世时八十八岁。家谱里说她留在我们家抚养父亲，没有改嫁“值得表彰”。六十四年的含辛茹苦，换来厚厚的家谱里一句轻描淡写的“表彰”。

张爱玲怎么说的？“长的是磨难，短的是人生。”

评论：

《爱的方式》这篇散文主要向我们介绍了奶奶对于家人的独特的“爱的方式”——吃剩菜。文章开头通过“我们家里，一桌子的嘴，大多都是刁的”这一情况的描述，突出了全家人对于饮食的挑剔，自然引出了吃剩菜似乎成了奶奶分内的事，这一对比的处理，突出了奶奶吃剩菜的理所当然；文章接着由“吃剩菜”逐渐展现了奶奶一辈子勤俭节约、买菜做饭、吃剩菜的日常生活，然而家人却早已将奶奶的付出视为常态，那时的“我”也还小，不理解奶奶的辛苦和朴实,甚至一度因为奶奶衣着朴实而感到丢脸；文章接下来笔锋一转，写道“其实奶奶也不是不懂得吃好东西的人”，追溯了奶奶二十四岁守寡至今的辛苦经历，“我”也开始慢慢地同情奶奶的遭遇，尤其是当奶奶向爸爸妈妈讨要生活费无果时，“我”便萌生出了长大赚钱给奶奶零用的念头；文章接着讲述了随着时间的流逝，“我”和哥哥一天天长大，奶奶却一天天变老。可是一生勤俭节约的奶奶，不仅为哥哥凑齐了结婚必备的金首饰，还为远赴国外求学的“我”拿出了她唯一值钱的金戒指。“春蚕到死丝方尽，蜡炬成灰泪始干”，奶奶的一辈子都奉献给了她的子辈们，还没有等到子辈们来孝敬，奶奶却悄悄驾鹤西去。文章的最后，当“我”最终有了自己的家庭后，“我”却活成了奶奶的样子，才开始渐渐明白了奶奶的爱的方式——为心爱的人烹饪美味，自己却吃着剩菜。文章的后记部分，交代了奶奶从小失去了父亲、十七岁嫁为人妻、二十四岁守寡、六十四年含辛茹苦抚养子女，揭示了奶奶充满磨难的一生，以及为家人付出的无私的爱。

这篇文章语言精练，字里行间透露出了作者对于奶奶的怀念和爱戴。小时候对奶奶的不理解甚至埋怨，随着时间的推移，生活劫色的转变，作者才渐渐懂得了奶奶的艰辛和不易，更明白了奶奶独特的爱的方式。可是“树欲静而风不止，子欲养而亲不待”，奶奶的离世成了作者心头最大的遗憾。文章还善于利用环境的描写来烘托出人物的情感，如奶奶向爸爸妈妈讨要零用钱无果时，“窗外淅淅沥沥的雨声”、野猫撕咬声、受伤的野猫凄惨的号哭声等，烘托出了作者内心为奶奶感到的悲伤与担忧之情；再如成家后的作者在饭桌上吃着剩菜想到了奶奶，“远处的群山和树林，近处的小路和房屋，都静默地站在雪地里，邻人的屋顶上，依稀有青烟袅袅升起”，外界的一切看上去是那么祥和、单纯，就像奶奶对家人的爱，那么简单、纯粹、无私。

李清的这篇文章按时间的顺序展开，层次井然，过渡自然，情感的流动也随着时间愈加浓烈，作者对于奶奶的爱戴和怀念之情于朴实无华的日常小事中自然流露出来。读完这篇文章，耳畔不觉响起一句歌词：总是向你索取却不曾说谢谢你，直到长大以后才懂得你不容易……长的是磨难，短的是人生，愿世间所有的长辈的爱都能被理解、被尊重。

（刘世琴　评）

杨　超

作者简介：杨超，任美国克鲁格出版社、《世界华人作家》编辑部主任。北美中文作家协会会员。已出版作品《我认识的美国人》（散文集）、《好莱坞纪实》（散文集）、《巴顿和他的朋友》（儿童小说）。作品散见于国内外主要华文报纸杂志，如《世界日报》（北美）《中学生阅读》《北京文学》等。《烧高香》《炮仗花》《成为被告》《十六个红鸡蛋》《戈壁·石·风》《美国官司趣谈》。

戈壁·石·风

当飞机舷窗外出现了厚雪覆盖、如同龙骨交错连绵的天山，我才意识到：要离开新疆了，真的要离开戈壁滩、帕米尔高原，离开“葡萄沟”“坎儿井”，离开“艾提尕尔清真寺”“交河故城”了……胸口不禁一震，全身血脉偾张，就像天山脚下伸展的沟壑；心中的不舍，让我闭上双眼、浮想联翩……帽檐上还带着香妃墓旁沙枣花的淡淡幽香，登山鞋依然沾嵌着天山峡谷湿土，耳边还缭绕着帕米尔高原凛冽寒风，唇舌间仍留有葡萄沟老树桑葚的清甜……

短短几天，我们有过三位非常干练、专业的“地陪”。其中，曾获得过“导游演说比赛”第二名，拥有汉、维血统的小张，令我印象深刻。他除了带给我们引人入胜的西域轶事和典故外，还公开了他已辞世的维吾尔族母亲的家传“秘笈”。我想，他家不就是个“微新疆”吗？在大力倡导“民族和谐”的今天，他应该比谁都更能体会，汉族与维族之间复杂而不可分割的情感。

他手上那串“玉石”手链特别有寓意。八九颗大小相仿，质地各异，来自南、北疆的石子，由一根丝线牵成圈，不分首尾没有先后。这种差异的组合与和谐的统一，浑然天成。也许，这就是世代生活在这里，所有新疆人夙愿的写照。

几天来所见所闻，像一颗颗油光锃亮的石子，被思绪串成记忆链子，成了我生命轨迹上难以忘怀的一环。

戈壁之石

在美国，国家公园的一草一木、一沙一石都属于国家，不可以私取。

中国国情不同，不要说是普通石头，就算是“金丝玉”，甚至顶级“和田玉”籽料，都归“拾得者”所有，除非，你捡到的是一坨金。

天山山脉东西走向，把新疆一分为二，南北气候不同，景色各异，就连玉石也以天山南、北麓分疆而藏：北疆有“金丝玉”，南疆有“和田玉”。

在北疆，上千年前就有用“戈壁彩玉”制成的饰物。数年前，一位广东商人重新发掘并命名为“金丝玉”。除了北屯、克拉玛依的玉器店里可以寻觅到精美绚丽的“金丝玉”饰物外，新建高速公路旁，随处可见摆卖“金丝玉”原石的地摊和毡房。

我曾流连在“福海”畔，寻觅过美丽的“金丝玉”。没想到离克拉玛依不远的魔鬼城里，就有一条用“金丝玉”卵石铺成的小径直通厕所；克拉玛依“文化街”更是脚墙上、步道上遍布“金丝玉”。不幸的是，有的“寻宝人”将墙给掏出好些洞坑，实在大煞风景。

南疆，就是“和田玉”的故乡。

我们的车离开喀什向西南，挺进帕米尔高原。路，沿着几近干枯的河谷向上延伸，窗外不时出现铁褐色、灰白色山墙，让我的照相机忙得不亦乐乎。这条可以直通巴基斯坦的旧路，将被正在施工的高速路所替代。可以预见，新“丝绸之路”将因它而“提速”。

经过头八十公里的平缓山路，我没有出现“高原反应”。

车在一个叫白沙湖的地方停下，导游让我们下车捡些石子留作纪念，这里离“和田玉”发祥地不远。脚下石子似是被人工堆在这，砌成堤坝。湖对岸有一处沟壑流下一片白沙，与水相连，在湖面上留下倒影，像一条哈达，为枯燥无趣的秃山寂水，增添了灵秀之气。

虽然，导游提醒我们，别指望捡到“和田玉”，因为多年前曾经有一大群人动用现代挖掘工具，把布满卵石的枯河床翻了个底朝天，至今还能看到被“洗劫”过、尽是坑坑洼洼的河道。但我们还是兴致勃勃地开始了快速寻觅。

我不懂玉，也没指望找到玉。所谓“玉”，本来就是石头，在大自然里，没有贵贱之分，因为有了人类的需要，玉才有了价值。在我心里，离家万里之外的帕米尔高原上任何一颗石子，都是大自然给我最珍贵的艺术品。

我挑选了五颗。据导游说，五是穆斯林的幸运数：一天要做五次祷告……

后八十公里路程，海拔明显在升高，随着山谷外阳光逐渐变淡，我的睡意也越来越浓。车子无节奏的颠簸，配合着导游不间断的警告：“不要打瞌睡，好不好？有危险！”我一直处在半睡半醒之中。

终于到达了目的地——卡拉库里湖。景区里，不见楼廊亭阁、曲径通幽，也没有花木水榭、鸟语虫鸣；几排简陋、孤寂的蓝色小铁皮屋，呆立在冻土上，默默地等待着访客；不远处几顶塔吉克人乳白色的毡房，被冻得紧闭毡帘，不知客人的到来；厚重的雨云压近湖面，把湖水染成黝黑，一阵风略过，激起片片银波，沿着一条蜿蜒在湖边的木栈道，逐风而去。卡拉库里湖在苍茫壮阔的群山簇拥下，透发出淡淡的柔美。

拖着十分沉重的脚步在苍凉砾石上缓行，跨上湖边的栈道，我明显感到气短。寒气，在耳边鸣奏着高寒的风萧，伴随着自己粗拙的呼吸声。这不是伤感，是我第一次领教了“高原反应”的厉害。这里并不很高，海拔四千多米。

目光穿越湖面，投向远处的慕士塔格峰，铁褐色的山体顶住皑皑白雪，它像一座巨大的烽火台，铁骨铮铮，却不受日月风化，雪甲银盔，偏不倚大树参天，巍峨矗立在天山山脉最西端，守卫着中华西北疆大地。

迎着掠过湖面的习习寒风，大口吸纳来自雪峰的气息，精神骤然振奋。

身处此生所到海拔最高的湖，面对远处伟岸、神圣的慕士塔格峰，很愿意把身心交给令人敬畏的荒原，做一翻反思，以求得到一次开悟……

我决定把小石子留在它的母亲——温柔、美丽的“黑水湖”畔，只带走雪峰的气魄与大湖的包容。

雪山之水

水为生命之源。这是绝对真理，尤其在戈壁滩上。

荒漠里的先民没有选择离开他们祖居之地，而是用顽强的生存意志与过人的聪明才智创造了一项匪夷所思的地下引水工程——坎儿井，巧妙地把天山的雪水引到他们的居所、农田，缔造了一个个绿洲。

来到吐鲁番我才知道，“坎儿井”其实不单是井，它是一个输水工程的整体。

通过大型剖面模型我们了解到，坎儿井是由一条地下暗渠和与它相连接的、数量不等的竖井组成，恰似城市里的下水道系统。暗渠是坎儿井的主体，作引水用。竖井是开凿期间的进出口，完工后，人们还可以通过它对暗渠进行保养。因为暗渠离地表不远，洞渠的开凿特别讲究，挖大了容易坍塌，所以暗渠和竖井的截面，都只有一米见方，可以想象，当年工程之困难和开凿者之艰辛。

工程的设置，理由似乎很简单：在吐鲁番这个“聚火”盆里，常年高温会使地表水迅速蒸发，而在相对低温的地下传输，可以让地下水得到最大限度的利用。令我惊奇的是，这是这里的地理特征和古人巧妙地利用这种特殊的地质结构创造出来的奇迹。

吐鲁番火焰山像一道大坝，把天山雪水拦住，大量水浸入火焰山地下形成了庞大的含水层，由于受到高端压力，V 型含水层末端聚集了大量水，这里就是坎儿井暗渠的起始端。原来它引的是地下水。为了适应“水往低流”的规律，暗渠离地表的高度随着地势变化而不同，因此，竖井深度也由最浅的一米到最深的九十八米不等。同时，还得保证暗渠处在非透水粘土层之上，否则水就会漏进另一个透水层或无底空洞而失败。在没有先进探测工具的条件下，这里的先人不知经历了多少挫折与失败才获得成功，实在是让现代人佩服得五体投地。

吐鲁番早在西汉就有坎儿井，鼎盛时多达一千七百多处。斗转星移，经过千百年来自然的变化和人为开发，地下水位不断下降，致使不少坎儿井先后枯竭，现仅剩七百多口。所幸的是，它和长城、京杭大运河一样，成为历史遗迹，已经受到国宝级的保护。

我在一个取水洞里灌了一瓶坎儿井的水，品尝了一口，虽然没有想象中的甘甜，但我已经闻到了高山上草木的芳香，品尝到了远古净土的原味，全身清凉飒爽就像置身于仙山之中。再俯身探视暗渠下游，闪着淡淡粼光的涓涓清流消失在不远的暗洞里，我缓缓吸了口气，给这个属于世界人类文明的奇迹深深一鞠躬。

雕出来的城郭

新疆南部腹地“楼兰古国”的北面，吐鲁番城郊也有座城郭之国——车师前国。城墙之内有官署兵营、粮仓库房、庙宇祭坛、民房街巷，甚至坟场……一个国家、一个城市该拥有的，在这一应俱全。虽然，经历了数千年酷热严寒的历练与风沙的洗礼，它早已变成一片败瓦残垣，但至今还能留下一座布局清晰可见、规模宏伟、保存完整堪称世界之最的古城遗址。更令人惊奇的是，据考证，这是一座被“雕”出来的城郭，现在的名字叫“交河故城”。

牛羊逐草而迁，人类依水而居。新疆地广人稀，荒漠广阔，适合人畜生存的地方不多。吐鲁番近郊的尔乃孜沟有水，自然就有人在这里安家。

有了现代科技，我们可以从高空鸟瞰整座故城的大貌。从地球照片上可以清楚地看到两条河交汇。

从西北方向山上流下来的三道水到了这个地区汇为两支，最终在交河城的南头聚合，形成一个修长如柳叶的河中岛。再细看河道，与地球上不少河谷的形成一样，是经过数百万年水的冲刷，造就了两道宽阔平坦的河谷和两岸三十多米高的峭壁。现在的东河道经修整成了一条水渠，而西河道则萎缩成一股细流。涓涓流水仅滋润了河旁的低谷，那里杨树防风林绿茵如带生机勃勃，护卫着低矮的葡萄架棚。而被两河环抱着的“河中岛”却是黄土一丘，寸草不生，苍凉凄切，形成强烈对比，这里“水之吝啬，风之肆虐”真令人感叹。

一条有点小陡的坡路通向山墙的缺口，原来这里就是“城”的南门。山墙上凹陷的竖坑，就是当年安置城门的地方，据说还是两重门，真可是固若金汤。扑面而来的焚风，带来了火焰山的问候，6月还没有到，我们就尝到了酷热。

进城的路是用横放的木板块铺成，宛如一条裸露在黄土上的恐龙脊梁，直达城中一处高台。我们被很严肃地告诫：不允许离开木板路踏在黄土上。我们不知何解，只好从命。

交河城始建于公元前2世纪，至唐朝最为鼎盛。建城之初，正直西域群雄崛起、三十六国纷争不断的乱世，所以，整座城池的选址、布局都以防守为依据设计建造的。据说是由于战火不断，交河城毁损严重，终于被弃。但是，至今还令考古学家不能理解的是：交河城和楼兰等西域古国一样，几乎是在同一时期被废弃，是地质气候变迁所致，还是因战乱和人为高度开放造成？

据考证，这里留下的残墙基本都是所谓生土墙而不是夯土墙。也就是说，人们从高台地表面向下挖，就像刻图章一样，把黄土挖去形成空间，剩下的土成为房墙、宫墙、城墙，以及房顶。我见过有凿山为屋的窑洞，也听过掘地为房的地窝子，那都是些“小儿科”。这回见识到了掘地留墙——在这个黄土高台“雕琢”出一座城郭。可以说，这座城市是一个庞大的古代雕塑，其建筑工艺之独特，据说在国内仅此一处，在国外也属罕见。这时我才醒悟：脚下的黄土路，也是被“雕”出来的——是文物的一部分，当然不能踩踏。

我虽然无法从现存的遗址判断，它是否受到当年中原城市建筑的影响，但从那些高墙深巷倒是令人相信，“交河城”建造是以防御作为设计准则，特别是街巷，狭长而幽深，像蜿蜒曲折的战壕。与其说这是座城郭，倒不如说是个巨无霸的军事堡垒。西域的群雄争霸，全民皆兵，揭示了当时的社会和民族间矛盾之深。

在峡谷中的这片黄土地上，台高风急。远处迷宫般的墙格，隐约看到当年的繁华与辉煌，高低不整的残垣诉说着历史的沧桑与无情，凝视着脚下近处的婴儿坟场，再抬头远眺空空的城郭，虽有热风阵阵袭面而来，我心里却有点发凉，不禁想起了《易水歌》：风萧萧兮易水寒，壮士一去兮不复还……

时间正借助风霜酷暑，把这座“雕”出来的城郭一点一点地磨平。

我们离开吐鲁番一个月后，那里发生了一件大事：交河故城成功入选世界文化遗产名录，它将受到最好的保护。

我虽然没有机会见证那里举行的“丝绸之路文艺演出”和“千车万人游故城”的庆祝活动，但交河故城早已成为我心中的名城，并刻在我的记忆链上，永久留存。

高台民风

5月中才去过湘西的凤凰古城，十天后来到喀什噶尔（简称喀什）的高台民居。一个承载着近代“古”味的街楼塔桥，却是酒吧夜店充斥、极度商业化，另一个散发着浓烈“土”味的泥屋土路，正在大兴土木、弃“古”图新。这是两个没有可比性的旅游地，它们的商业化与现代化都让我唏嘘，但一点都没有影响我对它们的兴趣。

看过“大巴扎”，进过清真寺，我感觉在喀什噶尔最接地气的，得数高台民居——一个一千多年前就已经有人居住的黄土高台，至今仍然是维吾尔族聚居地。有人称这里是“维吾尔族活的民俗博物馆”。时间有限，恐怕我们只能了解一二，不到一个小时的“走马”，我们只能“观花”，看不到“根”“叶”。我并不觉得遗憾，毕竟还是看到了“花”。

跨过一片宽阔的草地，高台民居突然隆起四十多米，环抱在现代建筑中，特别引人注目，与周围的其他民居相比，明显“高人一头”。据说有六百年历史的土房依崖而建，高低错落，层层叠叠，单调得颇有韵味，宏大得略显苍凉。房屋的颜色和土崖一样，远看就像一体成型的巨大黄土碉楼，其实它未必与战争有关，但一定有防御的目的。

数千年前，当帕米尔高原隆起后的这片土地依然为泽国，否则，像交河故城、楼兰、高昌故城，以及高台民居也不会建于地势高敞的地方。果不其然，数百年前一场山洪把喀喇汗王朝王宫所在的高崖割出一个大缺口，剩下现在的高台。

带着期待，我们缓步登上一道狭窄的巷道长梯，摄入眼帘的是一片土房。旧房子都是用当地的泥土砌墙、涂墙，这泥土质地细腻黏性高，还是制作陶器的好材料。就是这种用杨树和泥巴建造的房子还可以高达两三层，外带阳台、楼阁，看上去并不规整甚至歪扭，但它们也撑了好几百年。纵横交错的窄巷迂回弯曲，比迷宫更迷人，四通八达的砖砌路高低起伏，让人们不得不老得低头认路。经导游的点拨，我们突然发现，脚下的铺路砖大有玄机：方砖铺的路是死胡同，六角砖砌的道则通向出口。这些水泥砖肯定是现代的，不知道这种铺砌法是为游人而设，还是因为连本地人都会被迷倒之故？

有人说，维吾尔族文化的核心，就是对家和故土的依恋。从这里房屋的构建可看出端倪。聚居习惯，营造了密集的居屋环境，同时产生了特定的生活形态，形成高台民居独有的文化内涵。

不难发现，大多数的房屋都挨在一起没有间隙，或许还共用隔墙，甚至连隔街的房子也连接起来。这里的人给这种跨街的建筑起了一个近代泛政治化的名字：团结楼。细看此楼，其实是一种横跨街巷的阁楼，只属一家所有，从结构上就可以分辨阁楼的归属：它属于楼底没有立柱的一侧人家。高台人家世代聚居，人口增加一代就得扩展空间，要么往上加层，要么向横扩充。也许是约定俗成，街上空间为对望的两家共有，只要有一家同意，另一家就可以使用全部空间，但总不可以在别人家墙上凿洞架梁，这就有了墙外的立柱。如果邻居不同意，那就只能用一半的空间，这就有了半街楼。这种邻里间的协议，不知道有没有城建局的参与，但我发现有被贴上“违章建筑”封条的大门。

纵观这种似一体的建筑群，无疑对抗风防塌至关重要。说这里的建筑有六百年历史，想必是并无虚言。

独特的居家文化，衍生出独特的习俗。维吾尔族是一个保守的民族，虽然邻里间关系和睦，可串门也得有规矩。“门语”（是我发明的词）就应运而生。

【门语一】：这里的大门均为两扇，它的“开”或“闭”以及打“开”的程度都是一种暗示和告诫。

两门紧闭——男主人不在家，谢绝串门、参观；

一扇门小开——女性亲戚可进；

一扇门大开——男女邻里可入；

两扇门全开——欢迎所有人参观。

【门语二】：大门上都装有两个金属门环，一大一小。

男来客叩击大环，咚咚一响，主人就知道有男人来了；

女来客叩击小环，叮叮一响，主人便知有女人来了。

对这种原始简单的门语，我心悦诚服地给上一字评语：妙！

高台上，我们只进过一家民居，这是一位巴依老爷（财主）的家，一个两层楼的四合院，让人眼前一亮，整座木结构建筑雕梁画栋，浓妆艳彩，极其花俏，和门外的灰头土脸状相比，反差巨大。明知这一切都是为了生意上的需要，虽搞得有点过，但毕竟它所呈现的是维吾尔族的特色与审美。

旧城正在改建中，不久将完全为钢筋水泥所替代，我不禁对即将失去的古与旧感到惋惜。还是导游一番话让我释怀：居民生活要提高，民族的审美也在改变，况且，现在政府正大力资助居民建房……

他们在这里繁衍生息，他们的需要、喜好和感受，才是最重要的。

吃不到的葡萄

5 月的烈日炙烤吐鲁番。

经过几个小时枯燥的路程，一排排从眼前掠过的杨树告诉我们，目的地快到了。白杨沟小镇路旁的老桑树间，偶见几个裹住头脸的妇人躲着身子避开汽车带来的风，身后的黄尘纷纷跃起，又懒洋洋地沉回地面。

为了“唤醒”我们，维吾尔族导游给我们出了一道难题：找出这里唯一的一家汉人。

直到车停在葡萄沟入口，还没有人给出答案。

走出车外，一股热浪把我们从深秋打回盛夏，吐鲁番真热。

进闸门前一路上不见游人，连路边摊的主人也“避暑”去了。大概是五·一黄金周刚过，也许因为五·二二恐怖攻击，反正，这时只有我们独家游览。导游说，慢慢参观，好好拍照，难题的答案等回程再公布。

葡萄沟主景区是一道傍着布依鲁克河而建的高挑的回形长廊，无数根碗口粗的长藤攀上坚实而装饰华丽的架子，长达数百米。沟外艳阳灼灼，架上匍匐的藤叶铺出绿茵茵一片，我们披着叶映下的青纱，在无旁人的绿色隧道里漫步，清爽宜人，悠闲写意，完全忘却沟外不远就是热得吓人的“火焰山”。我抬头望上高约五米的棚架，一颗颗葡萄比绿豆还小，七月才是收获的季节，看来，要吃架上的葡萄是没有希望了。据说这里的葡萄含糖量高达百分之二十到二十五，超过美国加州的葡萄，为世界之冠。来到葡萄沟，未能品尝到皮薄、肉嫩的新鲜葡萄是人生一大遗憾。

我悄悄问导游：“这架上的葡萄会不会是酸的？”

他的眼神发出了疑问。

我解释说：“因为，那是‘吃不到的葡萄’呀！”

他开怀大笑起来，说：“酸，倒不会，但肯定没有葡萄田里的甜。”

“是因为品种不同？”我总是喜欢刨根问底。

“不。”他扬起一侧眉毛，“是因为高架上的葡萄没有‘接地气’。”

哈，想不到，现代的葡萄也会赶新潮，懂得要接地气，我只把它当笑话听。可经导游解说，这笑话再不好笑了。

为什么吐鲁番葡萄的含糖量是世界上屈指可数的呢？原来，作为中国最低盆地的吐鲁番，光照充足，一年的晴天达三百多天。白天少云气温高，光合作用充分，有利于营养的生成。高温同时也促成葡萄中的酸代谢分解，因而降低其酸度。夜间温度低，养料的消耗减少，促使果实营养的积累。最神奇的是，这里的葡萄人巧妙地利用了地气——地表的温度，增加葡萄周围空间的温度，令蒸发旺盛，也促使果实内的糖分积累。除了葡萄，新疆瓜果含糖量高，尽得益于这里的天时地利。

没错，这里的葡萄田和我以前看到的不一样。在加州，排成行的葡萄被修剪成矮树状，果农站着甚至坐在椅子上都可以劳作。吐鲁番四千多亩的葡萄多以棚架培植，为了尽量贴近地面吸取地气，棚架只有一米来高，无论是修整还是收获，果农都得蹲在高温的棚架下工作，每年可收获一万五千吨葡萄，其中的艰辛可想而知。

透过相机的镜头，我看到了华丽高挑的葡萄棚架外的不远处，一排排低矮的架子上，藤粗叶茂，绿意正浓，一片生机勃勃。那里才有我想吃却吃不到的葡萄。我心里明白，葡萄沟里的这个供游人观赏、秀丽的“花架子”，也许和别处的葡萄沟没有什么两样，花架子外的才是真东西、好东西，也是我希望走近、了解的真实。

走出葡萄沟，还有两样东西令人称奇。

其一，就是制作葡萄干的晾房，一种建于民居屋后、散落于光秃的山脊、墙上满布十字形空洞的砖房。据说，以前葡萄干制作是靠暴晒，以此法生产的葡萄干颜色发暗而且味道不佳。现在，果农将整串葡萄挂在通风良好的晾房里自然阴干，经一个多月的热风慢慢“烘培”，成了色、香、味俱全的吐鲁番葡萄干。这得益于吐鲁番得天独厚的高温干燥气候条件，把最甜的葡萄变成最美味的葡萄干。

其二，这里的果农会做一件让葡萄完全接地气的事：葡萄落叶后，他们把整株藤蔓盘在根部并盖上土，说是为了帮助葡萄越冬。有“火洲”之称的吐鲁番夏天的气温高至四十九摄氏度，地表温度更会高达八十二摄氏度，但到了冬天，气温却跌破冰点，可低至零下十八摄氏度。所以，如果葡萄不接地气的话，不等开春就成了干柴。

车子刚启动，导游要公布答案了：白杨沟这家汉人门前没有桑树，原因是汉人听“桑”为“丧”，不吉利。这就简单了，我提着相机一路拍摄，一定能找到。

土路上夕阳横照，树影稀落，蒙尘的摩托靠在门边，老桑树下多了几个头戴六角帽、两颊带着干涩绯红的小孩在玩耍。又是一片尘起，把身后的老树、土房搅和成一团……

我始终没有找到答案。

离开新疆，我没有那种“没来，一生后悔；来过，后悔一生”的哀叹，反而有“没来，同样一生；来过，一生不同”的感悟。

这一路上，我常在思索，人类是否只有面对大山、大湖才觉得自己渺小？莫非一定要经过大风大浪才有所长进？难道总得遭受劫难才懂得珍惜？

踏上归程的那一刻，我明白了：只要用心，就算是戈壁一草、一石、一阵风，都令人崇敬；只要有心，哪怕是远疆的一人、一事、一景致，也值得怀恋。

评论：

本文主要写的是作者在新疆所见的美景，文章主要由五个部分组成，第一部分是戈壁之石，天山山脉把新疆一分为二，南北气候不同，景色各异，就连玉石也以天山南、北麓分疆而藏：北疆有金丝玉，南疆有和田玉。所谓玉，本来就是石头，在大自然里，没有贵贱之分，因为有了人类的需要，玉才有了价值。在美丽的戈壁滩里每一粒石子都是大自然赋予的美好。第二部分是雪山之水，在戈壁滩的荒漠里先民们用顽强的生存意志与过人的聪明才智创造了一项匪夷所思的地下引水工程——坎儿井，巧妙地把天山的雪水引到他们的居所、农田，缔造了一个个绿洲，使干旱的沙漠里出现勃勃生机。第三部分是雕出来的城郭，在古代为了防御外敌广修城墙，城墙之内有官署兵营、粮仓库房、庙宇祭坛、民房街巷，甚至坟场……一个国家、一个城市该拥有的，在这一应俱全。那里被称为交河故城，保存完整堪称世界之最的古城遗址。第四部分是高台民风，作者来到喀什噶尔（简称喀什）的高台民居——一个一千多年前就已经有人居住的黄土高台，至今仍然是维吾尔族聚居地。有人称这里是维吾尔族活的民俗博物馆。作者介绍了高台民居的建筑风格以及维族独特的居家文化。最后一部分是吃不到的葡萄，最后作者来到葡萄沟来品尝香甜的新疆葡萄，只可惜葡萄到7月才是收获的季节，作者在这里参观了壮观的葡萄沟，了解了为何吐鲁番的葡萄甜度为世界之最。旅程到这里结束，但是新疆的美食美景却依然留在作者的心里。

旅程即将结束的时候作者突然感慨："人类是否只有面对大山、大湖才觉得自己渺小？莫非一定要经过大风大浪才有所长进？难道总得遭受劫难才懂得珍惜？"然而在归程一刻突然明白了："只要用心，就算是戈壁一草、一石、一阵风，都令人崇敬；只要有心，哪怕是远疆的一人、一事、一景致，也值得怀恋。"作者对于景物的描写给人一种仿佛置身于幅员辽阔、风景壮丽的远疆之中的感觉。如："我在一个取水洞里灌了一瓶坎儿井的水，品尝了一口，虽然没有想象中的甘甜，但我已经闻到了高山上草木的芳香，品尝到了远古净土的原味，全身清凉飒爽就像置身于仙山之中。再俯身探视暗渠下游，闪着淡淡粼光的涓涓清流消失在不远的暗洞里，我缓缓吸了口气，给这个属于世界人类文明奇迹深深一鞠躬。"通过作者生动的描写，仿佛已经感受到了清凉的泉水。作者在描写美景时还与美国进行对比，使读者能够直观地感受到新疆壮阔秀丽的风景。通过对景物的描写最后抒发了作者对生活的感悟，引发读者深思。

作者这篇描写壮阔秀丽的新疆的文章，语言生动优美，作者对于景物的描写仿佛让人置身其中，不仅感叹新疆壮丽的美景，还在欣赏美景之余感悟到人生哲理。

（李翠翠 评）

城　北

作者简介：城北，原名张健。祖籍安徽凤阳。中科院硕士，日本药学博士。现就职于旧金山湾区生化制药公司，从事分子设计合成等方面的医药研发工作。作品散见于《红杉林》《美华文学》《侨报》《读者原创》等报纸杂志。

网上的近乡情怯

本人也不经意间随着生活的潮流落脚生活于硅谷的边缘。硅谷以信息产业为代表的高科技气氛浓厚，人才济济，人文荟萃，多种异文化共存，对各种行为风格包容性强，气候宜人，食物品种丰富可口。故而笔者和众多同胞一样冒着物价昂贵及潜在地震隐患的危险毅然决然地在此地扎根发芽并期望能开花结果。每天上班下班忙忙碌碌。偶尔空闲下来或夜深人静时也会和众多海外远离家乡的华人兄弟姐妹一样，情不自禁地会回想起久远的故乡来。

星移斗转，远离家乡也已有将近二十年。因举家一起已经早已迁离故乡的缘故，出国后每次回国也多是逗留在现在家人居住的上海、南京，多年来真正回一次小时候生活成长过的老家的愿望还没能实现。老实说，随着去乡日久,强烈的思乡之情被岁月及日常生活消磨褪色不少。感谢现代科技的发展，使通过网上及卫星地图的“视觉回乡”成为可能。然而，即使是网络上的故乡行，心理感受上也免不了具有亲临其境一般的近乡情怯。

老家的村庄结构有一个显著的特点，就是整个村庄四周被壕沟水塘包围着。水塘以前是由于战乱时用于防范抢盗土匪，特意沿村庄外围构筑而成。

四周东南西北分别有出村桥跨过壕沟与外界相连。据说以前周边还筑有围墙，俨然是一座庄园城堡。当时在世道不太安宁时期，每临傍晚时分，连邻村都有较为富裕家庭举家连人带马搬入咱村过夜以保平安。后来防范作用虽然下降，但四周的水塘仍然为生活提供着非常的便捷。多数人家居住在圩子里面，外面是各自私家的菜地。浇灌洗菜养鱼养鸭外，冬天玩冰，夏天自然成为孩童们的天然游泳池。再以后由于平安的日子较久，人口增加，住在圩子外面的住户逐渐地多了起来。

除此以外，村子周边农田里也散布着农用的蓄水灌溉的水塘。大小形状不一，各有特色。生长着水草及鱼虾。有的亲切有的可怖，有的水色混浊有的清澈见底。没有比孩童们更了解水塘的细节。夏天的时候，近村的水塘基本被戏水村童玩了个遍。比试水性，试探深浅，水塘成了天然乐园。而远离村庄的水塘光顾的人就甚少，尤其是夏季炎热的正午，连成人都望而生畏。水塘也都有各自阴森可怖的边边角角，孤身一人在漆黑抑或是明月高悬的夜晚走过任何塘埂都会令人不寒而栗。每个水塘拥有各自颇具个性的传说，与村民日常生活息息相关。这些水塘是否依然如故，家乡村庄结构是否有所变化，一直令人牵肠挂肚。

网络地图的出现使借助于网络的回乡成为可能。起先，Google 的卫星地图还不涵盖中国大陆，只有普通地图，这已经使我十分满足。因为在以前，如此的小村庄是即使国内的任何出版的像样不像样的地图里都不会出现名字的。好像本来就没有一席之地，存在也不为人知。现在一个个活生生出现在眼前的地图上，令人激动。连周围村庄都被准确地翻译成英文的名字，这是我以前生活在那里的时候所始料不及的。不仅名字毫无差错，连相互的位置都依然如故。但只是不可能标示出一块块田地及水塘的轮廓与模样，无法一睹实貌的究竟，也看不出四周环绕村庄的水塘目前可能的状况，多少有些令人不甘心。

等到 Google 的卫星地图覆盖中国以后，这样的好奇心又再次被唤醒。我几乎是迫不及待地打开网站，顺着已经熟悉的地图，找到老家的位置。卫星地图虽然远远不是亲临其境，但浏览起来，其逼真性和一次返乡不相上下。

我是由远及近，先是大体上浏览再进而放大仔细观瞧。一旦确认出附近以前上学的镇子的位置，就将鼠标沿着原来上学的途径准确移动到老家村庄附近。伴着激动的情绪，不免心情上要犹豫忐忑起来。忽然感悟到成语里的近乡情怯正是对这种心境的准确写照。既迫切向往，又有些担心犹豫。似乎有某种力量因素牵扯着我的手腕手指，鼠标移动缓慢起来，令人有些欲行又止。脑际间回眸着以往活生生的画面，一块块田地，纵横其间的大大小小用于灌溉的水渠，大人们经常谈论的哪块旱田哪块水田。田间集体劳动的画面及稍后以家庭为单位的各田亩的位置，每家每户的成员荷锄或卷起裤腿一个个逼真地呈现在眼前。我虽然不是主要劳动力，又因为在遥远的地方读书，甚至只有假期才回去一阵子，但对各处田头也非常熟悉。眼下依然能确切地感受到其间那些鲜活的灵肉与生命来。我极其缓慢地将鼠标移过一片田地，仿佛傍晚瓜田里的乡亲直起腰来，取下忙得忘记已久已经不必要了的遮阳的草帽和道路上回家的我打招呼，喊我去吃瓜，说今年的瓜不错，结得又多又甜。或终于完成了一汪水田的插秧工作，得闲地坐在田边抽起烟草来。斜阳西下，烟草的火光一熄一灭，闪烁照耀出健康但有些疲惫地望着刚刚完成的工作，充满希望与向往隐约带有满足与期待的脸庞。农忙时分，道路的前后往往是一架架满载农作物的农车。也有挑担子的乡人，肩膀宽厚结实，脖子正后方被挤压出一块鼓鼓的圆包来。村庄四周的水塘里，终于卸下重荷由田间归来的水牛难得地享受片刻时光滋润浸泡在水塘里，时而将硕大的脑袋没入水中，驱赶盘旋在脑袋上空的蚊虫。一家家门户里灯火闪亮，映衬着乡人归家及主妇们开始匆匆忙碌的身影。各家锅膛火苗明亮起来，村庄渐渐升起炊烟，接下来就是热闹的晚饭时间了。这时候间或会听到远处传来火车的缥缈的鸣笛声。

鼠标越是移向村庄中心，越令人迟疑缓慢起来。虽然经年的沉淀已过滤去很多情绪成分，但仍然带着几分兴奋几分激动与期盼也隐含些许多少的担心。我知道记忆里的模样无论时间空间上来说都已经非常遥远。但心情仍然止不住地忐忑，鼠标似乎沉重滞涩很多，手心里要渗出汗来。但最终我还是稳定住情绪，将鼠标移动到村庄外围。令人庆幸的是虽然似乎以往的水塘波光粼粼的风景不再，但还能看得出村庄周围的水塘的轮廓，位置几何形状及呈现的分布变化不大，与指纹一般铭刻在脑海中的记忆相一致。而环绕村庄四周的水塘已干枯到只有大致的痕迹，黑黑的似乎长满树木。原来的村庄里面已经不再有什么用于居住的房屋。城镇化已经使很多人离去，现在留下的村人也在向村子的四周发展，似乎倾向于居住得更为分散。中间形成一个硕大的空洞，看上去荒芜得很。像遭了天外袭来陨石的冲击过后遗留下的杰作，也像高速摄影所呈现的一滴水直落撞击水面溅起展开来的水波的样子。只有极少数孤零零的老房子突兀地坚守着阵地，成为吻合我对以往村庄记忆的标示性的物件。我早已听说村人离去后那里被当作牛房，并渐渐地连牛房也不再使用。原来家家户户积聚的热闹的村落现在已经只是一片荒土，零星的树木及少有的几间也坚持不了太久的老房屋。

一个村庄就像一个水滴，折射出时代变迁的光与影。沧海桑田，哪里也躲不过岁月带来的震撼。我们以往的村庄正和众多的村庄一样，自然地凋零并面临消失的可能，这几乎是历史发展的必然。期望故乡永远如故心态上可以理解，但想一想发展变化在所难免，哪里会有一成不变。另外，自己都早已经跑到了美国，更何以能偏执地强求以前一起的同村人仍然坚守乡土，或毫无理性地期望自己记忆里的村庄一如既往呢?

人一离开村庄，村庄自然开始衰落。这就像房子不再有居住的人，房子开始颓废萎缩起来一样。即使最终轰然倒地，重新回归大地再次成为泥土，这不也是非常自然吗？只是我以前比邻的乡人，都带着如何的期望与担心，满腹心事与不安地离开故土。一面不舍地牵挂回头，一面义无反顾地奔向各个可能有潜在发展空间的城市，逐渐散布、湮没在不同的陌生的城镇里，开始鼓足勇气努力地过着一种不太熟悉的新生活。但愿迎接他们的是关照、爱护与鼓励的目光。想着这样的目光，我全身开始温暖起来，活动一下有些僵直的手腕手指，将心情与目光一起从卫星地图上慢慢移开，再次深入理解成语里的藕断丝连。

评论：

对于漂泊他乡的海外游子而言，乡愁有如一味无解的慢性毒药，大多数时候藏匿于奔波劳碌的寻常日子中不动声色，唯有当一颗心短暂剥离尘杂碎屑稍事休憩时，才从心底徐徐升起，蛊惑着游子越过眼前的千山万水、在对故乡的追思中寻求心灵的清凉慰藉。只是世事白云苍狗，故乡的模样或许亦早已变换，幸而有赖现代科技的发展，身处重洋彼岸的本文作者“我”才得以通过“视觉回乡”的方式，在指间鼠标的移动之间，完成一场“网络上的故乡行”。

在这场“故乡行”中，虽然仅是通过互联网卫星地图浏览家乡景象，却丝毫不影响“我”内心的紧张忐忑与欣喜期待，“近乡情怯”背后，是游子对故土的深厚眷恋。这份眷恋使得离乡将近二十载、期间一次也没有返归探视过自己儿时生长土地的“我”回忆起老家村庄的结构布局及其变迁时，依然能做到往事历历在目，并且如数家珍。

随着鼠标在卫星地图上的点击浏览，“我”有关故乡的记忆亦被一一唤醒：由曾经上学的小镇，至村庄内外的水塘，再至村子里的田地与房屋，这些熟悉的场景共同绘制出了一幅其乐融融的乡居图。在这幅乡居图里，历史上用于御敌防盗和灌溉农事的水塘亦曾是村童们的四季游乐园，村里的块块田地曾有辛勤的乡亲种植过各色农作物，乡间小道上曾来往过“载满农作物的农车”和“挑担子的乡人”……乡村的黄昏，水牛在水塘里歇息，村妇在灶前忙碌，炊烟升上空中，远方传来火车的鸣笛声，这些曾是“我”再熟悉不过的日常画面，也是在“我”远离故土家园漂泊海外之后、小心翼翼收藏于心并时时反顾的珍贵念想。

在卫星地图的放大之下，故乡的布局轮廓仍似当年，然而物是人非，这些年村民的出走使村子渐渐成了一个荒凉的“空村”。村庄依人而存在，当村民们在时代洪流裹挟之下纷纷迁往城镇，人们所遗弃的村庄便被以历史之名永远地留在了他们身后，这是村庄的宿命，而村庄的宿命难免导向人的精神失落。乡村是城市的母体，是生命的来处和根脉所在，乡村不仅安放了“我”

的童年，亦安放了整个民族的童年，她是一个民族顺历史长河而溯回的家园、见证着这个民族的几度变迁，因此村庄的没落令人无法不叹息。

现代信息技术的进步使漂泊海外的“我”时隔近二十年后终于可以在互联网上再见故乡模样，只是相比起“我”脑海中铭刻着的从未褪色的童年记忆，今日的故乡正在慢慢“凋零”中。“我”在如愿实现精神望乡的同时也不得不接受故乡或许将不复存在的事实，而能够与这份“无根”的失落相对抗的，除却精神的坚守与铭记，还有朝向明日的勇气和希望。正是这份对未来的豁达与希冀，将思乡情深的“我”从过往中拉出，并把祝福遥赠一往无前奔向城市的乡人们。

（黎丹丽　评）

江　蓝

作者简介：江蓝，在海内外报纸杂志发表及各类体裁文学作品。现主要做新媒体及活动策划。北美红杉林传媒编辑主任。

繁衍中的一环

我的老朋友还一如我十三岁时初次和它相遇的样子，每个月准时报到，颜色如常。但任何人都无法抗拒生命的力量，它终有一天会和我作别，一辈子不再会回到我的身体里。它过去三十七年来，每月不请自来，时而让你烦躁，时而让你疲倦，可有时也会让你欣喜，它倘若调皮一下不按时出现，你会为此惴惴不安，似乎都是为了提醒它的存在，它的意义，它的价值。有那么一天它会任凭我万般呼唤也是回不了头时，它的绝情离别将宣示我作为女人在这个世上不复存在。我心里清楚，过后的任何一天，它都会突然和我告别的，从我身体里溜走的，带走我作为女性的最后一点骄傲，最后一点自信。老公说谁不是这样，人生就是这样，先溜走青春，再失去生命。到了这个年纪，身体会一样一样出问题，一件一件离开我们，不必伤感，不必惶恐，不必留恋，更不必哀叹。随着时间流逝，我环顾四周，老友们的身体在纷纷出问题，有的因子宫肌瘤而切除子宫，有的因患乳腺癌，切除了乳房，老友们渐渐开始接受身体上的不完整，精神上的考验。友人说，趁现在还是女人，要赶紧享受生命，享受生活。

我在这个世界上留下过另一个生命，那是我作为女人曾经在这个世界上来过的证明。我为人类社会能够延续贡献了一份微小的力量，即使未来的世界上没有一个人认识我，但我的后代，会因为我存在过而存在。即使我的后代的后代，早已不记得我的名字，这不要紧，他们的身体里依然会流有我的血脉。所以，作为女人，在这个世界上，似乎我已经活得很有意义了，我已将生命传递下去，即使我的青春一去不复返，我也可以不必为此伤感、悲悯。但作为人呢，我作为在这个世界生活过的一个人（除去性别），又如何向后人证明我来过，我活过，我像无数生灵曾经在这个星球行走过呢？作为人，我是否存在过，是否过得有意义更让我惶恐不安。我拿不出任何一个实物来证明，我来过，我活过，我存在过。我感觉自己甚至还有未来的不可知的岁月都像这世上曾吹过的无数次风中的一次，从空中轻轻飘过，从这个世界上掠过，从这世间的万物身上拂过，无色无味，无声无息，无影无踪。所以与其说我是在惶恐我身体里女性标志的即将离去，倒不如说，我是在害怕我作为人已走过生命中最好的年华。正在老去的我，正在走向消亡的我，心中是慌张而忙乱、羞愧与无助并存着。

生命仿佛正午的日头开始西下，我不敢回头望，因为一回头，就会发现，这些年过去，身后竟是没丢下只言片语和一抹油彩，太显干净的路面令人有些心虚，唯有自己的身影随着日头的西斜愈拉愈长，愈来愈淡薄。我在这个世间的日子是愈来愈短了，最后的我一定会像阳光照射下的自己的身影一样，随着日头消失在地平线下而消失于黑色中。

许多载春秋，那是多少天多少小时多少分钟多少秒钟堆积而成的呀，日子过得太无迹无痕，仿佛我都不曾走过这些日子一样，却又好似是走过了许多岁月。我的脑海里分明会常常浮现我儿时住过的大院，那些叔叔阿姨们依然年轻地在我脑海里生活着。二十三岁那年认识的老公及初生的孩子，和我们三个人一起在风雨中经历的苦难和幸福。回忆似乎有许多，说上许久都不能说尽，为什么我还是觉得时间过得如此之快又如此之短呢？近乡情更怯？难道走向永远的那个地方，才是回家？！因为快要回家了，我突然发现自己两手空空，没有礼物可带？！还是因为快要回家了，怕自己没有留下什么给后人而遭后人唾弃？！又或是因为人生到此阶段，担心自己在这个世界上本来可以、应该或者多努力争取一下就能欣赏到更美景色的山峰还没有去攀登？！总之是怕自己身上还剩下一些潜能却没有被挖掘，怕自己留有太多的遗憾。

人过留名雁过留声固然好，但如门前那排大榕树，几十年不声不响地矗立在那里，静悄悄地为世人遮阳，不也很招人喜欢、留恋、欣赏吗？这些大榕树，在夏日酷热的正午从它茂密的树叶下走过的人们，无不因为它的存在而得到了片刻凉爽和宁静。其实这些大榕树并不是为了给人遮阴而存在，它们不过是按照自己本来的面目在这个世界上生长着。它们从不故意取悦于任何人，却得到所有人的赞美。它们按照自己的方式生长，却向世人展现了它的意义和存在价值。

有一友人快五十岁又得一子，这一子是有备而来，远不似第一胎那么随意懵懂，剩下的时日自然力当全心抚养，当作自己的事业来做，这是他后半生的希望与动力。我笑说，那像我这样的后半生该如何打发呢？我本意是想揶揄一下他老来得子的心态，顺便调侃一下自己，不料尚在说笑的他突然严肃道："你既然这辈子不可能再生另一个自己的小孩，现有孩子的孩子也不应该由你来教育，你这般年纪的女人，还能做出什么成绩来呢？剩下的日子最好的就是调养好自己的身体，身体健康，好好活着，如果还能让自己容貌尽可能年轻一点就更好了。"苟活吧——他的潜台词让我心寒，心惊，还有点小小的心碎。我的人生难道就此以为终点，剩下的日子就是为了活着而活着了吗？又或者说，我的人生是为生养孩子活着，我没有活出自己的价值，现在孩子长大了不需要我了，我的人生就更纯粹是为了活着而活着了吗？

也许老友的话有道理，既然你就是碌碌无为的一个人，怎么能奢望人老力衰、年过半百的女人还能为这个世界贡献什么呢？

人，活着的意义到底是什么？人，应该活得有目标吗？

人毕竟不同于树木、野兽，人是有思想的生物，社会性最强的动物。人，互相之间是有比较的，他们用一种叫成绩的东西来划分优劣、等级、座次；其次，人也是有理想的，他们每个人都是在尽自己所能，调动自己身体里蕴藏的全部潜能，在有限的生命里，在社会上无限地追求更高更美更完善的生活。我也不能免俗，我也应该、必须、一定，用成绩，用世人的标准衡量自己，拿不出成绩来证明我作为人来过，活过，为这个社会贡献过，我，就只能算是……白活了吧！

我当然情不愿心不甘自己承认自己是白活了，我想说，我在这个世界上好好活过，可是，什么能证明我好好活过，没有白活呢？

某天晚上散步，老公问我，有没有想过五十岁的女儿是什么样子，我答从未想过，并问道，为啥要想那么远的事情，老公说，这有什么，你看，爷爷不是看到了五十多岁的我吗，姥爷也看到五十岁的你了，我们也会看到女儿的未来。似乎他未来生活的全部意义就是要好好活着看女儿将来是什么样子。

这我真的从未想过，看人生的轮回未必不是一个人活在这个世界上的意义所在。

或许，对于宇宙不过是弹指一挥间，对于人这种生物，却已跨过人生的鼎盛时期。回眸一望，我却是只做了一件事情，就是完成了作为女人在这个地球上的使命，作为人呢，似乎我根本都不曾为自己是一个人而做过什么。但是真的能这么说吗？似乎又不能。于是就觉得这些没有什么可歌可泣可书可写的，虽然，或许，话可以这么说，平凡中孕育崇高，安慰一下自己，但，不管怎么说，还是太平凡了，因为所有在这个世界上生存过的人，都会很努力很努力地生活，很努力很努力地向前走。

一个人在这个世界上走过，要留下什么样的足迹才能称得上辉煌？是不是辉煌的人生就一定比不辉煌的人生更绚丽夺目？或者说，一个人在这个世界怎么样走过，才会让自己心安，真正做到死而无憾呢？

评论：

“繁衍”，是作者思考生命意义的起点；而“一环”，是作者思考之后的终点吗？

“每个月准时报到”的“老朋友”，是作为一个女人所享有的特殊的关照对象，因为“它的存在，它的意义，它的价值”最能证明“女人”这一身份。它的终将离去所引发的焦虑，渗透在作者自始至终的思考之中。因为，“女人”（母亲和妻子）的身份只是其中之一，还有另外两个身份决定了作者“心安”与否，一个是作者心心念之的“人类”，另一个则是隐藏于两者之下的“我”。对于这三个身份的排序，作者在心里其实已经有了答案，但是对于如何解释与之相随的焦虑，仍显茫然。

这份焦虑是复杂的，包含了作者内心的不确定性。在文中，“伤感”“惶恐”“留恋”“哀叹”“悲悯”“忙乱”“羞愧”“无助”“心虚”“遗憾”等词无不都是这份焦虑的一个侧面，它们连同作者思绪的质感，一同在排比式的叙述中被展现得淋漓尽致。“我来过，我活过，我存在过”“无色无味，无声无息，无影无踪”“愈拉愈长，愈来愈淡薄……愈来愈短”“多少天多少小时多少分钟多少秒钟”“本来可以、应该或者多努力争取一下”“心寒，心惊，还有点小小的心碎”“优劣、等级、座次”“更高更美更完善”“应该、必须、一定”“来过，活过，为这个社会贡献过”等表达，与其说是思考，不如说是一种控诉和质问，但其对象都是作者自己。

这道生命之题，看起来似乎是无解的，因为作者在思考的过程中，经历了五次相互交缠的矛盾。

其一，当“我”为势必会到来的“身体的不完整”和“精神上的考验”而担忧时，听到了“先溜走青春，再失去生命”这样朴素的总结，环顾四周老友，看到的更多是无可奈何而勉强享受的妥协，“我”急于寻找答案；其二，“我”留下的另一个生命可以证明自己“女人”的身份和意义，但“我”却似乎无法用实物证明自己作为“人”的存在与意义，“我”想要找到自己在外部世界中的位置；其三，由“存在”联想到“岁月”，由“岁月”窥见了五十岁的自己内心深处最真实的恐惧：害怕自己“作为人已走过生命中最好的年华”，不可避免地老去而走向消亡，“我”开始审视自己；其四，“我”在“快要回家”之际，比感慨时光飞逝更甚的是为自己没有攀登更多的山峰而感到遗憾，但仍以大榕树“按照自己的方式生长”来获得一丝安慰和鼓励，“我”尝试解答自己的疑惑；其五，在经历了友人的“刺激”之后，“我”发出了“人，活着的意义到底是什么？人，应该活得有目标吗？”这样的灵魂拷问，实则表达了一种不甘，而“我”也尝试用“看人生的轮回”和“平凡中孕育崇高”

两种途径来消解这种不甘，“似乎”“但是真的能这么说吗？似乎又不能”“虽然，或许，话可以这么说”等表述却无形地证明了“我”并未成功地说服自己，现在或将来仍会处于矛盾之中，“友人”的“潜台词”或许是刺激这次思考的源头而不是佐证。

因此，文章最大的表达技巧体现在反复的“自我设问”，但最终停留于疑问之中，尤其是面对“女人”“人类”“我”中的“我”。因为“我”深知，“我”存在的意义绝不只是“繁衍中的一环”。

围绕“繁衍中的一环”，文中有三个关键词：比较、理想、证明。“比较”产生于人类骨子里的“生存”属性，同一文化标准下自然而然会出现优越感，也会出现差距感，这既是动力，也是压力；“理想”产生于人们对于“快乐”的迷信，“快乐”的本质就是人们能处于不断的“追求”之中，用欲望战胜欲望，从而获得存在的意义；而“证明”存在与意义的欲望则产生于“比较”的胁迫与“理想”的诱惑，人从“证明”中究竟是获得快乐还是痛苦取决于自己选择的评判标准。所以，这个世界上才会产生形形色色的“宗教”，包括警惕旁人评价的人文主义。但归根结底，离不开先哲的那一句训诫：认识你自己。

（林岳斌　评）

罗蓓蓓

作者简介：罗蓓蓓，出生于中国贵州，布依族。美国加州大学伯克利分校心理学学士，斯坦福大学东亚研究硕士。曾发表小说、散文及诗歌若干。现为新媒体撰稿人。

致从不存在的重逢

树叶黄了
就像去年的叶子
又黄了一遍
我与你重逢
就像失散
又重新开始了一遍

我依旧喜欢
夏日的河流
结成冰的样子
飞鸟和天空
粉碎在水面
葵花的幼子
跌落于它们追逐的光源

树叶整夜整夜地摇晃月亮
浪花淌满风和窗帘
你身体冰凉
我想拥抱你
想要手心的火焰
和火星里的图画
熄灭

那些嘶哑的声音
锁在断裂的光里
它们一说话
门口野生的树
就会一夜开满樱桃花

我以为
黑夜流到失眠的尽头
就是白昼
我看见
春天的医院
像苹果树那样
开满了秋天

评论：

本文以景写情，引人深思，作者通过将矛盾的事物意象放在一起，使他们同时出现，将这样的矛盾体同时出现迸发出的别样风采与火花，表现出“从不存在的重逢”这一主题，在作者的笔下一切仿佛是错位的，而这种饱含诗意的错位的美丽，也吐露出作者的淡淡哀愁与忧伤。

仅从题目来看，“从不存在”与“重逢”两词，表达了对于过往流逝的时间、错过的人与事物皆无可挽回的感慨，在诗歌之中，诗人先以树叶的“黄了”作为意象，“树叶黄”是很自然的现象，而作者将一年一次的“树叶黄了”的现象融入自己的作品之中，成为“从不存在的重逢”的有力代表，“就像去年”“又”这样的词语带入了每年树叶变黄陨落的现实，而“又”在陈述树叶重复每年变黄飘落的同时，为下文中“重逢”的“我与你”做铺垫，暗指此次重逢就像树叶变黄一样，每年重复，重逢之后便又是再一次的分离。“重逢”与“失散”同时出现，在切合文章题目的同时，直接表达出了作者内心对于短暂相聚的哀伤，以及对重逢后即将到来的分别的无奈。紧接着，“夏日”“结成冰”这样两种不会同时出现的状态，被作者巧妙地结合在了一起，在炎热的夏季,结成冰的河流蕴藏着无尽的寒意,而“飞鸟和天空”在“水面”破碎，实际指倒影的破碎，是对虚幻的影子的摧毁，而“葵花的幼子”的“跌落”，尤其是跌落于“追逐的光源”，是希望的破灭与摧毁。在写景上，作者也使用了拟人的手法，“树叶”“摇晃月亮”给我们展现了夜晚微风中摇晃的树枝与透过树枝洒下的斑斑驳驳的月光这样一幅画面，安静静谧中却透露出淡淡的哀伤。同时又将抽象的“声音”和“光”具象化，声音被“锁”在光中，而声音是“嘶哑”的，光是“断裂”的，这样的意象融合在一起看起来是不完美的，而他们“一说话”野树都会开满“樱桃花”，这样的不完美却又为我们带来美丽。而诗歌的最后，以为“失眠的尽头”是“白昼”点出了作者未眠的状态，而“春天的医院”却开出了“秋天”，作者使用比喻的手法将春天的医院,比作“苹果树”,又“开满”秋天,与诗歌开头的“落叶”相呼应，“开满”一词后面对应的本应是花朵，而“秋天”则代表果实和落叶，这又是一个矛盾点，在“春天”的季节中便看到了“秋天”落叶萧瑟的情形，暗合题目中的“从不存在的重逢”，颇露出萧瑟哀伤之感。

重逢可是真正的重逢？世界上不存在两片一模一样的叶子，即使是同样的一个人,在时间的磨砺之下,再“重逢”之时,也早已改变了初遇时的模样。更不用说,人生一世有相聚就有别离,人的一生也总要走到如落叶萧瑟的时候，时光总易逝，人生难再回。

（于悦　评）

马慕远

作者简介：马慕远，硅谷高科技公司工程师。爱好诗歌、小说创作。著有中英文长篇小说《燕子岩下》。

燕子岩下（节选）

马天庭最后还是到新墟公社接受再教育去了。时间飞逝，一晃几年过去了，但偷渡香港一事一直在马天庭的心头挥之不去。

1970 年 9 月 9 日晚上，马天庭请来欠口村的肥权和四眼源在自己的小屋子里吃饭。此时三人已经做好南下逃到香港的计划，希望这顿饭是他们在新墟公社的最后晚餐。一同接受再教育的老吴和仙姐只当朋友来聊天和打吊四，看不出马天庭他们有要南下行动的意向。这次天庭决定连同屋农友也瞒着。明天不见人，队长和村民一定会问那马仔又跑到哪去了。知内情而慌说不知道很难，而不知情说不知道便很容易。要别人替你保密，最好自己首先要做到对谁都不要说。

仙姐把带来的那瓶竹叶青拿出来让大伙喝一杯，说："有肴没酒不过瘾。"

"多谢仙姐，干杯。"天庭三位异口同声地说。"干杯，早日脱苦海。"正感觉特别顺畅的时候，队长罗添喜和小队会计罗贯财突然出现，不请自入。还没跟他们打招呼，队长已经开口：

"怎么欠口的新社员又来这里吃饭了？"

"队长，农忙过了，我们带点东西来打吊四，大家高兴。你们也来喝一杯吧，是仙姐从广州带来的上好竹叶青酒。"肥权笑答道。

队长当时给弄得不好意思，把刚才那股戾气收敛起来说：

“不用了，你们喝吧。我来通知明天去修水库，要自带中饭。”

好不容易把队长两人打发掉。天庭对仙姐，老吴说不想修水库，要去肥权那边玩几天。把那救生圈在腰间缠扎好，下阁楼，天庭拿着手电筒便与肥权他们朝欠口大队走去。看到天庭连书包也不背一个，老吴他们兄妹俩也暂时给瞒过了。

待到晚上九时左右，各自背上干粮包，手拿开路棒，从肥权的生产队出发。绕过村户，花了十多分钟，便上了那条小山路。与其说是小山路，倒不如说是羊肠小道。小道两边杂草丛生，最担心有蛇拦道。那根开路棒可起惊蛇的作用，但还有一个问题是“打蛇随棒上”。这是广东蛇王的经验，打得不好，反给蛇顺棒上来咬了。蛇在暗处，又不能亮手电筒，不好对付。三人只希望运气好一点，绝对不要碰上蛇，特别是有毒的蛇。肥权在前，天庭押后，踉踉跄跄地花了两个多小时才到达红花岭。真是旧地重游，感慨万千。如果继续要强过龙岗平原，时间很可能不够而且太累，他们三人决定在这儿过一晚。天庭提议在比较陡峭的半山腰上而有树丛的地方扎堆，同时也提醒队友要分外小心，掉到崖下面，谁也救不了谁。

天亮了，周围的环境比较清楚地显在面前，他们扎堆的地方应该安全，待到天黑不成问题。偷界基本上是昼睡夜行，选扎堆点是非常重要的。如果觉得不安全，那要想办法移堆。现在什么事都不能干，只好耐心等夜幕垂空。天庭压低嗓门，对同行者说些偷界经验：

“从黄昏开始到天亮是行动的最好时间。月亮出来，有好处也有坏处。容易走路，也容易给村民看见。要喝水，要到山坑，但容易迷失方向。我喜欢上最高点，把山脉的东南西北走向弄个一清二楚。我们要去香港，一定要找南北向的山脉。沿山脊走，轻松省时，但山顶多光秃，没躲藏的地方。”

“瘦马，白天可以凭太阳的升落来定位置。那晚上又怎样定位置呢？”四眼源问道。

“四眼源，白天你把方向弄清楚才行动的。晚上如果有月亮，也可以凭月亮的升落来判断方向和时间。如果雾浓天黑，自己又没把握，那只好赶快扎堆等天亮。”

“瘦马,上次你带我们往回跑,晚上你又怎么认出红花岭的呢?”肥权插话。

“肥权，龙岗一带我们比较熟悉，把眼睛包扎起来也不会迷路。本来人类的方向感应该跟鸽子没甚两样。只是人类太聪明，太多发明而失去辨认方向的本能罢了。”天庭答道。

“你的意思说我们少了辨认方向的本能，是因为我们比你聪明?”肥权说罢大笑。

“肥权，不是你们比我聪明，而是我聪明中还保存着那种本能。”天庭笑着顶回去。肥权还想回辩什么，天庭把手捂着他的嘴，使了个眼色说：

“你们听见没有？附近有人声，好像是广州口音。”

“没有哇，瘦马，你神经过敏了。”肥权嘲笑着说。

“肥权，小声点，是有人在讲话。”四眼源也发出警讯。

“哦，现在听到了，好像是大圈仔。”

三人经过一段时间静心细听，确定那伙人是同道中人。肥权想去跟他们打个招呼，天庭不赞同，第一，不知对方底细，第二，人多目标大，易坏事。待到黄昏时分，看着那批人起动了。他们共四人，有一位天庭觉得面善，但实在想不起在哪里见过。让他们先走，天庭三人隔了一刻钟左右才起动。在红花岭高处，天庭指着南边最高的那座平顶山峰说：

“这是八仙桌，又名打鼓岭，今晚过了龙岗平原，一定要登上这山顶。在山顶右手边有条小山道，可直通到盐田。如果体力充沛，今晚可达水边。”

再也看不到农家炊烟了，从红花岭下到龙岗平原时天色全黑。正准备过龙岗平原时，前面那批人突然出现在天庭他们三人面前。其中有一位还把天庭认了出来：“瘦马，你还记得我吗？我是阿彪呀。我们在樟木头拘留所被关在同一个监仓里，你的朋友肥伦也同一个仓。”

天庭记起来了，第一次失手时，在樟木头看到那位给别人弄翻了饭兜的仓友，过了界又误闯沙头角的阿彪。后来与肥伦混得很熟，还替他捡烟蒂呢。天庭立刻堆出笑脸答道：

“记得，你就是那位有饭都不想吃的愤怒青年，阿彪嘛。”

“哪有不想吃。是饭兜给撞翻混了沙泥，不能吃。”

“那人不就把你混有沙泥的饭全吃了？”

“那人一定被关得太久，饿疯了。”阿彪有点不好意思地说：“瘦马，那些陈年霉事不要再提了。我们一道去南边吃牛排好不好？”

“阿彪，不是不好。问题是人太多，目标太大，容易给民兵发觉。”天庭婉言拒绝。

“瘦马，帮个忙，把我们带出这龙岗平原吧。我们想绕过这条河，走了不少时间，还是回到原点。”

“阿彪，你们记住朝这个方向一直走。见河过河，见山爬山，见平地就跑。千万不要绕河走。”天庭用手比画着方向说。

“瘦马，把我们带到打鼓岭再分手好不好？”阿彪其中一位朋友插话，语气非常诚恳。真是吃人家的嘴软，拿人家的手软，给人家恳求会心软。肥权和四眼源也同意一道走，那么天庭不好意思再拒绝了：“好吧，千里能聚在一起，那便是奇缘。”

七人在龙岗平原上轻步急跑，可怜那些水稻田给这七位亡命知青践踏得七零八落，给埋到泥里，再也起不来了。如果每天都有这种事情发生，可以想象到龙岗村民有多气。他们不敢停下来，恐怕还有很多稻田要给踢的了。相信这平原已经过了一半，正当天庭心里还在盘算着，在右手边，突然有强力的手电筒光扫射过来。天庭立刻说：“趴下！”

后面六人如军人般服从，趴在稻田上。他们全都把头望向那电筒光，随时要做出本能的反应。那电筒光朝他们方向移动，看来拿电筒的人已经发现异样的水稻。田里每一位都紧张万分，不要说不敢咳嗽，连气也不敢出。霉运终于降临，那光束停在阿彪头上。天庭看着那人准备敲打手中的铜锣，便大喊一声：“走哇！”

那真的只有傻瓜才不动，他们实时像七条鳄鱼在稻田里飞跑。只听见那人猛敲铜锣，大声喊道：“快来抓偷界呀！”

强力电筒光多了几道，铜锣声愈来愈大，抓偷界的声音越来越多。这七个亡命之徒跑得更快。突然间天庭觉得左脚深陷泥里，忙用左手拉出，可是鞋子丢了。继续跑了几步，觉得很不妥当。人没鞋子，不就是马没钉蹄吗?哪能跑呀！于是调头去找鞋子。这时去找鞋子，简直是拿自己的命运开玩笑，那些饿狼似的民兵正要扑来。三十六计，还是跑为上计。天庭转过身来使劲地跑，但是那六位同道者却已消失得无影无踪。他们向左还是向右?那只有他们才知道。找不到同伴，那只好一个人继续前进。左脚没鞋子很不好走，不要说有东西扎脚，两腿就有点不平衡的感觉。走了一段时间，来到一片有一百多公尺宽的水泽地，不清楚是属于横岗河的一部分，还是什么沼泽地带。管他那么多，见山过山，见水淌水。试走两步，水不深，不能游。再走两步，觉得下面软软的，并不容易行动。这时心里只想快点离开险境，否则有民兵出现，定给"扮蟹"无疑。

"糟了。"天庭暗自说道。这步不妙，有下沉的感觉，这不就是队长说过的"浮央"吗?天庭知道现在不能再动，因为愈动，会陷得愈深。天庭立刻解开裤带，把救生圈掏出来，使劲地往它的小管吹气。把上身压在救生圈上，慢慢地把下身拖出来。借助救生圈的浮力，两腿像青蛙那样狂蹬。到了岸，翻身上了田埂，找到一处芦草密集的地方躺下。正要把救生圈收好，一道强力电筒光在芦草上横扫。天庭赶快把救生圈往书包里一塞，静观其变，随时准备短跑冲刺。那人可能发现田埂上天庭留下的泥泞痕迹，但照不见人影也就算了。可能每天晚上都有这种泥迹，也见怪不怪。跑出水稻田，方感左脚不能再这样走下去，旱路更难走。天庭把上衣的左袖撕下来，把左脚包起来。这样虽比不上穿鞋子那样方便急跑，但可以减少痛楚。迟一天半天到水边不是那么重要，能不能撑到水边才重要，不要为脚伤受感染而生病才更重要。这样一瘸一瘸地走到天亮，看到打鼓岭在前面，但来不及去攀登了。天庭就在山脚下的一大片蔗田里找个比较僻静的地点扎堆。坐下来吃了点干粮便睡着了，实在太累了。

一般来说，逃难者的警觉心是很强的。天庭在蔗田里，与其说是睡着了，不如说是在闭目养神而已。一阵客家话把天庭吵醒，原来一群农妇在蔗田里剥干掉的蔗叶回去做燃料。她们愈剥愈近，天庭迅速把干粮袋背好，静观其变。这时除非万不得已，最好是不要动。只要一位农妇大喊一声，这次行动便要泡汤，白天是没得跑的。她们已到最后的三畦地了，天庭从蔗缝里看到那些黑色裤裆在晃荡着，心里焦急万分。

“转猪啰。”那位带头的村姑喊得好哇。这一声对天庭来说简直是圣旨到，大赦天下。她们回去吃中饭，说不定还会再来，天庭决定移堆。天庭向着打鼓岭山脚方向走去。可惜这段山路的松树稀疏不密集，很难找可隐蔽的地方。正当对周围观看，要选个好堆点，天庭听到有男子佬声音从上向传下，他们大概也要回家吃中饭了。人到求生时，便会生急智。天庭看到旁边有个蛮深的没棺木的棺材坑，便往下跳。坑里的蚂蚁好像几个月没闻过人味似的，全都想爬上身来。给你咬几下无所谓，不要有毒便可。熬过这一刻，天庭立刻走出棺坑，拼命往山上爬，希望村民全在家里吃中饭，没人留意这个偷渡客。

待到黄昏时分，各农家炊烟再起，天庭开始往八仙桌顶爬去。左脚真有点不妥，到半山腰时又逢大雨，于是找个小密林躲一下。给蚂蚁咬过的地方很不舒服，天庭干脆把衣服全脱下来用雨水把灰泥洗干净，也把身体洗擦一遍。还没把拧干的衣服穿上，天庭觉得有条绿色的东西在面前晃荡。定眼一看，妈呀，是条青竹蛇。如果给它轻舔一下，那么除了阎王殿，什么地方也不用去。此地不宜久留，天庭背上干粮袋，一口气攀上山顶。想起肥伦他们在这里唱的黑人牙膏广告歌，天庭觉得如果不走散的话，肥权他们也忍不住来个大合唱。找了个稳妥的地方，把那油糖面粉团胡乱往嘴里塞两把，喝口水便咽下去了。没菜没饭，只吃这种东西确实不自在，连大便的意念也没有，但是没这种东西更不妥，连走动的力气也没有。可能是下雨的原因，天庭沿着那条小山路，毫无意外事情发生，当晚便赶到了盐田。

吸取上次失败的教训，天庭决定在这儿多待一晚。待天明时分，把民兵、边防军换岗的时间表，和国防公路的状况，观察个清楚明白才行动。大雨虽停，但微雨还下。除了盐田镇灯火明亮外，到处都是漆黑。躺在山坡上，天庭没有寒意，太兴奋了。休息一会儿，天庭开始觉得左脚很不妥当，每次移动时感到疼痛，伤处发炎了。天庭从干粮袋里掏出那瓶“跌打万花油”，往发炎的地方倒了差不多三分之一。再把右边的衫袖也撕下来，把脚包扎好，相信这样撑到水边应不成问题。天庭把那罐炼奶拿出来，用小刀插了两个洞。吸了几口。炼奶特有的香甜味令人精神多了，感觉到力气回来了。

好不容易等到天亮，眼前一片蔚蓝，那些绿岛又浮现在蓝海上。天庭把那最近，最大的吉澳岛位置认准，待天黑时向此岛游去。正对着吉澳岛，就是大梅沙。在大梅沙左边，沿着那残月形的海湾走去就是小梅沙。从小梅沙下水比大梅沙成功率大很多，但游泳的距离起码远三倍，如果加上涨退潮的不配合还会更远。天庭考虑自己左脚的伤势，一个人目标不大，决定在大梅沙下水。最好在过国防公路和下水的时候，下场大雨，那些宝贝军犬便不会轻易出来。

躺在山坡上，想起上次与叶子华和雷若翰在此地的情况，天庭本能地觉得这样隐蔽有点不妥，天庭很快发现在左手边最高点的地形是向前探出的，而它下面山腰处有很窄的石缝，最合意的是有点丛木和一棵小树。几经艰难天庭才把自己藏在那窄缝里，那地方只够藏一个人。躲在那里，天庭清楚看到国防公路的情况，而最令他觉得幸运的是，他看出路旁那棵大树上藏有民兵。如果不是他们要交班回家吃中饭，真的很难发现那个秘密的。到下午时分有几个民兵荷枪牵狗上来搜山了。这时天庭有点紧张，枪并不可怕，狗的鼻子才可怕，上两次失手都败在狗鼻子上。

狗在头顶上狂吠，民兵在上面相互交谈，似在埋怨那条狗在吠什么。天又开始下点毛毛雨，风也刮得紧，天庭希望雨再下大一点，好让他们早点回去。目送那些瘟神，天庭把那半罐炼奶拿出来全喝了。还有一包粉剂葡萄糖，那要留待过海时才用。好不容易等到该吃晚饭时刻，树上的民兵全下来离岗返家，晚上很可能只剩下边防军在巡逻。但天庭还是不敢顺着那些搜山民兵走的小道下去大梅沙，而决定从左边来个弧圈形绕进大梅沙靠海的地方。这样要多费点时间，但比较安全。

夜幕垂空，雨暂时收住，天庭决定开始朝大梅沙方向走去。不知道是在那石缝蹲得太久的缘故，还是左脚感染发炎，站着下山很困难。天庭试以屁股坐着，用手当脚，借势下山。这样速度比较慢，但可以让左脚休息。天庭两种方法交替互用，花了两三个小时终于过了国防公路，进入一个小树林，听到海浪汹涌澎湃的声音，看到吉澳岛朦胧身影。这是人生最兴奋的拼搏时刻，心潮比海浪还要高涨。

天庭很快冷静下来，蹲下来睁大眼睛环视周围，确认没有异样的动静，才敢对救生圈吹气。刚才扬声器向渔民报告了天气预警，三号风球已经挂起，可能有大雨。涌动的海面上没有渔船灯光，渔民不出海了。这是好机会，但也是最困难的时刻；不与人争，但要与大自然斗，要与海浪和风暴斗。天庭从干粮袋里掏出那包葡萄糖和大塑料袋，再把葡萄糖放进袋里，然后吹气。把这塑料袋放在救生圈上，捆扎好，风吹浪打也应该不会丢掉。那瓶剩下的万花油全往左脚破损发炎的地方倒去，希望能防破伤风，但最希望鲨鱼讨厌这种味道。把长裤、鞋子、破布全塞进干粮袋里，留在海边。天庭拖着救生圈，向怒涌的海浪中游去。随着巨浪起伏，天庭拼命地狂蹬两腿，身体抛在浪尖时，可以隐约看到吉澳岛的身影，当落到浪底时，只觉得地狱般的黑暗。呛了两口咸海水，整个胃会发热难受而忘了脚痛。

这时天庭突然感到背上一阵麻辣，给电了似的。正在惶恐之中，右脚踢到一个沉重而潺滑的东西，天庭只想到拼命游离此物。事后想起，可能碰上水母，给它放了电。这时天公再加考验，开始倾盆雨下。雨水对泡在海浪中的泳者来说，没甚区别；可打在眼中的雨点却最令人讨厌，看不清楚前面的岛影。现在天庭唯一能做的是保持两腿机械式的推进，一秒都不能停。抱着救生圈在雨中进食葡萄糖相信是此生最丰美的早餐。这时会想起自己的母亲，想起对她的承诺：“你要相信你第二个儿子。”天庭的两条腿不停地向吉澳岛的身影推进，雨还在不停地下。

创作感言：

《燕子岩下》这本书是写给 1960 年代和 1970 年代失落的一代。这一代有很多年轻人被剥夺了受教育的权利，工作的权利，居住自由的权利，言论自由的权利不用说，甚至连性爱的权利也给剥夺。

“文化大革命”后期，成千上万的青年学生到乡下去接受贫下中农再教育。

而广东省，特别广州市青年比其他省份的青年或许选择多一点幸运一点，靠近香港，可以冒死一搏。运气好的攀上梧桐山，走下燕子巇，翻过铁丝网或者泅渡西边的深湾或东边的大鹏湾而进入香港新界，那是人生的转折点。运气差的给山猪剪夹断腿，给毒蛇咬死或给鲨鱼吞噬或给大海淹没，这是为自由献出宝贵的生命。能成功踏上香港新界的自由乐土，深吸一口自由空气，那种毕生难忘的喜悦又岂是那些在自由世界出生的人所能领会其万一呢?

对那些不幸逝去的兄弟朋友在其遇难时不能援之以手，那种悲恸无奈的心情又岂是一般人所能理解的呢?

存者活下去，死者长已矣。每逢清明，重九心中必有拜祭；只鸡斗酒，束花尺香，又怎能完全表达终生的哀思？希望这本书能给还活着的同道志士一点珍贵的回忆，给那些逝者一个永恒的纪念。这，便是本人写作此书的初衷。

评论：

这个节选的片段，通过马天庭自己的嘴，将自己的香港偷渡事件给叙述了出来，让我们看到了偷渡路上的困难，同时也可以看出这群青年们为了争出一条全新的出路，所做出的奋斗。这才是本文的主旋律!

“一晃几年过去了”，通过时间来说明这件时间的久远，可以说明这是一件历史性的事，马天庭不愿意忘却，是因为这件事情带给他的回忆很深刻，同时也为后文做铺垫。“这次天庭决定连同屋农友也瞒着”，这里可以看出马天庭的内心是善良的，他不愿意让更多的人去承担他偷渡的责任，也展现出当时社会的面貌。之后从作者的回忆之中，我们了解到了这件事的不易与意义。“戾气”一词将这个队长形容得极其贴切，也印证了前面不愿告诉他们的原因，“旧地重游，感慨万千”在这里其实我们也可以推测出马天庭已经不是第一次干这件事了，这也可以表现出当时的青年对知识的渴望，他们大多数都极其想要摆脱这种无名的束缚。当然这些在后文也是有据可循的，“对同行者说些偷界经验”这是马天庭要做的事，也说明马天庭不是第一次，从而可以看出马天庭是最想摆脱这种束缚的。“附近有人声，好像是广州口音”此时此刻，已经不是少部分人所为了，大部分人都想改变自己的现状，越是靠近港口，就越想越过这个界限。“好吧，千里能聚在一起，那便是奇缘”这是马天庭所说的话，同时也看出在这群偷渡人的身上依旧隐藏着最初的侠肝义胆以及伦理道德，这也是为什么只有这群年轻人会选择偷渡，他们渴望改变，渴望得到全新的生活。“浮央”也说明此时他们所做的事情是很危险的，不管是谁，都是冒着最大的危险踏上这条偷渡路的。马天庭在这次偷渡过程中受到了很多的危险，但是也没有轻言放弃。“与其说是睡着了，不如说是在闭目养神而已”这将马天庭他们的偷渡状态完美地展现出来，在这场偷渡的争斗之中，他们始终在以命抗争。节选的这一段并没有完整地讲述这段偷渡的事情，但是从文章的开头，我们应该知道这次的偷渡事情并未获得成功。虽然令人感到惋惜，但这也是此事发展过程中的必然。

这篇文章作者不省一个字，却做到了字字皆刀剑，刺向了这个令人压抑的社会的本体。语言方面上，作者也通过一些比较有个性的人物的语言，展现出当时的那个社会，所有人都在这场水中不断的挣扎，成功与否，失败与否，谁也不能否定这群偷渡人想要改变的心。而在这条偷渡路上，有很多人付出了自己的生命，他们未曾后悔，而作者写本书的初衷，也是想要给予他们一种回忆，对这个事件给予记录。

（王思佳　评）

苑　慧

作者简介：苑慧，笔名三妮，毕业于中国人民大学法律系，在北京第一实验小学任教八年，并担任过报纸杂志社的通讯员。文章在《北京晚报》《体育中国》《青少报》及《儿童刊物》上多次发表。1991 年赴美，在美国私立学校担任双语教师，并在中文学校任教十余年至今。

奶　奶

朋友带来一箱精油，让我一个个“嗅嗅”，说是能治病，我也不知道我得了什么病，医生也不知道。

唉！一天到晚“南受北受”的，最后只好归功于“更年期综合征”了。朋友打开一个小小的瓶子，递到我面前，当我闻到这特殊的气味顿时泪崩了，这是熟悉的、奶奶的味道——檀香。记得在我小的时候，奶奶用的是檀香扇、檀香皂、檀木箱子，及用檀木刨花泡制的梳头油……

我的奶奶是何许人也？她叫何雅君，身材精致，才高八斗，见识丰厚，温文儒雅。她出口有逊有不逊，永远是正人君子一枚。我是奶奶唯一的孙女，也是在这个世界上一提起奶奶，就随时随地酸得让我稀里哗啦的人。这味道把我带回来了小时候，“奶奶，求求你了，快起来到外面走走，好奶奶了，别总躺着……”我用央求的口吻对奶奶说。奶奶由于年迈虚弱总在没有阳光的南屋里躺着，别看她懒得动弹，她却非常勤快地动着她的大脑。她用一只听使唤的手举着放大镜，另一只偏瘫的手（半身不遂后遗症）有力无力地轻翻着报纸和书籍，让字句和画面从眼前跳跃到细胞里丰盈着她的大脑。“奶奶，我叫你祖宗还不行吗？快起来呀！”我以为用天真的话语可以唤她起身行走。没想到她老人家不慌不忙地翻了个身，慢条不斯理地说：“我宁给好汉子牵马坠镫，不给赖汉子当祖宗。”领教了吧？我奶奶就是这样“骂”人的，骂人不吐脏字是她的特色，也是她的文采。

“奶奶吃呀，尝尝吧？好吃极了……”一天，我从邻居家捧回来一个热腾腾的还冒着香气的野菜团子，哄着奶奶想让她尝一尝。奶奶怔了半天，皱巴着脸说：“咽不下去呀！”我心想奶奶可能从小到大都没吃过这玩意儿。不一会儿又从她嘴里传出了这样的声音：“唉，你这孩子，小姐的身子，丫鬟的命。我本想培养你为大家闺秀,没想你偏要成为苦菜花儿……”她不断低语着，不知在责备自己还是在怀疑我的命运。奶奶哪里知道我这天生的野性是后天谁也难以栽培的呀。

奶奶给我取的名字，叫“慧”。她说作为一个女人什么都可以没有，但不能没有智慧。所以“慧”一直伴随我。到了美国，有一天我在书店里闲逛，突然，一本书的名字吸住了我的眼球，《智慧就是太阳》我把它买回家，给自己取了个英文名字“sunny（太阳）”如今这本书在我家的书架上已经躺了二十多年，我从没看过书瓤，因为内容对我来讲不重要，我买的是和奶奶心意吻合的书名。

我把奶奶的“慧”用今天的语言翻译成：慧有两个“丰”。意思是一个女，不仅要有丰富的物质生活，还要有丰厚的精神财富。“彐”只要每日的欲望少一点，“心”才会肥一点、一点又一点，只有内心强大了，才有能力厚德住这丰盛的人生。

从小，奶奶就是我的偶像，我总幻想长大以后，像她那样做个贤妻良母，像她那样寄生在厚厚的书本里啃书页……

奶奶，我做到了“弦妻梁母”，我是每天被琐事上满弦的为人妻，先生姓梁、一儿一女的母。奶奶，谢谢你给了我这么贵的名字。谢谢你给了我这么久而温存的怀念……

客人走，芳香还在，我在这充满了情感的味道里，写下了这属于我生命中的记忆，感今怀昔。

评论：

《奶奶》这篇散文结构清晰，线索明了，文章巧设线索，以“檀香”为主线，贯穿文章始终。文章的开头由朋友带来的一箱精油给我治病写起，而当我被一缕特殊的檀香味带回了小时候，并勾起了“我”关于奶奶的点点回忆。在我的记忆中，年迈虚弱的奶奶患了半身不遂后遗症，她经常喜欢躺在南屋看报纸，我为了让奶奶出门走走用尽了各种方法，但都被奶奶机智地躲过。作为奶奶唯一的孙女，奶奶为我取名为“慧”，名字的背后包含了奶奶的智慧，更寄予了奶奶对我的殷切的期望，即希望“我”不仅要有丰富的物质生活，还要有丰厚的精神财富，更要具备强大的内心去感悟人生。文章的结尾也很简洁，由回忆转向现实，交代了作者在这充满了情感的味道里走了一遭，回味了一番和奶奶的温馨记忆，并写下了这篇真挚感人的文章。

这篇散文给人的第一感觉就是清新感人，文中所描写的故事都是日常生活碎片化的小事，每件小事互相之间没有绝对的因果联系，但是文章并非杂乱无章，贯穿作者回忆始终的总是少不了那一缕檀香，那是奶奶用的檀香扇、檀香皂、檀木箱子及用檀木刨花泡制的梳头油的味道，那时关于奶奶的味道。文中关于奶奶的外貌描写着墨不多，作者仅用一句话就概括出了自己对于奶奶的印象——身材精致、才高八斗、见识丰厚、温文儒雅的“正人君子一枚”。从这句话中，我们读出了作者对于奶奶最崇高的敬意和最真挚的敬爱之情。文中关于奶奶的语言描写仅有三处，但这三处简短对话处理得也是颇为巧妙，从这简短的对话中，我们不仅读出了奶奶的幽默和机智，感受到了专属于奶奶的特色和文采；同时我们从中也读出了祖孙两代人之间的亲密无间的感情。

菀慧的这篇散文笔墨清新灵动，语言俏皮可爱，作者善于采用谐音双关的语言处理法，如“南受北受”“厚德住”等字词，使人读来感到幽默有趣，不自觉地会心一笑。而简洁明了的故事情节更容易打动人心，几句简短的对话便显露出了祖孙两代人间深厚的情感。作者通过对于和奶奶点滴小事的回忆，抒发了自己对于奶奶的深切怀念。毫无疑问，这是一篇饱含了情感的味道的文章，也是一篇对于奶奶的情感回忆录。

（刘世琴　评）

刘　迪

作者简介：刘迪，职业律师，硅谷高科技公司法律顾问。兼任《红杉林》公关主任。中英文写作，作品散见网络及报纸杂志。

婆婆的星星

我的婆家，是典型的一代华人移民与二代美国华裔（完全接受美国教育的华人后代）的家庭结构。我和婆婆的关系很特殊，远远超过婆媳的关系，更像是同盟友军，或是天涯闺蜜。婆婆是我最忠实的读者，也是我最有力的帮手与军师。

婆婆是美丽而忧郁的，优雅而忙碌的。为后代，为所有亲人，忙得诚惶诚恐，忙得不亦乐乎，忙得失去自我而不知所以然。

婆婆像一颗星星，远远近近，时隐时现，喧闹白昼时隐起来，夜深人静时会发光。婆婆祖籍安徽，出生在台湾，后随夫入美，教子持家，四十年。每年会看春晚，开场一片红的歌舞表演开始，公公婆婆开始寂静，手里活不断，一抬眼，婆婆泪眼婆娑，每每如此，大家习以为常，不说话，也不询问。只有老华侨懂得：春晚，没有吐槽，只有热泪和思念。

爱流泪的婆婆善良得像个孩子。一辈子没有接触过社会险恶的她，总还是不太明白含辛茹苦带大的三个孩子，特别是唯一的儿子，即我先生，为何在她面前有时变得不快乐，不耐烦，会推开她关爱的抚摸和渴望联结的眼神。

文化的隔阂，语言表达的不充分，永远是移民家庭最深处的痛楚。圣诞节的饭桌上，往往以 ABC 们不理解的皱眉，以及转头回房、各自关上房门结尾。饭桌上的公公婆婆，收起华人父母唠叨与询问的权力，拿起沉默，穿戴上沉默，收拾一片沉默。

说幸运，有些受之有愧，即我们家不存在婆媳问题，我这个媳妇，转而变成了唯一的跨文化跨语言的桥梁，以及倾诉信息集中点。而这个幸运，是以婆婆和先生的文化、沟通断层为前提，所以我说“幸运”有些受之有愧，这个前提，也是一种心痛的遗憾。

先生和婆婆彼此关爱、深沉、厚重，hate and love，有时无法达成有效沟通——传统台湾的严格严谨与品评，与典型美式自由、独立、自我的教育，在糅合成一种中西结合的粗中有细体质外，也在冲突中碰撞出一道道伤疤，树立起一幢幢成长跑道上的障碍与墙壁。

春节晚餐后，摆出甜点和咖啡、酒茶，几句问答，中英文混杂，些许小建议，些许小说法，概关生活习惯或小事桩柱，关心与善意，来去之间，送而不达，反射回来一个耸肩，一个皱眉，回路堵住，来路不明的误会开始升级，负面情绪占了上风。老公无法呼吸，起身回房，婆婆委屈叹息着放下咖啡杯，踱步到窗边。

往往此时，我定会放下手中所有的计划与事项，陪婆婆，看窗外的星星。我握着她的手，给她我们的暗号——轻掐一下大拇指——提示她这是“文化差异”这个小捣蛋鬼出来弄撒爆米花。我轻轻地告诉婆婆，她是最伟大的妈妈，文化差异的处理不易，天高海阔，心与心间，隔着呼吸，又仿佛隔着星星的距离。我陪着婆婆在漫天星光下回忆她小时候，欣赏她的针织手艺，分析 HBO 的新剧，告诉她：他的儿子，我的先生，多么爱她；作为女性，我多么了解她的情绪，而我，又是那么地需要她，重视她，她是我在西方世界里最闪亮的那颗星。我们紧紧拥抱，我拭干她的泪光，星光点点，映出婆婆年轻时美丽的脸庞。

美丽的婆婆，永远优雅，细声慢语，待她露出微笑，我们拥抱、道晚安；回到房内，老公依然在苦恼与情绪受挫中——我陪他边看 Top Chef 边有一搭无一搭地聊他妈妈，聊婆婆年轻的美丽浪漫，单纯善良，聊主观，聊隔代，聊中英文差异，聊宇宙天体，聊亲人总有一天会今世缘尽、来世不见……一回头，老公已泪眼婆娑，拥我入怀。

鼓励着老公给婆婆发出“sorry”的信息，握紧老公的手，我坚定地告诉他，他是最好的儿子，我相信他可以做得更好，对于我的婆婆和老公，我都如此深爱，如此深信。老公释然地睡去，我合上本来计划晚上完成的任务，坐在窗前，喝睡前最后一杯水。

临窗最近的几颗星星，闪烁旖旎，仿佛录影机的显示灯，复录着人世间所有的细碎、暗涌与和解。我的婆婆，此时应该也在另一个房间端详这几颗星星，像她一样毕生努力旋转运行，却有时候依然被红尘缭绕隐去光彩，静夜才能发光，才得以在宇宙中掌握、明确着自己的位置与光芒。

回身，回神，老公紧紧抱住我，轻声说：Thank you。我望着天空的那颗星，心里说着：Thank you。

评论：

《婆婆的星星》这篇文章以家庭矛盾为主题，为我们展现了华人移民家庭中由于东西方文化的隔阂和语言的表达不充分所导致的家人之间的隔阂和矛盾。常言道，婆媳关系自古以来就是最难处理的关系之一，然而本文中的婆媳关系却显得很不一样。文中“我”和婆婆的关系却“超过婆媳的关系，更像是同盟友军，或是天涯闺蜜”，而婆婆和丈夫之间却因为文化差异产生了很多误会。文中的婆婆是典型东方文化的代表，美丽善良，忙碌优雅，同时也具有传统家长式的严格严谨与品评；而丈夫作为完全接受美国教育的华人后代，具有典型美式自由、独立、自我的教育的特征。在这个融合了东西文化的华人移民家庭中，寻常家庭里的小矛盾在这里都会被放大好几倍，婆婆和丈夫之间的交流，既“糅合成一种中西结合的粗中有细体质”，同时“也在冲突中碰撞出一道道伤疤，树立起一幢幢成长跑道上的障碍与墙壁”。文中的“我”，作为跨文化跨语言的桥梁，以及倾诉信息的集中点，自然成了婆婆和丈夫之间矛盾的调和剂。

这篇文章以其精炼的语言艺术带我们走入了一个不一样的家庭矛盾中去，

文章通过第一人称“我”的客观描述，生动清晰地揭开了矛盾背后的根本原因——东西方文化的差异，而“我”作为一个新移民华人，既能清晰地认识到矛盾的症结，同时也更容易理解婆婆对于丈夫的付出和无私的爱。文章以“婆婆的星星”为题可谓大有深意。首先，将婆婆喻为星星，不仅表现了婆婆的美丽善良、勤劳无私，更是以“星星”之光象征传统的东方文化和美德。其次，这也揭示了婆婆对于丈夫的爱，是“喧闹白昼时隐起来，夜深人静时会发光”。同时，“星星”也暗指婆婆心中的故乡，因为有了“星星”，婆婆才能得以“在宇宙中掌握、明确着自己的位置与光芒”，才不至于迷失方向。从更深层次来看，这种静夜里才能发光的星星其实是一颗对于祖国、故乡的一颗跳动的思念之“星”。不管婆婆身在世界的任何角落，当春晚的红歌一响，对于祖国的思念之心便随之跳动起来，最终流下热泪两行。

刘迪的这篇文章以婆婆和丈夫之间的矛盾为切入点，通过高超的语言艺术和比喻、象征等的修辞手法，表达了一代老移民对子女的无私的爱，对文化差异的无奈和故乡的深沉、暗涌的无限思念之情。情感真挚，动人心脾。

（刘世琴　评）

卞若懿

作者简介：卞若懿，1994年出生。生于苏州，长于苏州。十七岁赴日留学，曾就读于京都的同志社大学，主修英国文学。现为美国杜克大学东亚系研究生。曾获中美青少年中英文征文大赛一等奖。

花　见

都说京都的春天和秋天是最美的，春天看樱花，秋天赏红枫。在京都住到了第三个年头，正儿八经地赏花好像也就只有两次，本想着至少一年看一次，也借机出去活动活动筋骨，今年拖着拖着就把花季拖了过去。一场雨一下，一阵风一刮，第二天出门就发现樱花竟散尽了。这样的结局倒是很符合日本人的审美观，活着的时候繁花似锦，整座城的每一个角落每一块砖每一条河都被占领，明明美得用尽力气，偏又只是粉粉淡淡的颜色，与艳丽全无关系，柔软里透着冷淡，离开的时候只是一阵风一场雨，转瞬即逝，没有半点留恋拖拉。虽然我大部分时间都偏好红玫瑰那样浓墨重彩的深刻艳丽，但对于樱花，不管是她的存在还是离开，都恰好撞进了我审美观里的小缺口，让人不能拒绝。

这样想着，竟觉得没去赏花也无所谓了。原本，好看的也不是那些著名景点里大批游客一同观赏拍照的樱花，那不过是外出活动的一个背景。好看的该是路边河边楼下那些无处不在的樱花，充斥了整个空间时间的淡漠色彩，给某个地方的某段时间打下了磨灭不去的印记。我记得某个晚上路过车站边上幼儿园的时候，看到的那棵樱花树。幼儿园的围墙低矮，樱花树大半都探在墙外，彼时花期正盛，一树繁花层层叠叠，背后还笼着一盏昏黄路灯。那些暖色的灯光透过花瓣散出来，粉色褪掉了冷淡，像是一个沉默温和的梦。四月初微凉的天气里，我莫名就觉得温暖，如果搬一把椅子来定定心坐下，不知我是不是能走进那团氤氲着暖意的梦境里，分享一点平静和安定。

樱花谢了，四月过了，五月开始了。六月就是梅雨，七月约莫会有台风，等到雨水停歇，就是高温盛夏了。我从前是很喜欢春夏季的，冰箱里冻过的西瓜和饮料，走进空调间的一瞬间，爽快得让人觉得自己身上毫无桎梏，是全天下最自在的人。后来到了春夏季就容易生病，再加上京都生态太好，虫子太多，整天提心吊胆噩梦连连，渐渐地就失去了对于春夏季的喜爱，匆匆忙忙地盼望着回家的日子。不知今年春夏又会是怎样一番光景。

评论：

这篇散文题为“花见”，“花见”是日本的一种民间习俗，意思即“赏花”。作者主要向我们描绘了在日本观赏樱花的场景，以及从樱花身上感悟到了平静、安定和温暖，表达了作者对于时间、空间和生命的思考，也抒发了作者期待早日回家的迫切心情。本篇散文共分为三段，第一段描述了作者因雨错过了赏花的最佳时期，但却从中感悟到了日本人对樱花独特的审美观——生时如繁花轰轰烈烈，死时如清风转瞬即逝；第二段描写了日本路边河边楼下那些无处不在的樱花，作者从那充斥了整个空间时间的淡漠色彩上，感受到了一份暖意、一份平静和安宁；第三段主要通过樱花的凋零暗示了时间的飞逝、季节的更替，而作者盼望已久的回家的日子也即将来临。

这篇散文语言优美，具有清新隽永的特点。如写樱花颜色时，“只是粉粉淡淡的颜色，与艳丽全无关系，柔软里透着冷淡”“那些暖色的灯光透过花瓣散出来，粉色褪掉了冷淡，像是一个沉默温和的梦”，这些句子给人一种赏心悦目之感，更有浓厚的抒情意味。作者还善于运用奇妙的比喻、拟人等修辞手法，增强语言的情味。如写樱花凋零，写道“活着的时候繁花似锦”“美得用尽力气”“柔软里透着冷淡”，离开的时候“转瞬即逝，没有半点留恋拖拉”,这里的樱花犹如一位潇洒、冷傲的美女让人新生敬意。如写路灯下的樱花，“暖色的灯光透过花瓣散出来，粉色褪掉了冷淡，像是一个沉默温和的梦”等，这些修辞新颖、贴切，不落俗套，富有表现力，蕴藉深厚，句外有意，朴实清新中有隽永的意味。

卞若懿主要借赏花表达了自己对时间、空间、生命的思考，以及对家乡的怀念之情。作者对故乡的思念之情，并非直抒胸臆地直说出来的，而是通过含情的画笔，描绘日本樱花绽放与凋零时的不同美景，从而感悟到了樱花身上的平静、淡然与温暖的感情。作者在赏花之余，思乡之情悄悄地倾注在字里行间，一切景语皆情语，内在的诗情与外在的景物和谐地交融为具体可感的艺术形象，画面的境界也因之抹上了一层浓郁的抒情色调。

（刘世琴　评）

朱　琦

作者简介： 朱琦，著名旅美学者、作家。于1990年在北京大学中文系获文学博士学位，次年春游学日本东京，1992年秋到美国访学。曾任教于加州大学伯克利分校东亚语言文学系，1999年任教于斯坦福大学亚洲语言文化系。先后出版有《东张西望》《十年一笑》《黄河的孩子》《东方的孩子》《读万里路》等，获中国首届“中山杯”华侨文学奖。部分佳作被列入《中国文学排行榜》《2008中国年度随笔》等优秀作品选。曾获中国首届老舍散文奖、中央日报文学奖以及广电部最高成就奖星光奖。

读万里路

无论这片土地是黄土、黑土还是红土，是沃野、丘陵还是沙漠，它的下边都埋藏着一代一代的白发黑发、哭声笑声、悲剧喜剧……

人生最初的一声叹息往往与时空感觉有关。再稚嫩的生命，只要懂得了死亡就会凛然于生之短暂，知道夜空中针尖小的繁星其实有多大，也就明白人是何等渺小了。人类留下文字的历史有几千年了，如果说有一种无处不在的声音，那就是人在时空世界的感伤和无奈。这些年来我读前人的书，一读喟叹时光的句子就不免怅惘，陡然一想，那人已走了几百年甚至几千年。

我发现有一样东西是我始终都不肯放弃的，这就是无论如何要从一个人的狭小时空中走出来。宗教常说轮回，儒家喜谈不朽，前者我很难相信，后者我不敢奢望。我欣赏的还是庄子的达观，那就是从无边之大的宇宙看微之又微的生命，个人的生和死原本没有什么，生是来自大化，死是归于大化。但既然活着，且又人生苦短，总不能静等着有一天回归大自然。“吾在天地之间”诚如庄子所说“如小石小木之在大山也”，但人有两条腿可走万里路，有一双眼可读千古书，有限的生命可以在旅行和阅读中铺展开相对辽阔的空间和悠长的时间。

“读万里路”其实就是文化旅行，我所期许的文化旅行不只是知识性介绍，也不只是文学性的感受，而是以大地理、大历史为宏阔背景的文化思考。从 2003 年春天开始，我每年两次回中国旅行，并随团讲座。一同出游的朋友来自北美和中国港台，在各自领域多有成就，如果说有一个最为相同的嗜好，那就是对历史文化多年来的兴趣。既然要给这些熟知历史文化的朋友讲，就得多读多思，这时候益加发现各种文献记载、学者著述、考古新证和故事传说多到难以胜数，更有今人远未发掘的历史渺如烟海，读书和思考有如幽洞迷宫里寻径觅路，搔首正叹茫无着落，忽见前头几线亮光。等到踏上旅途，把终于理出头绪的一些想法拿出来与大家分享的时候，种种疑问又纷至沓来了，无论这片土地是黄土、黑土还是红土，是沃野、丘陵还是沙漠，它的下边都埋藏着一代一代的白发黑发、哭声笑声、悲剧喜剧。秦砖汉瓦，魏碑唐塑，宋元楼台，明清寺庙，它们在当时和后来都牵连着残缺不全的历史，与它们相关的历史文化更值得玩味。

旅行归来，再阅读再思考，诉诸文字，在写给读者的同时，特别考虑到我在斯坦福大学的学生们。这是一些对中国文化所知极少却相当优秀的学生，理解力无可怀疑，无论是怎样遥远而复杂的历史文化现象，只要明白其中的缘由就可以理解。这两年我新开一门课，就叫作“中国文化旅行”，由北向南从中原到江南再到岭南，由东向西从安徽到湖南再到大西北，试图以地理、历史和文化的大背景解读中国各地域文化的不同及其原因。遗憾的是诸事繁多，所写跟不上所游，文化旅行已跑了大半个中国，旅行随笔却只写出一小部分。

人生百年，但他可以从容阅读几千年的历史。他不可能经历古人当时的种种细节，但他知道古人的身后之事，而且，凭借着丰富史料和今天的人文视野，他应该比当时人更懂得其中的悲剧所在。一壶香茗未尽，几百年云烟忽忽而过，在我看来，阅读历史上的人和事，不仅能拓开人的时空，神游于从前的某个时代某段岁月，还让人油然而生达观之想。况且，历史本来就是要不断重读的，偶或读出一些个人见解，把古人想宣泄、想申诉、想探究的说出来，岂不是人生快事。

当年我出国的时候，吃罢送别的宴席掉头而去，一弹指顷，当时带着我给祖父母点燃纸钱的几位长辈亲戚均已长眠在黄土之下，北大的老师也走了，父亲也走了。正因为人生的渺小和短暂、虚幻和无常，人与人之间更该有悲悯和尊重，朋友之间更该有真诚和关爱，家人之间更该有体贴和呵护。斯生斯世，天地茫茫，岁月如电，你不呵护他谁呵护他？亲情友情当如好酒佳酿的品尝，如此才不愧对，但人们往往吞之如白水，弃之如黑泥，及至亲友辞世才有揪心之痛。我从前与亲友相处，也是淡如白水的时候太多，醇厚如酒的时候太少。父亲的突然离去，让我把人生的短暂看得愈加清楚，由此也让我懂得珍惜家人和朋友。

同样是因为人在浩渺时空中的感觉，我知道这世上原本有很多可以做朋友的人无缘相识。宇宙无边，岁月无边，人和人能活在同一时代已是有缘，如果你读罢拙作而与我心有同感，那就是大缘分了。

评论：

明代董其昌在《画禅室随笔·卷二》中有云："读万卷书，行万里路，胸中脱去尘灼，自然丘壑内营，立成鄄鄂"，朱琦的随笔散文《读万里路》对古语做了一番调试，把"读"的对象从"万卷书"置换成了"万里路"，其间自有作者在治学和教学上的独到感悟。近年来，"文化地理学""文学地理版图"等专题研究颇为热门，这大概是地域文学研究在当代的一种新变和延展，它体现了文学/文化与地理要素之间存在着一种天然的内在联系，因此朱琦所说的“读万里路”自然有其来由。用步伐去丈量历史文化的长度和宽度成为人们探索求知的新径向，高晓松的经典语录“人生不止眼前的苟且，还有诗和远方”大获年轻人的认可，或许正是源于每一个人都心存“出走”当下与探索未知的隐秘愿望。

朱琦所谓的“读万里路”实际上指的是一种文化旅行，“是以大地理、大历史为宏阔背景的文化思考”，力求所读之书都能够用旅行的方式得以亲身实践，将纷繁的文献记载、学者著述、考古新证和故事传说一一进行现场还原，实地感受历史文化的遗痕，想古人之所想、思古人之所思。故步自封在狭小一隅的人们总是夜郎自大，正如井底之蛙不知道井外的壮丽风景，笼中的金丝雀不知道笼外的广阔天地一般，唯有走出去才能感受到自然的博大、宇宙的浩渺、万物生灵的多元色彩，朱琦“读万里路”式的治学是对拘泥文本的古板学习方式的突破与革新。

当然，任何事物都存在双面性。“读万里路”一方面能够开拓人的视野，让知识与文化跃然纸上以一种立体动态的形式得以呈现；另一方面，人们难免在浩如烟海的文化与沧桑历史中喟叹岁月无情、人生苦短以及人的渺小无力。朱琦在文中感慨：“等到踏上旅途，把终于理出头绪的一些想法拿出来与大家分享的时候，种种疑问又纷至沓来了”，所谓“曾经沧海难为水，除却巫山不是云”“吾生也有涯，而知也无涯”，无穷无尽的求知欲是动力，却也成了一份愁绪。

朱琦的心态是积极向上的，正如他在散文中所谈到的，今人有今人的优势与长处，虽然我们不可能穿越时空，但依靠翔实丰富的史料和现代化的人文视野，我们却能够在有限的生命中实现从容阅读千年历史的目标，甚至更能洞悉古人的悲剧所在。面对人生的渺小、短暂、虚幻和无常，我们完全不必消极恐慌，不妨以朱琦的生命体悟——即“人与人之间更该有悲悯和尊重，朋友之间更该有真诚和关爱，家人之间更该有体贴和呵护”为鉴，感恩父母亲朋的情谊，珍视萍水相逢的缘分，善待每一个渺小却独特的生命。

（岳寒飞 评）

编后记

新世纪全球变局，科学飞速发展，技术全球化日新月异，传播手段的多元促使文学形态呈多元化，文学思潮、文学流派也因此不断派生、不停嬗变……这种全开放或多方位的转型，无疑使文学内涵更丰富，审美特性更繁复，还有技术性、现代性并行不悖互补交融，使得华文文学由小到大、由弱到强，在北美的天空下逐步成长起来。

2018 年 6 月，中国浙江越秀外国语学院副校长朱文斌教授一行三人访问旧金山，与美国华文文艺界协会会长吕红及理事会成员商讨共建美华文学与文化研究中心等事宜。朱文斌表示，浙江越秀外国语学院成立于 1981 年，位于国家首批历史文化名城绍兴，也是大文豪鲁迅的故乡，学校以“应用型、国际化、高水平”为办学定位，近几年发展很快，作为一所外国语大学，尤其重视国际化工作，这次来旧金山就是为了谋求海外合作，联手共建学术交流平台，这是继与美国洛杉矶华文作家协会合作之后的又一创举。学校已成立“华文文学与华人文化研究中心”和“世界华文文学史料研究中心”，力求打造世界华文文学与文化研究的高地。旧金山是美国华文文学的发源地，近几十年来，特别新世纪之后随着中国大陆新移民、留学生的不断涌入，华文文学发展得越来越繁荣，非常值得关注。从老侨民诗歌原始的文学形式，到美洲新大陆纪实文学的滥觞，底层生活形态的展示，白领生存众生相的描绘以及几代移民的心路历程等等，都需要我们学者予以关注和研究。朱文斌还表示，学校成立世界华文文学史料研究中心，需要各位作家朋友积极支持，捐赠作品和资料；在大家捐赠资料的基础上，以后可以撰写更为完整的新世纪海外华文文学史。学校将与国际新移民华文作家笔会合作召开第六届国际新移民华文作家笔会（绍兴）暨新移民文学研究国际学术研讨会，期盼共襄盛举。

在热烈融洽的氛围中，朱文斌代表学校与美国华文文艺界协会会长吕红正式签订了合作协议。合作协议内容主要包括：双方相互交换学术数据，包含学者的主要著作、出版社的出版物，相互交流相关的科学研究资料，相互邀请研究人员开展学术访问、讲学及共同主办国际学术会议等其他学术交流活动，共同筹建成立美华文学与文化研究中心，研究美国华文文学以及华人文化等，传承中华文明、共促文化交流。

美国华文文艺界协会吕红会长表示，协会成立二十多年来，举办各类创作交流、论坛、峰会等活动，多次组织北美的华文文艺界参与中国举办的活动，与北美多个华人文化组织一起，成为积极推动华文文学的中坚力量。海外华文作家站在东西方文化的结合点上，融合其丰富的人生阅历与文化底蕴，从不同的地域出发，寻找着共有的精神归宿。吕红还表示，由于地球村发展趋势，如今东西方交流更频繁，协会不仅组成会员回国参加文学大会，而且还深耕细化，与许多组织一起联手打造作家创作基地，组织作家采风等。

今天，浙江越秀外国语学院与美国华文文艺界协会强强联手，共同编选《蓝色海岸线·美国华文文艺界协会作家作品选》，是双方良好合作的开端，作品选全面展示了以美国旧金山为中心的华文文学创作成就，从中可以观察华人移民作家如何以跨时空的人生阅历和个性化的语言来创作，如何用自己以前较好的文学功底与异乡的生活催生的新的灵感相融合，如何表现东西方文化的差异和精神碰撞等。展读这些作品，我们能够充分感受到海外华文作家在艰难曲折中坚持华文创作，在创作上注重人格独立、人性解放和生命意识的深层揭示。这些作品风格以现实主义文学为主导，但也融入了浪漫主义、现代主义、后现代主义等多种风格元素，文体实验和多种话语体系的建构呈现出一种蓬勃的生命力，这也许就是海外华文文学的民族性、本土性与世界性等融合交叉与延伸的魅力所在，恰如专家所言：大批海外移民致使华语文学始终处于一种动态的状态，它的疆界是不断扩大的。

《蓝色海岸线·美国华文文艺界协会作家作品选》共收录了四十多位作家

作品及专门评论，将作为第六届国际新移民华文作家笔会（绍兴）暨新移民文学研究国际学术研讨会的献礼之一。当然，本作品选的顺利出版，要感谢的人很多，其中，尤为感谢浙江大学中文系博士生岳寒飞，浙江师范大学硕士生刘世琴、于悦、王思佳，浙江科技学院硕士生李翠翠，绍兴文理学院硕士生黎丹丽、林岳斌等，他（她）们利用假期和学习之余辛勤工作，努力撰写评论，才使得本书有了这样一个较为完整的面貌。

衷心感谢北岳文艺出版社续小强社长、总编辑的鼎力支持，感谢赵婷编辑的笃实细致及所付出的努力！

期待本作品选的出版能够为新移民文学发展推波助澜，在世界文学领域产生更为广泛的影响。

吕　红　朱文斌

图书在版编目（CIP）数据

蓝色海岸线：美国华文文艺界协会作家作品选 / 朱文斌，吕红主编．— 太原：北岳文艺出版社，2020.1

ISBN 978-7-5378-6068-0

Ⅰ．①蓝… Ⅱ．①朱… ②吕… Ⅲ．①华文文学—作品综合集—世界 Ⅳ．①I11

中国版本图书馆 CIP 数据核字 (2019) 第 276610 号

书　　名：蓝色海岸线·美国华文文艺界协会作家作品选
主　　编：朱文斌　吕　红
责任编辑：赵　婷
书籍设计：张永文
印装监制：郭　勇

出版发行：山西出版传媒集团·北岳文艺出版社
地　　址：山西省太原市并州南路 57 号
邮　　编：030012
电　　话：0351-5628696（发行部）
　　　　　0351-5628688（总编室）
传　　真：0351-5628680
网　　址：http://www.bywy.com
E - mail：bywycbs@163.com
经 销 商：新华书店
印刷装订：山西人民印刷有限责任公司

开　　本：787mm × 1092mm　1/16
字　　数：344 千字
印　　张：23.25
版　　次：2020 年 1 月第 1 版
印　　次：2020 年 1 月山西第 1 次印刷
书　　号：ISBN 978-7-5378-6068-0
定　　价：58.00 元